S

Né en 1975 dans le département de la [illegible], Sébastien Bouchery est fonctionnaire de métier, mais aussi scénariste, réalisateur de courts-métrages et de publicités. Il est l'auteur d'une dizaine de romans, avec le thriller comme genre de prédilection : *Nos sanglantes confessions* (2010) et *Ma vie avec la mort* (2013) chez Eastern Éditions ; *Monnaie d'échange* (2016) et *Cadran* (2016), lauréat du prix des lecteurs *France Loisirs*, chez Nouvelles Plumes ; *Dusk* (2016) ou encore *Gangway* (2018) chez Fleur Sauvage.

DUSK

SÉBASTIEN BOUCHERY

DUSK

ÉDITIONS FLEUR SAUVAGE

MIXTE
Papier issu de sources responsables
FSC® C003309
FSC www.fsc.org

Pocket, une marque d'Univers Poche,
est un éditeur qui s'engage pour la préservation
de son environnement et qui utilise du papier fabriqué
à partir de bois provenant de forêts gérées
de manière responsable.

ISBN 978-2-266-27566-8

Imprimé en Espagne par
CPI
à Barcelone
en décembre 2017

POCKET – 12, avenue d'Italie – 75627 Paris Cedex 13

Dépôt légal : janvier 2018
S27566/01

La photocomposition de cet ouvrage
a été réalisée par
GRAPHIC HAINAUT
59410 Anzin

NEBRASKA

Kearney, comté de Buffalo
1866

1

GARRETT

Le ciel grondait.

Les épais nuages gris annonçaient la tempête imminente. Les vents capricieux venant de l'est avaient déjà anéanti les cultures des comtés voisins. Hall, Hamilton, Merrick, Nance et Howard n'avaient pas échappé aux tumultes ombrageux de la fin de saison. Kearney serait la ville suivante sur l'itinéraire de l'ouragan. De nombreux fermiers avaient connu la faillite. La solidarité ne suffirait pas à la reconstruction des fermes, et rien ne saurait pourvoir au remplacement du bétail et des cultures.

Garrett leva les yeux vers le ciel. L'idée d'aller pêcher un jour aussi menaçant n'était pas la meilleure qu'il avait eue. Sa mère l'avait pourtant mis en garde. Tandis que Jebediah, son père, avait passé ces trois derniers jours à recouvrir ses plantations de bâches de protection et à clouer des dizaines de planches en travers des fenêtres de leur maison, Garrett avait simplement aidé à renforcer les clôtures de leur maigre cheptel.

Le travail de la terre, ce n'était pas son truc. Non. Garrett préférait de loin son existence solitaire, à arpenter les sentiers caillouteux longeant la rivière Platte, et plonger sa ligne dans les remous de l'affluent. Malgré le danger annoncé, Garrett refusait de se soumettre aux caprices de la nature, persuadé qu'il saurait les combattre ou les détourner, et ne pas fléchir aux intempérances de Dieu.

Garrett était catholique. Élevé dans la pure tradition chrétienne, il se rendait à l'église avec sa famille tous les dimanches, nageant dans les vêtements trop larges d'Emett, son frère aîné, tombé au combat sous les tirs confédérés. Malgré les longs sermons du pasteur Polstaki qui s'évertuait à faire de la guerre un sombre souvenir à effacer des mémoires, Garrett n'avait rien oublié de la guerre civile, ni de sa volonté à intégrer les États de l'Union. Mais à l'époque, il était trop jeune. Lorsque le conflit avait éclaté, Garrett n'avait que quinze ans. Les cinq années qui s'étaient écoulées depuis n'avaient en rien apaisé la souffrance d'un frère disparu. Alors Garrett, qui s'était prédéterminé un avenir de héros et non de modeste fermier, n'avait manifestement pas sa place dans l'Histoire. Une cicatrice qui ne se refermerait jamais.

Une photographie unique ornait le rebord de la cheminée familiale. Celle d'Emett, en compagnie des fantassins de son régiment d'infanterie, à la droite de laquelle posait pour l'occasion le célèbre brigadier-général Thomas Jonathan Coffin Amory.

Garrett avait à présent vingt ans. Il passait le plus clair de son temps à errer dans la voluptueuse nature du Nebraska. Pour lui, intégrer l'armée après le conflit était synonyme de lâcheté. La passion de l'uniforme et des valeurs civiques fondamentales s'était muée en un dégoût profond pour les institutions, celles qui n'avaient pas voulu de lui pour défendre les terres qui l'avaient vu naître.

Garrett se prédestinait à une carrière de marshal. Voire même intégrer la célèbre agence Pinkerton. Les perspectives d'avenir du garçon, bien qu'honorables, soulevaient régulièrement les moqueries de ses amis et les reproches de sa famille. Jebediah et Irène Butler avaient d'autres projets pour le cadet de la famille. Ils étaient parvenus à le préserver de cette guerre stupide, bien que le Nebraska ne fût jamais qu'un territoire et non un État de l'Union. Garrett devrait s'impliquer dans l'entreprise familiale et devenir un éleveur respecté.

Pour Garrett, cette alternative n'était qu'une idée fantôme fantasmée par son père. Le destin de Garrett était plus glorieux, plus audacieux, plus ancré dans l'histoire du pays. Ne lui manquait plus que l'argent pour payer le voyage qui le mènerait à Chicago, au 151 de la 5e avenue, siège de l'agence Pinkerton.

Son aide à la ferme s'arrêtait aux corvées journalières, qui permettaient à sa famille de manger et payer les factures. Aucune ambition de pérennisation ne faisait partie des objectifs de Garrett au grand désarroi de ses parents. Garrett avait une petite sœur de douze ans, qui ne pourrait certainement jamais reprendre seule la suite de l'exploitation. À moins qu'un robuste itinérant en quête de travail ne se présentât plus tard, lorsque Dorinda serait en âge de se marier.

Alors Garrett passait son temps libre à pêcher, chasser, et faisait office de vendeur de journaux dans les rues de Kearney avant les corvées du matin. Payé quelques cents la journée, il cachait son argent dans une boîte en bois ciselée que lui avait fabriquée Emett quelques années plus tôt, avant que des soldats yankees ne viennent traîner leurs guêtres dans les villes protégées par l'Union, en quête de nouvelles recrues potentielles.

Garrett s'arrêta dans un recoin ombragé qui saurait le protéger de la pluie le cas échéant. Il déposa sa besace au sommet d'un rocher plat. Il fouilla à l'intérieur et en retira une boîte d'appâts. Il saisit un ver gesticulant qu'il transperça avec son hameçon. Puis il plongea sa ligne dans la rivière, observant le bouchon qui, déjà, suivait le cours d'eau à travers l'écume dansante.

Les premières gouttes de pluie formèrent de petits cercles irréguliers sur la surface de l'eau. Garrett leva le nez vers l'est, et observa les nuages qui approchaient à une vitesse fulgurante. *Tant pis*, se dit-il. *J'avais prévu de ramener du poisson ce soir, et j'en ramènerai*. Comme tout bon pêcheur, Garrett savait que la pluie attirait les truites en surface. La tempête pourrait lui être d'une aide providentielle.

Il quitta ses bottes, remonta les bas de son pantalon jusqu'aux genoux et avança de quelques pas dans la rivière. Il connaissait très bien le coin. Il connaissait la limite à ne pas franchir avant d'être entraîné par les courants. Son pied glissa sur une pierre lisse et il faillit tomber. Il se rattrapa à la hâte par un subtil mouvement d'équilibriste. Il arma sa ligne et projeta le bouchon en amont. L'objet flotta sur plusieurs mètres avant de s'immobiliser. Garrett fronça les sourcils. Son hameçon venait de se prendre dans un obstacle au fond du lit. Il tira à plusieurs reprises sur sa canne, espérant que l'hameçon se dégagerait et que son fil de nylon ne casserait pas. C'était, semble-t-il, peine perdue.

Garrett n'avait qu'une alternative. S'enfoncer au cœur de la rivière pour dégager sa ligne, ou sectionner le fil de nylon et rentrer chez lui. La perspective d'être en avance sur les corvées du soir ne l'enchantait guère. Mieux valait pour lui poursuivre l'objectif premier qu'il s'était fixé. D'un simple coup d'œil vers les courants qui dévalaient de l'est, Garrett estima le danger que représentait la traversée de la rivière sur vingt mètres. La tempête se levait, et le paysage commençait à se fondre derrière les rideaux de pluie. Le risque était encore mineur.

Garrett avançait prudemment dans l'eau. Les petites branches qui flottaient en surface lui fouettaient les mollets. Il n'était plus qu'à cinq mètres du bouchon. Il jeta un œil derrière lui, afin de s'assurer qu'il ne s'était pas laissé emmener malgré lui vers l'aval. La berge était encore dans son alignement. Il poursuivit son avancée, grimaçant chaque fois que son pied se posait sur une pierre pointue ou qu'il manquait de glisser sur un galet.

Garrett saisit de la main droite sa ligne flottant à deux mètres de lui, entre deux rochers giflés par les eaux, et la tira à lui pour définir l'emplacement de l'obstacle. Mais l'hameçon semblait toujours farouchement accroché.

Un éclair traversa le ciel et se perdit derrière une colline. Quelques secondes plus tard, un grondement sourd et puissant ronronna en écho dans les cieux.

La partie de pêche était fichue. Garrett en était à présent convaincu. Il pouvait se montrer parfois arrogant envers tous ceux qui bousculaient ses projets, mais il savait se montrer raisonnable lorsque sa vie en dépendait. En tout cas, il était hors de question pour lui d'abandonner son matériel comme une offrande faite à un dieu mystique.

Garrett évolua de quelques pas minuscules et plongea les mains dans la cuvette où son hameçon était planté. Il tâtonna jusqu'à ce que ses doigts heurtent un objet mou et imposant. Garrett se figea quelques instants. Puis il recommença à palper la chose sous l'eau. À cet endroit de la rivière, l'eau était noire comme de l'encre de pieuvre. Il lui était impossible d'apercevoir ne serait-ce qu'un centimètre de cette masse rebondie qui dormait au fond de la cavité. Garrett remonta lentement ses doigts plus haut. *On dirait du... Oui, ça a l'air d'en être... du tissu...* Dans la seconde, Garrett sembla avoir deviné ce qu'il touchait. Mais il ne put se résigner à abandonner le filon qu'il venait de découvrir.

La pluie, soulevée par le vent, lui fouettait le visage. Ses vêtements imbibés pesaient lourd. L'inertie de ses mouvements allait être amoindrie s'il ne se décidait pas à agir rapidement. Il referma ses doigts autour du tissu et tira de toutes ses forces.

Un éclair foudroya la cime d'un arbre sur la rive opposée, projetant des centaines d'étincelles luminescentes aux alentours tandis que Garrett tirait de l'eau le corps d'une fillette. Le poids de l'organisme déséquilibra le jeune garçon, et il tomba à la renverse, se faisant emporter par les flots sur plusieurs dizaines de mètres. Le corps, à présent libre de suivre le cours de la rivière, se laissa bercer par les remous ondulants.

Garrett parvint à se redresser grâce à l'appui qu'il trouva sur le tronc d'un arbre qui barrait la rivière. Il se releva péniblement, et lorsque le corps passa devant lui, il trouva la force de l'attraper par les cheveux et le ramener jusqu'à la rive.

2

NORMAN TALISKER

Plutôt frêle et de petite taille, Norman Talisker avait tout du bureaucrate. Costume trois-pièces en velours ocre, boutons de manchette à l'effigie du *Minden Epitaph*, chaussures en cuir vernies, chemise blanche au col dentelé, petites lunettes rondes posées au bout de son nez pointu, grand front dégarni et rouflaquettes soigneusement ajustées jusqu'au bas du menton, il jubilait à l'idée d'être un homme qu'on ne pouvait que remarquer, de par son élégance et sa bonne éducation. Homme de foi et amateur de cigares cubains, Norman Talisker brillait en société, quelle qu'elle fût. De l'église au saloon, en passant du salon de thé pour dames du monde au sinistre bordel de Doris Clay, Talisker était admis dans toutes les enclaves sociales. Le dimanche matin, il glissait généralement un billet de cinq dollars dans la main du pasteur Osbol, et dépensait trois fois plus le soir de la même journée pour assouvir ses fantasmes de gringalet sous les draps de la jeune Katie, récemment embauchée par l'incontournable Doris Clay. La semaine, il jonglait entre son travail de rédacteur au *Minden Epitaph* et ses réunions interminables au comité de soutien d'Orlan Briggs, candidat aux futures élections présidentielles.

Talisker jouissait de son influence depuis qu'il avait été reconnu écrivain national, à la suite de la parution de son premier livre retraçant les plus grandes batailles de la guerre de Sécession.

Né à Crowley en Louisiane, Talisker avait le cœur ancré dans le Sud. Des origines qu'il avait toujours occultées pour des raisons politiques. Talisker était issu d'une famille aisée qui avait fait fortune grâce à la culture des champs de coton. Mais après la guerre, certaines mœurs s'étaient vues pointées du doigt, si bien que le fils prodigue qui préférait de loin la girouette comme animal de compagnie à la fierté du lion, quitta sa Louisiane natale pour rejoindre le Nebraska et sa paisible nature verdoyante, loin des conséquences de la guerre, loin d'une famille bafouée par l'échec de la Confédération, loin de tout ce qui aurait pu représenter un danger potentiel aux ambitions illimitées de Norman Talisker.

Talisker avait fait halte dans la ville de Minden, comté de Kearney. Il avait été embauché par Tomas Booner en février 1865 au *Minden Epitaph*, en tant que rédacteur pour de minuscules chroniques publicitaires. Le soir, dans sa petite chambre de bonne située au-dessus du journal, Talisker noircissait du papier une partie de la nuit. En octobre 1865, il avait secrètement expédié son manuscrit dans une maison d'édition de Washington. Quelques mois plus tard, son livre était publié et rencontrait un large public, composé principalement d'historiens et de vétérans.

Grâce à ce premier succès, Tomas Booner lui avait proposé une association à cinquante-cinquante. Pas qu'il estimait que Talisker soit une valeur littéraire à part entière, mais le vieux Bonner avait déjà envisagé la publicité que le nom de Norman Talisker lui apporterait. À sa grande surprise, Talisker avait décliné l'offre, préférant devenir rédacteur d'articles d'investigation et ainsi préserver la garantie d'une totale liberté professionnelle.

Depuis ce jour, Talisker était devenu quelqu'un d'autre. Étrangement, il soulevait les convoitises politiques et financières, séduisait la gent féminine sans avoir à mettre la main au porte-monnaie et se voyait offrir le prestige de siéger dans différentes commissions d'envergure. Norman Talisker était devenu légitime.

Talisker entra dans l'office du *Minden Epitaph* et s'installa derrière son large bureau en chêne, sur lequel trônait une Hammond, une machine à écrire conçue par le physicien anglais Wheatstone. Perle rare et onéreuse que Talisker avait offerte au journal à réception de la deuxième salve de ses royalties. Booner tirait une fierté certaine à partager la renommée du quotidien avec le célèbre Norman Talisker.

Ramon, un jeune employé de l'atelier, mit en marche les rotatives de la Type revolving presse, récemment acquise à la suite du perfectionnement de la machine par William Bullock.

Talisker fit glisser devant lui un dossier regorgeant de papiers devant paraître dans le courant de la semaine. Il avait la journée pour apporter toutes les corrections nécessaires avant publication. Les rotatives grondaient un bruit sourd et désagréable, altérant la concentration du rédacteur.

Booner fit son entrée et accrocha sa veste sur le portemanteau.

— Bonjour Norman, comment ça va ce matin ?

— Mis à part un léger mal de tête, ça peut aller, Booner.

Avant que Talisker ne soit considéré comme une pièce maîtresse, il plaçait entre chaque groupe de mots, un « monsieur Booner » par-ci, « monsieur Booner » par-là, « merci monsieur Booner », « Bien entendu monsieur Booner »... Et le vieux bonhomme se gargarisait de cette profonde marque de respect qu'ont toujours les apprentis à leurs débuts. Mais la tendance avait changé. Même si Booner était toujours le patron, il savait parfaitement que la croissance qu'avait connue son journal au cours des six derniers mois, il la devait à Norman Talisker. Préférant mettre de côté son orgueil, il passait désormais sur la suppression des superlatifs. L'inénarrable, le magnifique, le grand Monsieur Booner était tout simplement devenu Booner.

Booner approcha de Ramon, lui saisit le poignet et lui colla une pièce de monnaie dans la paume.

— Tiens garçon, va nous chercher une bonbonne de café et trois tasses au saloon.

— Oui m'sieur, répondit le jeune péon en courant vers la sortie.

Booner fit quelques vérifications d'usage autour de la presse, puis enfila sa casquette de journaliste. Il sortit de la poche de son pantalon une blague à tabac qu'il dénoua avant de s'asseoir en face de Talisker. Il saupoudra son tabac le long de la feuille à cigarette, puis commença à la rouler entre ses pouces et ses index.

— Alors Norman, t'es toujours décidé à le prendre, ce congé sabbatique ?

Talisker releva le nez avec agacement. Il ôta ses petites lunettes et se frotta les yeux.

— Toujours, répondit-il. Il faut que je poursuive l'écriture de mon nouveau livre.

— Tu pourrais bien l'écrire ici. T'as des feuilles, de l'encre, un bureau...

— Je sais que mon absence va créer de petits désagréments au journal, mais nous en avons déjà discuté, Booner. Mon ouvrage va parler des grandes figures de l'Ouest. J'ai besoin d'aller à la rencontre de témoins, de retracer les pistes pour m'imprégner de leur histoire, de faire un bond dans le passé. Et ce n'est pas en restant assis derrière ma machine que je parlerai d'authenticité.

Booner opina.

À maintes reprises, il avait tenté de dissuader son rédacteur de quitter le *Minden Epitaph*. Même pour une durée de quelques mois. Le premier critère de vente restait le nom de Norman Talisker imprimé en bas de page sous les articles qu'il avait rédigés.

— T'as une idée de ta première étape ?

— J'aimerais arracher le témoignage de Jordan Baxter, ancien membre des forces militaires ayant servi Quantrill.

— Quantrill, grommela Booner... J'aurai toujours du mal à comprendre l'engouement qu'ont les gens pour des fumiers comme Quantrill.

— Quantrill est désormais une légende, répliqua Talisker. Il a beau avoir été le plus grand salopard de tous les temps, il n'en reste pas moins une légende. Rien que la citation de son nom sur la quatrième de couverture sera un excellent argument de vente.

— Pourquoi tu pars pas à la recherche des grands hommes qui ont réformé l'Ouest au sens large du terme ? Billy Waldock, Charley Grimmes, Patrick

Flitz... Ceux-là au moins n'ont jamais détroussé les cadavres et profité de la guerre pour s'enrichir...

— Parce que parmi tous ces noms, aucun n'est connu du grand public. Ils ne feraient pas vendre le moindre exemplaire. C'est ça le monde moderne, Booner. Le voyeurisme, le culte du mal, la psychologie rudimentaire du lectorat...

Talisker se leva et extirpa un étui en métal de sa veste en velours. Il l'ouvrit et saisit un cigarillo qu'il coinça entre ses lèvres fines. Il craqua une allumette et pointa le bout incandescent vers le bord du cigarillo. D'épaisses volutes blanches formèrent de petits nuages qui traversaient la pièce.

— Il va falloir vous faire à l'idée, poursuivit Talisker. Vous m'avez donné ma chance à Minden et je vous en serai toujours reconnaissant. Mais de l'eau a coulé depuis. Aujourd'hui, j'ai gagné mon indépendance au prix d'un travail acharné. Un jour ou l'autre, je quitterai définitivement le *Minden Epitaph*.

— Oh ça, je sais, répondit lascivement Booner. Disons que les bons rédacteurs courent pas les rues de nos jours. D'ailleurs, les hommes qui savent lire et écrire non plus.

— Je ne peux pas dire le contraire. Mais vous trouverez, Booner. Et puis, je ne suis pas encore parti. Mon absence ne sera que temporaire.

Booner se pencha et posa les coudes sur le bureau de Talisker.

— Tu sais Norman, d'autres patrons ne t'auraient jamais accordé de telles faveurs. Si tu quittes un job, tu le quittes pour de bon. Avoue que je suis quand même conciliant.

Talisker sourit, comme s'il attendait ce reproche dissimulé depuis longtemps.

— Et vous de votre côté, avouez que mon nom a largement participé aux soixante-dix pour cent de croissance du *Minden Epitaph*. J'estime vous avoir largement rendu la confiance dont vous avez fait preuve à mon égard.

— C'est pas faux et c'est très humble de ta part de me le faire remarquer.

Ramon revint avec un plateau sur lequel tenaient en équilibre trois tasses en porcelaine et une cafetière fumante. Le jeune péon déposa l'ensemble sur le bureau de Talisker.

Booner le gratifia d'un hochement de tête. Puis il remplit les trois tasses à ras bord.

— Tiens gamin, dit-il à l'intention de Ramon. Bois ton jus et retourne au travail.

Ramon opina et prit l'une des trois tasses qu'il emmena avec lui.

— Tu comptes partir quand ? demanda Booner.

— Mes bagages sont prêts, répondit Talisker. Je prendrai la prochaine diligence pour Wood River. Elle doit partir mercredi prochain.

— Combien de temps tu vas t'absenter ?

— Je ne sais pas. Trois mois, peut-être plus. Je vous écrirai régulièrement pour vous tenir informé.

Les rotatives grondaient toujours. Dehors, et malgré la fin de l'automne, le soleil illuminait la rue et faisait danser les ombres. Un faisceau traversait le journal par la fenêtre, à travers lequel voletaient poussière et déchets microscopiques émanant des machines.

Talisker se leva et déposa sa pile de documents dans une corbeille nichée dans une petite cavité, à l'entrée.

— Je reprendrai mes corrections tout à l'heure, dit-il. Je dois me rendre au saloon et transmettre mes instructions à Colin Blocks. C'est lui qui fera le lien entre le journal et le cabinet d'Orlan Briggs. Il vous tiendra informé petit à petit de l'évolution de la campagne en mon absence.

Booner acquiesça et fila dans la remise où étaient empilés les stocks de papier.

Talisker descendit les quelques marches qui le séparaient de la rue. Autour de lui s'activaient travailleurs, passants, livreurs de marchandises et gamins faisant l'école buissonnière.

Il s'infiltra au cœur de la fourmilière géante pour rejoindre le saloon, situé à quelques dizaines de mètres plus haut.

En passant devant le maréchal-ferrant, son regard croisa celui du shérif adjoint Connoly, qui descendait la rue à la hâte pour rejoindre son bureau.

— Bonjour Connoly, lança Talisker. Dites-moi, vous êtes bien pressé ce matin.

— Bonjour, monsieur Talisker. Oui, j'ai un télégramme urgent à faire parvenir au shérif Wesson.

— Rien de grave, j'espère.

— Oh non. C'est Kearney qui nous demande de vérifier nos archives sur d'anciennes affaires de meurtre. Si vous voulez bien m'excuser...

Avant que le shérif adjoint ne se remette en route, Talisker passa son bras autour de ses épaules.

— Il y a eu un meurtre à Kearney ?

— Vraisemblablement, répondit Connoly. Une fillette retrouvée morte dans la rivière Platte hier après-midi.

— Intéressant. Vous avez des pistes ?

— Non. Mais le shérif de Kearney souhaite qu'on mette à sa disposition nos archives concernant les affaires du même type.

Talisker contourna Connoly et se planta devant lui, mains posées sur ses épaules robustes.

— Cette affaire aurait-elle un lien avec les jeunes filles qui ont été violées et tuées ces douze dernières années ?

— Euh... oui, c'est une possibilité. Vous en avez entendu parler ?

— Je suis journaliste, répondit Talisker, arborant son plus large sourire. Mais dites-moi, cet assassin que personne n'a jamais identifié est bien celui qui a répandu ses méfaits sur les comtés de Buffalo, Kearney et Gosper... C'est bien ça ?

— Les autorités de Kearney pensent en effet qu'il pourrait s'agir du même homme. J'en sais pas plus, si ce n'est que les grands moyens vont être déployés.

— Les grands moyens, dites-vous ? L'agence Pinkerton ?

— C'est possible. Ça fait plusieurs années que l'assassin s'acharne sur ces pauvres gosses sans jamais avoir été inquiété.

— Vous avez un nom ?

— C'est-à-dire ? Je comprends pas, monsieur Talisker.

— Nous connaissons tous les plus grandes figures de la Pinkerton. Est-ce que Charly Stampton sera de la partie ?

— Comme je vous l'ai dit à l'instant, j'en sais pas plus. Je suis même pas certain que la Pinkerton sera en charge du dossier.

— N'avez-vous pas entendu parler d'un autre

nom ? Je sais pas moi, quelqu'un d'assez solide pour mener cette enquête à bien...

Connoly se massa le menton, cherchant dans ses souvenirs les plus enfouis.

— Si... il me semble que... attendez...

Connoly déplia le papier sur lequel le message du télégraphe était retranscrit. Il accompagna sa lecture en suivant les lignes de son index.

— Voilà, reprit-il, avant de citer : ... *attendons votre réponse dans les meilleurs délais, stop – Pour l'heure, avons fait appel à une équipe d'enquêteurs venus de l'Iowa, stop – Jacob J. Stabler et Kenny Bowens, stop – Devraient arriver d'ici fin de journée de jeudi, stop – Merci pour votre aide.*

Talisker sentit ses jambes le trahir. Rien qu'à l'évocation des noms qu'il venait d'entendre, il crut qu'il allait vaciller et s'effondrer devant l'abreuvoir.

— Bowens ? répéta-t-il. Vous avez bien dit Kenny Bowens ?

— C'est ce qui est écrit, répondit Connoly. Vous le connaissez ?

— Si je le connais ?

Talisker fit un demi-tour sur lui-même, bouleversé par l'expectative qui se présentait à lui.

— Je ne l'ai jamais rencontré, poursuivit-il. Mais Bowens est ce qu'on pourrait appeler une légende du Grand Ouest.

Connoly arbora une mine dubitative, puis :

— Excusez-moi, monsieur Talisker, mais je dois y aller. Le shérif attend ce message.

Talisker ne réagit pas immédiatement. Connoly s'impatienta.

— Pardon ? Euh oui... pardonnez-moi Connoly. Allez-y bien sûr...

Conolly pinça son chapeau en guise de salut, et reprit la marche.

Kenny Bowens.

Quel âge doit avoir ce type aujourd'hui ? se demanda le journaliste. Bowens faisait déjà parler de lui alors que Talisker n'était encore qu'un gosse en culottes courtes. Pour lui, la présence de Bowens relevait du fantasme. Du plus loin de ses souvenirs, Talisker se rappela que Bowens avait participé à la troisième guerre séminole en 1855, dans la péninsule de Floride. Sous les ordres du premier lieutenant George Hartsuff, Bowens avait quitté Fort Meyer avec dix autres hommes et deux chariots. N'ayant pas rencontré de guerrier séminole, le 19 décembre au soir, Hartsuff avait donné l'ordre de reprendre la route pour Fort Meyer dès le lendemain. Alors qu'ils préparaient chariots et montures, les hommes avaient été attaqués par quarante Séminoles conduits par Billy Bowlegs au petit matin. Plusieurs soldats, dont Hartsuff, avaient été abattus. Seulement huit soldats, dont quatre blessés, étaient parvenus à rentrer à Fort Meyer. Bowens en faisait partie.

En 1863, durant la guerre de Sécession, Bowens avait participé à la bataille de Fort Hindman, aux côtés de l'unioniste McClernand, lors de la campagne de Vicksburg, près de l'embouchure de la rivière Arkansas, durant laquelle ils avaient conquis le fort et le poste Arkansas.

Ces deux chapitres historiques étaient à ajouter au palmarès de Bowens, qui avait également participé à la grande aventure du Pony Express entre 1860 et 1861 ;

ainsi qu'à une quinzaine de chasses à l'homme à travers tout le pays. Parmi eux, les frères Buttley, Cole Younger, Brett Sullivan et le très dangereux Smitty Vans, abattu par l'arme de Bowens en 1862.

Bowens avait la réputation d'être un excellent pisteur. Ses services avaient été requis à maintes reprises, non seulement par les services secrets américains, mais aussi par des agences privées, dont la célèbre Pinkerton.

Et Bowens était toujours en vie.

Non seulement en vie, mais prêt à reprendre la cavalcade. Serait-il l'enquêteur attitré de l'affaire du tueur d'enfants ? Ou serait-il simplement pisteur pour les autorités du comté de Buffalo ?

Les projets de Talisker se bousculaient dans sa tête. Il se demanda par où il devait commencer. Annuler la diligence de mercredi pour Wood River ? Acheter une monture pour se rendre directement à Kearney ? S'il choisissait la seconde option, le laisserait-on suivre une troupe d'enquêteurs pour les besoins d'un livre romanesque ? Une chose était sûre, si jamais la Pinkerton faisait partie intégrante de l'enquête, Talisker pourrait définitivement s'asseoir sur son projet. Allan Pinkerton avait la réputation de travailler dans le plus grand secret. Et ceux qui allaient à l'encontre de ses décisions étaient déjà morts et enterrés. Tout le monde connaissait la réputation d'Allan Pinkerton, du simple voleur de bétail au Président lui-même. Mais les résultats étaient là. Et ces résultats ne méritaient-ils pas quelques menus sacrifices ?

Talisker balaya cette idée d'un revers de la main, conscient qu'il avait en sa possession de redoutables armes politiques susceptibles d'appuyer ses desseins.

Une dame élégante à l'ombrelle posée sur l'épaule, accompagnée d'un petit garçon qui lui tenait la main, regarda d'un œil intrigué l'attitude de Talisker. Il se comportait comme un ivrogne et se parlait à lui-même en pleine rue. Elle accéléra le pas sous les rouspétances de son fils. La réaction fit sourire Talisker. Il avait pourtant passé ces dernières années à soigner son image de marque pour forcer le respect et l'admiration. Ce qu'il inspira à la jeune dame sur l'instant n'était pas très flatteur. Talisker s'en fichait éperdument. *Si tu savais ma pauvre dame, ce que je suis sur le point de vivre*, se marmonna-t-il à lui-même. *Tu peux bien jouer les revêches, faire de bons semblants cachée dans ta robe de soie... N'empêche que tu es comme les autres, tu es comme moi. Moi, je sais ce que cache ce jupon surdimensionné. Un être aussi laid et hypocrite que celui que tu houspilles du regard. Crève donc dans ta médiocrité. Dans un an, je serai l'homme le plus célèbre des États-Unis. Mais aussi l'un des plus riches.*

Talisker plongea ses mains au fond des poches, et garda son sourire idiot figé sur le visage jusqu'au bureau de la malle-poste.

Talisker annula son voyage pour Wood River et dicta un message par télégraphe à l'intention de Ray Brittle, le shérif de Kearney, lui annonçant sa venue pour le lendemain.

Le pas chaloupé et la démarche sautillante, Talisker s'empressa de rejoindre sa chambre de bonne pour préparer ses affaires avant de se rendre chez McPhillis, l'éleveur, chez qui il achèterait monture, selle et accessoires de chevauchée.

Plus tard à la nuit tombée, alors que Talisker fumait un cigarillo accoudé sur le rebord de la fenêtre de sa petite chambre de bonne, à observer le léger tumulte de Minden bercé par le piano mécanique du saloon, il pensait déjà à la grande aventure qui l'attendait.

Lorsque lui était venue l'idée d'écrire un livre sur les grandes figures de l'Ouest, il avait pensé à de nombreuses personnalités, pour la plupart des personnages de seconde zone étant donné que les plus connus et les plus légendaires étaient morts depuis longtemps. Il avait certes anticipé d'éplucher les énormes recueils poussiéreux du fond des bibliothèques des grandes villes, mais jamais il n'avait songé se retrouver face à une légende vivante du nom de Bowens.

Talisker se rappela ce qu'on écrivait sur Bowens dans les journaux. Il était athlétique, grand, plutôt beau garçon et tirait plus vite que le plus rapide des desperados avec sa carabine suisse à percussion détente Stecher et sa crosse à forte joue permettant la meilleure prise en épaule de tous les temps.

Et cet homme, cet authentique invincible de l'Ouest, Talisker allait le rencontrer dès le lendemain.

3

JACOB J. STABLER & KENNY BOWENS

Lorsqu'il posa le pied droit sur le sol, Kenny Bowens sentit comme une décharge électrique lui parcourir la jambe. La tempête arrivait avec sa perfide humidité, le plus vieux cauchemar des malchanceux souffrant d'arthrose. Bowens grimaça. Il se massa le genou et posa le second pied sur le plancher. Il ferma les poings et les enfonça dans le matelas afin de donner l'impulsion suffisante pour se mettre debout. Son dos craqua et il poussa un petit râle de douleur.

Il se dirigea vers la coiffeuse de son épouse, disposée dans un angle de la chambre. Il saisit un miroir qu'il approcha de son visage. Il contempla toute l'étendue des dégâts occasionnés par des années de chevauchée sous des soleils arides. Sourcils broussailleux, des pattes-d'oie affirmées aux coins de ses yeux vert émeraude, une épaisse moustache grise mal taillée, un grand front large desséché par les rides au-dessus duquel dominait un crâne presque chauve et buriné, des cheveux courts plantés en couronne et de grandes oreilles parsemées de poils aussi laids qu'inutiles, Bowens avait le visage creusé par des années de souffrance et d'inconfort, malgré un certain embonpoint qui pouvait laisser penser le contraire mais qui n'était dû qu'à son âge avancé. Bowens allait sur ses soixante-six ans. Ce qui pour lui était un record de longévité compte tenu de la vie sournoise et cabossée qu'il avait menée. Kenny Bowens mesurait un mètre soixante-dix tout au plus, grinçait de toutes les articulations lorsque le temps virait à l'humide, et flattait souvent une bedaine bien avancée sous laquelle il peinait à attacher son ceinturon les matins.

Il reposa le miroir et enfila un pantalon par-dessus sa vieille grenouillère élimée. Il enfila une chemise marron, son gilet en cuir noir et eut toutes les peines du monde à chausser ses bottes. Il quitta la chambre pour rejoindre la pièce de vie.

Lorsqu'il apparut à côté de la cheminée, Calie, son épouse, lui décocha un sourire radieux. Calie était de quinze ans sa cadette. Elle était belle et élancée. Calie était originaire de La Nouvelle-Orléans. Ils s'étaient rencontrés à Terrytown, Louisiane, huit ans plus tôt. En pleine force de l'âge, Bowens avait su s'occuper d'elle et l'avait sauvée du destin tracé par sa mère, tenancière d'un immense bordel de la rue Saint-Andrew. Calie l'avait suivi, lui offrant ses plus belles promesses. Mais le temps avait fait son travail et Calie s'était attachée à lui, au point d'accepter de l'épouser. Elle lui avait même donné un enfant, une petite fille nommée Léonore qui venait de fêter ses sept ans.

— Comment tu te sens ? demanda-t-elle.

— Comme une vieille brouette rouillée, répondit Bowens en se servant une tasse de café.

Il écarta les rideaux dentelés de la fenêtre de la cuisine et jeta un œil curieux vers le chemin qui menait à la limite de leur propriété. Rien à l'horizon.

— Où est Léonore ? demanda-t-il.

— Chez sa copine Marcy. Madame Fellow m'a demandé la permission de la garder à manger pour midi.

— Ah... Je la verrai pas alors...

Calie prit une tasse et se servit du café. Elle posa une fesse sur le rebord de l'évier, et détourna le visage de son époux d'une main délicate.

— Madame Fellow est venue me voir ce matin pendant que tu étais en ville. Je ne pouvais pas lui refuser, tu comprends ?

Bowens acquiesça.

— J'ai dit à Léonore que tu partais pour quelques jours cet après-midi, poursuivit Calie. Elle voulait te dire au revoir mais je lui ai demandé de ne pas te déranger pendant ta sieste. Tu as de la route et quelques rudes journées devant toi.

— C'est pas faux, répondit Bowens sans y croire.

— Je suppose que tu ne sais pas pour combien de temps tu en as...

Bowens arbora une moue dubitative.

— Non, pas vraiment. Avec un peu de chance, quelques jours...

— Il serait souhaitable que les autorités pensent à engager quelqu'un d'autre. Tu n'es pas le seul pisteur des États-Unis.

— Tu sais comment fonctionnent les vieux... Généralement, ils aiment bien travailler avec les gueules familières.

— Un peu comme toi.

— Un peu comme moi...

Les aboiements de Cletus, leur chien à poils longs, firent écho dans la vallée, les interrompant dans leur conversation. Bowens se pencha par la fenêtre et plissa les yeux. Sa vue lui jouait des tours depuis quelques années. C'est au bout d'une dizaine de secondes qu'enfin, les images devinrent plus nettes. À côté du petit corral se profila la silhouette d'un cavalier, dansant à travers les ondulations de la chaleur. Cletus tournait autour du cheval comme s'il voulait l'encercler à lui seul.

— Stabler est là, dit Bowens en terminant son café.

Calie disparut dans la pièce voisine et revint peu de temps après avec une sacoche de cuir boursouflée.

— Voilà ton garde-manger, dit-elle en posant la sacoche sur la table. Il y a du bœuf séché, du lard, des pommes de terre, du café, quelques biscuits et une réserve de tabac. C'est pas de la grande gastronomie mais ça coupera tes fringales.

— Merci Calie.

Bowens se mit dos à la fenêtre et observa l'intérieur de sa petite maison. Il avait passé tant d'années à arpenter les pistes à travers tous les États... Et aujourd'hui, il était propriétaire d'une modeste petite ferme à l'est de Philipsburg, Kansas. Deux bœufs, six poules, une petite centaine d'acres de terre labourée, deux chevaux et trois vaches. Telle était la fortune de Calie et Kenny Bowens. Mais c'était bien au-delà de tout ce qu'avait pu espérer l'ancien pisteur. Devant lui, quelques meubles qu'il avait fait fabriquer par un voisin ébéniste contre deux bêtes à cornes et quelques heures de travail. Mis à part quelques boîtes à épices, un vieux fourneau, une table et trois chaises, l'habitat des Bowens était épuré.

Chaque fois qu'il comptabilisait tous ces objets, il se revoyait quelques années plus tôt à suivre la piste de redoutables bandits, ou encore à grelotter dans les tranchées remplies d'eau à attendre l'offensive confédérée. À cette époque-là, il n'avait sur lui qu'une vieille pipe, unique héritage de son père, et une selle acquise en 1822 qu'il entretenait religieusement avec du lustrant et des chiffons en peau de chamois. Il était bien loin de croire à une telle réussite. Il se voyait plutôt finir sa vie dans un abri de fortune, encaissé dans les montagnes du Montana, à attendre la mort, seul comme un ermite dont l'unique finalité aura été de manger grâce à la guerre.

Kenny Bowens avait soixante-six ans, était marié et père d'une petite Léonore. Comme s'il avait vécu deux existences bien distinctes. Comme si, dans son ancienne vie, on lui avait accordé le droit de connaître l'opulence des hommes honnêtes. Il ne savait plus de quoi il était réellement fier et ce qui lui manquait le plus. Était-ce là le destin d'un homme qui avait tout donné à l'aventure ? Ou bien la fade récompense d'une vie brisée par les tourments de la violence et la conjoncture d'une époque pour laquelle il n'avait peut-être jamais été fait ?...

On frappa deux coups sourds à la porte.

Calie s'empressa d'ouvrir. La lumière pénétra dans la maison et souleva un nuage de poussière emporté par le vent du nord. Devant la porte était dressée la silhouette longiligne d'un homme tout en démesure. Jacob J. Stabler frisait le mètre quatre-vingt-dix, malgré une petite courbe qui lui voûtait le dos. Le visage hâlé et buriné, il avait tout du type qui avait passé sa vie à cheval. Stabler quitta son chapeau de feutre et découvrit un crâne clairsemé de longs cheveux bruns qui dansaient sur sa nuque. Les pommettes saillantes, le regard abattu, le nez crochu et une barbe de trois jours qui lui ornait le menton, Stabler était sans âge. Cinquante ? Soixante ans ? Impossible de le définir.

Calie lui offrit son plus beau sourire et l'invita à entrer.

Stabler dépoussiéra son long manteau et embrassa Calie avec la tendresse de deux amis qui ne se sont pas vus depuis longtemps.

— Comment vas-tu, Jacob ? Ça me fait plaisir, si tu savais !

— Salut Calie. Je vais comme un croulant pas trop rouillé peut aller. Et toi... toujours jolie comme un camélia après la rosée de printemps.

— Entre, tu vas bien boire quelque chose.

Stabler entra. Bowens sortit de l'ombre et lui tendit la main. Les deux amis échangèrent une poigne ferme et virile.

— Bow', comment tu vas, vieux coyote décati ?

— Mieux que toi si j'en juge par ta poigne de fillette anémiée.

Bowens l'invita à s'asseoir.

— Non merci, dit Stabler. Je veux pas te bousculer mais le shérif de Kearney nous attend le plus vite possible. On a presque quatre-vingts miles à parcourir à cheval. Si on fait une pause de quelques heures pendant la nuit, on a une chance d'arriver demain avant midi.

— Où ils vont entreposer le corps en attendant ?

— D'après ce que je sais, le shérif a mis à contribution ses adjoints et ceux de la ville voisine pour garder au frais la scène de crime.

— Ah oui, c'est vrai. Les nouvelles techniques d'investigation. On touche à rien et on déplace surtout pas le corps.

— Il commence même à se créer de nouveaux métiers autour de l'étude des cadavres. Tu y crois, toi ?

Bowens regarda Calie, qui déjà noyait le bleu de ses yeux dans un brouillard de larmes discrètes. Il fit quelques pas et l'enlaça de toute son âme.

— Excuse-moi Kenny, dit-elle. Ne m'en veux pas mais c'est plus fort que moi. J'aime pas quand tu quittes la maison.

— Je sais. Mais on a besoin de cet argent. Je deviens vieux et j'aurai bientôt besoin d'un docteur plus souvent qu'à mon tour.

Calie émit un petit rire nerveux.

— Oui, c'est vrai. Allez, file. Ne vous mettez pas en retard.

— Je suis navré de te l'enlever, intervint Stabler. Mais Bow' a déjà travaillé sur une affaire similaire. Quant à moi, depuis que j'ai monté mon agence de détective privé, je suis plus au fait des vieilles enquêtes non élucidées. Ils ont besoin de nous.

— Je suis tranquille, répondit-elle en souriant. D'ici quelques années, vous serez trop vieux pour monter à cheval. Alors peut-être qu'on aura la paix.

— Elle marque un point, rebondit Bowens. Allez Stab', je te rejoins. Si t'as besoin d'une échelle pour grimper sur ton bourricot, y en a une contre la grange.

Stabler déposa un baiser sur la joue de Calie et quitta la maison.

Bowens serra Calie une dernière fois. Il épaula la sacoche de cuir, enfila son chapeau et sortit de la maison à son tour.

Dehors, l'air était humide. La tempête était déjà descendue plus au sud, mais les résurgences de l'ouragan ceinturaient encore les États voisins. Bowens monta à cheval, vérifia que son fusil était correctement arrimé à son fourreau, vérifia d'un œil rapide que tous les accessoires nécessaires étaient en place autour de la selle, puis gratifia Calie d'un clin d'œil.

Stabler était déjà devant.

Calie leur fit un signe de la main, les regardant s'éloigner sous les intempérances du vent.

Les deux silhouettes ondulantes s'effacèrent peu à peu, puis disparurent complètement derrière le sommet de la colline.

*

Bénéficiant d'un climat continental humide, la moitié orientale du Nebraska souffrait de précipitations importantes. Surtout au printemps et en été. Lorsque Bowens et Stabler entreprirent de camper aux abords d'une immense clairière ceinturée de peupliers de Virginie, la fraîcheur de la nuit naissante infiltrait déjà les mailles de leurs manteaux de laine. Ce soir, la pluie les épargnerait.

Ils avaient parcouru près de trente-cinq miles depuis Philipsburg. Leurs chevaux étaient jeunes et frais, mais les quarante-quatre miles qu'ils devraient effectuer le lendemain dès l'aube seraient une épreuve de taille pour les bêtes qui ne s'étaient jamais aventurées au-delà des frontières du Kansas. Bowens et Stabler avaient décidé d'établir leur camp à proximité de Turkey Creek.

Stabler s'était chargé du feu tandis que Bowens leur avait préparé un reste de ragoût que Calie leur avait mis dans une gamelle militaire ; encore un souvenir que Bowens avait ramené de la guerre.

Après s'être délectés du repas chaud, Stabler avait préparé du café, laissant la cafetière de camp suspendue au-dessus du feu. Bowens s'était préparé une pipe de tabac frais tandis que Stabler s'était maladroitement roulé une cigarette. Ils étaient allongés dans leurs couches, sous la lune et les étoiles du ciel du Nebraska.

— Dans le temps, y en avait pas deux qui pouvaient rouler une cigarette parfaite en moins de vingt secondes comme toi, commenta Bowens. C'est quoi ce truc qui pend de ta bouche ?

— C'est à cause de l'arthrose, répondit Stabler avec résignation. Cette saloperie me fait échapper mes outils depuis plus de dix ans maintenant. Et y a rien à faire.

— Ah... Et c'est dû à quoi ?

— L'âge mon vieux Bow'. L'âge est à l'origine de toutes les défaillances.

Un bise glaciale glissa entre les arbres et vint se perdre autour de leur campement en tourbillonnant. Stabler se resservit une tasse de café et s'emmitoufla dans sa couche jusqu'au cou.

— T'es heureux Bow' ? demanda Stabler d'une intonation empreinte de nostalgie.

— Ben oui... Qu'est-ce que tu veux dire ?

— Je veux dire... enfin tu sais, on a pas mal bourlingué tous les deux. Je suis étonné d'être encore en vie. À l'époque de mon paternel, les hommes qui atteignaient la cinquantaine étaient des forces de la nature ou des miraculés.

— Quel rapport avec le bonheur ?

Stabler laissa passer quelques secondes avant de répondre.

— Ben... quand je suis à cheval et que je jette un coup d'œil derrière moi pour voir la distance parcourue, des moments j'ai l'impression que c'est le passé que je regarde. C'est comme un vieux livre de photographies. Je me revois à l'inauguration de la voie ferrée entre Baltimore et le moulin d'Ellicott en 1830 ; ou encore suivre la mort du Président Harrison juste un mois après son investiture en 1841. Je nous revois, toi et moi, jouer aux cartes dans les bastringues de Louisville et nous faire enrôler en 1862 dans le régiment de McClernand.

— Tu nous fais un cours d'histoire ?

Stabler tapota le bout de sa cigarette devant lui, éparpillant la cendre sur l'herbe humide.

— Non, reprit-il. Juste un constat.

— Un constat ?

— Ouais, un constat des trente-cinq dernières années. Puis parfois je réfléchis à tout ça. Et je me dis qu'il reste plus grand-chose de Jacob Stabler aujourd'hui.

— Y a de quoi avoir peur, pouffa Bowens en s'étouffant avec la fumée de sa pipe.

— J'avance lentement vers mes soixante piges ; je suis aussi sec que la branche d'un tilleul mort. Sortir du pieu est la première corvée du matin. Mes articulations craquent comme le plumard de la vieille Pamela Tugson. J'ai l'impression qu'on m'a bourré du bois sec dans le cul toute la nuit tellement ça craque. Et puis je fais les mêmes gestes que la veille. Je bois mon café bouilli, m'habille et file dans la grange qui me sert de bureau. Et puis je fais un peu de paperasse en attendant. Pas que j'en aie beaucoup, mais ça passe le temps.

— Les agences de détective privé, ça a bien pris pourtant...

— Oh oui, les agences de renom. Celles qui sont imprimées dans les journaux. Celles qui sont financées par les mécènes. Pas les petites agences comme la mienne.

— Et ton nom, t'en fais quoi ? Rien que le fait que Stabler soit gravé sur la pancarte à l'entrée de ta maison devrait te faire crouler sous les contrats !

— Plus maintenant. Les vieux comme nous, personne s'en souvient. Je dis pas qu'on n'a pas fait parler de nous dans le temps. Mais c'est à cette époque qu'on aurait dû se lancer dans le commerce. Pas après que les nouveaux héros ne deviennent des politiques ou des dirigeants de la compagnie du chemin de fer...

— De quoi tu te plains ? T'es toujours en vie et debout. Et puis tu dois bien vivre de ton job, non ?

— À part quelques contrats par-ci par-là... C'est pas la panacée. Dans les esprits, je suis qu'un détective, pas les légendes que tu voudrais qu'on soit restés.

— Alors c'est ça ? T'as le cafard parce que le monde a changé ? T'aurais dû faire comme moi, t'en accommoder.

— En fait, parfois, je regrette le temps des chevauchées. Même si on jouait notre peau tous les jours. C'est de l'adrénaline qui coulait dans nos veines, pas du vin bon marché.

Bowens craqua une allumette et approcha le bout incandescent du foyer de sa pipe. Il pompa plusieurs fois.

— Je crois qu'il faut jamais regarder derrière soi sinon on meurt plus vite, dit Bowens. Et puis il faut regarder les choses sous un angle plus optimiste. Regarde, ce contrat avec Kearney, c'est toi qui l'as eu.

Stabler ricana.

— Même ça, je l'ai mendié.

Bowens tourna la tête vers son ami.

— Et oui Bow'. J'ai presque supplié les autorités de Kearney de les laisser nous emmener.

— C'est pas eux qui ont fait appel à toi ?

— Non. Lorsque la gamine a été découverte hier après-midi, j'étais en train d'envoyer un télégramme à Lincoln. Au même moment est entré le vieux McLowry, le proprio du journal de Sterling. On a bavardé et c'est lui qui m'a appris la nouvelle qu'il allait faire paraître le lendemain dans son torchon. Ni une ni deux, j'ai télégraphié à Kearney en leur disant que j'avais déjà enquêté sur ce genre de meurtres. D'après les descriptions que McLowry m'avait données, le mode opératoire et l'âge de la gamine m'ont ramené quelques années en arrière. À l'époque où je courais déjà après ce fumier d'assassin.

— Et après ? C'est Kearney qui a répondu ?

— Le shérif Brittle en personne. Il m'a demandé de les rejoindre pour les éclairer sur l'affaire. Dans la foulée, je t'ai envoyé le télégramme pour t'avertir que je passerais te prendre.

— Ils sont au courant de ma présence, au moins ?

— Oui, je leur ai dit que t'étais mon assistant.

— En fait, si je comprends bien, j'étais pas indispensable à ton enquête.

— Bien sûr que si. Toi aussi t'as suivi l'affaire de ce salopard de violeur. Ça fait plus de dix ans qu'il fait trembler les chaumières du centre Nebraska. Tu m'as d'ailleurs servi de pisteur plusieurs fois lorsque j'étais sur sa trace.

Bowens se passa un bras derrière la nuque, pensif.

— Tu voulais rejouer les coulisses de notre jeunesse, conclut-il.

— Y a de ça.

— Et t'as jamais pensé que la vie que je menais me plaisait ? Que je ressentais pas forcément le même besoin que toi ?

— J'avoue l'avoir fait un peu par égoïsme. Mais aussi parce que ce fumier a hanté mes nuits pendant des années. J'en ai fait coffrer des tueurs, des voleurs, des escrocs... Mais celui-là, j'y suis jamais arrivé. Et je l'ai toujours eu en travers de la gorge. Alors quitte à repartir à l'aventure pour une dernière fois, autant le faire avec mon plus vieux pote...

La pipe de Bowens s'était éteinte. Il inspecta le foyer d'un œil assuré, puis la posa à côté de lui.

— Si Calie t'entendait...

Stabler tira une dernière bouffée sur sa clope et écrasa le mégot sur le sol.

— C'est ça les vieux, dit-il. Ça vit que sur la nostalgie. Bonne nuit Bow'.

Dans le ciel éclairé, tournait une chouette effectuant de larges cercles au-dessus des cimes. Les yeux de Bowens suivaient ses courbes, inlassablement, se laissant bercer par leur régularité... Jusqu'à ce que l'obscurité lui ferme les paupières, derrière le châle doucereux d'un feu agonisant.

4
HUNTER

Assis sur une chaise inconfortable, Hunter était installé près de la fenêtre. Il était arrivé tard dans la soirée et avait payé le prix fort pour que le tôlier demande à l'ancien locataire de changer de chambre. Hunter avait alors pris ses quartiers. Il s'était offert une vue imprenable sur la rue principale, qui donnait notamment sur le bureau du shérif.

Hunter s'était délesté de son manteau de cuir, avait approché un guéridon de la fenêtre sur lequel il avait soigneusement disposé sa blague à tabac, une pipe en bois et ivoire, une bouteille de bourbon et une lunette de visée.

Il s'était fait apporter une assiette de ragoût, un quignon de pain rassis et un verre de mauvais vin qu'il avait immédiatement versé dans la plante située à l'entrée de la chambre. Après avoir mangé sa ration, il avait ouvert la fenêtre et avait étendu ses jambes dans l'encadrement. Il s'était préparé une pipe qu'il avait fumée une bonne partie de la nuit, tout en se délectant de son bourbon écossais.

Hunter avait dormi quelques heures sans jamais quitter sa chaise. Aux aurores, un employé mexicain lui avait apporté une bassine d'eau et du savon. Hunter s'était débarbouillé par une toilette sommaire, avait lissé ses moustaches fines, et peigné ce qui restait de ses cheveux poivre et sel avant de reprendre la garde devant la fenêtre.

Ses yeux perçants ressemblaient à ceux d'un rapace. La ville était déjà en mouvement, dissimulée derrière un léger rideau de brume qui se dissipait lentement. Hunter saisit la lunette de visée et la plaça devant son œil droit. Il balaya la rue d'est en ouest, assistant au réveil de Kearney. Le maréchal-ferrant préparait sa braise et son récipient d'eau froide, tandis qu'un agent de la malle-poste prenait livraison du courrier acheminé par la diligence, elle-même affrétée par le chemin de fer. Le barbier balayait la devanture de son salon et le patron du saloon au-dessus duquel Hunter résidait aidait le coursier des alcools Helway à décharger la cargaison pour la cave.

Puis Hunter focalisa la loupe de sa lunette sur l'enseigne du bureau du shérif. La porte était encore close. Hunter avait pris ses renseignements et savait que Ray Brittle logeait dans un appartement d'une rue perpendiculaire. Mais la veille, le shérif n'était pas rentré chez lui. Il avait passé une partie de la nuit dans son bureau éclairé à la lanterne. Et lorsque la lampe fut éteinte, personne n'était sorti.

Le gratin que Brittle attendait allait débarquer. Et Hunter noterait scrupuleusement les têtes d'affiches qui se partageraient les investigations.

On frappa à la porte de sa chambre.

— Entrez, lança Hunter.

La femme du patron passa la tête à travers l'interstice de la porte.

— Je vous apporte le café que vous avez commandé hier soir, se défendit-elle, trop habituée aux caractériels qu'elle avait vus défiler au cours des années.

— Entrez madame, vous n'avez qu'à poser le plateau sur le lit.

Sa voix était grave et lente.

La patronne déposa délicatement le plateau sur les couvertures. Elle nota que le lit n'avait pas été défait. *Drôle de type*, pensa-t-elle. *Dépenser le double du prix pour une chambre, sans même dormir dans un lit propre et frais.*

— Voilà, vous avez du café, du pain, du beurre, des œufs et du lard. S'il vous faut autre chose, n'hésitez pas à nous le demander.

— Merci madame.

La patronne allait sortir, mais elle s'arrêta et fit volte-face. Hunter remarqua les doigts de la femme qui s'entortillaient les uns dans les autres, comme freinés par la crainte.

— Y a-t-il autre chose madame ? demanda-t-il, le ton apaisant et le sourire lui faisant remonter les moustaches.

— En fait... mon mari souhaiterait savoir si nous devons vous garder la chambre pour la nuit prochaine...

Hunter baissa les yeux. Il resta le regard cloué sur le plancher quelques instants, puis le détourna vers l'extérieur. Le bureau du shérif était toujours fermé.

— Je ne sais pas si je resterai ce soir, répondit-il. Mais je vais quand même vous payer la chambre. Juste au cas où.

— Comme vous voudrez, monsieur.

Hunter se leva, fouilla dans la poche intérieure de son manteau et en extirpa un portefeuille. Il glissa ses longs doigts dans la poche à billets et en exhiba quelques-uns.

— Tenez, cela devrait suffire, dit-il en lui tendant l'argent.

La patronne prit les billets avec méfiance et les enfonça dans la poche de son tablier.

— Si toutefois vous changiez d'avis dans la journée monsieur, sachez que vous pourrez venir réclamer votre argent.

Hunter acquiesça et lui offrit un sourire chaleureux. Alors que la patronne allait sortir, Hunter l'intercepta :

— Excusez-moi, madame.

Elle se retourna.

— Connaissez-vous la famille Butler ?

La patronne réfléchit quelques instants. Bien sûr elle les connaissait. Mais devait-elle répondre aux questions d'un étranger fraîchement débarqué en ville ? Qui était-il après tout ?

Hunter devina le malaise de son interlocutrice et décida de briser la glace.

— Ne vous inquiétez pas, la rassura-t-il. Je ne suis pas journaliste. Je suis une sorte de... d'enquêteur.

— Vous êtes là à cause de la fillette qu'on a retrouvée au bord de la rivière ?

— En effet. Je suis mandaté pour aider les autorités à retrouver le coupable.

— Eh bien... Je ne connais pas personnellement les Butler. Encore moins le jeune Garrett qui a trouvé le corps. Mais ils habitent une ferme à deux miles du lieu de la découverte. En suivant la piste qui longe l'affluent par le nord, vous tomberez automatiquement dessus.

— Merci madame.

— Sait-on qui est la jeune fille ? rebondit la patronne.

Hunter retourna s'asseoir sur sa chaise. Puis d'une voix douce, répondit :

— Je n'ai pas le droit de le dire. Pardonnez-moi.

— Euh oui, je comprends, balbutia-t-elle, rouge de honte.

La patronne releva les pans de sa robe et quitta la chambre.

Hunter secoua la tête, affligé par la bêtise de ses congénères. Il attrapa sa sacoche de monture, délia la sangle et sortit une pochette qu'il posa sur le guéridon. Il ouvrit le dossier à l'intérieur duquel au premier plan demeurait un article écrit de la veille. Celui-ci retraçait la découverte du corps par Garrett Butler, et ponctuait l'article par une interview du jeune homme. Aucun nom n'apparaissait, personne ne savait qui était la fillette qu'on avait repêchée au fond de la rivière Platte. Personne, sauf Hunter.

Un chariot passa dans la rue et l'une des roues éclaboussa un passant, faisant remonter jusqu'à la chambre les injures graveleuses de la victime.

Hunter détourna la tête. Le type était trempé et couvert de boue. Il pestait et sommait le conducteur du chariot de faire demi-tour. Bien entendu, la carriole poursuivit sa course. C'est précisément à ce moment-là que la porte du bureau du shérif s'ouvrit.

La silhouette d'un homme apparut. Plutôt charpenté mais de taille moyenne, Ray Brittle avança de quelques pas et appuya sa carcasse contre un poteau. Il inspectait la rue de ses yeux plissés. Il donna un coup de poing à l'intérieur de son chapeau pour lui rendre sa forme, et le vissa sur sa tête.

Hunter bondit sur sa lunette et orienta le cylindre dans sa direction. Arrivant par l'est, deux adjoints allaient à la rencontre du shérif. Ils se saluèrent et disparurent dans le bureau. Brittle referma la porte derrière lui.

Hunter baissa la lunette et arbora un rictus de contentement.

— Bonjour messieurs, marmonna-t-il.

La journée venait de commencer, ouvrant des perspectives nouvelles et audacieuses.

Hunter ferma la fenêtre, et fourra son matériel dans ses sacoches qu'il rangea dans l'armoire. Il enfila son manteau, mit son chapeau et quitta la chambre qu'il verrouilla à clé.

Il longea le balcon qui donnait sur le saloon, puis descendit les marches jusqu'au bar.

Le patron qui essuyait la vaisselle se dirigea vers lui.

— Bonjour monsieur. Bien dormi ?

— C'était parfait, répondit Hunter.

— Bon ! Est-ce que vous désirez quelque chose ?

— Je vais m'installer là-bas, dit Hunter en désignant une table au fond de la salle, juste à côté de la fenêtre qui donnait sur la rue. Pourriez-vous m'apporter du café ?

— Bien sûr, tout de suite.

Hunter le remercia et partit s'installer avec flegme.

5

RAY BRITTLE

Brittle s'était forgé une solide réputation, du Montana jusqu'au Tennessee. Il avait tout d'abord servi les intérêts de la ville de Billings, avait roulé sa bosse au service de la loi à Bismarck dans le Nord-Dakota, Rochester dans le Minnesota et enfin à Lexington dans le Kentucky, avant de prendre ses fonctions définitives à Kearney. Brittle avait servi l'armée unioniste sous les ordres du capitaine William Stretch Abert, et avait participé aux batailles de la campagne de la Péninsule au printemps 1862. Alors que Strecht Abert était devenu brigadier-général en 1865, Brittle avait quitté l'éprouvante vie de la cavalerie en proposant ses services en tant que shérif. Brittle était surtout reconnu pour avoir remplacé bon nombre de shérifs déchus, partis en retraite ou décédés. Il s'était fixé à Kearney depuis un an, espérant y finir sa carrière. Il avait même commencé la construction d'une maison à la sortie de la ville, et rêvait déjà de parties de pêche et de chasse qui jalonneraient ses vieux jours.

Brittle n'était pas vieux, mais il estimait avoir assez vécu d'aventures. Il avait esquivé les stratégies perfides de la mort, tué de nombreux soldats, incendié une multitude de fermes des États confédérés et perdu beaucoup trop d'amis... Le Nebraska avait toujours représenté pour lui une terre sainte, un paradis pour les méritants. La petite cinquantaine, Brittle était un homme seul. Il ne s'était jamais marié. Il laissait ça aux autres, comme il aimait à le dire parfois. Brittle avait tendance à compartimenter les hommes et les femmes selon une échelle de destinée très personnelle. Il y avait les politiques, les industriels, les paysans, les intellectuels, les commerçants, et les aventuriers. Ces derniers avaient été choisis par Dieu, selon lui, bien que Brittle n'ait jamais été un vrai croyant. Il pensait que tous les hommes n'étaient pas forgés du même métal. À certains l'on donnait l'esprit, à d'autres le pouvoir, aux restants le courage et l'altruisme... Il estimait faire partie de ceux-là. Des gens partis de rien, ne devant leur survie qu'à leur débrouillardise et à l'épaisseur qui gonflait leur entrejambe. Il aurait pu devenir bandit, comme tant d'autres avant lui. Mais il se défendait de ne pas avoir assez de courage pour fuir toute une vie durant. Il avait préféré la justice et le confort de ses infrastructures.

Brittle se leva de sa paillasse, se dirigea vers le baquet d'eau qui attendait au milieu du bureau et s'aspergea le visage. Il se coiffa les tempes, redonna un sens à sa coiffure brune et saisit son chapeau qui dormait à l'envers sur son bureau.

Il ouvrit la porte et s'imprégna des embruns poussiéreux de la ville. Plusieurs virevoltants traversèrent la rue, portés par les derniers soubresauts de la tempête. Il avança de quelques pas et posa son épaule contre un poteau. À quelques mètres de lui, un type endimanché avait le poing levé et jurait comme un charretier contre le conducteur d'une carriole qui venait de lui refaire la façade de son beau costume en tweed. Brittle sourit.

Il glissa son poing dans son chapeau et en tapota l'intérieur pour lui rendre une forme arrondie. Puis il le posa sur son crâne.

Il s'éveillait en même temps que la ville. *Sa* ville. À sa droite, le saloon, toutes fenêtres ouvertes, donnait dans le ménage quotidien. À sa gauche, les commerçants habillaient leurs devantures et se lançaient de joyeux bonjours. La ville était en mouvement et la prospérité d'après-guerre faisait plaisir à voir.

Deux silhouettes aux vêtements sobres, sur lesquels la distinction d'une étoile brillait sous le soleil timide, se dessinèrent dans la rue. Fusils sur l'épaule, Ron et Dwight se dirigeaient dans la direction de Brittle. Ses adjoints avaient suivi ses consignes à la lettre. De braves garçons ces deux-là. Ron avait vingt-six ans et Dwight trente-deux. Le premier était grand et large d'épaules tandis que le second était plus trapu. Tous les deux arboraient fièrement de belles moustaches qui leur dessinaient le visage et leur donnaient quelques années de plus.

Les trois hommes échangèrent des poignées de main. Brittle les invita à entrer dans le bureau et referma la porte derrière son passage.

Dwight accrocha son chapeau sur le portemanteau et posa son fusil le long du mur. Ron s'installa sur une chaise et garda son arme sur les genoux.

Brittle posa les fesses contre la tranche de son bureau.

— La semaine va être longue, commença-t-il. Comme vous le savez, on va se farcir une belle réunion, animée par une brochette de spécialistes que personne ne connaît.

— C'est pas la première fois qu'on retrouve des cadavres à Kearney, intervint Dwight. Pourquoi est-ce que cette affaire nécessite les grands moyens ? Et surtout, qui a décidé de tout ça ?

— Quelqu'un qui a des moyens et des ambitions, répondit Brittle. Est-ce que le nom d'Angus Dollory vous évoque quelque chose ?

Dwight fit non de la tête. Ron réfléchit quelques instants, persuadé qu'il avait déjà entendu ce nom quelque part.

— Dollory, ça me parle, mais...

— Angus Dollory est candidat pour devenir le prochain gouverneur démocrate de l'État du Nebraska, poursuivit Brittle. Il veut faire la nique à notre cher Alvin Saunders, en place depuis cinq ans.

— Je parie que Dollory supervise la résolution de cette enquête, dit Dwight. Je me trompe ?

— Il achète des voix, voilà ce qu'il fait, commenta le shérif. Être membre du congrès ouvre des portes donnant sur de vastes étendues. Il s'est positionné en tant que mécène sur cette affaire.

— Ça veut dire qu'il finance l'enquête ?

— Oh, mieux que ça. Il a engagé plusieurs enquêteurs privés, ceux que nous devons rencontrer d'ici la fin de matinée. J'ai été mandaté pour les convoquer. Il paraît même qu'un agent de la Pinkerton pourrait nous rejoindre en cours de route. Dollory finance également l'expédition.

— L'expédition ? répéta Ron.

— Vous pouvez déjà préparer vos bagages. Nous partirons dans la soirée pour une chasse à l'homme.

— Avec eux ? Je veux dire, avec ces types ?

— Ceux-là mêmes. Mais attendez, la cerise sur le gâteau devrait vous plaire. Dollory offre une récompense pour la capture de notre homme, une fois que nous aurons déterminé qui il est. Ce qui laisse présager qu'il nous faudra aussi composer avec les chasseurs de primes. Donc, un conseil : pour qu'on soit pénards, même si des indices nous mettent sur la piste de ce fumier, gardons l'information pour nous le plus longtemps possible.

Dwight se lissa de nouveau les moustaches. C'était devenu un tic. Il avait mis plusieurs mois avant d'obtenir le résultat escompté. Et passer ses doigts sur ses poils longs et gominés lui conférait une confiance certaine en l'homme qu'il était devenu.

— On sait qui sont les hommes qui feront route avec nous ? demanda-t-il.

— Un type de Sterling m'a télégraphié. Un certain Jacob Stabler. Il est détective privé et dit qu'il a déjà enquêté sur la même affaire par le passé. D'après lui, l'assassin de la fillette serait le même qui sème des cadavres dans les États voisins depuis plus de dix ans. Il m'a proposé son aide.

— Lui aussi va être payé par le QG de campagne de Dollory ? demanda Ron avant de fourrer un morceau de chique au fond de sa joue.

— Évidemment, comme nous tous. Mais ça avait plutôt l'air d'être personnel. Toujours est-il que Dollory a promis de prendre l'intégralité de l'expédition à sa charge. On aurait tort de se priver d'une aide supplémentaire.

— Vous pensez qu'on peut lui faire confiance à ce détective ?

— Pourquoi pas... répondit Brittle. J'ai déjà entendu parler de ce type. Encore un héros de guerre qui a marqué une époque oubliée. Il serait accompagné par Kenny Bowens, un ancien de McClernand.

— Bowens ? Je le connais celui-là, intervint Dwight en se redressant sur sa chaise. Lui aussi a fait parler de lui pendant le conflit.

— Ouais, paraît même que c'est un redoutable pisteur, ajouta Ron.

— Au moins, Bowens nous servira de publicité, poursuivit Brittle. C'est toujours ça. Même si je doute que l'évocation de son nom fasse trembler le salopard que nous allons pister.

Dwight jeta un regard entendu à Ron, qui ne déchiffra rien de l'insinuation.

— Et si la poursuite dure des mois... dit Dwight. Je veux dire, ça fait des années que personne n'a mis la main sur l'assassin. Pourquoi on y arriverait mieux que les autres ?

— Avec la pression qu'on va avoir sur les épaules, vaut mieux qu'on réussisse, répondit Brittle. Jusque-là, les effectifs étaient réduits. Et les enquêtes étaient partagées entre les autorités des différents territoires, sans aucune synergie. Cette fois, on sort l'artillerie lourde. Un shérif, ses deux adjoints, deux enquêteurs et un agent de la Pinkerton. Si on met pas la main sur notre homme, sûr qu'on va nous pendre à la potence par les couilles. Et si la poursuite doit durer des mois, eh ben elle durera des mois. En attendant, nous avons rendez-vous au saloon. Un conseiller du cabinet de Dollory nous attend sur place. Pour nous faire le topo. Il a dû arriver hier par la diligence.

Brittle se redressa, vissa son chapeau sur son crâne

et se dirigea vers la sortie. Dwight et Ron obtempérèrent sans résistance. Avant d'ouvrir la porte, Brittle se retourna.

— Les gars, le bonhomme que nous allons voir sort des grandes écoles. Ça doit être la première fois qu'il pose un pied dans une ville sans pavés. Alors ne vous attendez pas à ce qu'il expose des théories de terrain. C'est un gratte-papier. En un mot, soyez pas trop durs avec lui. Laissez-lui débiter ses conneries en hochant la tête. Le concret se fera sur le terrain. C'est compris ?

Ron acquiesça. Dwight ne dit rien, se contentant de reprendre le fusil qu'il avait posé près de l'entrée.

Les trois hommes sortirent du bureau.

*

Brittle et ses hommes traversèrent la rue, saluant les visages connus. Un chariot passa devant eux, évitant de justesse de rouler dans une flaque d'eau. Un virevoltant s'écrasa contre la cheville de Dwight avant de rebondir et reprendre sa célérité. Le buisson avait laissé une trace de poussière sur le pantalon immaculé de l'adjoint. Ce dernier grogna et l'épousseta.

Ils entrèrent dans le saloon d'où s'évadaient déjà des arômes de viande en sauce.

Le patron, toujours affairé derrière son comptoir, accueillit les forces de l'ordre par un sourire hypocrite.

— Bonjour messieurs. Installez-vous, j'arrive.

— Tu nous apporteras du café Tom, dit Brittle.

— Ça roule, shérif.

Les policiers prirent place autour d'une table ronde, à l'écart du reste de la clientèle. Brittle balaya la salle du regard, espérant repérer l'homme de Dollory au premier coup d'œil. Mais il n'en fut rien. Au fond de la salle, un conducteur de diligence tenait une tasse de café bouillant. Ses mains tremblaient et la cuillère manifestait de petites secousses qui tintaient contre la porcelaine. La présence d'une bouteille d'alcool mexicain sur sa table n'y était certainement pas pour rien. À quelques tables, deux hommes et une dame partageaient le petit déjeuner. Ils semblaient sortir tout droit de l'élite sociale du pays. *Pas des gens d'ici*, se dit Brittle. Enfin, à côté d'une fenêtre, un homme seul faisait des ronds de fumée qui sortaient d'une pipe en bois au bec en ivoire. Brittle ne l'avait jamais vu. L'homme portait un chapeau large et sombre, un imperméable usé qui couvrait un ensemble noir de belle fortune. Il buvait tranquillement son café, observant l'agitation extérieure par la fenêtre. Rien de bien anormal. La question était de savoir si oui ou non le conseiller politique de Dollory était bien arrivé à Kearney. La présence du conducteur de la diligence était la preuve qu'un convoi avait fait halte la veille. Le bureaucrate faisait-il partie du lot ?

Le patron du saloon arriva en portant maladroitement un plateau sur lequel tintaient trois tasses et une cafetière en métal.

— Et voilà pour ces messieurs, dit-il en posant les soucoupes sur la table.

Ron posa son fusil sur ses genoux. Son arme ne le quittait que très rarement. Dwight s'était déjà débarrassé de la sienne, la posant contre le bois du mur à côté de lui. La fumée de café frais tourbillonna entre les hommes et vint flatter l'odorat de Brittle, réjoui à l'idée de s'en délecter. Tom n'était pas un grand cuistot mais avait au moins le mérite de faire du très bon café.

— Dis-moi Tom, commença Brittle, t'aurais pas dans tes clients un homme venu de Lincoln ? Un gars du style politicien propre sur lui.

— Regarde autour de toi shérif, répondit le patron. J'ai que ça en ce moment. Tu vois la table avec les deux gugusses et la poupée russe aux joues roses comme le cul d'une vierge avant les grands travaux ? Ils viennent de Chicago. Je pense qu'ils font partie du gratin.

— T'as personne d'autre qui viendrait de loin et qui aurait loué une chambre pour la nuit ?

Tom se redressa et gratta son crâne chauve et bosselé.

— Laisse-moi réfléchir.

Puis son regard dévia vers l'homme à l'imperméable installé près de la fenêtre. Le fameux monsieur Hunter arrivé la veille au soir à cheval.

— Y a bien un type qui m'a loué une...

Soudain, un talon claqua au sommet des escaliers. Tom, Brittle et ses hommes levèrent les yeux vers l'étage. Yeux qui s'élargirent à la vue d'une superbe femme vêtue d'un pantalon en daim à franges écru, au-dessus duquel une chemise en flanelle gonflée par une poitrine généreuse était en parfait accord avec le reste de la garde-robe. La demoiselle portait un gilet assorti au pantalon et un chapeau de feutre parfaitement propre. Sur son bras était allongé un manteau en peau sous lequel pendait un ceinturon armé de deux colts.

La belle fit un tour d'horizon, passant au peigne fin l'ensemble des clients. Sans peine, elle aperçut une étoile qui scintillait sous un rai de lumière provenant de la fenêtre. Derrière l'étoile, un quinquagénaire légèrement bedonnant, cheveux courts bruns, le visage découpé à la hache. À ses côtés, deux jeunots aux moustaches fraîchement gominées et aux chevelures épaisses. Elle descendit les dernières marches et se dirigea dans leur direction.

Elle ôta son chapeau, laissant ses cheveux noirs et bouclés cascader sur ses épaules. Même le patron fut subjugué par sa beauté sauvage. Brittle agrippa les accoudoirs de sa chaise et se leva ; ses deux adjoints l'imitèrent.

— Shérif Ray Brittle, je présume ? demanda la jeune femme avec assurance.

— C'est moi, répondit le concerné en lui tendant la main.

La brune aux yeux émeraude lui serra la main d'une poigne étonnamment ferme. Brittle sentit la douceur de sa peau lui caresser l'épiderme. Il en eut des frissons.

— Jane Hobblehorn, conseillère en communication pour le cabinet d'Angus Dollory. Ravie de faire votre connaissance.

— Moi de même, répondit Brittle. Voulez-vous vous joindre à nous et partager notre café ?

— Avec plaisir.

Dwight lui tendit la main à son tour.

— Dwight Robson, enchanté madame.

Jane opina, sourire de rigueur greffé au coin des lèvres.

— Ron Ashton, dit le suivant, s'empressant de présenter sa main.

— Messieurs, j'accepte votre invitation.

Jane Hobblehorn s'assit, tandis que Tom s'affairait à courir jusqu'au bar pour ramener une tasse supplémentaire.

Brittle, légèrement mal à l'aise, cherchait l'introduction qu'il pourrait donner à la conversation. Il se gratta le menton, espérant de toute son âme que Tom reviendrait rapidement et qu'à la grâce de Dieu, il se prendrait les pieds ou effectuerait une maladresse comme il en avait l'habitude. Mais Tom se contenta de poser une tasse rutilante sur la table et gratifia la jeune femme d'un sourire discret avant de prendre congé.

Dwight saisit la cafetière et servit les quatre tasses, prenant soin de servir la dame en premier. Elle verrait alors qu'il était un parfait gentleman. Il avait lu dans une revue féminine que les dames appréciaient les hommes aux bonnes manières.

Jane Hobblehorn le remercia d'un hochement de tête.

— Bien, je ne sais pas vraiment par où commencer, dit Brittle. Je vous propose donc de nous faire part de vos instructions.

— Les mondanités sont inutiles avec moi, répondit la jeune femme.

Ron adressa un rictus moqueur à l'adresse de Dwight.

— Comme vous le savez, monsieur Dollory prend cette affaire très au sérieux, poursuivit-elle. Sans rien vous cacher, vous vous doutez bien que cette action est une symbolique politique pour la candidature d'Angus aux élections du gouverneur du Nebraska.

Miss Hoblehorn allait droit au but et évitait les clichés altruistes chers aux politiciens. Cela plut à Brittle.

— Sans rien vous cacher, je m'en doutais, répondit Brittle.

— Bien. Mieux nous serons transparents les uns envers les autres, mieux nous comprendrons les enjeux de cette campagne. Monsieur Dollory, avec la permission du congrès, a souhaité participer à la capture du Sprinkler.

— Le Sprinkler[1] ? répéta Ron en plissant les yeux.

— Oui, c'est le nom que lui ont donné les élégants bien-pensants de Lincoln. En rapport avec les us et coutumes pédérastes de notre homme.

— J'ignorais qu'il fallait donner un nom à tout, même aux sauvageries les plus perverses, commenta Brittle.

— Il faut toujours donner un nom aux choses, monsieur Brittle. Chez nous, on gratte énormément de papier. Et pour déterminer chaque élément d'un puzzle, il faut automatiquement lui apposer un nom. Quoi qu'il en soit, Dollory fait de cette affaire l'objectif numéro un de sa profession de foi. Il veut axer sa campagne sur la sécurité des citoyens. Il souhaite que les enfants puissent aller librement à l'école sans craindre de disparaître au détour d'une forêt, et rassurer les parents quant aux moyens déployés.

Brittle émit un petit rire nerveux. Ne sachant pas vraiment pourquoi, Ron imita son patron.

— Qu'y a-t-il d'amusant, monsieur Brittle ?

— Rien de bien méchant, répondit-il. C'est juste que nous connaissons tous le pedigree des politiciens. Ils sont prêts à décimer tous les serpents à sonnettes du désert sur de simples promesses. Mais une fois qu'ils sont élus, c'est tout juste s'ils ont le temps de dire bonjour à leurs administrés.

— Vous êtes du genre désabusé, on dirait.

— Non, juste observateur. Et je ne suis pas le seul. Sans rire, vous y croyez, vous, à tout ça ?

— Oui, j'y crois, répliqua-t-elle en portant la tasse à ses lèvres.

---

1. Sprinkler : Arroseur.

Dwight l'observait depuis son apparition. Il ne parvenait pas à décrocher son regard du visage de miss Hobblehorn. Ses lèvres étaient d'une parfaite sensualité. Rouges comme une rose du plus bel éclat, elles ressemblaient à deux petits coussinets parfaitement rebondis. Jamais il n'avait vu une telle beauté depuis qu'il était venu au monde. La peau de Jane Hobblehorn était lisse et hâlée et ses yeux marqués d'un fin trait noir sur les paupières, illuminant son regard vert qui ressortait comme des aurores boréales sous sa chevelure épaisse.

— Je pense que la politique est la base de toute civilisation grâce à des réformes en perpétuelle évolution, reprit-elle. Bien sûr, je peux comprendre la réaction des insatisfaits. Mais parfois, quelques hommes font ce métier par pure vocation.

— Et vous pensez que Dollory fait partie de ces gens-là ?

— En tout cas, c'est ce qu'il essaye de prouver. Je ne suis qu'une employée à son service. Mon travail est de croire en lui et il me paie bien pour ça. À moi de convaincre mon prochain.

Brittle posa sa tasse vide sur la table. Il évacua de son esprit toutes ses pensées les plus néfastes. L'heure n'était pas à la dissertation. Parlementer des heures durant pour un combat d'idées ne faisait pas partie de ses prérogatives.

— Comment monsieur Dollory souhaite-t-il procéder ? demanda-t-il.

— En vous apportant soutien moral et financier. Ce qui n'est déjà pas si mal.

— Savez-vous que nous devrions être plusieurs à partir ? Je veux dire, à part nous trois...

— Organisez-vous comme vous le souhaitez. Monsieur Dollory ne souhaite que des résultats. Peu importent les moyens. À combien d'hommes estimez-vous votre équipe ?

Brittle jeta un coup d'œil vers l'extérieur. Les fenêtres étaient teintées d'un dépôt ocre sableux.

— Deux hommes devraient nous rejoindre dans la matinée. Jacob J. Stabler et Kenny Bowens. Et un agent de la Pinkerton doit soi-disant nous porter assistance. Mais la présence du dernier n'est pas confirmée.

Miss Hobblehorn arbora une moue admirative.

— Kenny Bowens, Jacob Stabler. Vous savez vous entourer, shérif.

— Vous les connaissez ?

— De nom. Stabler est un ancien unioniste. Mais il est surtout connu pour avoir défendu le village de Zaragoza au Mexique en 1857 contre l'armée de Napoléon III, qui était assistée par les armées anglaises et espagnoles, et dont le but était de mettre en place un empire catholique afin de remplacer le régime politique en place. La guerre civile s'est répandue et les débordements inhérents aux hommes assoiffés de pouvoir et de richesse ont accablé les villages les plus faibles. Zaragoza était une cible facile. Stabler, qui était alors un aventurier, s'est trouvé au mauvais endroit au mauvais moment. Lorsque le village s'est fait attaquer, Stabler a monté une milice pour défendre les intérêts des autochtones. Grâce à son courage et ses stratégies quasi militaires, il est parvenu à résister à l'ennemi jusqu'à ce que les Anglais et les Espagnols, en désaccord avec le principe colonial de faire basculer le Président Juarez au profit d'un empereur, quittent le Mexique.

Brittle salua les connaissances de la jolie brune par un hochement de tête admiratif.

— Quant à Bowens, il s'est distingué lors de la guerre de Northest Black Hawk en 1832. Après la tentative de négociation du général Edmund Gaines, huit cents Indiens Sauk ont franchi le Mississipi. Le 14 mai, Bowens menait le combat lors de la bataille de Stillman's Run, où périrent de nombreux militaires. Le 2 août de la même année, Bowens partait de nouveau au combat et participait au massacre de Bad Axe River, où trois cents hommes, femmes et enfants Sauk ont trouvé la mort. Rien de bien glorifiant, mais de quoi jauger les capacités d'un homme solide. Et ce ne sont que les grandes lignes. Je vous épargnerai ses états de service en tant que pisteur, notamment ceux qui ont vu la fin de Smitty Vans, redoutable pistolero dont les exactions ont terrifié le Wisconsin dans les années quarante.

— Y paraît que c'est Bowens lui-même qui a abattu Smitty Vans, intervint Ron.

— C'est ce qu'on dit, confirma miss Hobblehorn en reposant la tasse devant elle.

Un silence s'installa à la table, comme un invité indésirable. Brittle resta pensif quelques instants, puis :

— Nous disposons de chevaux frais. Le General store nous a préparé plusieurs bourriches de victuailles et Tom a rempli nos sacoches de bouteilles et de tabac.

— C'est parfait.

Dwight jouait avec ses moustaches. Plusieurs questions se bousculaient dans sa tête. Brittle n'avait pas encore amorcé le sujet. Il crut bon d'intervenir.

— Dites-nous, miss Hobblehorn, cette battue risque

de durer dans le temps. Notre gibier est une proie plutôt coriace. Ça risque de coûter un peu d'argent tout ça...

Dwight lança un regard timide vers son supérieur, conscient qu'il venait peut-être de dire une énormité indigne d'un représentant de la loi. Mais Brittle ne dit rien. Au contraire, il fixa son attention sur la jeune femme, impatient de connaître sa réponse.

Jane Hobblehorn sourit à nouveau.

— Vous serez payé dix dollars la semaine.

— Dix dollars chacun et pour tout le monde ? rebondit Brittle.

— Tout le monde, y compris Bowens, Stabler, et votre agent de la Pinkerton, si il vient.

— Miss Hobblehorn, lorsque vous parlez de dix dollars par tête, c'est sans compter les frais. La nourriture, l'hôtel, les renseignements, les impondérables...

— Bien évidemment. Monsieur Dollory dispose d'un budget très confortable pour cette opération. La rémunération est valable pour tout le monde, sauf pour l'écrivain et moi-même.

Dwight et Ron croisèrent leurs regards ahuris avant de les porter sur le shérif. Brittle avait les sourcils froncés et la bouche entrouverte.

— Sauf l'écrivain et... vous ?...

La jolie brune se resservit une tasse de café. L'information était donnée. Il lui faudrait maintenant la justifier.

— Oui messieurs, je fais partie de l'expédition.

— Comment ça ? Mais... mais nous allons chevaucher des journées entières, dormir sous la pluie, chier et pisser dans la nature...

— Monsieur Brittle, la somme que monsieur Dollory a allouée à cette opération est conséquente.

Je suis tenue d'établir des rapports réguliers au bureau de Lincoln. C'est la condition. Quant aux tracas que vous venez de soulever, ne vous inquiétez pas pour moi. J'ai déjà dormi à la belle étoile, chevauché des jours durant et fait mes besoins au milieu d'hommes moins délicats que vous.

Les tempes de Brittle se mirent à tambouriner. Deux veines saillantes apparurent à chaque coin de son crâne.

— Et vous avez parlé d'un écrivain. C'est quoi cette histoire ?

— Connaissez-vous la réputation d'un dénommé Norman Talisker, monsieur Brittle ?

Ron focalisa son attention sur ses bottes, vexé que la question n'ait pas été adressée aux adjoints au même titre que leur supérieur. Dwight, moins susceptible, restait attentif.

— Non, répondit sèchement le shérif.

— Norman Talisker est l'auteur de l'ouvrage *Un crépuscule bleu-gris, chroniques unionistes et confédérées*. C'est un livre qui a remporté un vif succès. Certainement le bouquin le plus vendu de ces cinq dernières années.

— Que vient foutre ce type dans cette affaire ?

— Norman Talisker est ce qu'on appelle un écrivain d'investigation. Il ne se contente pas de retracer ses histoires à travers les témoignages, il va sur le terrain et s'imprègne des ambiances. C'est sa grande force. Il prépare actuellement un nouveau livre sur les grandes figures de l'Ouest. Lorsqu'il a appris que Kenny Bowens était encore en vie et qu'il serait parmi les effectifs de cette expédition, il a souhaité rejoindre la troupe.

— Et vous avez accepté ? s'insurgea Brittle. Je veux bien croire que ce monsieur Talisker soit un journaliste d'investigation, mais est-il réellement à la hauteur d'affronter ce qui nous attend ?

— Monsieur Talisker a des relations. Il fait partie du cabinet de campagne d'Orlan Briggs, prochain candidat aux élections présidentielles. Briggs et monsieur Dollory sont de vieux amis. Norman Talisker a demandé à monsieur Briggs d'intervenir auprès d'Angus Dollory pour participer à l'opération. Mon patron a accepté à la condition qu'il soit fait mention de son implication politique dans le livre. Il était impossible à monsieur Talisker de refuser cette offre. En contrepartie, Orlan Briggs a promis d'apporter son soutien à monsieur Dollory pour les élections.

Brittle se passa la main sur la bouche avant de laisser échapper le mot de trop. Il regarda Dwight qui, de son côté, ne manifestait rien de plus que l'instant précédent. *Quelle chance il a de pouvoir rester impassible*, se dit-il. Puis il passa à Ron qui astiquait toujours ses bottes, totalement absent. Enfin, il regarda face à lui et ses yeux croisèrent ceux de l'homme assis près de la fenêtre. Celui-ci leur accordait une attention discrète et prenait des notes sur un petit bloc de papier.

La jeune femme fouilla dans la poche du manteau qui lui recouvrait les jambes, en sortit un épais portefeuille et déposa quelques billets sur la table.

— Le café est pour moi, dit-elle avant de se lever.

Ron et Dwight se levèrent en même temps pour accompagner la politesse. Brittle ne bougea pas. Ses yeux ne quittaient plus l'horizon. Miss Hobblehorn se retourna, suivant la trajectoire de Brittle. Elle aperçut l'homme au visage émacié qui griffonnait toujours sur son calepin.

— Un ami à vous ? demanda-t-elle.

Brittle ne répondit pas. La jeune femme posa les poings sur la table et planta son regard dans celui du shérif.

— Monsieur Brittle, est-ce que ma présence vous dérange ? Soyez franc.

Brittle lui accorda l'attention d'un regard.

— Je ne veux pas jouer les sexistes mais je vous mentirais si je vous affirmais le contraire.

— De quoi avez-vous peur ? Que je vous ralentisse ? Si c'est ça, n'ayez aucune crainte. Je risque même de vous surprendre.

Les deux adjoints hésitaient à se rasseoir, mais ils ne firent rien tant que la brune restait figée devant la table à attendre la riposte du shérif.

— Ce qui me dérange, miss Hobblehorn, c'est l'idée de ne pas avoir assez de liberté pour agir comme je le ferais en temps normal, finit par répondre Brittle. S'il devait vous arriver quelque chose, comment est-ce que je le justifierais auprès de Dollory ? C'est un coup à être jugé coupable devant la cour, ça. Et j'avais d'autres perspectives pour mes vieux jours si vous voulez tout savoir.

— Allons shérif, ne me dites pas que vous avez peur de l'inconnu, ironisa Hobblehorn. Rassurez-vous, vous serez totalement désolidarisé de n'importe quel incident devant arriver à l'un de vos collaborateurs. Moi comprise. Et je dois également insister sur le fait que cette opération ne dépend pas de votre accord. C'est un ordre qui vient d'en haut. Prenez-le comme tel.

La belle brune enfouit sa chevelure bouclée sous son beau chapeau de feutre. Elle en pinça le bord pour saluer les adjoints, puis leur tourna le dos.

Elle fit quelques pas, puis se retourna une dernière fois.

— Je vous donne rendez-vous sur la scène de crime, le long de la rivière Platte avant midi. À tout à l'heure, messieurs.

Puis elle poussa les portes battantes du saloon avant de disparaître au milieu de la foule.

Brittle la regarda s'éloigner par la fenêtre. Le dernier souffle de la tempête qui avait balayé la région s'était mué en vents rapides et saccadés. La poussière voletait en petits tourbillons et de mini tornades cheminaient en zigzag à travers la rue principale.

Dwight s'accouda à un pilier de la salle.

— Qu'est-ce qu'on fait, shérif ?

Les yeux de Brittle se posèrent sur l'argent qu'avait laissé miss Hobblehorn. Bien plus que le prix des consommations.

— Sellez vos chevaux, dit-il. Je crois que nous n'avons plus qu'à nous soumettre aux caprices des présomptueux.

Le shérif se leva, enfila son chapeau, salua Tom et ouvrit la marche vers la sortie du saloon. Ses adjoints lui emboîtèrent le pas.

Lorsque les portes finirent par stopper leur va-et-vient, Hunter rangea son crayon de papier dans l'une de ses poches. Il lut ses notes.

« *Premier jour. L'affaire Switty Bohannon n'est pas ouverte à la chasse officielle. Personnes présentes sur l'enquête : Ray Brittle, shérif de Kearney, deux adjoints et Jane Hobblehorn, (représentante de campagne du candidat démocrate Angus Dollory). Devraient se joindre au convoi : Norman Talisker (écrivain), Jacob J. Stabler et Kenny Bowens (pisteurs et enquêteurs). Brittle pense qu'un agent de la Pinkerton viendra rejoindre le convoi (information erronée). L'opération est financée en intégralité par Dollory. L'équipée doit se rendre aux abords de la rivière avant midi.* »

Hunter referma le bloc-notes et l'enfourna au fond d'une poche. Il se leva, paya son café au bar, remercia le patron et quitta le saloon.

À l'extérieur, l'air était saturé en sable mélangé à la poussière. Hunter observa le ciel et remarqua les nuages qui filaient à vive allure vers le nord. La tempête avait épargné Kearney mais semblait diriger sa trajectoire en tournant sur elle-même. Il n'était pas impossible que l'ouragan revienne sur ses pas pour terminer son travail de destruction, avant de mourir dans un désert lointain.

Hunter s'en accommoderait.

Les habitants de Kearney avaient plutôt l'air soulagés. Ils avaient échappé au fléau et repris leurs activités. La ville était toujours en ébullition. Hunter remarqua la bonne humeur générale, celle qui émanait de l'après-guerre.

Une menuiserie située plus haut regorgeait d'ouvriers faisant claquer leurs marteaux sur des pièces de bois destinées à la construction d'une future carriole. Le General store exhibait sur ses étals de la vaisselle et des tissus multicolores. Une petite épicerie proposait sur ses présentoirs des légumes de saison, et le maréchal-ferrant arquait le métal pour la fabrication de fers flambant neufs.

De belles dames aux toilettes endimanchées se baladaient sous les ombrelles, croisant travailleurs et notables. Des gamins se donnaient la réplique derrière les balustrades, armés de revolvers en bois et de chapeaux cent fois trop grands.

Hunter observait cette faune en mal de prospérité. Pour lui, ils n'étaient qu'une bande de naïfs dépossédés de leur nature profonde. Des pionniers arrivés au bon moment, des immigrés assoiffés de soleil et de promesses faites par une Amérique utopique. Des arrivistes persuadés de réformer le monde par les métiers à la mode : notaires, détectives, comptables...

Les grands pontes du chemin de fer tenaient le pays et ces pauvres bougres ne s'en rendaient même pas compte. Ils seraient bientôt expropriés ou bien encerclés par les barbelés. Les terres qui autrefois appartenaient aux doux rêveurs n'étaient plus que de futurs investissements indivisibles.

Hunter avait le recul nécessaire pour discerner ces chimères pathétiques. Il savait que les cartes qui lui restaient à jouer trouveraient leurs lettres de noblesse à travers des perspectives d'argent facile. Il exerçait le plus vieux métier du monde. C'était une équation invariable. À cette évocation, il caressa la crosse de son pistolet. La seule et unique chose qui ne changerait jamais. Alors que tant d'hommes s'évertuaient à décider pour d'autres tandis que d'innombrables individus s'arrachaient la victoire à la course au pouvoir, Hunter restait maître de son destin. Lui seul et le fourreau plaqué contre sa cuisse.

6

L'ENQUÊTE

Bowens descendit de cheval. Il se frotta énergiquement le postérieur et se dirigea vers la rivière, les jambes arquées et la démarche claudicante. Stabler dévissa le bouchon de sa gourde et porta le goulot à ses lèvres. Il but plusieurs gorgées avant de rattacher le bidon au pommeau de sa selle.

— Eh ben vieux, t'as mal au cul ? lança-t-il à son acolyte.

Bowens répondit par un majeur dressé au-dessus de sa tête, sans pour autant dévier de son objectif. Il s'agenouilla et planta son chapeau dans l'eau. Il le laissa s'imbiber puis le secoua avec délicatesse avant de le poser dans l'herbe chaude. Il plongea une main dans les remous et s'humidifia cheveux et moustaches.

Stabler sourit.

Il observait l'horizon, espérant apercevoir quelque âme vadrouillant dans la contrée. Il ne vit que des formes ondulantes. Par le passé, il pouvait tuer un oiseau à deux cent quarante pieds ; aujourd'hui, il n'était même plus capable de reconnaître le pelage d'un chien à celui d'un marcassin. Sa vue s'était rapidement détériorée au cours des dernières années. Il s'était bien renseigné sur le prix des lunettes mais c'était un luxe bien trop onéreux pour un homme de sa condition.

Bowens enfila son chapeau. La fraîcheur traversa son épiderme et lui rafraîchit le crâne. Il observa les environs, admirant les reliefs doux et boisés. Il fit quelques pas, enjamba les hautes herbes, puis s'arrêta entre deux arbres. Il s'accroupit.

— Qu'est-ce que t'as vu ? lui cria Stabler.

— Des branches cassées et du crottin de cheval, répondit Bowens. À mon avis, on doit pas être loin. On va continuer à remonter la rivière. Je pense qu'on trouvera nos amis sans tarder.

Bowens revint sur ses pas, glissa son pied dans l'étrier et remonta à cheval. Les deux compagnons reprirent la marche.

*

Ils parcoururent moins de trois miles avant d'apercevoir au loin plusieurs silhouettes réparties sur une même zone réduite. Stabler plissa les yeux, espérant au moins reconnaître s'il s'agissait d'hommes ou de femmes. Il n'obtint que de minimes informations grâce aux corpulences.

— C'est eux, Bow' ?

Bowens tourna la tête vers son ami, étonné.

— Si j'en crois les étoiles qui scintillent sur leurs poitrines, oui, je pense que c'est eux. Mais tu vois plus rien ma parole !

Stabler haussa les épaules.

Les cavaliers descendirent de leur monture et attachèrent les rênes autour d'un tronc couché.

À quelques dizaines de mètres de là, Dwight les avait repérés. Il se redressa puis donna un léger coup de coude à Brittle.

— Shérif, y a du monde.

Brittle porta son attention sur Bowens et Stabler. Même s'il se doutait qu'il s'agissait des redoutables légendes dont on lui avait narré les exploits, il eut quelques instants d'hésitation. Le plus grand avait le visage allongé et la peau hâlée. Le dos légèrement voûté, il marchait avec nonchalance. Le plus petit portait une moustache et avait le visage plus rond, rongé par des années de chevauchée solitaire.

Bowens se présenta le premier.

— Kenny Bowens, dit-il en pinçant le bord de son chapeau.

Puis du pouce, il désigna son compagnon qui était à deux pas derrière lui.

— Et lui c'est Jacob J. Stabler. Vous êtes le shérif ?

— Ray Brittle, répondit le concerné en leur serrant la main. Bienvenue à Kearney.

Brittle s'écarta et fit les présentations d'usage en désignant chacune des personnes présentes.

— Voici Dwight Robson et Ron Ashton, mes adjoints.

Les deux hommes hochèrent la tête.

— Et je vous présente miss Jane Hobblehorn. Cette dame est chargée de faire le lien avec le cabinet qui finance l'opération.

— M'dame, saluèrent collégialement Bowens et Stabler.

— Enchantée messieurs, répondit-elle.

Bowens regarda autour de lui et aperçut trois hommes en faction qui dessinaient un périmètre autour d'eux, éloignés à trente mètres plus haut. Brittle suivit les yeux de Bowens et prit conscience qu'il venait d'oublier d'expliquer la nature du déploiement.

— Ce sont les hommes de Kearney, dit-il. Ils se sont portés volontaires pour surveiller la scène de crime. Ils se relaient nuit et jour avec une autre équipe.

— Vous faites pas semblant ici, commenta Stabler.

— Disons que l'enjeu de cette affaire est... différent, répondit Brittle en dévisageant Jane Hobblehorn.

Bowens et Stabler avancèrent de quelques pas tandis que les deux adjoints s'écartaient pour leur laisser libre champ.

Sur la terre sableuse était disposée une grande bâche boursouflée.

— Qu'est-ce que c'est ? demanda Bowens.

Brittle fit un signe de tête à Dwight, qui saisit un angle de la bâche afin de découvrir ce qu'elle abritait. Plusieurs dizaines de livres de glace formaient un lit, sous lequel apparaissaient plusieurs taches violines.

— Le corps de la fillette est dessous ? s'étonna Bowens.

— Vous avez deviné, dit Brittle.

— Vous avez conservé le corps sur place ? C'est pour ça que le lieu de rendez-vous était ici, près de la rivière ?

— Exact. Il s'agit de nouvelles techniques d'investigation venues d'Europe. Elles consistent à ne pas déplacer le corps tant qu'un premier état des lieux n'a pas été effectué.

— Ah... et ensuite ?

— Ensuite, le corps de la fillette sera confié au toubib pour une autopsie.

— Mais... Vous venez de perdre des jours précieux de poursuite !

— Je sais, mais c'est comme ça. D'après ces nouvelles méthodes, si nous partons avec un maximum d'informations, la cavale n'en sera qu'écourtée.

— L'initiative vient du cabinet d'Angus Dollory, futur candidat au poste de gouverneur, intervint la jeune femme.

Bowens crocheta les pouces autour de son ceinturon, imité par son acolyte.

— C'est une technique inspirée par Alphonse Bertillon, un jeune auxiliaire chargé du classement des fiches signalétiques, poursuivit-elle. Il travaillerait sur de nouvelles sources d'investigation visant à créer le signalement anthropométrique. Il s'agit d'une étude féconde fondée sur différentes mesures effectuées par les médecins : l'envergure, la longueur du buste, la taille, longueur et largeur de la tête, et tout le toutim. Ces analyses sont répertoriées et des fiches de signalisation mises en place.

— Quel rapport avec le cadavre d'une fillette ?

— D'après ce que nous découvrirons sur le corps de la jeune fille et d'après les indices laissés par l'assassin, l'autopsie sera peut-être en mesure de nous révéler la corpulence de celui que nous cherchons et les actes barbares qu'il a fait subir à sa victime.

— C'est quoi ça, l'autopsie ? demanda Stabler.

— C'est l'étude complète du corps par l'éventration de celui-ci, et la recherche d'éléments pouvant reconstituer le modus operandi de notre homme, répondit Hobblehorn.

— Ça va lui faire une belle jambe à la gamine, rétorqua Bowens.

— Je suis bien de votre avis, rebondit Brittle.

— Je ne vois pas en quoi ça va nous aider pour coincer ce fumier, dit Stabler. Votre autopsie va nous apprendre que la môme a été tabassée, violée, puis tuée. Ça, on le sait déjà. Et c'est pas en lui ouvrant le bide que vous trouverez la photographie de l'assassin cachée dans ses boyaux.

— Parce que vous savez précisément qui on cherche monsieur Stabler ? répliqua Hobblehorn sur un ton sec.

— Ça fait plus de dix ans que je lui cours après m'dame. Personne ne sait à quoi il ressemble ni s'il s'agit d'un Colomb, d'un Indien ou d'un nain obsédé qui a la queue trop lourde pour la garder dans son calebar.

Hobblehorn émit un petit rire en portant les yeux au ciel, consternée par les mentalités bestiales et basiques des hommes de ce pays.

— Monsieur Stabler, je ne doute pas de votre acuité à poursuivre les desperados de toute envergure, mais croyez-moi, plus nous accepterons d'avancer avec les progrès de la médecine et de la science, plus nous aurons de chances de coincer les malfrats plus rapidement qu'à votre époque. Et je dis ça sans vouloir vous froisser bien évidemment.

Bowens s'accroupit devant le monticule de glace.

— Y a moyen de voir le corps ?

— Bien sûr, répondit le shérif.

Dwight et Ron firent délicatement glisser les glaçons sur le côté et petit à petit, le corps de la fillette apparut. Lorsque les adjoints finirent de découvrir le corps, une petite fille qui jadis devait être d'une innocente splendeur, offrit à leurs âmes tourmentées un morceau de chair grisâtre et putride que les charognards n'avaient pas encore approchée, si ce n'est les vers qui commençaient à se promener sur ses vêtements maculés.

— Quel âge ? demanda Bowens.

— Le toubib nous le dira, répondit Brittle. Mais je dirais entre huit et dix ans, tout au plus.

Bowens s'écarta de quelques pas, s'isolant de la réunion un brin trop officielle à son goût. Il observa longuement les remous de la rivière. L'eau était limpide et tumultueuse. Il porta son regard en amont du cours d'eau. Le vent s'était levé et les nuages commençaient à tourbillonner autour de la vallée, dispersant des odeurs de bois humide et de fleurs agonisantes.

— Si vous espérez trouver quelque chose ici, vous vous gourez complètement, décréta-t-il.

— Ah, et pour quelle raison ? s'étonna Brittle.

— Pour deux raisons, en fait. La première, c'est que le courant de la rivière Platte est virulent, ce qui laisse à penser que la gamine a été jetée à l'eau plus haut, vers le nord. Le corps a suivi les remous jusqu'à se faire encaisser entre les pierres.

Brittle jeta un œil curieux vers Hobblehorn, espérant y déceler une minuscule parcelle de déception. Mais il n'en fut rien. La brune ténébreuse restait de marbre.

— La seconde raison et pas des moindres, poursuivit Bowens, c'est qu'entre le moment où le jeune Garrett Butler a trouvé le corps il y a trois jours et notre arrivée à vos côtés, la scène de crime comme vous dites, a été piétinée par vos bottes, souillée par les excréments de vos bêtes, et je parle pas de la végétation qui, si j'en crois ce que je vois autour de moi, a été saccagée par les va-et-vient de votre équipe d'enquêteurs. Pas de quoi rendre la tâche facile, même au plus éloquent des pisteurs.

— Qu'est-ce que vous essayez de nous faire comprendre monsieur Bowens ? demanda Brittle.

— Tout simplement que si vous cherchez un début de piste, il est pas ici, mais plus au nord.

— Que suggérez-vous ?

— Qu'on passe au peigne fin toute la rive en remontant le cours de la rivière. Alors peut-être et je dis bien peut-être, on trouvera l'indice qui nous guidera sur la piste de notre gibier.

Le visage de Stabler se fendit d'un large sourire. Le vieux Bowens n'était pas rouillé. Mieux, il était encore capable de dispenser d'humiliantes leçons.

Brittle porta le pouce jusqu'à la bouche et commença à en ronger l'ongle. Il s'attarda de nouveau sur la réaction de la brune aux cheveux bouclés.

Jane Hobblehorn ne cilla pas. Au contraire, elle enfila son chapeau et se dirigea vers sa monture.

— Eh bien messieurs, au travail, dit-elle.

— Vous n'avez rien de plus à nous dire ? ironisa Brittle.

Miss Hobblehorn, calée sur sa selle, posa un coude sur le pommeau. Elle argua d'un petit sourire arrogant et répondit :

— Comprenez-vous maintenant l'utilité de nous entourer de professionnels aguerris monsieur Brittle ?

Le shérif ne répondit pas, subjugué par le culot et la mauvaise foi de la brune. Ses adjoints échangèrent des regards abasourdis et focalisèrent leur attention sur leur patron en attendant les consignes.

— Que tout le monde remonte en selle, dit Brittle. Et dites aux hommes qui surveillent le terrain depuis dimanche d'emmener le corps chez le toubib et de rentrer chez eux. L'enquête vient de commencer.

*

L'équipée remonta la rivière jusqu'à la tombée de la nuit.

Stabler referma le col de son manteau et fit trotter son cheval jusqu'au niveau de Bowens.

— Tu les as pas ratés, dit-il en toussotant.

— Je les ai pas convaincus non plus, répondit Bowens. Je sais quel regard ils portent sur nous. Pour l'instant, ils nous écoutent. Plus par respect de l'expérience que par conviction. D'ici quelques jours, certains commenceront à remettre en doute nos hypothèses et dans moins d'une semaine, ils nous enverront nous faire foutre.

— T'es bien pessimiste pour une légende vivante.

— Non, mais je commence à connaître l'individu. Le pire ennemi de l'homme, c'est son ego. Regarde autour de toi, et dis-moi ce que tu vois ?

— Pour dire la vérité, pas grand-chose... Si ma vue continue de baisser à cette cadence, l'année prochaine je serai obligé d'aller pisser avec une loupe.

— Tu le faisais pas déjà ?

Stabler lui accorda la victoire d'une mise en boîte bien placée, et rit.

— Sans déconner, pourquoi tu noircis le tableau ? demanda-t-il.

— On va voyager avec un shérif dépassé par les nouvelles méthodes. Il doit avoir sa propre expérience mais s'il a fini dans ce trou, c'est pas pour rien. Il est usé, comme nous deux. Quant à ses deux adjoints, ils tètent encore les nichons de leur mère et ne savent répondre que par des hochements de tête débiles.

— Et que penses-tu de la jolie nana ?

Bowens cracha le cure-dent qui se baladait entre ses dents depuis le début de la matinée.

— À vrai dire, pas grand-chose, répondit-il. Je pense qu'elle est là, à attendre.

— À attendre quoi ?

— Qu'on se plante. Et comme tu le sais, dans ce genre de chasse à l'homme, on fait fausse route une fois sur deux. C'est mathématique. Soit t'as une veine de cocu et ton flair te guide sur la bonne piste, soit t'es poissard et tu peux te foutre au cul toutes tes vieilles théories. Le succès de ce genre de randonnée repose toujours sur un coup de poker. Et si on se manque, on le saura très vite, crois-moi.

— Je la trouve pas mal cette fille. Elle a de l'allure, du caractère... et puis elle est pas dégueulasse à regarder.

— C'est une femme de tête et d'opinion. Je l'ai vu tout de suite. C'est elle qui tient les rênes. Elle sera patiente jusqu'à la première erreur. Ensuite, elle nous bottera le cul à coups de reproches et de phrases convenues sorties tout droit du code des connards endimanchés. Et à partir de ce moment-là, on aura juste à la fermer ou quitter l'aventure.

Les mots de Bowens tournaient comme une toupie dans la tête de Stabler. Certes, ils avaient vieilli, mais ils n'en restaient pas moins des hommes à la renommée encore vivotante. Peut-être cela les sauverait-il de l'humiliation de la vieillesse...

— Mouais... Ça se tient, dit-il.

— Et toi, tu ferais quoi ?

— Hein ?

— Tu quitterais l'aventure ou tu poursuivrais ?

Stabler prit la peine de réfléchir. La réflexion de Bowens méritait tout son sens et une réponse adéquate.

— Je pense que je resterais.

— Le pognon ?

— Y a pas que ça. Ce fumier me fait la nique depuis plus de dix berges. Il y a aussi la notion d'honneur, tu comprends ?

— Parce que tu crois que les honneurs nous reviendront ? Même si on coince ce type, notre croisade ne servira qu'à noircir quelques paragraphes supplémentaires sur la profession de foi de Dollory. Et tu verras que ni ton nom, ni le mien n'apparaîtront.

— Je m'en cogne Bow'. Je laisse la gloire à ceux qui en ont besoin. Je vais avoir soixante balais et j'ai plus rien à prouver. Je commence à devenir miro, j'ai mal partout chaque fois que je me gratte le dos, et j'ai de plus en plus de mal à dresser la tente, si tu vois ce que je veux dire...

— Ta poésie résonne à mes oreilles comme une mélodie d'Edwin Froley.

— Je suis toujours parvenu à mes fins, Bow'. Lorsque je pistais Leland Thirney en 1841, il m'a fallu que quatre jours pour lui mettre la main dessus et le faire pendre à Dallas. Quand j'ai combattu à l'armée, la résistance que j'ai organisée à Laramie nous a permis de tenir sept jours avant que les renforts nous rejoignent. Je dois rien aux gamins des générations nouvelles. Non. Moi, tout ce que je veux, c'est mettre la main sur cet enfoiré. Lui faire payer dix années d'humiliation. Une fois qu'on lui aura fait bouffer ses couilles, je pourrai enfin dormir sans me réveiller toutes les nuits avec cet indécrottable sentiment d'échec...

Bowens ne dit rien. Il pensait à ce que lui avait dit un jour un vieux frère d'arme. Quand deux amis se comprennent, ils n'ont pas besoin de se le dire. Stabler et lui remplaçaient la complexité des mots par des regards entendus. C'était leur force, le symbole de leur amitié et de leur confiance mutuelle.

Cependant, Stabler perçut comme une absence dans le regard lointain de son ami. L'étincelle qui scintillait dans les yeux de Bowens habituellement était comme éteinte.

— Y a quelque chose qui cloche ? s'inquiéta Stabler.

Bowens lui décocha un regard vide.

— De quoi ?

— Depuis qu'on a quitté la scène de crime, j'ai l'impression que quelque chose te tracasse.

— Non, ça va, répondit Bowens, le regard longeant la rive.

— Pas à moi, Bow'. Y a quelque chose que tu veux pas me dire. Et quand tu gardes ce genre de truc pour toi, c'est jamais bon signe.

— Rassure-toi Jacob, je vais bien. C'est juste que ça fait deux jours que tu causes comme un fossile. Et à force de t'écouter, j'ai l'impression d'en être devenu un.

— C'est mes jérémiades qui te dérangent ? T'as raison, je devrais peut-être garder mes états d'âme pour moi.

— C'est pas la question. Mais je me dis que t'as pas tout à fait tort. À une époque, je dis pas, peut-être qu'on était taillés pour ce genre de fantaisie ; mais aujourd'hui j'ai de sérieux doutes.

Stabler donna un à-coup sur les rênes, et le mors tira sur les gencives de son cheval jusqu'à se placer en file indienne derrière Bowens. Le soleil pâle se couchait derrière la colline, voilant le ciel d'un linceul ocre. Stabler observait la rive, baladant son regard sur les reliefs. Il ne voyait qu'un amas de couleurs ternes se mélanger à des formes ovoïdes. C'était peine perdue. Peut-être lui faudrait-il quelques heures de repos et la lumière d'un jour nouveau pour que ses yeux retrouvent la jeunesse de l'aube.

Brittle, Dwight, Ron et la belle Jane suivaient de près les deux cavaliers, comptant sur l'expérience de Bowens pour les alerter. Ce qui ne tarda pas à se produire.

Bowens ordonna à sa jument de stopper et se laissa glisser hors de la selle. Brittle leva le bras droit pour faire arrêter le convoi.

— T'as vu quelque chose ? demanda Stabler.

Bowens ne répondit pas. Il s'agenouilla et inspecta les cailloux dont les bords étaient caressés par l'eau. Puis il plongea son regard dans la rivière, sur sa gauche.

— Vous avez trouvé quelque chose, monsieur Bowens ? demanda Brittle à son tour.

Bowens se releva.

— Je crois. Vous pouvez descendre de cheval.

Brittle s'exécuta immédiatement, suivi par ses adjoints. Miss Hobblehorn resta au sommet de sa monture, fascinée par l'assurance présomptueuse de Kenny Bowens.

Stabler descendit de cheval et s'accroupit précisément à l'endroit où s'était penché son compagnon quelques secondes plus tôt. Il plongea les doigts dans la terre et ramena une poignée de cailloux. Les petites pierres étaient maculées de taches carmin.

— Du sang...

— Vous avez trouvé du sang ? répéta Dwight.

— Du sang séché, répondit Bowens.

L'endroit où l'expédition s'était arrêtée ressemblait à un ponton naturel donnant sur la rivière. Des centaines de cailloux étaient éparpillés le long de la rive, tandis que l'eau battait délicatement la roche des pierres les plus grosses par des ondulations lascives.

— Monsieur Robson, vous voudriez pas faire quelques pas dans l'eau et nous rapporter la chose qui brille à côté de la grosse pierre pointue ? lança Bowens en désignant la zone d'un levé du menton.

Dwight questionna son supérieur du regard, qui lui donna son approbation d'un hochement de tête. Miss Hobblehorn était toujours attentive à la leçon.

Dwight plongea ses bottes dans la rivière. L'eau passa par-dessus et lui trempa les pieds. Il grimaça, pensant déjà aux auréoles qui tacheraient son pantalon. Il avançait maladroitement, prenant garde à ne pas se laisser déséquilibrer par le courant.

Brittle se posta entre Bowens et Stabler.

— Qu'est-ce que c'est ? demanda le shérif.

— La première piste sérieuse de votre enquête, dit Bowens.

Dwight retourna la manche autour de son bras aussi haut qu'il le put, puis plongea la main dans la rivière. Il en ressortit un petit objet dégoulinant qu'il tendit devant lui, comme s'il s'agissait d'un serpent dont on ne sait pas s'il est encore vivant.

— C'est un canif ! hurla-t-il.

Bowens sourit.

— Vous pensez qu'il s'agit du couteau de notre homme ? Sincèrement ? jeta Brittle, consterné par la simplicité de la découverte.

— Non, répondit Bowens. Pas celui de notre homme, mais celui de la victime.

— Des tas de gens viennent pêcher le long de la rivière. Comment pouvez-vous affirmer que ce couteau appartient à la fillette ?

Bowens resta silencieux un moment. Il surveillait Dwight du coin de l'œil.

— C'est la pleine saison de la récolte de la canneberge, dit-il. Si vous avez attentivement observé le corps de la gamine, vous avez pu voir les extrémités de ses doigts. Ils étaient violacés. Des taches que dépose la canneberge lors de la cueillette.

— J'avoue ne pas avoir porté plus d'attention.

— La canneberge est une plante vivace qui pousse à l'état sauvage à proximité des tourbières. Et selon certaines habitudes, les ramasseurs méticuleux de canneberge, après avoir dépouillé la plante de leurs airelles, taillent les branches afin que celles-ci se renforcent pour la saison suivante. La fillette avait également autour de la taille une cordelette attachée par un nœud. Je vous parie ma paye de la semaine que le canif dispose d'un cerceau d'attache.

Dwight revint sur la rive, bras écartés et le pas habile. Il tendit le couteau à Bowens, qui le saisit par la lame. Il présenta l'arme devant les yeux de Brittle. Au bout de la crosse, un petit cerceau métallique poinçonnait la crosse de l'objet.

— Impressionnant, admit Brittle. Et vous avez vu tout ça en un seul coup d'œil. Mais il est possible que ce couteau appartienne à quelqu'un d'autre qui l'aurait perdu en marchant dans l'eau...

— Possible, dit Bowens en lançant le canif à Stabler, qui s'empressa de le ranger dans l'une de ses fontes.

— Donc, nous sommes devant un semblant de piste, poursuivit le shérif.

— Avec l'eau qui est passée et repassée sur le canif, ça m'étonnerait que vous y trouviez du sang. La lame a été lavée. C'est peut-être un semblant de piste mais c'est quand même une piste.

Brittle, circonspect, arbora une moue dubitative.

— Quand vous avez passé plus de quarante ans à pister tout ce qui marche ou rampe sur cette terre, chaque détail a son importance, dit Bowens.

— D'accord, mais où voulez-vous en venir, monsieur Bowens ? intervint miss Hobblehorn.

Du pouce, Bowens releva la pointe de son chapeau.

— Le sang séché sur les cailloux n'est pas celui de la gamine. C'est celui de notre tueur. Elle a sans doute tenté de se défendre quand elle a été attaquée.

— Ce qui veut dire que ce salopard est blessé, conclut Brittle.

— Encore une possibilité.

— Et donc ?

— Quelle est la ville la plus proche en direction du Mexique ?

Brittle jeta un regard derrière lui, attendant une réponse de ses adjoints. Ceux-ci se turent.

— À ma connaissance, nous ne sommes pas très loin d'Holdredge, comté de Phelps, finit par dire Brittle. C'est une petite ville qui débouche sur le Kansas.

— C'est dans cette direction qu'on doit chercher, affirma Bowens.

— Vous pensez qu'il va rejoindre le Mexique pour s'y cacher ?

— On a une chance sur plusieurs milliers. Mais si j'étais un fugitif blessé qui a à ses basques toute une armée soutenue par l'État du Nebraska, c'est là-bas que j'irais pour me faire soigner dans une ville d'étape.

— Mais peut-être que le Sprinkler a anticipé sa retraite, dit miss Hobblehorn. Il a peut-être décidé de brouiller les pistes et de prendre le chemin opposé.

— Toujours une possibilité.

— Ça fait beaucoup de possibilités, vous ne trouvez pas, monsieur Bowens ?

— C'est pour cette raison que le voyage risque d'être plus long que vous ne l'imaginiez avant d'intégrer le convoi.

Miss Hobblehorn se ravisa et dévissa sa gourde pour se désaltérer.

Bowens avança vers Brittle et approcha sa moustache de son oreille.

— C'est quoi le Sprinkler ? demanda-t-il.

— Un nom de code, répondit Brittle à voix basse. Ils aiment bien ça dans les bureaux de Lincoln.

— Ahhh...

Le shérif remonta en selle, imité par tous.

— Messieurs, annonça-t-il, on retourne à Kearney. J'espère que vos affaires sont prêtes. Vous avez deux heures pour faire vos adieux à vos femmes. Embrassez-les tant que vous le pourrez parce que je suis pas certain que nous soyons revenus avant la fin de l'hiver.

Les cavaliers abandonnèrent la rive et reprirent le sentier vers le nord, guidés par les dernières brumes orangées du soleil couchant.

7

RON ASHTON

Le vent sifflait dans la rue principale, s'engouffrant dans chaque interstice, chaque recoin de la ville. Le ciel grondait sa colère comme un dieu avertissant ses ouailles d'une terrible promesse. Il faisait nuit et mis à part trois ivrognes se partageant l'abreuvoir des chevaux devant le saloon, personne n'avait osé braver la menace. Même les chevaux étaient absents, soigneusement parqués dans leurs écuries.

Ron Ashton avait la main posée sur le sommet de son chapeau pour l'empêcher de s'envoler. Son cheval luttait contre le vent. Il était nerveux. Ashton bifurqua à l'angle de la troisième rue et longea la bâtisse du barbier qui donnait sur un cul-de-sac. Il descendit de cheval, ouvrit une porte dissimulée sous un escalier et fit entrer sa monture. Il s'agissait d'une écurie minuscule prêtée par l'administration. Le shérif Brittle avait fait en sorte de réserver l'abri pour le cheval de son adjoint. Ron vivait dans l'appartement du dessus, avec sa femme, Catherine. Un petit deux pièces modeste mais douillet.

Ron équipa sa monture d'un sac de couchage, de fontes en cuir chargées de lard et de viande séchée.

Il attacha au pommeau de la selle deux gourdes pleines et ajouta une sacoche à frange remplie de balles. Il vérifia une dernière fois les liens qui enserraient le fourreau de son fusil, harnaché à la droite de la selle. Puis il sortit de l'écurie. Il se dirigea à la hâte vers les escaliers qu'il grimpa quatre à quatre.

Lorsqu'il entra chez lui, Catherine était endormie sur une chaise à bascule, un livre ouvert posé sur les jambes. Ron quitta son chapeau et approcha de son épouse. Il s'agenouilla et posa une main sur le livre qu'il tenta de détacher délicatement de l'emprise de Catherine. Elle sursauta.

— Qu'est-ce que... Ron ?

— Excuse-moi, je voulais pas te réveiller. J'allais te débarrasser de ton bouquin et te porter jusqu'à la chambre. T'as l'air exténuée.

— J'ai déjà mangé, dit-elle avec une pointe de culpabilité dans la voix.

— T'as bien fait. On a traîné.

— Je t'ai laissé des pommes de terre sur le poêle. Tu pars bientôt ?

— Oui. Mon cheval est prêt. On prend la piste du sud pour le Kansas.

— Tu vas être absent longtemps ?

Ron baissa la tête. Partir ne l'enchantait pas. Même s'il touchait aujourd'hui le rêve qu'il s'était toujours fixé en intégrant les autorités, il n'aimait pas s'éloigner trop longtemps de son foyer.

— Je sais pas, répondit-il. La traque dans laquelle on est engagés risque de durer plusieurs semaines. Avec un peu de chance, je serai rentré avant la fin de l'hiver.

Catherine baissa les yeux à son tour. Un larme perla dans le coin de son œil droit et explosa sur la couverture du livre qu'elle tenait sur ses genoux.

— P... Pourquoi est-ce que tu le prends comme ça ? demanda Ron, dont le bégaiement revenait chaque fois que ces satanées émotions prenaient le dessus. C'est pas la p... première fois que je m'en vais.

— Je sais, murmura Catherine tout en réprimant un sanglot. C'est juste que cette fois, c'est long... Et je sais pas pourquoi, mais je le sens pas.

Ron baissa les yeux sur le plancher. Il se revoyait en train de le lustrer avant d'emménager. C'était il y a un an. Arrivant tout droit de Keystone, à proximité des Black Hills dans le South Dakota, Catherine et lui avaient laissé derrière eux leurs familles respectives pour s'installer dans le Nebraska, où Ron avait trouvé cet emploi d'adjoint. Ils avaient parcouru plus de quatre cent vingt miles dans une vieille carriole pourrie grignotée par les vers. Ils n'avaient qu'une valise pour deux, un vieux matelas, un peu de vaisselle que la mère de Catherine leur avait donnée, un meuble bas, une table et quelques bibelots. Ils avaient pris la piste au printemps pour arriver au début de l'automne. Ray Brittle leur avait mis à disposition le local pour un cheval, et l'appartement situé au-dessus dans lequel lui-même avait vécu avant d'emménager trois rues plus loin.

Dwight, le premier à avoir rejoint l'équipe des représentants de l'ordre, était arrivé en ville peu de temps avant. Catherine et Ron s'étaient constitué un petit foyer coquet qui allait bien au-delà de leurs espérances. Ils s'étaient forgé une nouvelle vie durant l'année écoulée. Année durant laquelle Catherine était tombée enceinte. La naissance était prévue pour le mois de décembre. Et Ron serait probablement absent.

— T'as p... peur que je sois pas revenu pour la naissance du b... bébé ?

— Quand on se lance dans une traque telle que celle-ci, on ne peut rien prévoir, répondit-elle, la voix chevrotante.

— C'est mon boulot Cathy. Tu le s... savais. T'en avais accepté les conséquences...

— Je sais. Mais si tu ne reviens pas cette fois...

Ron sentit comme une flèche lui transpercer le cœur. Il frissonna à l'idée de mourir. Il n'avait pas encore trente ans. Il n'était pas en âge de s'en aller déjà. Pour lui, cette évocation était une nébuleuse. Une équation inenvisageable. Il avait encore tellement de choses à vivre. Il avait d'ailleurs vécu pas mal de choses, entre arrestations et levées de corps après les pendaisons. Mais rien de semblable à ce qui l'attendait. Cette fois, il partait pour une chasse à l'homme. Pour de bon. Avec son équipe, ils allaient se mettre sur la trace d'un redoutable assassin d'enfants. Un individu que personne ne connaissait, que personne n'avait encore jamais rencontré. Qui était cet homme qu'ils allaient devoir affronter ? Un pétochard dont la virilité s'arrêtait aux viols et aux meurtres de mineurs sans défense ? Ou bien s'apprêtaient-ils à défier un véritable tueur-né, à la morale forgée dans les cuves brûlantes de l'enfer ?

— Je r... reviendrai, dit-il, tentant de rassurer Catherine autant qu'il essayait de se rassurer lui-même. Il ne s'agit ni plus ni moins qu'une b... battue.

— Mais cette fois, le gibier que vous chassez porte une arme.

Soudain, le feu du poêle émit un petit soubresaut. La braise était à l'agonie et un vent froid envahit l'atmosphère.

Catherine se caressa le ventre. Ron la regardait faire. Il avait envie de la prendre dans ses bras, la rassurer davantage. Mais une autre inconnue ne le lui permettait pas. Un étrange sentiment d'interdit. Depuis plusieurs semaines, Ron s'était éloigné. Malgré sa présence physique dans leur maison, il lui arrivait d'être absent. D'avoir le regard perdu vers un horizon virtuel. Un rêve égoïste qu'il ne tenait manifestement pas à partager.

Ron se releva, prit quelques bûches dans le panier en osier et chargea le poêle. Il ouvrit le couvercle de la casserole dans laquelle mijotaient les pommes de terre, et avec l'aide d'une cuillère en bois, les fit tournoyer sur elles-mêmes d'un mouvement circulaire du poignet. Il reposa la marmite sur la fonte et rejoignit son épouse. Il s'arrêta derrière elle et posa ses deux mains sur ses épaules.

— Leeann sera là, avec t... toi. Tu seras pas seule, essaya-t-il de se défendre.

Ron bégayait beaucoup ces derniers temps. Chaque fois que ça lui arrivait, Catherine faisait en sorte de faire dévier la conversation vers des sujets plus légers. Elle connaissait la sensibilité de son mari et chérissait son handicap, qui lui permettait de lire en lui. Les hachures de ses mots l'émouvaient.

— Leeann est repartie à Norton, dit-elle. Son mari poursuit son projet de construction de la gare. Il avait besoin d'elle. Elle a d'autres choses à penser.

Ron fronça les sourcils. Il semblait contrarié.

Il disparut dans la pièce à côté ; la chambre à coucher. Il revint avec un sac sur le dos. Il s'arrêta derrière le fauteuil de Catherine pour ne pas avoir à affronter son regard.

— J'y vais, dit-il simplement.

Catherine se leva et déposa son livre sur le meuble bas. Elle se dressa face à lui et lui prit le visage entre ses mains.

— Fais attention à toi, dit-elle. Si tu vois que la situation dégénère, fais demi-tour. Quitte à perdre ton emploi. Nous trouverons autre chose.

— Tu penses au bébé ?

— Je ne pense qu'à lui justement. Et je préfère qu'il vienne au monde avec un père qui travaille la terre plutôt que le fantôme de celui-ci qui dort six pieds dessous.

En d'autres temps, Ron aurait ressenti une lourde empathie et une profonde émotion liée à l'inquiétude de sa femme. Mais sur le moment, il ne ressentit qu'une étrange aversion pour elle. Comme si elle était responsable de quelque chose. Et cela n'avait rien à voir avec la traque qu'il s'apprêtait à vivre.

— Prends soin de toi, se contenta-t-il de répondre avant de tourner les talons.

— Attends !

Ron se retourna. Catherine déposa un baiser sur les lèvres de son époux.

— Non, toi prends soin de toi, dit-elle. Prends soin de nous. Reviens vite... et entier.

Ron ne lui rendit pas son baiser. Il se contenta de la regarder d'infimes secondes, à la recherche d'une étincelle d'espoir dans le regard de Catherine. Mais il ne discerna rien. Ce n'était pas Catherine qui était responsable de ce curieux sentiment de vide ; mais c'étaient les yeux de Ron qui étaient devenus hermétiques.

Il se détourna d'elle et ferma la porte derrière lui.

8

DWIGHT ROBSON

Dwight vivait seul.

Son logis était d'une impeccable propreté. Il était rangé, soigneusement aménagé et sentait l'eucalyptus. Il en avait acheté plusieurs fioles à un marchand itinérant. Dwight était un adepte des médecines parallèles et des ouvrages dédiés au développement personnel que certains considéraient comme des œuvres écrites par les esprits tourmentés.

La vie de Dwight Robson était calibrée, compartimentée. Après le travail en rentrant le soir, il s'adonnait à de mystérieux rites lui permettant de vivre en osmose avec son environnement. Dwight était new-yorkais d'origine. Il avait connu le tumulte des villes et les conséquences d'une société en pleine mutation. Lorsqu'il habitait à New York, Dwight était docker. Il passait ses journées à décharger des colis provenant d'Europe affrétés par bateaux. La solde était misérable et les conditions de vie tout aussi déplorables. Il avait connu les grèves diligentées par les ouvrières du textile et les émeutes et le massacre des grévistes par des milices urbaines. Il avait fui le rêve américain comme on tente d'échapper à la peste. L'Eldorado, la terre promise que convoitaient les immigrants n'avaient jamais existé. Pour lutter contre les politiques d'austérité, nombre d'immigrants avaient formé des communautés aussi incontrôlables que venimeuses. Les gangs avaient commencé à gangrener la ville et les ouvriers devaient composer avec patrons, politiques nouvelles et misère sociale.

Dwight avait quitté New York et s'était lancé sur les pistes du Grand Ouest, là où le soleil apaise les esprits et nourrit les hommes de bonne volonté.

Au cours de ce voyage initiatique, Dwight avait fait la connaissance d'un marchand ambulant répondant au nom de Docteur Walland. Ils avaient arpenté ensemble les pistes sur trois États ; l'Ohio, le Kentucky et le Tennessee, avant de se séparer aux frontières de l'Arkansas. Walland était un charlatan comme on en croise au détour des villages naïfs. Mais Walland était pourvu d'une philosophie de vie qui valait tous les remèdes du monde. Il était de religion bouddhiste et dispensait une aura étrange mais bienfaisante. Même si Dwight n'avait jamais été dupe de la faculté de Walland à tromper ses congénères, il savait néanmoins percer à jour les âmes les plus complexes, et le seul pouvoir de guérison du Docteur résidait dans son absolue croyance en l'homme et ses capacités à contrôler sa vie de A à Z. Il avait partagé avec Dwight, lors de repas nocturnes au coin de feux de camp, de nombreuses théories sur l'alliance ancestrale des individus et de la terre. Il disait que l'homme, grâce à de profondes méditations, était enclin à accepter les défaillances du monde. Il lui suffisait d'observer pour comprendre. Et lorsque enfin l'homme était parvenu à pointer du doigt le mal-être d'une société déclinante, il était aussi en mesure de cicatriser ses propres plaies par un travail de l'âme. Se servir de son propre ego positif pour démanteler les sources nuisibles qui dictent un état d'être. Cette guérison passait par de nombreuses étapes fondées sur la remise au monde de soi par des techniques spirituelles. Walland avait procédé à de nombreuses expériences sur son compagnon de chevauchée. Ils avaient commencé par la méditation. Une plongée personnelle dans la découverte de son propre corps. Le ressenti de chaque parcelle de son être. Alors Dwight fermait les yeux, assis sur sa couverture, et écoutait la voix caverneuse de Walland orienter son esprit sur l'existence de ses organes et la sensation provoquée par l'attention dévolue à la décomposition de chaque membre du corps : orteils, mollets, cuisses, bassin, ventre, épaules, biceps, avant-bras, cou... La respiration se régulait d'elle-même et le bien-être commençait à envahir le corps et l'âme. Une fois ces séances maîtrisées, elles laissaient place à la conversation. Un échange de connaissances issues de peuplades déclarées par certains comme primitives, mais néanmoins en lien avec l'art antique de la communion.

Walland était parvenu à convaincre Dwight que le monde n'est qu'illusion et qu'il appartient à chacun de tracer sa propre voie. De cette manière, l'homme n'était plus l'ennemi de son semblable. Il n'en était que le reflet. Ce qui laissait à penser que le conditionnement et la perception des choses n'étaient qu'un retour de notre propre condition. Et que pour briser ces programmes congénitaux, il fallait prendre conscience de sa propre force intérieure, cette force qui permet de renier le mal pour le modeler en remède miracle. Le reste, les potions et les élixirs n'étaient que des placebos destinés à enclencher le processus de guérison.

L'homme, qui aux yeux du monde apparaissait comme un bonimenteur, s'était étrangement mu en un guide spirituel, disposant à son gré de la condition humaine dans toute sa complexité. Et le sourire que Walland avait greffé en permanence sur le visage était d'une incroyable sincérité.

Leurs routes s'étaient séparées près de Topeka. Walland avait suivi son destin, laissant Dwight suivre le sien. De ces enseignements, Dwight avait acquis une sagesse personnelle rare pour les gens de son âge.

Depuis son arrivée à Kearney, il avait adopté l'adage comme un culte voué à l'émerveillement. Dwight mangeait sain, se couchait tôt, et ingérait la vie comme la mousse absorbe l'eau.

Certes, il était humain et, de fait, vivait avec ses défaillances. Sa force était simplement d'en avoir conscience et de les accepter. Alors, lorsqu'il rentrait chez lui en fin de journée, au lieu de rejoindre ses compagnons de beuverie, il entrait en méditation, embaumait son logis d'effluves d'eucalyptus et s'adonnait à la gymnastique spirituelle de l'esprit. Cette science était nouvelle pour lui. Qu'en serait-il pour les autres ? Alors Dwight persévérait à ressembler au commun des mortels, brillant sous les plus belles toilettes, entretenant ses moustaches finement lissées et suivant les ordres d'un shérif que la vie et la société avaient modelé à l'image d'un régulateur impartial.

Dwight aimait son travail. Mieux, il le considérait comme un complément logique à son parcours. Sous ses airs d'idiot endimanché, Dwight veillait sur ses semblables. Il était devenu malgré lui le meilleur atout de ses compagnons d'infortune.

Dwight rangea soigneusement les emplettes qu'il avait faites au Général store, les harnacha à sa monture, puis se hissa sur la selle. Il était prêt. Prêt à survivre, prêt à mourir, prêt à rendre justice... Et quelle que soit l'issue de leur cavalcade, Dwight avait accepté la possibilité de mourir.

La nuit était tombée, engourdissant la ville de son emprise glaciale.

Dwight arriva devant le bureau du shérif d'où une lueur discrète irradiait derrière les rideaux à carreaux.

Les rues étaient vides et silencieuses. Même le saloon ne vibrait plus sous la mélodie de son piano mécanique. L'air était glacé, paralysant. La pancarte articulée du notaire se balançait en grinçant, projetant une ombre mouvante sur le parvis de la devanture, elle-même éclairée par la timidité de la lune derrière un rideau de brume.

Dwight descendit de cheval, attacha les rênes autour de la barrière en bois et se dirigea lentement vers la porte d'entrée à côté de laquelle étaient placardés plusieurs avis de recherches écornés et jaunis. L'un d'entre eux, cloué depuis plus d'un an, avait les honneurs de la place centrale du tableau. Une affiche sans visage, avec pour seules mentions le surnom de l'individu recherché et la somme offerte pour sa capture. Il y était inscrit Prescott Soulless, *wanted dead or alive*, 12 000 $. Prescott Soulless était un nom pseudonyme inventé par les autorités, désignant la pire ordure que l'Amérique du Nord ait jamais connue. Soulless, le Sans-âme, comme aimaient à le décrire les journalistes en mal d'inspiration. Un ignoble tueur en série qui, disait-on, était animé par des pulsions bestiales et basiques, dont le premier méfait avait eu lieu en 1859 à Prescott en Arizona. Depuis, Prescott Soulless avait chevauché à travers tous les États du Nord, répandant sur son passage terreur et folie meurtrière. Ce type était la bête noire des autorités de tous les comtés du pays. On lui attribuait l'assassinat de trente-sept victimes, sans lien commun. D'après les spécialistes, l'individu n'était pas un tueur comme les autres. Ni l'argent, ni les viols ne semblaient être ses mobiles. Non, cela allait bien au-delà de toute perception cartésienne. Toujours d'après les spécialistes, Prescott Soulless était victime d'une maladie mentale incontrôlable qui soulevait à espaces irréguliers d'irrépressibles besoins sanguinaires. Celui qui mettrait la main sur l'individu se destinerait à une vie des plus confortables. 12 000 $.

Dwight décrocha l'avis de recherche qu'il plia en quatre avant de le glisser dans la poche intérieure de son manteau en laine.

Même s'il doutait de sa théorie, il pensait que le Sprinkler et Prescott Soulless pouvaient être une seule et même personne. Pourquoi pas après tout ?

Il entra dans le bureau du shérif, laissant derrière lui une trace pâle sur le tableau des avis de recherche.

À l'intérieur, Brittle et Ron examinaient une carte d'état-major. Ils levèrent la tête lorsque Dwight entra, laissant glisser dans le bureau un courant d'air glacial.

— Tu tombes à pic, dit Brittle. On était en train de tracer l'itinéraire.

Dwight posa son fusil contre le mur et les rejoignit.

Il ôta son chapeau et se pencha légèrement pour se rapprocher de la carte.

— Voilà le trajet que nous allons effectuer, poursuivit le shérif en pointant du doigt le tracé de l'itinéraire. Nous commencerons par prendre la direction d'Holdredge, puis nous suivrons la piste de Mc Cook avant de redescendre sur Oberlin. Ensuite...

— Moi je contournerais Oberlin par l'est, proposa Ron. Il y a une piste qui longe Norton plus directe pour arriver à Amarillo.

Brittle tourna la tête dans sa direction, puis adressa à Dwight un regard curieux. Dwight fit une moue désintéressée.

— Là ou ailleurs... dit-il.

— Bon, si tu penses que c'est mieux, convint Brittle.

— Oui, je pense, affirma Ron. Ensuite, on peut rejoindre Hill City, Wakeeney, Ness City, Jetmore, Dodge City, Amarillo, puis bifurquer sur Lubbock pour filer sur Odessa. Ensuite, une nouvelle piste conduit jusqu'à Piedras Negras à la frontière mexicaine.

— Pourquoi Piedras Negras ? demanda Brittle.

— Parce que la plupart des postes frontières se trouvent entre Juarez et Terlingua. Si notre gugusse est malin, il évitera la facilité, quitte à perdre deux semaines de cheval. Si j'étais lui, je descendrais plus vers le sud, et traverserais le Rio Grande pour rejoindre les montagnes de Santa Catarina. Mais le Mexique est un vaste pays ; je ne fais qu'une proposition.

Dwight et Brittle échangèrent un nouveau regard. Jamais Ron n'avait semblé si impliqué. D'habitude, c'était un jeune homme plutôt effacé qui suivait les consignes à la lettre. La prise d'initiative de l'adjoint ravit ses acolytes, notamment Brittle qui ne devrait plus à lui seul porter le fardeau de décisions erronées, même s'il en porterait malgré tout la responsabilité.

— Pourquoi pas, finit-il par abdiquer. Tu as raison, Ron. Avant de penser comme des policiers, nous devons avant tout réfléchir comme des desperados. Effectivement, si notre gibier est plus rusé que la moyenne, il y a de grandes chances qu'il choisisse un itinéraire inattendu.

— Est-ce qu'on en informe miss Hobblehorn ? demanda Dwight.

— Pas la peine, répondit le shérif en repliant la carte. N'oublions pas qu'elle est là pour rédiger des rapports, pas pour participer à la stratégie. C'est à elle de se soumettre à nos décisions, pas l'inverse.

Brittle sortit de la mêlée, s'emmitoufla dans une épaisse veste en peau de bison, enfonça son chapeau sur le sommet de son crâne, saisit son fusil et se dirigea vers la sortie. Avant d'ouvrir la porte, il se retourna.

— Messieurs, en avant. À partir de maintenant, il va falloir replonger dans vos souvenirs d'armée. Mais attention, et écoutez bien car je ne le dirai qu'une fois ; l'objectif premier est de revenir vivant. Même si on perd la trace de notre homme. C'est bien compris ?

Dwight acquiesça. Ron ne répondit pas, se contentant de suivre le mouvement.

Les trois hommes quittèrent le bureau.

Le rendez-vous était fixé au saloon.

Dwight et Ron restèrent au sommet de leur monture tandis que Brittle descendit de cheval pour se rendre à l'intérieur du saloon.

En pénétrant dans la salle, il remarqua que l'extrémité de ses gants commençait déjà à scintiller de petites pépites de givre. Il forma un creux avec ses mains et leur insuffla un souffle chaud.

Stabler et Bowens étaient sagement assis à une table et dégustaient un café bouillant. Le saloon était vide. Pas un seul client. Accoudé au bar, Tom le barman patientait. Il attendait que la petite troupe se réunisse enfin pour fermer l'établissement.

Bowens se leva, suivi de son compère. Tous les membres de l'équipée se rassemblèrent vers l'entrée.

— Madame n'est pas encore prête ? ironisa Brittle.

— Si, elle est prête et elle vous attendait.

La voix venait de l'étage supérieur. Jane Hobblehorn descendit les marches avec grâce, affublée d'un équipement typiquement masculin. Ses colts étaient rutilants et le vieux fusil qu'elle tenait dans la main droite dénotait avec sa féminité.

Elle posa son chapeau sur sa tête et gratifia Brittle d'un clin d'œil discret avant de quitter l'établissement.

Brittle salua Tom, qui lui rendit la politesse.

Stabler referma la marche.

Jane Hobblehorn agrippa le pommeau de sa selle et se hissa. Bowens et Stabler firent de même, s'évertuant à dissimuler les douleurs sinueuses qui leur piquaient les articulations. Brittle ne manqua rien du spectacle. Il sourit avec sympathie.

— Dans quelle direction allons-nous, monsieur Brittle ? demanda Jane Hobblehorn avec engouement.

— Plein sud, répondit-il. Nous allons contourner Holdredge par l'est.

— Et ensuite ?

— Ensuite, on gardera le cap jusqu'à Hill City. Mais rassurez-vous, nous poserons pied à terre avant d'avoir parcouru les quatre cent vingt miles qui nous séparent de notre objectif.

Brittle avait répliqué sur un ton légèrement incisif et railleur. La belle brune ne cilla pas.

— Qu'attendons-nous alors ! dit-elle avec un rictus de défiance greffé au coin des lèvres.

Le vent balayait la rue de brises saccadées. La température était encore descendue. Les six cavaliers prirent la direction de la sortie de Kearney, suivis par les ombres que dessinait le reflet de la lune, perçant les nuages de mauvais présages ténébreux.

9

LES CAVALIERS DU VENT

Le cortège punitif avait emprunté la piste par le sud-ouest. Ils parcouraient déjà les sentiers caillouteux et escarpés situés à quelques miles à la sortie de Kearney. Un léger grésil emporté par les vents d'est, s'insinuait dans les encolures de leurs manteaux, les faisant frissonner en silence.

Malgré ses mitaines, son manteau en fourrure et son bonnet de laine écrasé sous son chapeau de feutre, Bowens tremblait. De la main droite, il enserrait la fermeture de son col qu'il plaquait contre son menton. Il pensait à Calie, son épouse dévouée, installée devant la cheminée en train de fignoler son travail de couture. C'était son moment de détente à elle. Elle aimait le canevas, le crochet, le tricot, et profitait de ses longues soirées d'hiver pour confectionner de magnifiques ouvrages qu'elle déposait au Général store de Main Street, vendus par les Becker, les propriétaires du magasin. Ainsi, elle ramenait souvent quelques pièces qu'elle réinvestissait immédiatement dans l'achat de fil, de laine et d'aiguilles. Son but n'était pas de gagner de l'argent mais d'en avoir suffisamment pour acheter sa matière première, et ainsi emplir ses soirées d'ouvrages qui lui occupaient les doigts et l'esprit. Un esprit se doit d'être occupé lorsque l'on vit avec un vieux cow-boy usé, pas toujours enclin à assouvir les désirs érotiques d'une femme plus jeune de quinze ans. Bowens en avait parfaitement conscience. Il se demandait encore pourquoi Calie était restée avec lui toutes ces années, elle qui était si belle et désirable. Ce n'est pas les hommes qui manquaient dans la région. Des hommes plus jeunes, plus beaux, plus forts... Mais Calie ne semblait pas s'attacher aux apparences. Non. Elle avait préféré de loin la sagesse de Kenny, sa gentillesse et sa bienveillance... Elle lui avait même fait un enfant.

Kenny Bowens avait toujours pensé que son nom mourrait avec lui.

Et s'il ne revenait pas de cette aventure... Qu'adviendrait-il de Calie et Léonore ? Bowens souhaitait de tout cœur que sa femme saurait ne porter le deuil qu'un bref instant, et s'épanouir dans les bras d'un homme qui la mériterait. Et si leur cavalcade durait plus de temps que prévu... Que se passerait-il dans l'esprit de Calie ? Se persuaderait-elle que son mari avait trouvé la mort ? Qu'il ne reviendrait plus jamais ? Passerait-elle alors à autre chose ? Trouverait-elle l'amour au bras d'un jeune poulain au cœur d'une nouvelle famille riche et de bonne éducation ? Possible. Et à son retour, Bowens trouverait une maison vide, juste habitée par les capricornes et les araignées.

Bowens écarta cette idée d'un mouvement de tête. Non. Dès qu'il en aurait l'occasion, il lui écrirait. Juste quelques lignes pour la rassurer. Lui dire que tout allait bien et qu'il serait bientôt de retour.

Pour la première fois de sa vie, Bowens sentit monter en lui un étrange sentiment d'appréhension. Non pas la peur de périr, comme il avait pu la connaître lors de batailles sanglantes et interminables... Mais la crainte de l'homme qui a tant de choses à perdre. Il frissonna à l'idée de perdre Calie. Son unique point de repère dans une vie en balance constante avec un passé tortueux et un futur incertain.

Stabler éperonna sa monture pour lui faire rejoindre celle de son ami.

— Ça caille, hein, Bow' ?

— J'ai les roustons qui ont rétréci. Ils collent à mon calbar comme les mouches collent aux aisselles de la mère Dagonard, ma voisine.

— À une autre époque, on aurait au moins attendu dix miles avant de claquer du dentier. Mes doigts se paralysent à mesure que la température descend et mon arthrose commence sérieusement à se manifester. On n'aurait jamais dû partir de nuit.

— Je suis bien d'accord.

— Vu comme c'est parti, on pourra jamais camper. Fait bien trop froid.

— La tempête nous revient en pleine gueule, Stab'.

Stabler leva le nez vers le ciel. Il ne vit qu'une ombre bleu-gris parsemée de taches troubles.

— Tu crois ?

— Le temps est tout aussi déglingué que nous. Le monde aussi prend de l'âge... Un jour ou l'autre, on disparaîtra tous. C'est une évidence. Quant à la tempête, elle est en train de tourner sur elle-même. Elle se paye une promenade de santé et se moque de nous.

— Les enjeux sont trop importants, mon vieux Bow'. Même si on y reste tous, le candidat Dollory aura au moins eu le mérite d'essayer. Et grâce à nous, il passera à la postérité. Grand bien lui fasse.

— Grand bien lui fasse, répéta Bowens lascivement.

Brittle chevauchait à côté de Jane Hobblehorn. Même s'il n'avait aucune responsabilité officielle envers elle, il se maintenait inconsciemment à proximité. C'était dans sa nature. Bien des années plus tôt, il avait protégé des hommes en uniforme. Aujourd'hui, il servait de bouclier à cette magnifique brune aux cheveux bouclés. Les automatismes n'avaient pas changé.

— Vous n'êtes pas très bavard, monsieur Brittle, dit-elle.

— J'économise mon énergie. Vous feriez bien d'en faire autant.

— Le son de ma voix vous irrite, n'est-ce pas ? Jamais vous n'auriez pensé qu'un jour, vous prendriez en chasse un redoutable gibier accompagné par une femme. Dites la vérité.

Brittle lâcha un petit rire silencieux.

— Miss Hobblehorn, je peux vous poser une question ?

— Je vous en prie, si cela vous permet de formuler une phrase complète.

Le shérif ne releva pas.

— Pensez-vous être quelqu'un de frustré ?

— Frustré ? Ma foi, non ! Pourquoi cette question ?

— Vous êtes constamment en train de mettre sur le tapis votre condition de femme. Vous vous faites un devoir de prouver aux hommes que vous êtes leur égale.

— C'est totalement faux ! s'insurgea-t-elle.

— J'ai raison et vous le savez. Je vais vous dire une bonne chose. Nous vivons dans un pays forgé par le sang et la force. Un monde qui a été en tout temps décidé par les hommes. Et vous, en femme de tête, souhaitez trouver votre place au milieu de ce bordel pathétique masculin. Si vous n'étiez pas frustrée, jamais vous ne feriez de comparaison entre vous et nous. C'est certain.

— Monsieur Brittle, je vous trouve arrogant. Pour qui vous prenez-vous ? Je sais parfaitement ce que je vaux.

— Moi aussi.

— Vous pouvez développer ?

— Je sais ce que vous valez. Nous le savons tous. Il est inutile de vouloir le prouver à chaque instant.

— J'avoue ne pas tout comprendre.

Brittle ôta son chapeau, épousseta le grésil qui s'était déposé sur le feutre et le vissa de nouveau sur sa tête.

— Vous n'avez aucune preuve à fournir. À personne. Vous dégagez quelque chose de spécial. Faut pas être bien futé pour comprendre ça. Je vous ai déjà cernée, miss. Vous êtes quelqu'un de valeur. Si vous persévérez à vouloir en convaincre les autres, ça veut dire que vous en doutez.

— Mais qu'est-ce que vous racon...

— Soyez naturelle. Et les gens vous respecteront telle que vous êtes. Ce soir, vous êtes accompagnée d'hommes qui ont laissé leur orgueil dans les tranchées de la guerre. Ils en ont fini avec la vanité. Laissez la vôtre au vestiaire, vous ne vous en porterez que mieux, croyez-moi. Vous n'avez pas besoin de ça.

L'élégante jeune femme laissa filer quelques secondes silencieuses, à peine perturbées par les sifflements du vent. Malgré les apparences et la rudesse du discours énoncé par son camarade étoilé, elle comprit qu'il s'agissait là d'un compliment et non d'une remise en question de ses capacités.

— Je vous ai blessée, miss ? demanda Brittle d'un ton détaché.

— Non shérif, rassurez-vous. J'ai bien entendu et assimilé ce que vous venez de dire. Je tâcherai d'être plus attentive la prochaine fois.

— Vous savez, je dis pas ça pour vous décourager, ni pour vous convaincre de faire demi-tour. Mais il est de mon devoir de responsable de l'expédition de vous mettre en garde sur des égards inutiles qui pourraient, à terme, vous nuire.

— Vous parlez des hommes qui nous accompagnent ?

— Non. Je parle de vous. Cessez de remettre sans cesse sur le tapis les capacités qui vous ont conduites jusqu'à nous. Vivez-les, tout simplement. Les hommes n'ont rien à voir là-dedans. Ils savent ce qu'ils valaient autrefois et ils ont conscience de ce qu'ils valent aujourd'hui. Pour eux, n'enfoncez pas le clou.

— Je commence à saisir votre philosophie, monsieur Brittle.

Le shérif esquissa un sourire, caché derrière le col remonté de son manteau. Cette fille ne semblait finalement pas avoir l'orgueil mal placé. Tant mieux.

Ron et Dwight chevauchaient côte à côte. Le plus jeune soufflait des masses d'air chaud entre les mailles de ses mitaines à intervalles réguliers. Dwight paraissait prendre la chose avec plus de sérénité.

— Je me gèle les couilles, dit Ron.

— Avec l'itinéraire que t'as proposé, ça risque pas de s'arranger, répondit Dwight.

Ron Ashton fronça les sourcils, comme si la remarque de son ami était pavée de reproches.

— Qu... qu'est-ce que ça veut dire ? Que j'ai encore dit une connerie ?

— Non, je dis pas ça. Je dis juste que mine de rien, on est en train de se taper un sacré détour.

— Ray était d'accord avec mon idée. Si ça te plaisait pas, p... pourquoi tu l'as pas dit ?

— Oh, tu sais, moi... Une direction ou une autre... Disons que ça m'a surpris venant de toi.

— Dis tout de suite que je suis un demeuré, que je suis incapable de p... proposer des alternatives cohérentes.

— Te fâche pas Ron, ton raisonnement se tient si on regarde la stratégie de près. Mais c'est la première fois que je te vois faire une proposition avec autant de conviction. C'est tout.

— C'est bien ce que je dis. Tu me prenais pour un minable jusque-là. C'est bien ce que je dois c... comprendre ?

— Détends-toi. Je ne dirai jamais une chose pareille. On se connaît pas depuis des lustres, mais depuis qu'on bosse ensemble, on est devenus des amis. Ce genre de boulot, ça tisse des liens, tu crois pas ?

— Et alors ? Je vois pas le rapport avec ta remarque.

— Elle n'avait rien de blessant. T'es peut-être le plus jeune, mais ne crois pas que je te sous-estime, tu ferais erreur. Je me demande juste pourquoi emprunter la piste de Norton alors que...

— Écoute Dwight, si ça te va pas, t'as qu'à aller en p... parler avec Brittle. Si vous voulez changer de trajectoire, ça me pose aucun p... problème.

Dwight lança un regard amical vers son complice. Un regard plein de bienveillance.

— Pardon si je t'ai vexé, finit-il par dire. T'as raison.

Ta proposition est la plus logique. C'est peut-être juste que, depuis le temps que nous chevauchons ensemble, je me suis inconsciemment attribué le rôle du grand frère. Et un frangin cherche toujours à protéger son cadet. C'était une réflexion idiote. Excuse-moi.

Ron renifla et fixa son regard sur l'horizon. Il cherchait ses mots. Mais à quoi servent-ils lorsque tout est dit ? Il sortit de sa poche une cigarette qu'il avait roulée avant le départ. Il la tendit à Dwight qui l'accepta volontiers. Ron craqua une allumette qui fut immédiatement soufflée par le vent. Il recommença, prenant soin de protéger la flamme en faisant bouclier avec ses mains. Les deux adjoints se mirent à fumer, comme pour enterrer la hache de guerre. Ils n'échangèrent guère plus que quelques jérémiades et commentaires sur le temps.

Plus tard, l'équipée arriva devant l'entrée d'un refuge abandonné.

Brittle leva la main en l'air.

— Nous allons faire halte ici jusqu'à l'aube. Tâchons de nous réchauffer jusqu'aux premiers rayons du soleil. La journée de demain sera longue.

Tous posèrent pied à terre. Ils emmenèrent les chevaux sous un abri de fortune composé de pierres et de planches pourries en guise de toit. Ils entrèrent tour à tour dans le refuge et en inspectèrent l'intérieur. Même si la crasse et la poussière avaient pris possession des lieux, le refuge serait l'endroit idéal pour patienter jusqu'au lendemain.

Ils étaient tous conscients qu'aucun d'entre eux ne dormirait d'un sommeil salvateur, mais au moins la pause aurait-elle la vertu de faire reposer les chevaux.

Dwight prépara un feu au centre du refuge. La cheminée centrale serait parfaite pour faire cuire la nourriture et réchauffer partiellement l'habitation.

Bowens installa sa couche dans un angle. Il mangea quelques morceaux de bœuf séché, engloutit deux tasses de café et partit se coucher. Stabler ne tarda pas à le rejoindre. Miss Hobblehorn s'installa à proximité du feu. Elle s'endormit avant même d'avoir avalé son repas. Le shérif et ses adjoints prirent possession d'un angle opposé, se retrouvant pour faire le point comme de vieux complices.

Ron roula trois cigarettes qu'il offrit à ses amis.

— Shérif, combien de miles il nous reste à parcourir avant Holdredge ? demanda Ron.

— Avec la tempête qui se lève, c'est difficile à dire. Disons une petite vingtaine.

— Pourquoi être parti de nuit dans ce cas ? rebondit Dwight. On aurait pu quitter Kearney aux aurores demain matin.

— Le Sprinkler a de l'avance sur nous, répondit le shérif. Chaque mile parcouru nous rapproche de lui. Il doit lui aussi dormir et manger. Si son objectif est réellement le Mexique, nous retrouverons sa trace. N'oubliez pas qu'il est blessé.

— Ouais, ben ça, c'est Bowens qui le dit, marmonna Ron.

— C'est vrai, ce n'est qu'une supposition. Mais mon père m'a toujours appris à faire confiance à l'expérience des anciens.

— Et s'il se trompait ? intervint Dwight. S'il avait fait fausse route lors de son diagnostic ?

Brittle tira une longue bouffée sur sa cigarette, les yeux perdus dans l'espace poussiéreux du refuge.

— Nous nous adapterons.

10

HOLDREDGE

Lorsqu'ils passèrent l'entrée de la ville en fin de journée, ils furent accueillis par des regards fuyants et craintifs. Peu de monde dans les rues. Un vieil homme voûté, à peine redressé par une canne bon marché, se planta devant leurs chevaux. Brittle leva la main en l'air. Les autres cavaliers se figèrent derrière lui.

— Bonjour, dit Brittle.

Le vieillard ne répondit pas, les massacrant du regard. Son visage était lacéré de sillons creusés par le temps. Sa barbe blanche et touffue suivait les mouvements du vent. Un chapeau haut de forme couronnait son crâne chauve et cabossé.

Le shérif lança un regard à ses adjoints, impatient de lire leur réaction dans leurs yeux. Ron haussa les épaules. Dwight se contenta de relever un sourcil. Bien seul dans sa réflexion, Brittle focalisa de nouveau son attention sur le vieillard.

— Vous allez vous faire écraser, monsieur, dit Brittle.

Le vieil homme lorgna l'étoile scintillante épinglée sur la poitrine du shérif.

— Vous venez pour lui ? bredouilla-t-il d'une voix chevrotante.

— Pour qui ? rebondit Brittle.

— Vous n'êtes pas venus pour la pendaison ?

— Euh... non. Nous ne sommes que de passage. Je suis le shérif Brittle, nous venons de Kearney, comté de Buffalo. Je souhaite rencontrer votre shérif.

— Ah oui ?

Le vieillard était déconcertant, comme dégagé de la conversation. Il posait des questions, ne donnant que des réponses partielles. S'il y avait pendaison, il y avait forcément des hommes de loi, un bourreau et un juge. Même si une pendaison n'était pas le spectacle préféré de Brittle, il était au moins sûr d'y croiser le shérif.

— Nous sommes mandatés pour retrouver la trace d'un homme, reprit Brittle. Je souhaiterais m'entretenir avec le shérif.

— Je crois pas que ce soit possible, répondit le vieillard.

— Et pourquoi ça ?

— À cause de la pendaison.

— Ah... Et qui pend-on ?

— Un meurtrier.

Dwight tendit l'oreille. Des meurtriers, il y en avait plein le désert. Mais depuis la fin de la guerre, les hommes s'étaient assagis, redoutant les nouvelles missives ordonnées par le gouvernement et les structures en pleine expansion telles que la Pinkerton. Peut-être que l'homme qui attendait sur la potence était Prescott Soulless, voir le Sprinkler... Peut-être même les deux...

— Eh bien j'attendrai la fin de la pendaison, dit Brittle. Ensuite, j'irai voir le shérif.

— Je crois pas que ça va être possible, répéta le vieil homme.

Du pouce, Brittle releva l'avant de son chapeau. Face au jour déclinant, il plissa les yeux. D'imperceptibles tourbillons de sable nés des caprices de la tempête lui piquaient les yeux.

— Et pourquoi ça, je vous prie ?

Le vieillard regarda les membres de l'équipée un par un. Il les considéra un instant, leur collant des étiquettes pas si loin de la vérité. Deux jeunes chiens fous endimanchés, deux types sortis tout droit de l'hospice et une jeune femme issue d'un catalogue de mode comme on en voit dans les salons de thé.

Il sourit.

— Vous demanderez ça au futur pendu, répliqua le vieil homme avant de poursuivre sa route.

Déconcerté, Brittle jeta un œil par-dessus son épaule. Bowens et Stabler ne réagissaient pas. Ils étaient comme à leur habitude, plutôt stoïques. Jane Hobblehorn arbora un rictus plein d'empathie pour le shérif. Quant aux deux adjoints, ils attendaient les ordres. Brittle sut qu'il ne devrait composer qu'avec son instinct et sa responsabilité de chef de meute.

Il héla le vieillard qui poursuivait sa route.

— Attendez !

Les quelques passants qui se massaient au centre de la rue ne faisaient déjà plus attention à l'arrivée des étrangers. Ils se dirigeaient vers la sortie de la ville dans un silence presque religieux, là où la potence devait être érigée. Le vieil homme, qui semblait se foutre royalement de la macabre animation, se retourna.

— Qu'est-ce que vous entendez par là ? reprit Brittle à son intention.

Le vieillard mastiquait sa chique, faisant rouler ses mâchoires sur elles-mêmes, puis cracha une pépite aussi noire qu'un morceau de charbon.

— Le gugusse qui est en train de se faire passer la cravate a tué notre shérif avant-hier.

Brittle fronça les sourcils. La brutalité de la nouvelle s'empara de son être, faisant remonter ses noirs souvenirs les plus enfouis.

— Un pur charognard sans âme comme on en croisait autrefois, poursuivit le vieil homme. Un sale type démuni d'orgueil et de sens moral. C'est ce qui a valu à Holdredge une exécution dans les règles de la lâcheté.

— Vous voulez dire qu'un ivrogne a eu raison de Tim Calhoun ? Le Tim Calhoun de Sand Creek ? Celui qui a servi le commandant John Chevington ?

— J'en connais pas d'autre.

Brittle accusa le coup sans se préoccuper de savoir si ses acolytes partageaient le même étonnement. Et si tel était le cas, il ne devait en aucun cas faire part de sa propre faiblesse.

— Comment a-t-il été tué ?

— Par *Tyler Henry*, répondit le vieillard, dont les pommettes saillantes se couvraient de rides à mesure que son sourire lui déformait le visage.

Visiblement dépassé par les explications qu'il venait d'entendre, Dwight se tourna discrètement vers Bowens avec des questions plein les yeux. Bowens interpréta parfaitement la requête du jeune adjoint.

— Le *Henry* est un fusil, dit Bowens à voix basse. Calibre quarante-quatre.

Dwight hocha la tête et décocha à Bowens un clin d'œil, qui le lui rendit avec complicité.

— Le shérif s'est pris une décharge entre les omoplates, poursuivit le vieil homme.

— Comme ça ? Sans sommation ? reprit Brittle, qui n'en revenait toujours pas.

— Gugusse, y s'est bourré la gueule à coups de téquila frelatée. Et pis il a commencé à foutre le bordel au saloon. Alors le shérif s'est pointé. Il a fait la leçon à Gugusse et lui a fait comprendre que, s'il déguerpissait pas illico, Calhoun lui ferait ingurgiter le ver de la bouteille par un autre orifice.

— Ah...

— Gugusse a foutu le camp. Et dix minutes plus tard, il tirait dans le dos du shérif dans la rue. À bout portant. Il était tellement près que les entrailles de Calhoun ont volé à deux mètres devant lui. Il lui restait pas grand-chose dans la cage thoracique. Ils avaient pas le même humour visiblement. Et le ver est toujours dans la bouteille.

— Qui a appréhendé le meurtrier ? s'enquit Brittle.

— Les adjoints. Et y se trouve que ces trois moineaux ne sont ni plus ni moins que les rejetons du shérif. Je peux vous dire que Gugusse a passé un sale quart d'heure. À l'heure où je vous parle, y doit encore cracher des dents par le trou de balle.

— Sait-on qui est ce type ? s'échappa une voix derrière Brittle.

Le shérif se retourna. Et tous les regards se figèrent sur Dwight, qui ne leur accorda aucune espèce d'importance.

— Non, répondit le vieux. On sait pas d'où ils venaient tous les deux.

Cette fois, le stoïcisme de Bowens et Stabler s'évanouit comme l'effluve sorti d'un canon. Jane

Hobblehorn et les deux adjoints échangèrent des regards ahuris.

— Tous les deux ? reprit Brittle.

— Ouais. Quand Gugusse est arrivé en ville, il était pas seul. Y avait un autre type avec lui.

— Et où est-il, celui-là ?

Le vieux haussa les épaules.

— Tout ce que je sais, c'est qu'il était blessé.

Jane Hobblehorn planta son regard émeraude dans celui de Bowens, se souvenant de la théorie qu'il avait évoquée la veille, le long de la rivière Platte. Bowens ne cilla pas.

— Il pissait le sang, poursuivit le vieil homme. Son froc était plus rouge que la stouquette d'un cheval avant la saillie. Il s'est fait soigner chez le toubib et quand les événements ont eu lieu, il était déjà plus là.

— Merde, à l'heure qu'il est, il doit déjà être loin.

— Pas si sûr ! On a tous pensé qu'il avait pris la tangente, mais le vieux Joseph qui tient la boutique de sellerie l'aurait vu quitter la ville tout à l'heure à dos d'âne. Il a dû se planquer dans un recoin jusqu'à être en état de remonter en selle.

Brittle acquiesça, silencieux.

Le vieillard estima sans doute qu'il en avait terminé avec les questions. Il décida de prendre congé et disparut dans l'obscurité d'une ruelle.

Stabler émit un petit claquement des dents et sa monture rejoignit celle du shérif.

— Que voulez-vous faire, shérif ?

Brittle était perdu dans sa réflexion. Il leva les yeux en direction de Stabler et remarqua la sueur qui perlait le long de son teint cadavérique.

— Quelque chose ne va pas, monsieur Stabler ? Vous avez l'air mal en point.

— Non, tout va bien.

— Vous frissonnez. On dirait que vous êtes malade.

— Tout va bien, je vous dis. Qu'est-ce que vous voulez faire ? On assiste à la pendaison ou on poursuit la piste ?

Brittle resta sans réponse. Le choc de la nouvelle l'avait ébranlé. Il n'avait jamais réellement côtoyé Tim Calhoun. Ni pendant la guerre, ni pendant la ruée vers l'or qui avait valu de nombreux déboires entre les Arapahos et les Fifty-Niners[1]. Ils s'étaient croisés à plusieurs reprises et s'étaient même raconté quelques exploits de guerre auxquels ils avaient participé. Rien de plus. Mais dans l'esprit de Brittle, un soldat restait un frère d'arme, quel qu'il fût.

Bowens approcha à son tour, contournant la jument de Jane Hobblehorn.

— Stab a raison, dit-il à l'intention du shérif. Si vous voulez poser quelques questions à « Gugusse » avant qu'il puisse plus y répondre, c'est maintenant. Nous, on peut filer sur les traces de son complice tant qu'elles sont fraîches. On n'a qu'à se retrouver à Alma.

— Et si vous tombez sur lui ? demanda Brittle. Qu'est-ce que vous allez faire ?

— Ce qu'il faudra.

Brittle laissa échapper un petit rire nerveux.

---

1. Les Fifty-Niners (les cinquante-neufards), étaient des mineurs, évalués à plus de 100 000. Ils ont fondé plus de 250 villes fantômes abandonnées lors d'une nouvelle ruée vers l'or. 1859 fut la pire année de cette ruée.

— Non, c'est trop risqué. Vous savez pas à qui vous avez à faire.

— S'il s'agit du Sprinkler, moi je sais, répliqua Stabler.

Les habitants d'Holdredge avaient quasiment tous disparu de l'horizon. La rue principale était à présent déserte, juste animée par un sifflement aigu. Le vent glacial faisait voleter des virevoltants de part et d'autre de la rue. Les devantures des magasins étaient toutes fermées, y compris celle du saloon. Le shérif tenta d'envisager d'autres perspectives. Si le convoi s'éparpillait, les chances de mettre la main sur le Sprinkler s'amenuiseraient. Et le risque n'en serait qu'amplifié pour l'un des deux groupes. Mais si l'homme qui avait fui Holdredge était bien le Sprinkler, alors ils n'auraient peut-être pas de seconde chance.

Bowens et Stabler étaient pisteurs, pas mercenaires. Les laisser prendre en chasse le tueur d'enfants n'était clairement pas une bonne idée. Même si les deux pisteurs étaient d'anciens soldats aux gloires indiscutables, ils avaient vieilli. Objectivement, ils n'étaient plus de taille. De plus, quelque chose clochait chez Stabler. Brittle l'avait remarqué durant la nuit qu'ils avaient passée dans le refuge. Stabler s'était levé plusieurs fois et avait passé une partie de la nuit à gesticuler sous sa couverture. La journée suivante s'était écoulée sans que celui-ci ne dise un mot, et voilà que ce soir, le visage livide, il grelottait, parlait avec difficulté et transpirait la fièvre par tous les pores de la peau. Non, laisser partir Bowens et Stabler était une folie.

À moins qu'ils partent en éclaireurs avec l'un des adjoints. Ron serait tout à fait capable de rester à couvert en cas de pépin, de couvrir les arrières des pisteurs et de revenir sur ses pas pour chercher du secours.

Peut-être valait-il mieux que Brittle garde miss Hobblehorn et Dwight à ses côtés pour une meilleure réflexion commune. Jane Hobblehorn pourrait sans doute obtenir du renfort au cas où la piste serait la bonne et si elle s'avérait plus dangereuse que prévue. Dwight, quant à lui, serait un parfait soutien stratégique, capable d'analyser les théories avec un certain recul.

Avec un peu de chance, et s'ils ne traînaient pas trop, le juge leur accorderait-il le droit de s'entretenir avec le condamné quelques instants avant l'exécution...

— Ron ! appela Brittle.

L'adjoint approcha.

— Monsieur Stabler, monsieur Bowens et toi, vous partirez devant.

Stabler esquissa un semblant de sourire.

— OK, répondit Ron.

— Vous filez sur les traces de ce type. Mais attention, si vous lui mettez la main dessus, je ne veux aucun acte d'héroïsme. Vous l'appréhendez si vous le pouvez, sinon, ne tentez pas le diable.

— Et si ce n'est pas notre homme ? demanda Ron.

— De toute façon, même s'il s'agit du Sprinkler, il ne vous signera aucun aveu. À moins que nous soyons certains que ce ne soit pas lui, nous le remettrons aux mains des autorités locales.

Brittle s'adressa ensuite à Bowens.

— Nous allons demander au juge une entrevue avec le condamné. Nous lui poserons des questions. Et quelles que soient les réponses, nous rejoindrons dès l'aube la piste d'Alma. Si vous arrivez en ville sans être parvenus à rattraper le fugitif, attendez-nous. Nous reprendrons la route ensemble.

— Parfait, répondit simplement Bowens.

Contrairement à son acolyte, Stabler avait toujours eu un léger problème avec l'autorité, surtout lorsqu'elle était dictée par un gars plus jeune que lui. De plus, Stabler s'était inconsciemment approprié l'affaire. C'était un duel entre lui et le Sprinkler. Une guerre d'ego qui ne prendrait fin que lorsque Stabler l'aurait décidé. Mais il préféra passer sur l'aspect stratégique imposé par Brittle. En temps et en heure, il ferait ce qu'il avait à faire.

Brittle fit faire demi-tour à son cheval et se mit à côté de Jane Hobblehorn.

— Miss, Bowens, Stabler et mon adjoint vont partir en éclaireurs. Nous les retrouverons à Alma. De notre côté, nous allons tâcher d'interroger le condamné avant son exécution.

— Très bien, dit-elle. Dois-je faire quelque chose ?

— Je pense qu'il serait judicieux de télégraphier dès maintenant à Lincoln. Demandez un soutien auprès de monsieur Dollory au cas où le juge serait réfractaire.

— Généralement, le juge a déjà foutu le camp avant l'exécution, intervint Dwight. Vous n'aurez affaire qu'aux adjoints.

— Justement. Ils sont les fils de Calhoun, ne l'oublions pas. Je ne sais pas comment ils risquent de prendre la nouvelle. Mieux vaut avoir un appui politique.

Le shérif se tourna vers Jane Hobblehorn.

— C'est bon pour vous ?

— J'y vais, répondit la jeune femme en tirant sur le mors et se dirigeant vers le bureau de la malle-poste.

Brittle se tourna une dernière fois vers le second groupe.

— C'est bon, les gars, on fait comme on a dit. Et prudence.

Bowens pinça son chapeau entre les doigts en guise d'au revoir. Ron fit un signe de la main. Stabler se tut.

Les trois cavaliers partirent au trot vers la sortie de la ville. Un nuage de poussière les engloba, comme pour les effacer du paysage de la ville.

Brittle se retrouva seul avec Dwight.

— Vous pensez réellement que c'est une bonne idée de les laisser partir devant ? demanda Dwight.

— Pour être honnête, non. Mais nous avons peut-être une piste. Si nous négligeons celle-ci, nous n'en aurons peut-être pas d'autres.

11

BUREAU DE LINCOLN
PERMANENCE D'ANGUS DOLLORY

Bob Stillman traversa le couloir à pas cadencés. Un vieux réflexe militaire qu'il avait entretenu de la guerre de l'Utah contre les colons mormons, pour laquelle il avait combattu sous le grade de sergent.

Il frappa trois coups secs contre l'immense porte qui fermait le hall. Une voix caverneuse le somma d'entrer.

Stillman apparut dans une pièce où un homme et une femme partageaient un verre de cognac français. L'homme était Angus Dollory, futur prétendant à l'investiture de gouverneur pour l'État du Nebraska. De stature plutôt grande et athlétique, le candidat portait aisément ses cinquante-sept ans. Le visage sec et creusé par le temps, des cheveux blancs plantés en couronne d'où s'évadaient deux épaisses rouflaquettes qui lui couvraient une partie des joues, il gratifia Stillman d'un regard acide et perçant. Ce n'était visiblement pas le moment de le déranger. Dollory se leva de son fauteuil et contourna le bureau. Il portait un beau costume de tailleur, orné de dorures chères aux personnages publics. Une cravate parfaitement lacée lui enserrait l'encolure.

Stillman jeta un regard curieux vers la demoiselle. Elle était jeune, plutôt jolie et portait une robe longue Crinoline bleu poudré, une coiffe à large bord sertie de dentelle et agitait son éventail avec frénésie. Elle semblait contrariée par son arrivée impromptue.

— Eh bien, Stillman, que nous vaut cette entrevue quelque peu improvisée ? demanda fermement Dollory.

— Pardon de vous déranger, monsieur, mais nous avons reçu un télégramme de miss Hobblehorn.

Dollory fronça les sourcils. Soudainement, la présence de la jeune demoiselle devint gênante. Il devait pourtant s'entretenir avec son homme de main et éviter à tout prix d'offusquer la jeune fille. Certes, Dollory aurait pu présenter de plates excuses à son égard et la prier de les laisser seuls. Mais la manœuvre aurait été d'une maladresse désastreuse. La jeune femme s'appelait Fiona Bolder, la fille de Peter Bolder, le plus gros mécène de Dollory. Un échange de bons procédés était établi entre les deux hommes. Un soutien financier important contre la main de sa fille. De cette façon, Dollory gagnait sur tous les tableaux. L'argent entrait dans les caisses et il se retrouvait au bras d'une charmante rentière. Évidemment, Peter Bolder pourrait, grâce au soutien de Dollory, poursuivre ses projets d'envergure sur la construction de plusieurs gares traversant le pays d'est en ouest.

Dollory se racla la gorge.

— Allez-y Stillman, je vous écoute.

Stillman détourna de nouveau le regard vers la jeune Fiona. Dollory comprit sans détour la gêne de son lieutenant.

— Parlez Stillman, nous n'avons rien à cacher. Je vous présente miss Fiona Bolder.

Stillman comprit immédiatement l'enjeu de sa présence dans le bureau. Il décida d'enrober les informations qu'il allait fournir. Dollory avait été assez malin pour glisser, de manière presque subliminale, une mise en garde à son intention.

— Notre équipe se trouve présentement à Holdredge, dit Stillman.

— Bien, je vois que les choses avancent, répondit Dollory. Où en sont-ils ?

— Ils seraient visiblement sur une piste. Ils ont quitté Kearney hier soir et sont arrivés à Holdredge il y a peu. Un homme est en passe d'être exécuté sur la place publique pour avoir abattu le shérif Tim Calhoun.

— Oui, j'ai appris la nouvelle, dit Dollory en plongeant les yeux au fond de son verre. C'est terrible.

— Il semblerait qu'un deuxième homme qui l'accompagnait aurait pris la fuite. L'équipe s'est scindée en deux. Une équipe de pisteurs a pris en chasse le suspect sur la piste menant à Alma. Le shérif Brittle, resté à Holdredge avec miss Hobblehorn, souhaiterait interroger le condamné avant sa pendaison.

— Parfait !

— Pas tout à fait, monsieur. Le juge a quitté la ville et le condamné se trouve entre les mains des adjoints, qui sont les fils de Calhoun.

— Je vois... Et vous pensez que ces adjoints risquent de compromettre l'interrogatoire.

— Ce n'est pas encore certain. Mais miss Hobblehorn demande votre soutien afin d'obtenir un délai avant l'exécution.

Dollory jeta un regard en coin à sa promise. Elle semblait attentive à la conversation. Si une mauvaise décision s'invitait dans la discussion, scandalisant la demoiselle, Dollory pourrait dire adieu à ses perspectives d'avenir. Il avait pourtant axé sa profession de foi sur la capture du Sprinkler, mais l'argent qui servait au financement de l'opération émanait directement de Peter Bolder. Il devait à tout prix montrer que l'investissement accordé était utilisé à bon escient.

— Je vous accompagne, trancha Dollory. Pensez-vous que nous aurons le temps d'envoyer le télégramme dans les temps ?

— J'ai déjà fait le nécessaire, monsieur, il ne vous reste qu'à signer l'injonction.

Dollory posa son verre sur le bureau et avança vers la demoiselle. Il posa ses mains calleuses sur ses épaules chétives.

— Pardonnez-moi de vous abandonner, ma chère, dit-il avec un semblant de déception dans la voix. Le devoir que j'ai envers mes futurs administrés doit passer avant mes priorités personnelles. J'ai juré devant les électeurs que ma campagne serait basée sur la capture de cet assassin d'enfants et je n'ai qu'une parole.

— Je vous en prie, répondit Fiona Bolder. Faites. Je ne voudrais pas devenir une entrave à votre mission. Mon père sera ravi d'apprendre que les fonds versés sont intelligemment utilisés.

— Merci, je vous rejoins dans quelques instants. Mettez-vous à l'aise. Je n'en ai pas pour longtemps.

Stillman ouvrit la grande porte. Dollory s'infiltra vers l'extérieur.

Stillman et Dollory marchaient d'un même pas, longeant l'interminable couloir de la permanence.

Le regard fixe et colérique, Dollory grommela ses invectives.

— À l'avenir, Stillman, faites envoyer un messager pour vous annoncer. Je me débrouillerai pour vous rejoindre.

— Je suis navré, monsieur, j'ignorais que vous étiez accompagné.

— Je vous paye pour penser, pas pour être désolé. Vous vous rendez compte des conséquences si la fille de Bolder venait à se coller de fausses idées dans la tête ? Je devrais rendre des comptes et perdrais probablement les capitaux nécessaires à la finalisation de mes projets.

— Bien monsieur, répondit Stillman sans ralentir.

— Nous avons besoin de cet argent. Souvenez-vous qu'une partie de ce pognon alimente une caisse noire destinée aux coups durs. Compte tenu de la complexité de cette affaire et de mes engagements, j'en aurai peut-être besoin.

— C'est noté, monsieur.

Parvenus au bout du couloir, Stillman ouvrit une porte, derrière laquelle toute une équipe de campagne s'affairait à la tâche.

12

BLUE ROCK À PROXIMITÉ D'ALMA

La nuit commençait à prendre possession des grandes plaines, infiltrant ses vents glacés entre les roches. Le froid était omniprésent depuis leur départ de Kearney. Mais jamais Bowens n'avait ressenti une telle faiblesse face aux caprices de la nature.

Stabler s'était recouvert le dos d'une couverture en laine. Le visage grimaçant et fiévreux, il tâchait de garder de sa prestance. Il ne devait absolument pas montrer la moindre faiblesse face au shérif adjoint. L'officier l'aurait immédiatement exclu de la chevauchée. Il touchait au but, il était persuadé que le Sprinkler se tenait là, devant lui, à quelques miles. Il devait encore tenir quelques heures, ne pas se laisser emporter par la fièvre.

Ron Ashton suivait les cavaliers. L'attitude de Stabler avait changé depuis qu'ils avaient fait connaissance la veille. Il semblait affaibli. Mais Ron était novice en termes de chasse à l'homme. Il était seul avec deux individus qu'il ne connaissait pas. Il devait leur faire confiance, se fier à eux. Bowens avait l'air de tenir le coup. Quant à lui, il combattait le froid grâce à la jeunesse. Certes, ses orteils étaient pétrifiés et ses doigts commençaient à se raidir, mais il avait de la réserve. Et puis, cette mission d'éclaireur n'était qu'une étape dans l'objectif qu'il s'était fixé. Il devait se montrer à la hauteur. De cette manière, il éviterait bien des questions quant aux projets qu'il avait faits.

La monture de Bowens s'arrêta.

— Qu'est-ce qui se passe ? demanda Ron.

— Vous voyez ce rocher là-bas ? dit Bowens en pointant son index face à lui. C'est le Blue Rock. Le plus grand récif de ce côté des grandes plaines. Il doit son nom à la couleur légèrement bleutée que lui renvoie la nuit.

— Et alors ?

Stabler connaissait le rocher. Il laissa le soin à Bowens d'en expliquer la particularité.

— Ce rocher est tellement gros qu'il abrite une grotte. Lors de nos campagnes avec Jacob, il nous est souvent arrivé de camper dans cette grotte. Nous avons parfois eu la mauvaise surprise d'y trouver un ours brun ou d'autres réfugiés pas toujours enclins au partage. C'est l'endroit idéal pour se planquer. Si notre bonhomme a quitté Holdredge dans la journée et s'il est blessé, il aura certainement fait une pause ici, à Blue Rock.

Ron qui n'avait pas spécialement l'habitude des règlements de comptes, se racla la gorge pour masquer sa nervosité.

— Vous pensez que le Sprinkler serait là-dedans ? demanda-t-il.

— D'une part, on sait pas si le type qui a fui Holdredge est le Sprinkler, répondit Bowens. D'autre part, même si c'était le cas, on est assez nombreux pour le neutraliser. Pour tout vous dire, monsieur Ashton, c'est pas tellement lui qui m'inquiète.

Ron fronça les sourcils. Voilà que le vieux commençait à disperser de sombres inquiétudes.

— Ah... Et qu'est-ce qui vous inquiète dans ce cas ?

— La silhouette qui nous observe depuis la colline derrière moi, dit Bowens en désignant du pouce le sommet vallonné qui dansait au milieu d'autres. Quelqu'un nous suit depuis Holdredge.

Ron jeta un œil discret au-dessus de l'épaule de Bowens. À cette distance, il parvenait tout juste à discerner une ombre fixe à côté de laquelle broutait celle d'un cheval. Stabler tourna la tête par habitude. Il se rappela instantanément qu'il lui était inutile d'espérer voir quelque chose à plus de dix pas.

— Qui est-ce ? demanda Ron.

— J'en sais foutre rien, répondit Bowens. Mais toujours est-il que le danger vient de la colline, pas de la grotte.

— Si ça se trouve, il n'y a personne dans la grotte. Et le type qui est perché là-haut, c'est peut-être bien lui. Je veux dire l'homme qu'on traque.

— C'est possible.

— Alors, qu'est-ce qu'on fait ?

Bowens balaya la plaine du regard. Quelques buissons plus hauts que les autres dansaient dans les rafales de vent. L'herbe à présent grise flottait plus modérément et se couvrait déjà d'une fine couche de givre.

— On va aller visiter la grotte, dit Bowens. Nous verrons bien si quelqu'un a déjà emménagé.

— Et si c'est le cas ?

— On improvisera.

— Et pour lui là-haut ?

— Si ce type est là pour nous, on le saura bien assez tôt, interrompit Stabler. Avançons avant de geler sur place. J'ai les couilles qui commencent à coller à ma selle.

Les trois cavaliers se remirent en marche en direction du rocher, Bowens en tête.

Autant Stabler et Bowens semblaient occulter la présence ombrageuse de l'inconnu de la colline, autant le shérif adjoint ne pouvait s'empêcher de regarder vers le sommet. La silhouette bougea enfin, puis disparut. *Comment interpréter ce signe ?* se demanda Ron. Le cavalier avait-il décidé de rebrousser chemin ou bien avait-il tout simplement décidé de les rejoindre ?

Bowens mit pied à terre, bientôt imité par ses deux comparses.

Ils attachèrent leurs montures derrière le rocher et le contournèrent à pas de loup, longeant les courbes irrégulières de la roche massive.

Arrivés à proximité de l'entrée de la grotte, Bowens fit sauter l'attache de son fourreau et dégaina lentement son revolver. Stabler avait déjà le sien dans la main gauche. Ron arrima sa carabine contre son épaule, prêt à tirer.

Bowens plaqua son index contre sa moustache, sommant ses amis de ne plus faire de bruit.

Soudain, un braiement déchira la nuit dans un écho insupportable. Ron sursauta.

Stabler approcha de Bowens.

— Tu rentres le premier, dit-il. Moi, j'y vois que dalle. Je te couvre. S'il fait feu, je tire sans sommation à l'intérieur. On fait comme ça ?

Bowens acquiesça.

— Je vous couvre aussi, Bowens, dit Ron.

Bowens fit discrètement cliqueter le chien de son revolver, puis avança de quelques pas. De l'autre côté de la roche, une lumière dansante illuminait la paroi. Il n'y avait manifestement pas qu'un âne dans la grotte.

Bowens se jeta sur le sol et roula dans le sable jusqu'au côté opposé.

Stabler sauta à plat ventre. Les deux angles de l'entrée étaient couverts. Ron Ashton posa un genou à terre et plaça la mire de sa carabine en direction de l'antre.

— Jette ton arme ! hurla Bowens.

Un coup de feu éclata, déchirant la nuit. La balle percuta la roche et ricocha dans un sifflement métallique.

— Tirez, Bowens, ordonna le shérif adjoint.

— Pas encore.

— Pourquoi ?

— Parce qu'on a peut-être juste surpris un homme en train de dormir.

Un second coup de feu souleva une motte de terre à quelques centimètres du visage de Stabler.

— Cette fois, c'est moins amical, grommela-t-il.

— Je répète, jette ton arme ! dit Bowens.

— Pourquoi je ferais ça ? répondit une voix tremblotante au creux de la grotte.

L'intonation soulagea Bowens. L'homme avait peur. Un assassin serait directement monté à l'assaut. Et même s'il avait été mauvais tireur, il aurait canardé sans s'arrêter. Bowens et Stabler avaient repoussé assez d'hommes dans leurs retranchements pour savoir quand ceux-ci tiraient par rage ou par acte d'autodéfense.

— Nous sommes mandatés par le bureau du shérif de Kearney, dit Bowens, qui tenta de jeter un œil curieux dans la grotte.

Mais il ne vit rien d'autre que l'envol de quelques brindilles luminescentes.

— Prouvez-le ! cria la voix.

Ron fit non de la tête. Pour lui, il n'avait pas à se justifier. L'autre essayait de gagner du temps. Peut-être y avait-il une autre issue ailleurs permettant la fuite de l'individu.

Bowens ignora l'invective du shérif adjoint.

— On est trois. Je m'appelle Kenny Bowens. Et vous, qui êtes-vous ?

En guise de réponse, Bowens n'obtint que le silence.

Stabler rampa de quelques centimètres pour se rapprocher de l'entrée. Avec la lumière qui émanait de l'intérieur, peut-être pourrait-il au moins voir une silhouette, et faire un carton à la première occasion...

— Vous êtes Kenny Bowens ? C'est ce que vous avez dit ? répliqua enfin la voix.

— Ouais.

— Et les autres, qui sont-ils ? Je veux qu'ils déclinent leur identité à haute voix.

Ron referma l'étreinte autour du canon de sa carabine. Il fit un minuscule pas en avant, ralenti par la nervosité.

— Je suis Jacob J. Stabler, dit le second assaillant.

Bowens plongea son regard dans celui du shérif adjoint. Ron persévérait dans son désaccord. Bowens lui fit un signe de la tête pour l'inciter à parler. Après quelques secondes d'hésitation et quatre yeux mécontents rivés sur lui, Ron abdiqua.

— Ron Ashton, shérif adjoint de la ville de Kearney, comté de Buffalo.

Un autre silence.

Bowens lança à Stabler une moue dubitative.

— On fait quoi ? demanda ce dernier. On fonce et

on tire, ou on attend toute la nuit qu'il passe nos blazes en revue ?

— Je suggère qu'on rentre en force, dit Ron. Je passe le premier. Je tire et vous me couvrez.

— T'emballe pas, petit, dit Bowens. Laissons-lui le temps de...

— Vous êtes Bowens et Stabler ? l'interrompit la voix. Les vrais de vrais ?

— Puisqu'on te le dit, répondit Bowens.

Nouveau petit silence.

— D'accord, alors voilà ce qu'on va faire, dit la voix qui s'était légèrement radoucie. Vous allez déposer vos armes à l'entrée, que je les voie. Ensuite, vous entrerez les mains en l'air, chacun à votre tour.

— C'est hors de question, déclama le shérif adjoint.

— Ah ?...

Un dernier silence s'invita dans les contreforts des plaines glacées.

— On va faire autrement, dit Stabler. Toi, tu sais qui on est, mais nous, on sait pas qui t'es. Alors on va plutôt faire l'inverse si tu vois pas d'inconvénient. Tu balances ton flingue par la sortie et on entre calmement pour te rejoindre.

— Mais si vous avez menti ? Je suis dans la merde, moi. Je pourrai plus me défendre.

— Son raisonnement se tient, admit Bowens.

— Eh ben comment on fait alors ? rebondit Stabler.

— On rentre en force, comme je l'ai dit, répliqua le shérif adjoint.

— Ouais, et puis tout le monde se fera trouer le cuir, dit Stabler. C'est très con comme idée.

— Non mais dites, je vous en prie, s'offusqua l'adjoint.

— T'es jamais tombé dans un traquenard, toi. Ça se voit. Comment tu fais d'habitude pour appréhender les margoulins ? Tu tires et après tu causes ?

— Je le sens pas, c'est tout.

Bowens secoua la tête.

— Je crois que t'as pas vraiment le choix, reprit Bowens à l'intention de l'assiégé. T'as pas confiance en nous et ça se comprend. Je veux bien l'admettre. Mais tu vois, de notre côté, ben... c'est un peu pareil. On n'a pas l'intention de te faire un petit dans le dos. Si tu largues ta pétoire, je te promets qu'on entrera dans ta maisonnette avec le sourire.

— Et vous ne me tirerez pas dessus ?

— Non, on te tirera pas dessus.

— Vous promettez ?

— Oui, je te promets, répondit Bowens avec agacement.

— Et les autres aussi, ils promettent ?

Bowens souffla. Il fit un signe nerveux à ses camarades pour qu'ils fassent un effort.

— C'est juré, dit Stabler.

— Et le dernier ? Il jure aussi ?

Bowens secoua nerveusement la main afin que l'adjoint se décide à répondre.

Ron mit quelques instants avant de coopérer. Il n'avait pas l'habitude de négocier de cette manière.

— Je vous donne ma parole, dit-il enfin. Vous avez la parole d'un shérif adjoint assermenté.

Bowens se releva sans bruit, aussitôt imité par Stabler.

— Bon d'accord, dit la voix.

Soudain, un revolver fit un vol plané entre les trois hommes et tomba dans le sol, étouffé par la poussière.

— Vous pouvez entrer...

— D'accord, dit Bowens. Je rentre le premier. Monsieur Stabler suivra, ainsi que monsieur Ashton.

— Et vous allez pas me tirer dessus hein ? Vous avez tous promis...

— Encore une fois, oui. C'est promis.

Bowens fit un signe de la tête à ses compagnons avant de s'engouffrer dans la grotte.

Ils avancèrent sur quelques mètres et tombèrent nez à nez face à un homme de moins de quarante ans. Celui-ci réajusta ses petites lunettes rondes, caché derrière les flammes de son feu de camp. Il recula sur les fesses de quelques centimètres et se cala contre une paroi. Du sang séché gorgeait le tissu de sa jambe, et quelques traces récalcitrantes jalonnaient le sable autour du feu.

Il était effrayé.

— C'est... c'est vous Bowens ? demanda-t-il.

— C'est moi, répondit le concerné en enfournant son revolver dans son fourreau.

Stabler fit de même, contourna le brasier et s'assit face aux flammes devant lesquelles il agita les mains. L'adjoint avança prudemment et s'accroupit, tâchant de garder sa carabine bien en main, juste au cas où.

Bowens jeta un œil rapide sur la blessure.

— Qu'est-ce que tu t'es fait ?

— Je... Je suis tombé de cheval sur la route d'Holdredge, balbutia l'homme. Enfin, c'est plutôt ma monture qui s'est affalée. Elle a fait une crise cardiaque, semblerait-il.

— C'est le poids de la bête qui t'a esquinté comme ça ?

— Non, en fait... (Il marqua un temps d'arrêt, honteux de devoir dévoiler la vraie raison.) En fait, j'ai sauté et je suis tombé sur une pierre pointue qui m'a déchiré la cuisse.

— C'est pas de bol, intervint Stabler. C'est vraiment une chute à la con. Faut pas le dire aux autres sinon ils vont se moquer.

— J'y... J'y penserai.

L'ambiance s'était relativement détendue. Bowens décida de commencer l'interrogatoire.

— Bon... Et t'es arrivé à Holdredge comment ?

— Il y avait un cavalier qui se dirigeait en ville. Par chance, il est arrivé moins d'une demi-heure après ma chute. Il m'a aidé à me relever, puis m'a emmené chez le médecin de la ville.

— Tu connaissais pas ce type ?

— Non.

— Et tu sais que ce type pend au bout d'une corde au moment où on cause ?

L'homme baissa les yeux.

— Oui, je sais. Il a tué un homme à Holdredge.

— Et pas n'importe qui. Tu le sais ça aussi ?

L'homme acquiesça.

— Alors si t'avais rien à voir avec lui, pourquoi tu t'es enfui ? reprit Bowens.

— Parce que... j'étais arrivé avec lui. Et j'ai eu peur qu'on m'assimile à cet individu.

— C'était pas malin, jugea Stabler.

— Peut-être, mais il aurait fallu que je m'explique. Et je ne tiens pas à me retrouver devant la justice même si je suis innocent. Pas maintenant, pas avec mon statut.

— T'avais une statue avec toi ? demanda Stabler, interloqué.

— Non, je veux dire... Pas dans ma situation. C'est... c'est compliqué.

Ron Ashton fit quelques pas dans sa direction.

— Lorsque nous avons décliné nos identités tout à l'heure, tu semblais connaître messieurs Bowens et Stabler. C'est exact ?

— Bien sûr que je les connais. De nom... Et ne vous vexez pas si je ne connais pas le vôtre.

— Et vous, qui êtes-vous ?

L'homme marqua un temps d'arrêt. Il fixa les trois hommes les uns après les autres. Bowens et Stabler ne semblaient pas du premier âge, et surtout n'étaient pas à l'image qu'il s'en faisait. Mais après tout, les années avaient fait leur travail. Il n'était pas impossible que les fougueux héros de guerre d'antan aient pu vieillir quelque peu. Quant au jeune homme aux moustaches finement huilées, il avait tout d'un représentant de la loi. Impersonnel et impartial.

L'homme releva lentement le visage puis dit :

— Je... Je m'appelle Norman Talisker.

13

DERNIÈRE FAVEUR

Jane Hobblehorn et Ray Brittle se présentèrent à la prison d'Holdredge, devant laquelle était amassée une foule partagée entre colère et silence funeste. Pour la première fois depuis de longues années, une pendaison allait tristement animer la ville. Pour certains, ce genre d'exhibition punitive n'était qu'un lointain souvenir lorsque les contrées infinies de l'Ouest vivaient sous les rafales de vents pourpres et violents. Pour d'autres, c'était une première. Un homme venait d'abattre un représentant de la loi par un acte d'une pure lâcheté. Les légendes cerclées par les codes d'honneur étaient bien lointaines. On ne défiait plus un homme en duel, on lui tirait dans le dos, tout simplement.

Jerry Calhoun, l'aîné des adjoints, referma la porte derrière Brittle. Dans un coin de la pièce, un poêle crépitait et une douce chaleur répandait ses arômes boisés.

— Shérif, je vous présente mes frères, annonça Jerry Calhoun en désignant la fratrie de la main. Tom et Slim.

Tom semblait être le plus jeune. Il n'avait pas un poil sur le menton. Son visage était juvénile et ses yeux brillants de chagrin. Slim était plus robuste et affichait sans ménagement son agacement quant à la requête que Brittle avait formulée.

— Messieurs, dit Brittle en pinçant le bord de son chapeau.

Jane Hobblehorn se contenta d'un timide signe de la tête.

Slim et Tom hochèrent la tête à leur tour, sans engouement.

— Le prisonnier est dans sa cellule, poursuivit Jerry. Suivez-moi.

Miss Hobblehorn et le shérif lui emboîtèrent le pas.

La tête basse et les bras pendants sur ses genoux, le condamné était assis sur le rebord de sa couche. Devant lui sur le sol, un plateau sur lequel étaient disposés une assiette à peine entamée, un morceau de pain intact et un verre de vin vide. Il fumait sa dernière cigarette.

— Il est à vous, dit Jerry. Vous avez dix minutes.

Puis il partit rejoindre ses frères.

Brittle s'accroupit, tandis que Jane Hobblehorn tira une chaise et s'installa devant les barreaux.

— Quel est votre nom ? demanda le shérif.

L'homme releva lentement le visage. Celui-ci était boursouflé et présentait de multiples lésions.

— Mike Soledge, répondit le condamné à voix basse.

— Monsieur Soledge, je suis Ray Brittle, shérif de Kearney. Derrière moi, Jane Hobblehorn, représentante officielle du bureau de campagne du candidat Dollory. Est-ce que ce nom vous évoque quelque chose ?

Soledge tira une longue bouffée sur sa cigarette, puis considéra la jolie brune quelques instants. Elle était belle. Et lui avait honte de s'afficher avec le visage découpé au couteau. Jamais plus il ne pourrait faire la cour à ce genre de femmes. Pourtant, il en avait connu de nombreuses. Mais jamais aussi belles que celle-ci. Au moins aurait-il le privilège de mourir avec le visage d'un ange gravé au fond des yeux.

— Je connais le nom d'Angus Dollory, dit-il.

— J'ignore si vous êtes au fait des derniers événements qui se sont déroulés le long de la rivière Platte, à proximité de Kearney.

— Non.

— Vous en êtes sûr ?

— Comment voulez-vous que je sois au courant de quoi que ce soit ? Ça fait dix jours que je suis en cavale.

Brittle jeta un regard en coin à miss Hobblehorn. Elle intercepta parfaitement le signal. Pour la première fois en deux jours, elle remarqua le bleu océan de ses yeux. Dur, profond, troublant.

— En cavale ? répéta le shérif.

— Ouais... depuis Beaver City.

— Quelqu'un peut-il le prouver ?

Soledge lâcha un petit rire.

— Demandez au marshal Platus et ses adjoints.

— Je le ferai. Et pourquoi êtes-vous remonté jusqu'à Holdredge ? Habituellement, les fugitifs filent plutôt vers la frontière mexicaine.

— Comme vous dites... habituellement. Moi j'ai préféré foutre le camp pour le Nord Dakota.

— Pourquoi ?

Soledge tira de nouveau une bouffée sur sa cigarette, dévisageant le shérif derrière le rideau de fumée qui formait un halo brumeux.

— Je peux bien vous le dire au point où j'en suis, finit-il par répondre. Mon frère habite Bottineau. Il est éleveur. Je comptais sur lui pour me faire passer la frontière canadienne.

— Solidarité familiale, ironisa Jane Hobblehorn.

— C'est tout le contraire, répondit Soledge. Mon frère et moi avons suivi des parcours plutôt... opposés. Plus il me sait loin, mieux il se porte.

— Dans ce cas, comment comptiez-vous demander son aide pour passer la frontière ?

— Par les sentiments, répondit Soledge, fier de sa boutade. Si je me pointe chez lui, il fera tout pour que j'évite de croiser la route de sa femme et de ses gosses. Il fera ce qu'il faut pour que je disparaisse de sa vie.

Brittle laissa filer quelques secondes, posa un doigt sur le plancher et dessina un cercle au milieu de la poussière.

— De quoi vous accusait-on à Beaver City ?

— Vol, escroquerie, violence... En tout cas, rien qui m'aurait fait penser qu'un jour, je serais condamné pour meurtre.

— Qu'y a-t-il d'anormal ? Vous avez abattu le shérif Calhoun d'une balle dans le dos. Vous en avez conscience ?

Soledge écrasa son mégot contre le drap de la couche, formant un énième petit trou carbonisé dans le tissu.

— Évidemment. Mais les regrets sont faits pour ceux qui ont une chance de se racheter.

Brittle se releva.

— Vu que nous sommes dans les confidences et que la nuit va s'abattre sur vous à tout jamais, peut-être pourrez-vous me dire si vous êtes l'homme que nous recherchons.

— Et vous cherchez qui ?

Brittle s'écarta de deux pas et d'un regard entendu pria Jane Hobblehorn d'assurer la suite de l'entrevue. Elle approcha à son tour, ôta son chapeau et laissa sa chevelure bouclée cascader sur ses épaules, comme si elle opérait un numéro de charme destiné à délier les langues les plus réfractaires.

— Nous cherchons un homme dont nous ignorons le nom, commença-t-elle. On le surnomme le Sprinkler. Il s'agit d'un violeur d'enfants doublé d'un assassin.

— Le surnom est bien trouvé.

— Il se trouve qu'Angus Dollory a axé sa campagne électorale sur la capture de ce meurtrier. D'après nos sources, cela fait plus d'une douzaine d'années qu'il arpente les sentiers en quête de nouvelles proies. À chacun de ses passages, on découvre le corps d'une fillette. Nous sommes là pour le retrouver et l'appréhender. Je n'aurai qu'une seule question. Je veux une réponse franche et directe. Il est inutile de contourner la question par des sarcasmes qui retarderaient l'heure de votre sentence. Car quelle que soit votre réponse, qu'elle soit celle que nous espérons ou celle qui nous décevra, vous marcherez droit devant vous après notre départ, en direction de l'homme habillé de noir qui vous attend en haut de l'estrade. N'espérez aucune amnistie, ni aucun délai supplémentaire.

Soledge la fixait droit dans les yeux. Ni par provocation, ni par tentative d'attendrissement, mais pour s'abreuver une dernière fois des yeux les plus beaux qu'il lui avait jamais été donné de contempler.

— Êtes-vous le Sprinkler ?

Il saisit la dernière cigarette d'une longue série qu'il s'était roulées tout au long de la journée. Il la coinça entre ses lèvres.

— Vous avez du feu ?

Jane Hobblehorn fouilla lentement dans la poche de son manteau et en sortit une allumette qu'elle craqua contre le bois du sol. Elle porta la flamme jusqu'à la cigarette de Soledge, qui s'embrasa. La jeune femme souffla sur la flamme. Soledge inspira une longue bouffée qui le fit tousser.

Puis dans un soupir fataliste, il répondit :

— Non.

Jane Hobblehorn se redressa et recula de deux pas pour revenir au niveau de Brittle.

— Je crois que nous avons terminé, conclut-elle.

Brittle acquiesça.

Le shérif et sa partenaire sortirent de la cellule et laissèrent les adjoints s'y engouffrer. Tom gifla Soledge pour le faire cracher sa cigarette. Puis avec l'aide de son frère, ils l'empoignèrent violemment sous les bras pour le redresser. Jerry Calhoun passa derrière le condamné et le menotta. Tom et Slim sortirent de la cellule, traînant avec eux un Mike Soledge résigné.

Jerry les suivit, puis s'arrêta devant le shérif et miss Hobblehorn.

— Vous avez vos réponses ? demanda-t-il sans même les regarder. Et puis ne répondez pas... En fait, je m'en balance.

Les trois hommes quittèrent le bureau. À l'extérieur, un flot de huées obscurcit le ciel voilé d'Holdredge.

Durant tout ce temps, Dwight avait attendu dehors, inspectant les affiches de mises à prix. Il regarda le prisonnier passer devant lui. Visiblement, l'entrevue n'avait pas pris le tournant espéré. Appuyé contre le chambranle, il donna une légère impulsion pour se redresser et saisit le bras de Tom Calhoun.

— Est-ce que vous avez des informations sur cet homme ? demanda-t-il en présentant l'affiche sans visage de Prescott Soulless.

Tom jeta un œil sans intérêt sur l'affiche, imité par Mike Soledge.

— C'est pas le moment, shérif adjoint, grommela Tom entre les dents. Rien à foutre de ce type.

Puis les adjoints reprirent l'escorte en direction de l'échafaud. Jerry Calhoun ne daigna pas regarder Dwight.

Brittle et Jane Hobblehorn se figèrent aux côté de Dwight Robson. Ils regardaient les quatre silhouettes se mouvoir sous la houle glaciale, contraints de tenir leurs chapeaux d'une main pour rester couverts. La foule referma le passage, coupant Brittle et ses comparses du reste du monde.

— Je le connais... perça une voix à travers le vent. Je l'ai déjà vu !

Dwight fronça les sourcils.

— Je sais qui il est ! reprit la voix perdue au cœur de la foule.

Dwight tenta une percée au centre de la masse agglutinante, jouant des coudes et des épaules pour se frayer un passage

— Qui a parlé ? Qui a dit ça ? demanda-t-il au hasard d'une voix égarée.

— Moi ! C'est moi, répondit Soledge.

Le convoi des quatre s'arrêta. Jerry Calhoun se retourna et dressa sa carabine devant lui pour barrer le passage à Dwight

— Foutez le camp, ordonna Jerry, dont les pupilles viraient au rouge sang.

— Je dois lui parler, dit Dwight en focalisant son attention sur l'homme au visage déformé par les coups.

— Il fallait le faire avec vos amis. Maintenant, tirez-vous ou je vous colle la crosse de mon fusil dans la gueule.

Amusé par cette nouvelle perspective, Mike Soledge profita de l'instant pour gagner quelques secondes de vie.

— J'ai déjà rencontré votre homme, persévéra-t-il.

— Où ? hurla Dwight.

Brittle avança virulemment jusqu'à son adjoint et l'attrapa par l'épaule.

— Dwight, joue pas aux cons. Viens.

— Où ? répéta Dwight.

Jerry Calhoun décocha un coup de crosse dans l'abdomen du récalcitrant. Dwight cracha un jet de salive dans un souffle d'asphyxie, avant de se plier en deux et de tomber sur les genoux.

— Ça va pas ? gronda Brittle à l'intention de Calhoun. Vous venez de frapper un représentant de l'ordre.

— Je l'avais averti. Relevez-le et quittez ma ville.

Jane Hobblehorn accourut jusqu'à Brittle et l'aida à relever l'adjoint encore groggy.

— Il faut... que je sache... balbutia Dwight.

— À quoi tu joues ? dit Brittle. Allez, viens, on s'en va.

— Je réfèrerai de vos méthodes au candidat Dollory, menaça miss Hobblehorn. C'est inadmissible. Vous ne valez pas mieux que le type que vous allez pendre.

— Dites à votre gugusse ce que vous voulez, répliqua Jerry Calhoun. Rien à foutre de vos menaces et de votre fonction. Ici, on gratte pas le papier. On fait respecter la loi, les mains dans la boue et les pieds dans la merde. Je le répéterai pas, barrez-vous.

— Je l'ai rencontré une fois à Red Lodge dans le Montana, reprit Soledge de sa voix rauque qui déchirait la nuit.

Autour de lui, les spectateurs étaient enragés et commençaient à inonder Soledge d'insultes. Certains lui crachaient dessus. Une pierre heurta le visage du condamné, lui arrachant un morceau de peau sur la pommette. Un jet de sang éclaboussa sa chemise et Soledge émit un cri étouffé.

Brittle observait les adjoints Slim et Tom. Au lieu d'assurer la sécurité de leur prisonnier, ils l'exposèrent davantage, sourires vicieux greffés aux coins des lèvres. De sa vie, jamais il n'avait vu une telle soif de vengeance, surtout venant de représentants de l'ordre tenus de garder la tête froide.

— Pendant la guerre... poursuivit Soledge. J'étais déserteur et lui aussi.

Dwight reprit contenance et accorda de nouveau toute son attention.

— Comment savez-vous que c'est lui ? demanda-t-il sous le regard courroucé de Tom Calhoun.

— Parce qu'il s'en est vanté, répondit Soledge. Il était beurré. Pendant que les confédérés et les yankees se mettaient sur la courge, nous, on descendait le tord-boyaux d'un brancardier tué sous le feu. On s'est trouvés là... au même endroit, au même moment.

— Quel est son nom ? enchérit Dwight.

Tom Calhoun porta la main sur la crosse de son revolver, prêt à s'en servir si Dwight Robson ne cessait pas cette mascarade. Le geste lent mais calculé de l'adjoint furibond n'échappa pas au regard du shérif

Brittle, ni à celui de Jane Hobblehorn, qui pâlit soudainement.

— J'en sais rien ! cria Soledge, essayant désespérément de passer au-dessus de la foule. Il a dit... il a dit qu'il avait buté plus de types que le choléra. Il disait être un artiste chirurgien... Il a jamais dit son nom mais je sais que c'était lui... Il a parlé d'un gars qu'il avait éviscéré dans le Wisconsin en 1859. Vous savez de qui je parle, n'est-ce pas ?

Dwight savait de qui Soledge parlait, évidemment. La dépouille d'un épicier de Nekoosa avait été retrouvée clouée à un arbre, le ventre ouvert et les boyaux dégoulinant sur la prairie, servant de pitance aux charognards. Le crime était signé Prescott Soulless. Les journaux s'étaient emparés de l'actualité à l'époque. Sans aucun doute, il s'agissait bien du tueur en série que Dwight traquait.

— Je sais pas si vous le trouverez un jour, lança Soledge avec une timide empathie. Je suis certainement l'un des seuls à avoir pu associer son visage à celui de Prescott Soulless.

— Comment est-il ? aboya Dwight qui avait de plus en plus de mal à se faire entendre.

Tom Calhoun dégaina son arme et frappa Soledge dans les reins. Le prisonnier se cabra en arrière et hurla de douleur. Tom gratifia Brittle d'un regard plein de sous-entendus. Si Dwight persévérait, la prochaine démonstration d'autorité serait pour lui.

Soledge se redressa laborieusement et, dans un dernier effort, planta son regard dans celui de Dwight Robson.

— C'est un homme quelconque... dit-il. Un homme comme vous et moi. Aucune particularité. Tout ce que je peux vous dire, c'est qu'il vient d'Europe...

Cette fois, c'est Slim Calhoun qui dégaina son arme et qui frappa Soledge violemment à la tempe. Le prisonnier vacilla, prêt à s'évanouir. Puis le convoi reprit sa route devant laquelle se dressaient une potence et l'ombre massive du bourreau.

Jerry Calhoun défia Brittle du regard, puis toisa la jeune femme qui l'accompagnait avant de conclure l'entretien :

— Une dernière chose... Dites-vous que si je l'avais voulu, vous n'auriez jamais parlé à mon prisonnier. Angus Dollory ou pas.

Puis il leur tourna le dos. La mise à mort était en marche.

— Qu'est-ce qui t'a pris bon sang ? gronda Brittle à l'intention de son adjoint. C'est quoi cette histoire ?

Dwight ne répondit pas, abasourdi par les dernières confidences du condamné. Il savait que Soledge avait dit la vérité. Peut-être pour gagner un peu de temps ou peut-être tout simplement pour se racheter une conscience avant de mourir.

Jerry Calhoun resta aux pieds des escaliers tandis que ses frères accompagnèrent Mike Soledge jusqu'au bourreau. Ils s'écartèrent et prirent position de part et d'autre de la potence. Le bourreau était un homme trapu, vêtu de noir et complètement détaché de la scène qu'il maîtriserait pourtant.

Il enfila la corde autour du cou de Soledge et fit glisser le nœud jusqu'à la nuque. Puis, précautionneusement, il plaça le condamné sur la petite trappe centrale. Il s'écarta de quelques pas et posa la main sur la manette d'activation de la trappe.

Jerry Calhoun grimpa les marches à son tour et fit face au public. De son point de vue, ils se confondaient les uns dans les autres tellement ils étaient nombreux. Il en appréciait certains, en détestait d'autres. Il fit abstraction de tous ces visages, puis gonfla la poitrine, prêt à délivrer la sentence avec éloquence.

— Michael Rufus Soledge, vous êtes accusé de vol, attaque à main armée, violences aggravées, tricherie et pour finir, vous êtes accusé de meurtre sur la personne du shérif Timothy Calhoun. L'honorable juge Stably de Sacramento vous a condamné à la mort par pendaison. Que justice soit rendue.

Calhoun ignora la nouvelle salve de huées qui vomissait la haine absolue. Il s'écarta à son tour et fit signe au bourreau d'exécuter la sentence. Puis le silence revint peu à peu.

Soledge chercha du regard Dwight Robson et parvint à le trouver, isolé au fond de la foule qui scandait sa colère par des murmures blasphématoires. Leurs regards se croisèrent une dernière fois. Soledge trouva même la force de sourire.

Le bourreau abaissa la manette et la trappe s'ouvrit. Soledge glissa dans le vide. La corde se tendit et un craquement déchira le silence létal d'Holdredge. Le cou de Soledge se brisa instantanément. Ne restait plus qu'un corps suspendu balancé par le vent et le souffle de la justice divine.

Jerry Calhoun descendit calmement les marches, suivi par ses frères. Au passage, Tom décocha un coup de pied au cadavre de Soledge. La foule s'écarta progressivement, laissant les frères poursuivre leur deuil. Plus tard, ils s'empareraient de la ville comme des rois avides de conquêtes.

Chacun des badauds qui avait assisté au spectacle connaissait la droiture de feu Tim Calhoun. Tous savaient qu'aucun des fils ne parviendrait à s'approprier le respect qui avait été dévolu à leur père. Mais sur l'instant, cela n'avait aucune espèce d'importance.

Brittle engagea Jane Hobblehorn et Dwight à le suivre jusqu'aux chevaux. Ils longèrent le perron du bureau jusqu'à disparaître dans la nuit.

— Avec l'ambiance qui règne ici, il est inutile de rester en ville, préconisa-t-il. On récupère nos montures et on file en direction d'Alma. Nous camperons en route.

Dwight ne pouvait pas détacher son regard de la potence, sous laquelle s'agitait le corps d'un pauvre type dépassé par sa propre vie. S'il pouvait appliquer les enseignements qu'il avait reçus du Docteur Walland, ne serait-ce qu'à travers l'écoute d'une poignée d'hommes affamés de rédemption, il était persuadé pouvoir éviter ce genre de dérapage.

Mais dans le malheur de ce condamné, Dwight avait gagné une précieuse information. Il savait qu'il devait trouver un Européen. Une aiguille dans une botte de foin, mais une aiguille munie d'une identité ethnique.

Jane Hobblehorn gardait les yeux rivés sur le sol, dissimulant ses émotions de femme. Elle grimpa sur sa selle, imitée par Brittle et Dwight. Ils éperonnèrent leurs montures et quittèrent la ville.

14

SHOOTING RABBITS

Bowens s'accroupit devant l'homme terrifié qui recouvrait petit à petit ses couleurs.

— Vous dites vous appeler Norman Talisker ? demanda-t-il.

— Oui... L'écrivain, balbutia le concerné. Vous connaissez mes livres ?

— Absolument pas.

— Ah...

Bowens tourna la tête vers Stabler qui ne semblait pas mieux connaître les ouvrages du romancier. À son tour, Stabler interrogea Ron du regard qui fit non de la tête. Sur le visage de Talisker apparut comme un sentiment de déception.

— Vous connaissez peut-être mon travail au *Minden Epitaph*...

— Pas mieux, répondit Bowens.

— Je ne comprends pas dans ce cas... Mon nom vous semblait familier quand je l'ai prononcé.

— Oh, pour être familier, il l'est, dit Bowens en se redressant.

Puis il se tourna vers le shérif adjoint. Son bassin

craqua. Bowens fit une légère grimace puis se cambra en arrière pour rendre un minimum d'élasticité à son dos.

— Pourriez-vous rassembler les chevaux devant l'entrée de la grotte ? demanda-t-il.

Ron acquiesça et tourna les talons.

Stabler rengaina son revolver dans son étui et approcha de quelques pas vers le feu crépitant.

Bowens posa les mains sur ses hanches et ouvrit le débat à l'apaisement. Talisker se blottit plus encore contre la roche.

— Monsieur Talisker, nous savons qui vous êtes parce que vous étiez comme qui dirait attendu.

— Oui, oui... opina Talisker en se relevant, enfin soulagé d'avoir conquis le crédit de ses interlocuteurs. J'ai obtenu la permission de rejoindre l'équipée menée par le shérif Brittle. Je suis en train d'écrire un ouvrage sur les grandes figures de l'Ouest et vous deux serez mes plus grands sujets.

Il émit un petit rire bêta, satisfait d'avoir manipulé la flatterie comme il savait si bien le faire, et allégé par la disparition du malaise qui l'avait opposé à deux pépites rutilantes. Des lingots en chair et en os, symboles d'un investissement sur l'avenir. *Son* avenir.

— Vous savez que cette chevauchée ne sera pas une promenade de santé... prévint Bowens.

— Oh mais ne vous inquiétez pas pour ça ! Mon premier livre, basé sur les grandes batailles de la guerre, a remporté un franc succès. J'ai dû traverser le pays d'est en ouest et du nord au sud afin de dénicher les meilleurs entretiens avec les plus grands acteurs de l'histoire. Je suis un journaliste de terrain avant tout... Et puis si je suis là, c'est parce que je suis hautement recommandé par Angus Dollory. Il s'agit...

— Te fatigue pas, l'interrompit Stabler, qui commençait déjà à écarter les affaires de Talisker pour y installer sa couche. On sait qui est Dollory.

Le visage de l'écrivain blêmit. Il ne s'était pas attendu à un accueil plus glacial encore que la température extérieure. Merde, il était pourtant connu. Il avait fait parler de lui. Il n'était pas n'importe qui. Il était Norman Talisker, *le* Norman Talisker du *Minden Epitaph*, l'ami personnel d'Orlan Briggs, le futur Président des États-Unis d'Amérique.

— Je ne remets pas en doute vos capacités, monsieur Talisker, poursuivit Bowens. Je dis juste que nous courons après un homme dangereux, pas après le témoin d'une guerre qui est finie. Il risque d'y avoir du grabuge, si toutefois on parvient à retrouver la trace du Sprinkler.

— Le Sprinkler ? répéta Talisker, passablement vexé que personne ne l'ait mis au fait d'une information aussi capitale que celle-ci.

— Ouais... C'est le petit nom que lui ont donné les autorités.

— Ah... Et pourquoi ?

— Ben parce qu'on connaît pas son vrai nom pardi ! jappa Stabler, visiblement irrité par la présence du jeune écrivain sur son territoire.

— Écoutez, reprit Talisker, parlons-en avec le shérif Brittle qui vous confirmera que... Et d'ailleurs, où est-il ? Ne devait-il pas être accompagné par un représentant du cabinet de monsieur Dollory ?

— Ouais... Plutôt bien représenté le cabinet d'ailleurs, grommela Stabler.

Talisker ignora l'intervention du vieux râleur et

préféra recentrer la conversation avec Bowens, qui semblait moins hermétique à son existence.

— Le shérif Brittle s'est arrêté à Holdredge, dit Bowens. Il est avec miss Jane Hobblehorn et son adjoint Dwight Robson. On a quitté la ville il y a plus d'une heure. Brittle devrait suivre nos traces et nous trouver.

Talisker commença à faire les cent pas dans la grotte, handicapé par sa blessure. En passant à côté de Bowens, il remarqua la taille moyenne du pisteur et les ravages qu'avait engendré le temps sur lui. Son ventre passait légèrement par-dessus sa ceinture et son visage était creusé d'une multitude de sillons pâles. Les hommes n'étaient définitivement pas à la hauteur de leurs légendes.

— Bon, dès que monsieur Ashton aura attaché nos montures, on s'installera pour dormir quelques heures, dit Bowens. En attendant, faites-moi voir votre cuisse. On va tâcher de soigner ça.

Talisker fit un pas en arrière, le visage tordu par la douleur.

— Ça va, je vous assure. Ce n'est qu'une petite blessure de rien du tout, tenta-t-il de dédramatiser pour gagner le respect de ses aînés. J'en ai vu d'autres, vous savez... Demain, la plaie aura déjà cicatrisé, vous pouvez me croire.

Bowens observa Talisker quelques secondes, sondant du regard sa silhouette fébrile de bas en haut.

— Si vous ne vous soignez pas ce soir, il y a de grandes chances pour que la plaie s'infecte et que demain, vous soyez mort.

Les mots de Bowens pénétrèrent en Talisker comme la lame d'une baïonnette aiguisée. Rien qu'à l'évocation de sa propre mort, il se sentit soudainement fébrile, tremblant, fiévreux... Prêt à s'écrouler.

— Vous pouvez me croire, poursuivit Bowens. Un jour, je me suis blessé au même endroit.

— Cette histoire me dit quelque chose, rebondit Talisker, absorbé par l'anecdote qu'il allait ranimer. Ce n'était pas lors d'un règlement de comptes entre deux familles de l'Iowa ? Un coup de couteau lors d'une lutte enragée avec l'un des fils Boswell. Vous aviez le dessus et il vous a poignardé par traîtrise. Il me semble l'avoir lu quelque part...

— Ça s'est passé à cette époque, en effet. Mais le fils Boswell était déjà en prison quand c'est arrivé. Et je me suis jamais battu avec lui. En fait, l'histoire s'est passée quelques jours après. J'avais trop bu et je me suis cassé la gueule sur un tesson de verre. L'artère fémorale a été sectionnée net. Quand j'ai commencé à pisser le sang, je me suis évanoui. Heureusement pour moi, la tenancière du bastringue qui m'a vu rouler sous la table, a fait le nécessaire jusqu'à l'arrivée du toubib. Croyez-moi quand je vous dis qu'une connerie de ce genre peut avoir de lourdes conséquences.

Talisker prit une douche froide. Elles commençaient bien les chroniques du légendaire Kenny Bowens.

— Allez, soyez pas con. Allongez-vous et laissez-moi jeter un œil.

Talisker obtempéra et s'allongea sur sa couche. Une décharge lui parcourut la jambe, il faillit gémir.

Bowens se positionna à genoux avec difficulté et déchira le pantalon de l'écrivain. La plaie n'était pas très jolie mais avec une rasade de téquila, une cicatrisation au tison à l'ancienne et un bon pansement, Talisker devrait pouvoir dormir normalement. Et avec un peu de chance, il changerait d'avis dès le lendemain matin et irait retrouver sa confortable vie citadine à écrire des articles sur la mode vestimentaire de Chicago.

Stabler sortit du fond de sa poche une fiole d'alcool pur et la tendit à Bowens.

— T'as ça sur toi ?

— Toujours, on sait jamais ce qui peut arriver.

Bowens dévissa le bouchon de la fiole. Il remarqua que la petite bouteille était entamée. Décidément, le vieux Stabler n'en aurait jamais fini avec l'alcool. Il posa son pouce et son index de part et d'autre de la plaie. Talisker sursauta, déjà traumatisé par la douleur qui s'annonçait. Puis Bowens écarta la plaie et déversa une bonne rasade l'alcool à l'intérieur. Talisker hurla si fort que Bowens faillit partir à la renverse.

— Putain, y m'a fait peur ce con, dit Stabler en posant une main contre sa poitrine.

Lorsque Talisker recouvra ses esprits, il réunit tout son courage pour affronter la vision de sa blessure. La cuisse était coupée sur une longueur de dix centimètres au moins. Au creux de la plaie, l'alcool amenait le sang vers l'extérieur. Ce n'était vraiment pas un beau spectacle. Talisker sentit son cœur s'emballer et manqua de tomber dans les pommes. Bowens le gifla et le journaliste revint parmi les vivants, toujours sonné.

— Buvez un coup, ça vous aidera, conseilla Bowens en lui enfournant le goulot de la fiole dans la bouche.

Talisker absorba quatre à cinq lampées de l'infect liquide. Il faillit vomir.

— Bon, maintenant, ça va être moins drôle, prévint Bowens.

Talisker écarquilla les yeux.

— Bienvenue chez les aventuriers, dit Bowens.

Pendant que Bowens gavait Talisker à grandes gorgées d'alcool frelaté, Stabler avait préparé la suite. Il avait ouvert une balle en deux et en avait extrait la poudre, qu'il avait consciencieusement répandue sur un morceau de tissu propre.

Bowens saisit l'étoffe d'une main et referma la plaie de l'autre. Il répandit la poudre le long de la blessure et jeta le tissu à terre. Stabler approcha, craqua une allumette et la tendit à Bowens. Talisker comprit ce qui allait suivre. Il avait déjà entendu certains ragots rapportant les moyens rudimentaires qu'employaient les aventuriers lorsqu'ils étaient blessés. Mais pour lui, il s'agissait là aussi de contes pour adolescents en mal de sensations fortes.

Bowens approcha la flamme de la blessure et la poudre s'embrasa, faisant jaillir de minuscules étincelles sur la cuisse de Talisker. Celui-ci hurla de plus belle et s'évanouit sur-le-champ.

Bowens secoua l'allumette et Stabler l'aida à se relever.

— Ben comme ça, il nous cassera plus les oreilles avec son arrogance, en déduisit-il.

— On n'a plus qu'à pioncer et attendre l'aube, préconisa Bowens. Faudra quand même qu'il consulte un docteur.

— Ouais...

Un bruit de terre derrière eux les fit se retourner rapidement. Ils n'avaient pas perdu tous leurs vieux réflexes.

Ron Ashton apparut, plutôt satisfait à l'idée de ne pas reprendre la route de nuit.

— Les chevaux sont attachés, dit-il. Vous n'avez plus qu'à les desseller et récupérer vos affaires pour la nuit...

Soudain, une détonation déchira la nuit et un sifflement vint se perdre dans la grotte. Une balle ricocha contre la roche et faillit blesser Ron à l'oreille. Ashton tomba à genoux, les deux mains collées contre la tempe afin de vérifier s'il n'avait pas été touché. Il n'y avait rien, à son grand soulagement.

— Bordel ! On nous tire dessus ! cria Stabler.

— C'est le type sur la colline, dit Bowens. Couchez-vous !

Stabler se jeta ventre à terre et sortit son arme avec précipitation. Il la laissa échapper sur le sol et la crocheta immédiatement. Bowens se colla contre une paroi rocheuse, dans un angle inatteignable. Ron Ashton rampa jusqu'à lui, chargea sa carabine et partit se cacher derrière un rocher.

— C'est qui cet enculé ? aboya-t-il.

— Le type qui nous suit depuis Holdredge, répondit calmement Bowens.

— Tu crois que c'est le Sprinkler ? demanda Stabler.

— C'est possible. Si c'est lui, il nous aura repérés et préférera nous éliminer de son équation.

— Et si c'est pas lui...

— Ben... À nous de faire en sorte qu'il dégage de l'équation en premier.

Bowens laissa son bras sortir de sa cachette, dirigea la mire de son revolver vers l'extérieur et appuya sur la détente. La balle sortit du canon en sifflant et partit se perdre au cœur de la nuit. Dans la seconde qui suivit, un second tir venu de l'extérieur fit sauter un morceau de roche derrière laquelle était abrité Talisker.

Quel veinard celui-là, pensa Stabler. *Il va rater le meilleur*. Lui qui voulait raconter ses aventures...

— Qui êtes-vous ? cria Bowens, dont la voix fit écho dans la grotte.

En guise de réponse, une autre balle vint se perdre dans le sable, à deux mètres du visage de Stabler.

— Oh le con ! grommela-t-il.

— On vous a repéré sur la colline ! reprit Bowens. Vous êtes seul et nous sommes quatre !

— Trois serait plus juste, rectifia Stabler.

Bowens le gratifia d'une grimace colérique. Ce n'était pas le moment de faire de l'esprit.

— Jetez vos armes devant l'entrée ! ordonna la voix à l'extérieur. Et je vous assure que je ne vous tirerai pas dessus.

Bowens sourit.

— Dans ce cas, si vous l'assurez...

— Je ne plaisante pas, poursuivit la voix. Je vous donne ma parole.

— Vous savez, dans une situation comme la nôtre, la parole d'un type qui nous canarde ne vaut pas grand-chose, répliqua calmement Bowens. Et je dis ça sans vouloir vous offenser, naturellement.

— Vous devriez accorder plus de crédit à ce que je vous dis... Je viens de loin et j'ai passé ces quatre derniers jours à dormir et à manger. Je suis frais et reposé. Pouvez-vous en dire autant ?

— Il est dur en affaires ce con, commenta Stabler.

— Je peux rester la nuit entière à attendre que vous sortiez de votre terrier, reprit la voix. Donc, il va dans votre intérêt d'obéir à mes injonctions.

— Et dans quel but, cher monsieur ? demanda Bowens.

— Je veux juste parler. Vous laissez vos armes devant l'entrée du Blue Rock, je me pointe et on bavarde. C'est tout.

— Vous avez une drôle de façon d'amorcer les conversations, vous ! Vous auriez frappé à la porte pour demander votre chemin, on vous aurait proposé de partager notre café.

— Ne vous sous-estimez pas monsieur Bowens, vous êtes un vieux pisteur aux réflexes encore vifs.

Il connaissait son nom. Décidément, cette affaire prenait une étrange tournure.

— J'ai un Derringer à la cheville, chuchota Stabler. Laissons-le entrer et on avisera.

Bowens consulta Ron du regard. Le jeune homme se laissait visiblement porter par les décisions des plus expérimentés. Il hocha la tête pour donner son accord.

— Très bien ! dit Bowens. On va jeter nos armes devant la grotte et on vous laissera entrer. Par contre je vous préviens, si vous jouez au con, on vous fera pas de cadeau. Il y en a au moins un sur les quatre qui aura tout le loisir de vous faire la peau.

Après un court silence, la voix répondit :

— Ça me va.

Bowens fit signe à ses acolytes d'obtempérer. Les trois hommes projetèrent leurs armes hors de la grotte. Le sable amortit leur chute. Ils restèrent malgré tout cachés derrière leurs boucliers de roche.

Une ombre se profila sur le sol, longue et fine, dansant au gré des flammes qui illuminaient la terre. Enfin, une botte apparut et dès qu'elle percuta le sol, elle souleva un petit nuage de sable qui s'évapora presque aussitôt.

La silhouette entra dans la lumière, telle une ombre de la mort prête à faucher les mortels qu'ils étaient tous.

L'homme était grand et plutôt élégant dans son costume sombre. Son visage était coupé à la hache et laissait ressortir ses pommettes saillantes. Une fine moustache scrupuleusement taillée habillait l'espace qui séparait un nez aussi crochu que pointu et une bouche sans lèvres, de laquelle dépassait une pipe en bois et ivoire.

— Messieurs, les salua-t-il en pinçant le bord de son large chapeau noir.

Bowens sortit de l'ombre et se figea devant lui. Stabler se releva tant bien que mal et rejoignit son ami en époussetant son imperméable. Ron Ashton se redressa à son tour avec prudence.

Bowens baissa les yeux et vérifia que l'arme de l'homme à la pipe était bien en place dans son étui.

— Maintenant qu'on vous a ouvert notre porte, vous allez peut-être nous dire qui vous êtes, suggéra Bowens.

— Je m'appelle Hunter, répondit l'homme en craquant une allumette qu'il approcha du foyer de sa pipe.

Il tira quelques bouffées pour que le minuscule brasier prenne, puis secoua l'allumette.

— Et... Serait-ce trop vous demander de me dire comment vous connaissez mon nom ?

— Ho, pas de fausse modestie, monsieur Bowens. Tout le monde vous connaît, voyons.

— J'espère que vous le prendriez pas mal si je vous disais que je peux malheureusement pas dire la même chose de vous.

Le rire de Hunter, cumulé avec la fumée de la pipe, faillit le faire étouffer.

— Non, rassurez-vous, dit-il. Si vous ne connaissez pas mon nom, ça veut dire que je fais bien mon travail.

Bowens écarta les bras.

— Dans ce cas... Dites-nous ce que vous nous voulez qu'on puisse aller se coucher.

Hunter fit quelques pas, contourna les trois hommes et s'accroupit devant le feu. Il positionna ses mains devant et les frotta l'une à l'autre.

— J'enquête sur l'affaire de la jeune fille qu'on a retrouvée morte le long de la rivière.

— Vous êtes de la Pinkerton ? demanda Stabler.

— Non. J'enquête pour mon propre compte.

— Chasseur de primes, n'est-ce pas ?

Hunter ne répondit pas.

— J'aime pas les chasseurs de primes, poursuivit Stabler. Les gens comme vous sont des prospecteurs de corps. Vous ne cherchez ni à savoir si l'homme que vous traquez est coupable ou innocent, ni à savoir à quelles juridictions vous faites du tort...

— Vous caricaturez, monsieur Stabler. Vous avez une image peu flatteuse de notre profession, mais je ne vous en veux pas.

Stabler regarda Bowens. Manifestement, Hunter le connaissait lui aussi.

— Bon nombre d'hommes qui se sont improvisés chasseurs de primes nous ont fait du tort par des méthodes peu orthodoxes animées par des intérêts individuels, poursuivit Hunter. Mais nous ne sommes pas tous comme ça, heureusement.

— Ah, parce que la méthode que vous venez d'employer vous semble orthodoxe ? questionna Ron.

— Je suis prudent, c'est tout.

Hunter se releva et observa Talisker de sa hauteur.

— Qui est cet homme ? demanda-t-il.

— Un journaliste, répondit Bowens. Rien qui puisse vous intéresser.

— En effet, et je vous laisse volontiers votre boulet.

Puis il se retourna et leur fit face.

— Ce monsieur n'étant pas le Sprinkler, puis-je vous demander où vous en êtes dans votre enquête ?

— Je vois pas pourquoi je répondrais, dit Bowens.

Sous les regards aguerris des trois hommes, Hunter fit glisser son imperméable derrière ses revolvers. Leurs crosses étaient rutilantes comme si elles venaient d'être cirées.

— Monsieur Bowens, reprit-il, nous poursuivons le même objectif mais avec des chemins parallèles. Je suis plutôt du genre... tenace. Autant vous le dire tout de suite, dans ma quête, rien ne m'arrêtera. Si je peux pêcher les informations là où elles se trouvent, je n'hésiterai pas une seconde. Quels que soient les moyens. À vous d'avoir un temps d'avance sur moi. Mais dans la configuration actuelle des choses, je doute que vous puissiez me devancer.

Hunter laissa filer quelques secondes durant lesquelles seul le crépitement du feu animait l'ambiance menaçante et tendue du face-à-face.

— Je suis seul et vous voyagez à quatre. Et vous serez bientôt rejoints par vos amis. Vous êtes repérables à des miles à la ronde tandis que je peux me faufiler entre les pierres comme un crotale. Mais rassurez-vous, si je vous avais voulu du mal, je vous aurais tirés comme des lapins du haut de mon perchoir.

— Je rêve ou vous nous menacez ? gronda Stabler en avançant d'un pas.

D'un regard apaisant, Bowens lui intima de rester tranquille. Même si Stabler avait été l'homme le plus rapide qu'il eût connu, dégainer un Derringer attaché à une cheville sans perdre l'équilibre ou prendre une balle relevait du fantasme.

— On peut rien pour vous, monsieur Hunter. Donc si je comprends bien, nous allons nous affronter pour le même objectif. J'ai qu'une chose à vous souhaiter dans ce cas... Que vous trouviez cet homme avant nous.

— Vous faites preuve d'un fair-play tout à fait charmant qui colle parfaitement à l'idée que je me faisais de vous.

— Néanmoins, je vous propose de vous joindre à nous pour la nuit. Une tempête est en train de gagner les plaines et je doute que vous traversiez les pistes du Nebraska avec facilité.

Stabler dévisagea son compagnon. Il fut aussitôt imité par Ron Ashton. Hunter les regarda tour à tour et comprit que Bowens était de loin le plus malin de l'équipe. Son visage se fendit d'un large sourire.

— J'apprécie l'attention, dit Hunter. Mais je préfère poursuivre ma route de mon côté. Non pas que je ne vous fasse pas confiance mais, vu le contexte, il serait dommageable pour moi de me retrouver demain matin ficelé comme un jambon... Ou pire encore. Sur ce, messieurs, je vous souhaite une bonne soirée.

Hunter marcha droit devant. Stabler, Ashton et Bowens s'écartèrent de son passage et le laissèrent disparaître dans les ténèbres.

15

DAWN

Une rafale de neige givrée pénétra dans la grotte, caressant le visage fiévreux de Stabler. La fraîcheur matinale s'infiltra entre les mailles de sa couverture et le fit frissonner. Son corps tout entier était parcouru par des sueurs froides. Sa température avait augmenté pendant la nuit. S'il ne faisait rien pour se soigner rapidement, la fièvre aurait raison de lui. Sur l'instant, il regretta de ne pas s'être réveillé dans son lit et se surprit à remettre en cause sa décision de participer à l'expédition. Il était trop vieux et trop fatigué pour ce genre de pèlerinage. Quelque part, il le savait, mais refusait l'évidence. Il ne s'abaisserait pas à faire machine arrière.

Il se tourna sur lui-même et d'horribles douleurs lui électrisèrent les articulations. L'arthrose s'était réveillée. Il bougonna et passa en position assise dans un terrible effort. Il passa une main dans sa chevelure hirsute, d'où commençaient à poindre des reflets argentés. Puis il fouilla au fond de sa poche et en extirpa un mouchoir. Il se tamponna le front. Il avait froid et se sentait fébrile.

Il repensa au confort tout relatif de son bureau de Philipsburg, et de ses habitudes quotidiennes. Le matin, Stabler se levait tôt. Il buvait un café fort puis allait nourrir ses poules. Ensuite, il regagnait la grange qui lui servait de bureau. L'intérieur était rudimentaire mais présentait les repères essentiels à un homme qui s'était reconverti dans les investigations privées. Une vieille table récupérée lors de la fermeture de l'ancien cabinet comptable de Philipsburg, un fauteuil élimé jusqu'à la corde, un meuble vermoulu où quelques dossiers prenaient la poussière et deux ou trois peaux de bisons qu'il avait accrochées sur les murs afin d'en cacher les imperfections. Il disposait aussi d'une chaise en paille percée, destinée à accueillir les clients potentiels. Elle était aussi poussiéreuse que l'agenda qui décorait le bureau, placé juste à côté d'une lampe à pétrole qui n'avait pas servi depuis plusieurs années.

Les cabinets d'investigations privées s'étaient multipliés cette dernière décennie, grâce au succès fulgurant du bureau de la Pinkerton. De nombreux aventuriers s'étaient reconvertis et certains jouissaient déjà de solides réputations. De jeunes et brillants enquêteurs dont la jeunesse était la première force de vente. Malgré son glorieux passé, Stabler ne bénéficiait plus que d'une réputation liée aux actes révolus. Il avait vieilli, il le savait, tout le monde le savait. Les gens le respectaient toujours, mais ce respect n'était plus qu'une forme de tendresse nostalgique. Ils préféraient donner leur argent à de nouvelles agences dirigées par de jeunes gaillards aux dents longues. Des hommes solides et suffisamment immatures pour accepter les missions les plus périlleuses.

Stabler n'était plus de ceux-là. La dernière enquête qu'on lui avait confiée venait de Cawker City dans le Kansas ; un richissime quinquagénaire qui doutait de la fidélité de sa jeune et belle épouse. Stabler avait accepté bien malgré lui. Cette affaire n'avait rien de glorieux en comparaison du courage qu'il avait déployé lors de conflits nationaux et de traques interminables. Mais il fallait bien manger et les trois œufs que lui donnaient ses poules chaque jour ne suffisaient pas. Il cultivait un petit jardin modeste à l'arrière de sa maison qui, timidement, lui donnait à peine de quoi survivre d'avril à octobre. Il prenait soin de conserver les courges pour ses soupes d'hiver. Il lui arrivait même parfois de troquer ses services d'investigation contre quelques kilos de viande, ou encore d'effectuer de menus travaux chez les fermiers des villes voisines, lorsqu'ils n'étaient pas trop pénibles.

Il resta longuement assis, mains croisées et poignets posés sur les genoux, à regarder face à lui, absent. Il ressassait le passé comme on passe la vase au tamis. Il aurait tant aimé être fataliste, comme pouvait l'être Bowens. Se contenter de ce que la vie présente lui offrait, rien de plus. Se dire qu'il avait eu la chance d'avoir un passé forgé par l'aventure et le courage, mais qu'il fallait désormais passer à autre chose, accepter une nouvelle étape à franchir. Se persuader qu'il avait fait pour le mieux...

Une nouvelle brise souleva la neige qui s'était entassée dans la nuit à l'extérieur, et s'évapora comme une pluie fine sur le foyer éteint du feu de camp.

Un hennissement venu de nulle part rebondit en écho dans la grotte, sortant Stabler de ses confusions nostalgiques. Puis il entendit des pas écraser la neige.

Une série de craquements sourds parallèles... Il y avait du monde, et ils étaient plusieurs.

Stabler porta la main à son revolver et dégaina. Il s'appuya sur son genou et dirigea la mire du canon en direction de l'entrée, ignorant l'arthrose qui lui déchirait les os. Il plissa les yeux. Même à cette distance, il peinait à distinguer les formes mouvantes qui apparurent en silhouettes ondulantes. Il tira le chien de son percuteur vers l'arrière, prêt à appuyer sur la détente. Sa main tremblait.

Bowens projeta sa couverture sur le côté, également alerté par le bruit. Il saisit l'arme qu'il avait disposée à côté de lui et la dirigea dans la même direction que celle de son ami. Ron Ashton, plus rapide que ses aînés, sauta de sa couche ventre à terre, carabine chargée à la main.

— Qu'est-ce que c'est ? chuchota-t-il.

— Chut, lui répondit Bowens en faisant un mouvement léger de la main sur le côté pour sommer le jeune adjoint de se taire.

La première silhouette apparut, dévoilant la charpente d'un homme solide. Il sursauta et plaça ses mains devant lui.

— Ho là ! Tout doux, dit-il.

— Brittle ? dit Stabler, ayant reconnu l'intonation de sa voix.

Le shérif entra, les mains loin du corps et se présenta docilement, sachant qu'il était toujours délicat de réveiller l'ours en hibernation. Et ces deux vieux briscards en avaient toutes les apparences.

Bowens, Stabler et Ashton rengainèrent leurs armes, soulagés d'avoir été réveillés par des visages familiers.

Miss Hobblehorn et Dwight Robson apparurent à leur tour.

— Mais vous êtes paranoïaques, ironisa la jeune femme qui n'avait rien perdu de sa superbe malgré la nuit glaciale qu'ils venaient de vivre.

— Avec ce qui nous est arrivé hier, y a de quoi, répliqua Stabler qui, déjà, pliait sa couverture.

— C'est-à-dire, qu'est-ce qui s'est passé ? demanda Dwight.

Ron rejoignit ses compagnons de nuitée et arbora un sourire plein de soulagement.

— Hier soir, un chasseur de primes a fait irruption, dit-il. Plutôt hargneux le bonhomme.

— Que voulait-il ? reprit Brittle.

— S'accaparer nos informations et... il aurait sans doute enlevé ce type s'il avait été le Sprinkler.

Ron désigna la masse roulée en boule cachée sous sa couverture.

— Qui est-ce ?

— Il dit qu'il s'appelle Norman Talisker.

Jane Hobblehorn se précipita jusqu'au concerné. Elle le secoua vivement.

— Monsieur Talisker, réveillez-vous.

Talisker sursauta, marqua un temps de réflexion, encore perdu dans les limbes des souvenirs chirurgicaux de la veille. Il chaussa ses petites lunettes rondes. Bowens regarda le journaliste et nota que la fièvre avait disparu.

— Monsieur Talisker, reprit la jeune femme, je suis Jane Hobblehorn, représentante du cabinet d'Angus Dollory. Je suis votre contact.

Talisker se redressa, encore groggy.

— Miss... Hobblehorn... balbutia-t-il. Oui... Enchanté...

— Comment allez-v... Mais il est blessé, s'insurgea-t-elle en dévisageant Bowens de son regard émeraude.

— C'est pas nous, se défendit ce dernier en levant les bras pour se dédouaner.

— Que lui est-il arrivé ?

— On cherchait une planque pour la nuit, intervint Stabler. Et on l'a trouvé ici. Il pissait le sang. Ce couillon a trouvé le moyen de se blesser en tombant de cheval.

— Monsieur Stabler, je vous en prie, protesta Talisker, passablement humilié.

— Pardonnez-moi, reprit Stabler. Il n'est pas tombé d'un cheval... Mais d'un âne.

Talisker le foudroya du regard. Même s'il n'était pas du matin, surtout avec une jambe cautérisée à la poudre de revolver, Talisker voulait se montrer sous son meilleur jour face à une femme aussi belle que Jane Hobblehorn. Stabler venait de réduire à néant tout espoir de crédibilité quant à la virilité du journaliste.

Brittle tiqua. La remarque de Stabler venait de faire mouche. Le shérif n'avait jamais été favorable à la présence d'un écrivain dans leur giron, mais là, il était à présent convaincu que ce type n'avait absolument rien à faire ici. Il n'avait ni l'épaisseur, ni la fibre de l'aventurier.

Jane Hobblehorn aida Talisker à se relever. Ce dernier grimaça lorsque son pied foula le sol gelé par l'aube.

— Monsieur Talisker, je suis le shérif Brittle, et voici Dwight Robson, mon adjoint. Êtes-vous toujours certain de vouloir participer à notre petite escapade ?

— Évidemment, se renfrogna le journaliste. Rien ne se mettra en travers de mes objectifs. Mettez-vous ça dans le crâne une bonne fois pour toutes. J'ai le soutien du candidat Dollory, miss Hobblehorn vous le confirmera.

— Elle l'a déjà fait.

— Dans ce cas, faites abstraction de vos préjugés et donnez vos instructions. Je suivrai le mouvement sans difficulté.

Brittle arbora une moue dubitative qui fit sourire Stabler.

— Très bien, poursuivit le shérif. Mettons que je n'aie rien dit.

Puis il se tourna vers Bowens.

— Qui était ce chasseur de primes ?

— Il a dit qu'il s'appelait Hunter.

— Je vois...

— Vous le connaissez ?

— De réputation. Je ne l'ai jamais rencontré, mais il se dit qu'il est un cador dans sa profession. Il n'a ni pitié, ni empathie. Juste deux billets de cent dollars à la place des yeux.

— Dangereux ?

— Oui. Certains de mes homologues ont eu des problèmes avec lui. C'est un vautour prêt à tout pour parvenir à ses fins.

— En tout cas, à l'écouter parler, on aurait dit qu'il s'estimait plutôt comme un exemple, dit Stabler.

— C'est une façon de voir les choses. Disons qu'Hunter a la réputation de déployer de redoutables moyens pour arriver à ses fins, mais sans jamais être hors-la-loi. C'est un malin. Il est rusé comme un serpent à sonnettes. Si Hunter est sur le coup, il nous donnera du fil à retordre.

— Putains de chasseurs de primes, gronda Stabler dans sa barbe.

Brittle s'écarta de l'entrée afin que la lumière du jour inonde la grotte d'un timide rayon voilé.

— Nous allons lever le camp, dit Brittle. Nous sommes à environ soixante-dix miles de Hill City. Avec un peu de chance, nous atteindrons la ville avant la nuit.

— Je veux pas vous fâcher shérif, dit Bowens, mais on n'a encore aucune trace du passage du Sprinkler. Les seules qu'on a trouvées sont celles de monsieur Talisker et elles nous ont emmenés ici même, à Blue Rock.

— Juste avant de quitter Holdredge, un coursier nous a arrêtés à la sortie de la ville, répondit le shérif. Une nouvelle de dernière minute parvenue de Lincoln nous signalant le meurtre d'une fillette de onze ans à proximité de Wakeeney.

Stabler échangea avec son ami un regard ahuri.

— Il a raison, confirma Jane Hobblehorn. Avant d'interroger Mike Soledge à Holdredge, nous avons télégraphié à monsieur Dollory. Connaissant notre position, il nous a fait parvenir le renseignement dans la foulée. D'après le QG de campagne qui relaie les informations, rien n'indique qu'il s'agisse du Sprinkler. Au moins, même si elle reste fébrile, nous avons une piste.

Dwight hocha la tête comme pour confirmer la véracité de l'information. Bien qu'affecté par la nouvelle, Ron ne montra aucune émotion. Stabler faillit tomber sur les fesses. Ce fumier d'assassin avait remis le couvert. Il se savait poursuivi, mais il n'avait pas pu s'en empêcher. Avec la moitié des États-Unis aux fesses, le Sprinkler, dans la mesure où il était l'auteur de ce crime, poursuivait ses méfaits, semant les cadavres comme on sème des grains de maïs.

— Nous devons garder le Mexique comme objectif, conclut Brittle. Messieurs-dames, en selle.

16

ESCAPADE

L'équipée poursuivit son exode, marquant de courtes pauses pour arriver à Hill City avant le coucher du soleil. La neige était tombée en masse durant la nuit et les chevaux s'essoufflaient rapidement, formant d'épaisses volutes grisâtres qui leur sortaient des naseaux. La température avait encore baissé malgré la promesse d'une journée plus indulgente que la précédente. Les plaines étaient à la fois arides et glaciales. Le sol était gelé, les pierres glissantes et le froid sec. Suivre la piste devenait une gageure de chaque instant.

Bowens rattrapa Brittle à la tête du convoi. Le visage du shérif semblait fatigué. Des cernes noirs ornaient ses orbites et une barbe naissante lui donnait des airs de malade au teint cadavérique.

— Où avez-vous passé la nuit ? demanda Bowens.

— Nous avons trouvé un refuge entre Holdredge et Blue Rock, caché au pied d'une colline. La nuit n'a pas été si mauvaise. Au lever du jour, nous avons repris la route. En suivant la piste d'Alma, nous avons vu vos chevaux.

Bowens hocha la tête.

— Vous avez appris quelque chose hier ? reprit-il.

— Pas vraiment, si ce n'est le fait que notre adjoint Robson est en train de s'acquitter d'une double mission.

— C'est-à-dire...

— Il s'est mis en tête de capturer Prescott Soulless, le tueur en série.

— Ah... Et il est sûr d'être sur la bonne route ?

— Non. Mais vous avez été jeune, monsieur Bowens. Vous vous rappellerez certainement du vide qui habitait nos esprits à son âge.

— C'est pas faux...

Un flocon de neige se posa délicatement sur le visage de Ron et fondit aussitôt. Il leva les yeux vers un ciel terne et zébré de petites taches blanches voletant avec élégance comme les feuilles ocre de l'automne qui se détachent de la branche en début de saison. Les pensées de Ron étaient aussi maussades que le temps, plus mornes que les couleurs pâles de l'hiver. Il pensait à Catherine et au bébé. Ses envolées songeuses étaient rongées par la culpabilité. Un délit moral qui gangrenait sa conscience depuis trop longtemps, avant même l'annonce de la bonne nouvelle qui ferait de lui un futur papa.

Ron était de ces hommes que l'on qualifie de tendres et attentionnés. Pas comme les vieux alcooliques qu'il avait côtoyés durant son enfance, où les seuls critères qui définissaient un homme restaient leurs capacités à boire plus de bière qu'ils ne pouvaient en absorber, et tuer les animaux pour le plaisir.

Il donna un coup d'éperons à sa monture et la fit galoper jusqu'à la tête du cortège.

— Shérif, je voudrais vous dire un mot.

Brittle lui accorda une attention patiente. À son tour, Ron tourna les yeux vers Bowens. Le pisteur comprit qu'il était de trop dans la conversation et tira sur les rênes pour ralentir sa jument afin de poursuivre le voyage aux côtés de Stabler, en retrait de quelques mètres.

— Je t'écoute, embraya Brittle.

— Est-ce que ça vous ennuie si j'abandonne l'équipe ?

— C'est-à-dire... Tu veux rebrousser chemin ?

— Non, pas du tout. Je voudrais juste faire un détour par Norton. J'ai quelque chose d'important à faire.

— Tu vas faire un sacré crochet.

— Je sais. Je peux pas vous dire de quoi il retourne... C'est quelque chose de personnel.

Brittle opina.

— Tu en aurais pour combien de temps ?

— Une journée, tout au plus. Si je me sépare de vous avant Almena, je pourrai être à Norton avant que vous ayez rejoint Hill City. Je reprendrai la route demain matin.

Brittle abandonna le regard abattu de son adjoint pour focaliser le sien droit sur l'horizon.

— Demain matin, nous partirons aux aurores pour Wakeeney. Tu penses pouvoir nous rejoindre là-bas sans nous ralentir ?

— Je vous le promets, s'empressa de répondre Ron, soulagé d'avoir obtenu le consentement dissimulé de son supérieur.

Brittle resta silencieux de longues secondes. Ron ne parvenait pas à deviner à quoi réfléchissait le shérif. Peut-être était-il finalement en train de considérer sa requête par la négative ?... Ron avait horreur de ces silences à répétition, devenus une sorte de manie désagréable déterminant le caractère vieillissant du shérif.

Enfin, Brittle ouvrit la bouche.

— Fais ce que tu as à faire, mais ne nous laisse pas tomber en cours de route.

Les moustaches de l'adjoint, blanchies par le givre, remontèrent sous ses pommettes.

— Juré, shérif.

Le convoi poursuivit sa route sous une neige lourde qui dissipait ses flocons épais à travers un rideau brumeux qui s'abattait progressivement sur les grandes plaines.

Jane Hobblehorn et Dwight Robson tentaient de dissimuler leurs craintes communes par des conversations sans grand intérêt. Certes, Dwight aurait pu lui parler de son passé, de son style de vie, de sa pratique de la méditation et de philosophie. Mais il connaissait l'être humain et sa capacité à rejeter toute forme de pensée s'éloignant des préceptes inculqués. Dans un pays dominé par les protestants, où les catholiques venaient de trouver leur place depuis une dizaine d'années grâce à l'afflux des immigrés irlandais, parler de bouddhisme comme d'une religion spirituelle serait une perte de temps, malgré la multiplication des mouvements catholiques hétérodoxes aux États-Unis. Dwight serait fiché comme un hérétique et cette nouvelle identité l'isolerait du monde.

Ils échangèrent leurs points de vue sur la politique nationale et les idées novatrices du précurseur Dollory. Jane Hobblehorn était intarissable lorsqu'il s'agissait de défendre les idées de son mentor. Dwight écoutait ses arguments avec attention, et se permettait de temps à autre de donner son opinion.

Stabler restait silencieux, toujours en proie aux poussées de fièvre. Bowens l'observait du coin de l'œil. Pour la première fois depuis le début de leur longue amitié, il s'inquiétait pour son ami. Jamais il ne l'avait vu aussi mal en point ; pas même durant la guerre contre les Cherokees en 1834, où Stabler était tombé sous l'assaut de deux flèches plantées à bout portant dans le dos. Il s'était relevé, avait trouvé la force de poursuivre le combat avant de s'effondrer après la retraite des Indiens. Il avait passé une nuit à vomir, suer et se tordre de douleur. Le lendemain matin, un nouvel assaut avait rasé le camp des colons mais Stabler avait combattu avec hardiesse, comme si ses blessures n'avaient jamais existé.

C'était une autre époque.

Une époque adaptée aux hommes jeunes et solides, ignorant les faiblesses que leur infligerait le temps.

Talisker, quant à lui, suivait le convoi en silence. Il prenait quelques notes de temps à autre sur un petit calepin. Sa blessure le faisait encore souffrir. Il avait envie de prier Brittle de faire une pause et demander à Bowens de jeter un œil à sa cuisse. Mais il se ravisa. Il savait que les deux hommes auraient obtempéré, mais qu'auraient-ils pensé de lui ensuite ? Sa présence n'était déjà pas souhaitée ; si en plus il les ralentissait, il avait peu de chance de terminer le voyage avec eux.

La piste marqua une fourchette. Ron fit ralentir son cheval.

— Shérif, c'est là que nos routes se séparent.

Brittle observa la piste fuyante enneigée qu'aucune trace de sabot n'avait encore foulée.

— Sois prudent, dit-il.

— Rendez-vous à Wakeeney, Ray.

Ron bifurqua au galop, soulevant sur son passage de petits nuages de neige. Le convoi s'arrêta aux côtés de Brittle et suivit des yeux la silhouette de l'adjoint, jusqu'à ce qu'elle disparaisse à travers la brume.

Dwight repensa à la conversation stratégique qu'ils avaient eue Brittle, Ron et lui, avant le départ. Ron avait suggéré d'emprunter les pistes du sud-est. Il n'y avait rien de stratégique dans la proposition. Non. Depuis le début, Ron avait une idée derrière la tête. Une idée qui pourrait conduire l'équipée sur une mauvaise piste ; voire sur un sentier plus dangereux qu'il n'aurait pu l'être. Dès le retour de son ami, Dwight devrait avoir une conversation avec lui.

*

Ron entra dans un hameau du nom de Hanggle, situé à sept miles de Norton. L'après-midi était déjà bien entamé et la neige avait déjà recouvert les prairies, où seuls quelques piliers de clôtures permettaient d'identifier l'emplacement des pâturages à contourner. Une ferme isolée se démarquait par une fumée grise s'échappant de la cheminée. Autour de la ferme, quelques dépendances en pierres, un vieux chuck-wagon servant de cabane à lapins, et une grande écurie devant abriter un cheptel de quarante chevaux au moins.

La maison était parfaitement entretenue et déployait de nombreuses richesses de par ses finitions, l'importance des terrains scrupuleusement délimités, et d'un bâtiment en bois servant d'habitation au personnel de la propriété.

Une affaire florissante.

La jument de Ron pénétra dans le domaine, passant sous un porche voûté en bois sur lequel était gravé le nom de Hanson.

À peine le premier sabot de la jument avait-il écrasé la neige à l'entrée de la ferme qu'un homme d'une trentaine d'années sortit de l'écurie, chapeau rivé sur le crâne, manteau noir et rouge à carreaux et carabine à la main. Le type était jeune, bien bâti et plutôt beau garçon. Une pointe de jalousie s'enflamma dans les entrailles de Ron.

Avant de prononcer la première sommation, le jeune homme vit l'étoile accrochée sur la poitrine de l'adjoint. Sans pour autant lâcher sa carabine des deux mains, il approcha. En d'autres circonstances, il aurait déjà braqué son arme sur le visiteur et l'aurait sommé de repartir d'où il venait. Mais l'étoile restait un argument de force et de respect face aux virulences zélées.

— B'jour shérif, dit le jeune homme.

— Bonjour, répondit Ron, s'efforçant d'imposer un charisme autoritaire.

— Qu'est-ce qui se passe ?

— Je viens voir madame Leeann Hanson. Elle est là ?

— Y a un problème ?

— Non, je souhaite juste lui parler.

Le garçon se gratta la nuque et lança un regard en direction de la ferme, passablement ennuyé.

— C'est que j'ai des ordres, poursuivit-il. Monsieur Hanson demande à son personnel de veiller sur madame Hanson quand il est pas là.

— Je lui veux aucun mal. Je veux juste lui dire quelques mots.

— Mettez-vous à ma place... Qui me dit que vous êtes vraiment shérif ?...

— Moi, je vous le dis, répliqua Ron, qui commençait sérieusement à s'irriter.

— N'importe qui pourrait se balader avec une étoile plaquée sur le torse. Vous pourriez être un voleur, un tueur ou je ne sais quoi...

Ron baissa la tête et ferma les yeux. Sa main le démangeait. Il venait de parcourir de nombreux miles parsemés de frayeurs et de difficultés. La chevauchée à la recherche du Sprinkler n'était qu'un prétexte. Il n'avait plus rien à faire de cette chasse à l'homme. Non. Ce qu'il voulait sur l'instant, c'était parler avec Leeann Hanson. Rien de plus. Finalement, il n'aurait peut-être jamais dû mettre son étoile en avant. Dans ce pays ravagé par la guerre et la méfiance, ce morceau de métal ne faisait plus autorité. Il aurait dû se présenter en tant que Ron Ashton, un vieil ami de Leeann. Cette précaution lui aurait sans doute permis de donner une bonne correction à ce gardien de vaches sans intérêt, ce vagabond à qui on avait donné quelques responsabilités minimes et qui se voyait confier aujourd'hui une mission suprême. *Merde ! Quel connard. Je connais cette femme depuis bien plus longtemps que toi*, se dit-il. *Dégage ou je t'allume.*

Il garda ses états d'âme pour lui.

— Dans ce cas, allez voir madame Hanson et dites-lui que le shérif adjoint Ron Ashton veut lui parler.

— Je sais pas si...

— Faites ce que je vous demande, s'il vous plaît. Jusqu'ici, j'ai été assez respectueux quant aux limites de la propriété Hanson. M'obligez pas à me servir de mon étoile.

— Vous... vous me menacez ? bredouilla le garçon qui déjà caressait la crosse de sa carabine.

— Les propriétaires terriens engagent souvent des vagabonds le temps d'une saison. Des gens qui naviguent d'un ranch à l'autre, fuyant le passé comme on fuit la vérole. Je n'ai qu'à suggérer au shérif du comté une petite visite qui, je suis sûr, ravira les Hanson. Vous me suivez ?

Le garçon fit glisser son index dans le pontet de la carabine. Il resta indécis quelques secondes durant lesquelles le vent du nord s'engouffra entre les bâtisses, imposant sa menace glaciale.

Les regards du garçon et du shérif adjoint s'affrontèrent le temps d'une brève réflexion. Ron voyait bien que le cow-boy était tiraillé entre fidélité envers son employeur et panique quant aux suspicions soulevées par l'adjoint. Le doigt sur la détente qu'il caressait depuis deux minutes en était la preuve. Mais l'interrogation soulevée grâce à l'étoile à six branches laissait à penser que le garçon évitait la loi comme on contourne un serpent croisé sur sa route. Aurait-il des choses à se reprocher ? Si tel était le cas, Ron n'aurait plus qu'à s'engouffrer dans la brèche.

Cependant, si Ron décidait de poser la main sur la crosse de la carabine qui pendait à l'encolure de son cheval, sûr que le garçon ferait feu. Et il n'aurait aucune chance de riposter. Afin de renforcer sa détermination, le shérif adjoint durcit le regard.

— Monsieur Hanson a été très clair. Personne ne doit franchir les portes du ranch sans permission. Pas même sa propre mère.

— Très bien, vous me laissez pas le choix, gronda Ron. Vous vous appelez comment ?

En d'autres circonstances, un profond dégoût envers lui-même aurait envahi la conscience de l'adjoint. Se servir d'une étoile par intimidation. Ce n'était pourtant pas inscrit dans ses gènes. Pas d'habitude. Mais ce freluquet l'avait bien cherché. Qui était-il pour se permettre d'installer une barrière entre deux amis ?

— Sauf votre respect monsieur, je pense que ça vous regarde pas... Je vous connais pas et je doute que vous soyez sur votre juridiction.

— C'est bon Don, c'est un ami.

La voix s'était faufilée à travers la brume. Le garçon avait entendu l'invective mais continuait de dévisager le shérif adjoint. Ron releva la tête. Une petite poudrée de neige glissa de son chapeau et sautilla sur ses épaules.

Une silhouette se dessina entre les flocons épais. Ron ne se préoccupait déjà plus du cow-boy. Lorsque Leeann apparut, emmitouflée dans sa vareuse en peau, son cœur tambourina dans sa poitrine et une étrange sensation fébrile lui parcourut la colonne vertébrale.

Leeann posa une main sur le bras de Don, le jeune cow-boy. Un geste tout à fait anodin destiné à calmer les ardeurs de son employé, que Ron ne put s'empêcher de jalouser.

— Le shérif Ashton est un vieil ami, dit-elle d'une voix apaisante. Vous pouvez reprendre le travail.

Don maintint son regard sur l'adjoint quelques instants, comme si celui-ci allait profiter d'une seconde d'inattention pour lui faire un petit dans le dos. Puis il se ravisa, et le canon de sa carabine pointa vers le sol.

— Oui, m'dame.

Don fit quelques pas à reculons, puis tourna les talons et prit la direction des écuries.

Leeann arbora son plus beau sourire. Elle agrippa le licol de la jument de Ron et caressa le museau de la bête.

— Ron, que fais-tu ici ?

— Bonjour Leeann... Je... Je passais à proximité, et j'ai décidé de faire un détour pour venir te voir.

— Catherine va bien au moins ? s'enquit-elle.

— Oui... euh, oui, elle... elle va bien, rassure-toi.

Et voilà que ce fichu bégaiement reprenait le dessus. Ron avait pourtant suivi les conseils du docteur Collins. Apaisement, réflexion, prise de temps... Tel était l'adage pour lutter contre ce handicap minime. Ron bégayait depuis l'âge de trois ans. Une enfance humiliée par des parents violents et des copains d'école cruels. L'adolescence avait été un nouvel échec cuisant, suivant la ligne perpétuelle de son devenir. Ron était passé d'un employeur à l'autre, toujours victime de la cruauté des hommes. De sévères corrections en moqueries puériles plus idiotes les unes que les autres, Ron avait préféré quitter ses emplois, se refermant peu à peu dans un isolement devenu jardin secret.

Jusqu'au jour où une famille modeste de fermiers s'était installée à côté des Black Hills. Carole et Jack Sitiyer, et leurs enfants Mark et Catherine.

La jeune fille avait trouvé un jour, au détour d'une prairie cerclée de bois de chêne, un jeune homme seul, étendu dans l'herbe grasse, qui observait les oiseaux migrateurs du printemps. Elle avait déjà entendu parler de lui en ville. Il avait la réputation d'être un bâtard, une erreur de la nature que l'on aimait railler.

Quelques semaines plus tôt, elle avait assisté de loin, dans une petite ruelle, à une rixe perpétrée par la bande de Floyd Andrews, un jeune cow-boy fils d'éleveur. Floyd et sa bande passaient leur temps à battre et ridiculiser Ron. Toujours à cinq contre un. Il y avait Boss et Joe, les frères de Floyd, et deux autres galopins, Kane et Will, qui vivaient comme des marginaux dans une cabane à deux miles de Keystone. Ce jour-là, alors que Ron était à terre, un homme était arrivé à point nommé. Un type pas très grand mais suffisamment intimidant pour flanquer une correction aux cinq malfrats, sans que ceux-ci n'aient l'occasion de riposter. La bande de Floyd avait déguerpi, mais avait laissé Ron sur le carreau. L'homme avait fait venir un toubib sur place. Ron ne pouvait plus bouger. Le diagnostic était sans appel, le jeune homme avait des côtes fracturées et d'importantes ecchymoses. Avant de laisser les secours emmener Ron au cabinet médical, l'homme avait glissé une carte sur laquelle était inscrit : *Pour ton bégaiement, voir Jared Collins.* La carte était signée Ray Brittle.

La jeune Catherine n'avait rien raté du spectacle et s'était prise d'affection pour Ron Ashton. Elle connaissait alors son lieu de retraite. La prairie à l'orée d'un bois de chêne à l'extérieur de la ville. Elle était venue le trouver, avait essayé d'établir une connexion. Ron s'était enfui, pensant qu'il s'agissait encore d'une ruse de la bande à Floyd Andrews pour l'humilier et le faire tomber dans un piège. Il ne comprenait pas pourquoi subitement quelqu'un s'intéressait à lui. Lui, le bègue ; lui, le bâtard ; lui, l'erreur de la nature... Battez tous les jours un chien sans raison, et il finira par croire qu'il le mérite, et que tel est son destin. Puis, à la suite de la persévérance de Catherine, Ron lui avait finalement ouvert les portes de son jardin si précieux. Ensuite, porté par l'espoir d'une vie normale, Ron était parti à la rencontre du fameux docteur Collins.

Le toubib pratiquait la médecine de l'esprit, que d'autres s'évertuaient à qualifier de purge pour attardés mentaux. Ron avait suivi une thérapie et l'amitié que lui vouait Catherine s'était muée en amour. Depuis, il maîtrisait son bégaiement. Il n'accrochait que très rarement sur les mots, si ce n'était en de rares circonstances liées à l'angoisse ou celles qui ressuscitaient le passé.

— Tant mieux, approuva Leeann avec soulagement. J'avoue que je ne m'attendais pas à te voir si loin de chez toi. Alors, j'ai vite imaginé le pire. Qu'est-ce qui t'amène ?

Ron ferma le poing, le porta à la bouche et toussota. Un temps précieux de trois secondes pour reprendre un peu de contenance.

— Hem... Comme je te le disais, je passais pas loin. Je dois être demain à Wakeeney pour rejoindre l'équipe le plus tôt possible. Ça fait trois jours qu'on arpente les pistes sous la menace d'une tempête. Tu ne m'offrirais pas un café ?...

— Bien sûr. Va jusqu'à l'écurie. Laisse ta monture, je vais demander aux gars de s'occuper de ton cheval. Viens.

Leeann tourna les talons et fila en direction de la propriété. Ron la regardait enjamber la neige avec ses jambes fines et fragiles. S'il avait été un brin plus téméraire, il aurait sauté de son cheval, aurait accouru vers Leeann, l'aurait soulevé de terre et l'aurait porté jusque dans la maison. Il aurait voulu lui éviter de tremper ses vêtements, lui prouver sa force, démontrer sa chevalerie... Mais Leeann n'était certainement pas (encore ?) dans la même optique. Il venait juste de débarquer. Elle avait eu l'air surprise. Elle avait manifesté de la joie, mais aucun signe de séduction dans son attitude. Non. Leeann était égale à elle-même. Avenante, souriante, heureuse de tout, simple...

Leeann confia la jument de Ron aux bons soins de Bill, l'un des ouvriers du ranch. Elle invita Ron à entrer. Leeann se déchaussa et glissa jusqu'à la cheminée. Un feu bruyant craquait dans l'âtre. La cheminée était énorme.

Ron regarda ses bottes. Elles étaient boueuses et collées de plaques de neige. Il balaya du regard l'intérieur coquet de la maison. Tout y était rutilant. Les tapisseries étaient neuves, les objets de valeur et l'ensemble était rangé en parfaite harmonie dans un espace spacieux. Il remarqua que le plancher était comme vitrifié. Entrer dans une maison telle que celle-ci sans respecter le travail de la maîtresse des lieux aurait été pure ignominie. Il quitta son chapeau qu'il accrocha à une patère, tapota ses bottes l'une contre l'autre pour en faire tomber la neige, puis se déchaussa à son tour.

— Ne quitte pas tes chaussures Ron, viens te mettre près du feu.

— C'est très beau ici, répondit-il. Je préfère enlever mes bottes, je ne voudrais pas abîmer le plancher.

— Ne t'inquiète pas, j'ai l'habitude avec les ouvriers. Lorsque Jim est là, ils entrent et sortent sans faire de manières.

— Je ne suis pas un ouvrier de ton mari, dit Ron en posant ses bottes sur le petit tapis de l'entrée.

— Je vais préparer du café.

— Ne prépare rien. Je ne veux pas te donner du travail en plus.

— Je vais boire un thé. Préparer du café ne me demandera pas plus de travail.

— Dans ce cas, j'aime autant du thé moi aussi. Pour dire la vérité, je préfère.

Leeann lui offrit un nouveau sourire éclatant. Ses dents étaient parfaitement blanches et alignées. Le plus beau sourire qu'il ait jamais vu de toute sa vie.

— Assieds-toi, Ron. Je suis à toi dans cinq minutes.

Le shérif adjoint fit quelques pas, tourna sur lui-même et admira le mobilier. Un étrange assortiment de meubles décorait la demeure. Ce n'étaient pas des meubles qu'il avait l'habitude de voir même dans les maisons les plus aisées. Non, ceux-là semblaient provenir d'Asie, d'Europe et d'Amérique. Un mélange éclectique qui n'avait rien de ridicule. Bien au contraire. Tout y était harmonisé avec goût, jusqu'aux couleurs des tissus qui filaient en dégradé d'un bout à l'autre de la maison.

Ron quitta ses mitaines qu'il posa sur le sol devant la cheminée. Il se frotta les mains devant le foyer, puis quitta son manteau avant de s'asseoir.

Leeann revint avec un plateau, qu'elle posa délicatement sur la table basse.

Elle saisit l'anse de la théière et remplit deux tasses en porcelaine.

— Tiens, ça va te réchauffer, dit-elle.

Elle s'installa dans le fauteuil d'en face.

— Alors, dis-moi, que fais-tu dans la région ?

Ron but deux gorgées et reposa la tasse sur la soucoupe.

— Tu as entendu parler de l'affaire de la fillette retrouvée morte le long de la rivière Platte à Kearney ?

— Oui, une histoire horrible.

— On a formé une équipe composée de pisteurs et de représentants de l'ordre pour retrouver la trace de l'assassin.

— Avec le shérif Brittle ?

— Oui. Il y a aussi deux pisteurs, un écrivain, Dwight et une représentante du cabinet d'un futur candidat aux élections de gouverneur. C'est lui qui finance l'opération.

Leeann acquiesça, attentive à chaque mot que Ron prononçait. Était-ce un réel intérêt pour cette affaire, ou bien dévorait-elle le jeune adjoint du regard ? Ron aurait préféré qu'il s'agisse de la seconde possibilité. Mais il était encore en terrain glissant. Il devait être prudent.

— On mène l'enquête.

— Vous avez une piste ?

— On a cru en avoir une qui s'est soldée par un échec. Mais l'équipe est en route pour découvrir si la seconde piste s'avère exacte.

Leeann absorba une nouvelle gorgée de thé. Lorsqu'elle pencha la tête en arrière, Ron posa les yeux sur son cou. Il était lisse et fin. Sa peau était hâlée et dégageait même à petite distance, le suave parfum d'Orsay. Il déglutit. Tout chez cette femme, jusque dans le moindre de ses gestes, devenait érotique.

Elle reposa sa tasse et plongea son regard noisette dans celui de l'adjoint.

— Tu veux manger quelque chose ? demanda-t-elle.

— Non, merci. Je veux pas te déranger.

— Tu n'as qu'à dormir ici cette nuit.

— Pourquoi pas...

La réponse fusa comme une traînée de poudre. Il espérait cette proposition. Il ne se souciait plus d'être à l'heure à Wakeeney. Plus rien n'avait d'importance.

— Je te ferai préparer une chambre.

Puis elle enleva le nœud de ses cheveux qu'elle coinça entre ses dents. Elle lissa sa longue chevelure brune qu'elle transforma en une queue de cheval pratique.

— Pourquoi tu les laisses pas détachés ? demanda timidement Ron.

Leeann souleva à son intention un regard interrogateur.

— Tes cheveux... Pourquoi tu les attaches ?

— C'est une habitude, répondit-elle, son sourire ayant enfin repris sa place sur son joli visage d'adolescente. C'est plus pratique pour les corvées.

— Laisse-les cascader sur tes épaules, juste pour voir...

Leeann joua le jeu, amusée. Elle abandonna son opération queue de cheval et ses cheveux glissèrent sensuellement sur ses épaules, les pointes mourant sur sa poitrine.

Quelques mèches rebelles lui donnaient un petit air sauvage, presque coquin. Ron ne sentait désormais plus son cœur battre en lui. Non. Il venait de dépasser cette étape, terrassé par ses émotions. À présent, il en était certain ; ce qu'il éprouvait pour Leeann était de l'amour. Un amour réel, passionnel. Cet amour qui rend invulnérable les plus faibles, cet amour qui engage toutes les promesses d'une vie, cet amour qui vous rend fou...

— Tu... tu... tu devrais les laisser comme ça...

Le sourire de Leeann disparut au profit d'un visage décontenancé.

— Je veux dire... Ça te va bien... Je dis souvent la même chose à Catherine.

Bien joué. Ron avait su rebondir avec aisance. Impliquer le nom de sa femme dans la conversation marquait un détachement certain avec ses propos.

— Je m'attache les cheveux parce que, quand je travaille, je ne les ai pas dans les yeux. Et dans un ranch de cette ampleur, tu travailles tout le temps.

Leeann reprit son opération queue de cheval. En l'espace de trois secondes, ses cheveux étaient tirés vers l'arrière, illuminant son visage lissé d'innocence. Puis elle se resservit une tasse de thé, un peu gênée.

Les propos qu'avait tenus Ron venaient de soulever un léger malaise. Il s'en rendit compte et décida de changer de tactique.

— Vous avez combien de bêtes ici ? demanda-t-il sur un ton dégagé.

— Trente-sept chevaux, deux cent treize têtes de bétail, et quelques poules et lapins pour soigner nos fringales.

— Le chemin de fer est une affaire qui marche, on dirait.

— Oui, les investisseurs commencent à établir des projets à long terme. D'ici une vingtaine d'années, nous verrons plus de gares que de prairies. Les fils barbelés sont déjà en train de détruire le paysage. Les compagnies négocient les terrains en permanence. Du moins, elles se les approprient.

— Tu n'as pas l'air de cautionner tout ça.

— Pour être honnête, pas vraiment.

— Pourtant, ton mari est bien l'un de ces investisseurs.

— Disons qu'il est en charge des relations entre les propriétaires terriens et les cabinets politiques. Tu verras que bientôt, l'État s'emparera des terres de n'importe qui. Quitte à faire crever les hommes dans leur misère.

Ron cogita à la tournure des phrases qu'il allait employer. Il ne fallait surtout pas heurter la susceptibilité de Leeann. Ron n'était pas spécialement instruit mais avait la particularité d'être quelqu'un de réfléchi.

— Et ça vous pose aucun problème d'entente entre ton mari et toi ? Je veux dire, vous semblez avoir des éthiques bien opposées sur le sujet.

Leeann encercla la tasse entre ses mains pour les réchauffer, puis sourit.

— Heureusement, les idées ne sont pas les seules composantes du mariage. Sinon, il n'y aurait que des vieilles filles et de pauvres célibataires.

Ron acquiesça et à son tour, se resservit une autre tasse.

— Comment va Catherine ? rebondit Leeann qui souhaitait abandonner les enjeux financiers de compagnies en plein développement et de leurs relations particulières avec les hautes sphères politiques.

— Elle va bien. J'espérais d'ailleurs que tu serais restée à Kearney quelques jours de plus pour lui tenir compagnie. J'aime pas m'éloigner trop longtemps. Le bébé va bientôt naître et j'ai toujours peur que Catherine en fasse plus qu'elle devrait.

— C'est une fille consciencieuse. Elle sait ce qu'elle fait. Et puis, je ne pouvais guère m'absenter plus longtemps. Jim est parti pour Washington ; je devais être là pour assurer le bon fonctionnement du ranch.

Leeann se leva et se dirigea vers la cuisine.

— Tu m'excuseras Ron, mais je dois préparer le dîner pour les ouvriers. Laisse-moi une petite heure et je nous mitonnerai un bon repas.

— Bien s... bien sûr, répondit l'adjoint.

— Mets-toi à l'aise. Il y a du tabac dans le pot sur la cheminée. Repose-toi en attendant.

Ron opina.

Leeann s'habilla chaudement et quitta la maison.

Seul dans une maison inconnue, Ron repensait au passé. Et à la bande d'Andrew Floyd. Cinq salopards qui avaient foutu sa jeunesse en l'air. S'il n'avait pas eu la chance de rencontrer Catherine et le shérif Brittle, que serait-il devenu ? La première lui avait offert une vie de famille, le second un travail honorable. Deux virages qui avaient radicalement fait de Ron Ashton un homme nouveau.

Floyd, Boss, Joe, Kane et Will. Et ceux-là, qu'étaient-ils devenus ? Du moins, ceux encore vivants...

Aux dernières nouvelles, ils avaient fait la guerre, tous unis sous la bannière de la Confédération. L'un d'entre eux, Joe, le frère aîné de Floyd, avait été tué lors de la bataille de Chancellorsville, en Virginie. Et comble de l'ironie, celui qui l'avait embroché de la pointe de sa baïonnette n'était autre que Ray Brittle. C'est drôle ce que la vie peut être taquine parfois. Brittle s'était battu sous les couleurs de l'Union. Combien de chances y avait-il pour qu'il se retrouve face au garnement qu'il avait rossé par le passé ? Coïncidence plutôt amusante...

Finalement, si l'on considérait les choses sous un angle différent, on pouvait dire que la bande de Floyd Andrews y était pour quelque chose dans le tournant qu'avait pris la vie de Ron Ashton. Peut-être devait-il reconsidérer la haine qu'il avait entretenue à leur encontre toutes ces années. *Il y a toujours un mal pour un bien*, ne cessait de dire Dwight. L'adage avait trouvé résonance à travers les malheurs passés du jeune adjoint.

Ron se surprit à ressentir de la culpabilité envers Catherine. Ce qu'il faisait là n'était pas bien. Non, pas bien du tout. Pourtant, une force obscure l'y poussait. Son épouse ne méritait pas cet égarement. Surtout pas en ce moment. Après tout, Ron lui avait fait un enfant. Pour cela, il fallait de l'amour. Mais l'avait-il réellement fait par amour ? Ne l'avait-il plutôt pas fait par lâcheté ? Catherine voulait un enfant depuis longtemps, elle y avait fait quelques allusions ces dernières années. Ron avait cédé.

Peu importe, se dit-il. Pour l'instant, il était confortablement installé dans un fauteuil hors de prix, loin de toute responsabilité, habité par la douceur de son hôtesse. *L'instant présent, la pleine conscience !* Ces mots, toujours issus de la bouche de Dwight, rebondissaient en écho dans son esprit. Le moment présent, Ron avait tout intérêt à en profiter pleinement, car il ne serait pas éternel.

Bon, tu vas profiter d'un bon dîner, passer une nuit dans un foyer chaleureux et reprendre la route aux aurores. Tu es maître d'un interlude de quelques heures. Tu es venu ici pour une raison. Tu as une seule chance, ne la gâche pas.

Ron s'empara de la blague à tabac située sur la cheminée. Il roula une cigarette, lui qui ne fumait que très rarement. Il craqua une allumette, s'enfonça dans le fauteuil et s'immergea dans le concret de son discours à venir. Celui qui allait peut-être définitivement changer sa vie.

17

HILL CITY

Brittle et ses hommes franchirent les portes de la ville en fin de journée alors que la nuit s'était déjà emparée du ciel brumeux. Les sabots des chevaux crissaient sous la neige et leurs pattes s'enfonçaient dans plus de quinze centimètres de poudreuse.

Hill City était une ville démographiquement comblée. Malgré les caprices du temps, les badauds pullulaient dans les rues, jouissant d'animations qui donnaient un air de fête à la ville. Une petite troupe de théâtre donnait une représentation en plein air de *Cymbeline* de William Shakespeare. Un petit attroupement regroupé autour d'un corral minuscule, encourageait un concours de rodéo. Un cracheur de feu répandait son kérosène à deux mètres, attirant les curieux les plus téméraires et les enfants, emmitouflés dans d'épais manteaux, se couraient après, flambeaux perchés aux sommets de bâtons tordus. L'ambiance était à la fête.

— Eh ben, quel bordel ! lança Bowens.

— Ouais, on va pas dormir grand-chose avec ce raffut, rouspéta Stabler.

— Cette ville me paraît plutôt sympathique, dit Jane Hobblehorn, dont le sourire laissait présager que la nuit serait plus douce que la précédente, voire même assortie d'un bon bain chaud.

Talisker approcha de Brittle.

— Dites, shérif, ça vous dit pas de trouver un hôtel au lieu de rester planté là ?

Brittle grommela un borborygme qui voulait sans doute marquer son approbation. Il donna un léger à-coup sur les rênes et son cheval reprit la marche.

Les cavaliers s'arrêtèrent devant l'établissement hôtelier qui faisait office de saloon. Un air de musique s'échappait du piano mécanique et inondait la rue d'une mélodie joyeuse. Brittle crut reconnaître la partition de *Night Herding Song*.

Bowens grimpa en premier les trois marches qui séparaient la neige du perron. Il ouvrit l'une des portes battantes et invita miss Hobblehorn à entrer la première d'un geste galant. La singerie amusa la jeune femme qui joua le jeu avec le plus grand plaisir.

À l'intérieur, le brouhaha emplissait la salle. Cow-boys et gens de passage partageaient bouteilles de bourbon et parties de cartes. Affairé derrière le comptoir, le barman (un type plutôt sérieux et austère), les repéra immédiatement malgré les nuages de fumée et la foule remuante.

Brittle s'ouvrit un chemin à travers l'immonde pagaille humaine, suivi par ses compagnons, jusqu'à arriver au bar.

— Bonsoir, dit-il. Est-ce qu'il vous reste des chambres ?

— Malheureusement non, répondit le patron.

Aujourd'hui nous fêtons le bétail et toutes mes chambres sont prises. Désolé.

Jane Hobblehorn pâlit, ne cachant pas sa déception. Dwight, amusé par l'objet de la fête, releva un sourcil moqueur vers Brittle.

— La fête du bétail ?

Le barman hocha la tête.

— Bon... Et où pourrait-on trouver un endroit pour passer la nuit ?

— Peut-être chez Andy Lowdry. Il a une ferme à la sortie de la ville, direction sud. Il a l'habitude d'accueillir les gens de passage. Si vous avez de la chance, il vous ouvrira sa grange. Elle est située à l'orée d'un bois. C'est calme et vous pourrez vous reposer.

— Très bien, merci.

Brittle se retourna et écarta les bras, désolé de devoir apprendre à ses amis que la nuit qui approchait ne serait pas encore la bonne pour espérer le repos salvateur.

Le shérif et ses acolytes remontèrent en selle et se dirigèrent vers la sortie sud de la ville, marchant au pas pour ne pas provoquer d'incidents. Talisker était dépité, Jane Hobblehorn anéantie ; Bowens et Stabler stoïques.

Ils trouvèrent la ferme d'Andy Lowdry. Le fermier les accueillit avec bienveillance. L'étoile épinglée sur les poitrines de deux hommes y était certainement pour quelque chose. Il leur proposa d'occuper la grange avec leurs bêtes. L'endroit était suffisamment spacieux pour loger tout le monde. Lowdry eut même la délicatesse de leur apporter un repas composé d'œufs, de viande froide et de haricots, accompagné de deux bouteilles de vin bon marché.

Brittle le remercia. Ils n'auraient pas à piocher dans leurs vivres.

Après le repas, Stabler se leva.

— Je vais faire un petit tour, dit-il.

— Vous devriez rester au chaud, préconisa Jane Hobblehorn. Vous n'avez pas l'air bien. Vous avez de la fièvre. Votre état ne s'améliore pas.

— Justement, prendre le frais me fera le plus grand bien.

Il enfila son manteau et quitta la grange.

Bowens se prépara une pipe tandis que Dwight s'était isolé dans un angle de la grange. Bowens l'observait. Le gamin venait de prendre une drôle de position. Assis en tailleur, mains posées sur les genoux, dos droit et les yeux fermés, il semblait chuchoter.

Quelle mouche l'a piqué ?

Norman Talisker souffrait ses dernières fièvres en silence, engoncé dans sa couverture. Il dormait déjà d'un sommeil agité de soubresauts. Encore une nuit et il serait sur pied.

Jane Hobblehorn sortit un boîtier métallique et l'ouvrit à l'intention de Brittle. Une rangée de cinq cigarettes réparties sous élastiques.

— Vous fumez ? demanda le shérif.

— Après un bon repas, cela m'arrive.

Il piocha ses doigts à l'intérieur de la boîte et en retira maladroitement une cigarette parfaitement roulée. Jane Hobblehorn en porta une à la bouche. Brittle craqua une allumette et les alluma.

— Faut faire gaffe à pas foutre le feu à la grange du vieux Lowdry, dit-il en écrasant la flamme entre son pouce et son index.

Tous deux laissèrent le temps s'écouler. Deux minutes,

peut-être trois. Puis, après avoir profité des premières bouffées, Jane Hobblehorn entama la conversation. Elle avait envie de parler, de s'ouvrir aux autres. Enfin...

— Quel genre d'homme êtes-vous monsieur Brittle ?

Le shérif arqua un sourcil, quelque peu surpris.

— Je vous demande pardon ?

— Vous êtes quelqu'un de difficile à cerner, poursuivit miss Hobblehorn sans détourner le regard de sa jument qui broutait son foin. Vous êtes parfois bourru, tout comme vous pouvez être prévenant. Vous cacheriez-vous derrière un masque ?

— Un masque ?

— Ne faites pas semblant de ne pas comprendre. Vous êtes plus intelligent que ça.

Elle tourna la tête vers lui.

— Vous avez joué les rustres lorsque nous avons fait connaissance, poursuivit-elle. Il fallait prouver votre virilité devant les autres. Mais je sens votre bienveillance à mon égard et ce, depuis le début du voyage.

À son tour, Brittle observa la jument.

— Je n'ai pas de masque, dit-il. J'ai juste dit que c'était pas une bonne idée de nous suivre. Et je le maintiens. Mes propos n'ont rien de misogyne. Simplement, je connais ce genre de balade et tous les dangers qu'elle présente.

— Ray, nous avons parlé lorsque nous avons quitté Kearney. Nous avons eu, vous et moi, un échange de phrases plus intéressantes et plus loquaces que toutes les conversations réunies que j'ai pu avoir avec les hommes que j'ai croisés.

— Disons que j'ai de la conversation.

— Ne soyez pas modeste, en plus. Je suis partie avec un a priori vous concernant. J'étais frustrée comme vous me l'avez si gentiment démontré. En trois phrases courtes et cinglantes, vous avez fait preuve, malgré tout, d'une certaine galanterie. Vous avez mis en avant ma condition de femme et mes capacités à faire de grandes choses. Peut-être m'étais-je malgré moi sous-estimée...

— Tout ce que je vous ai dit était sincère. Je ne vois pas ce qu'il y a d'extraordinaire.

— Pour une femme, il est difficile de se faire une place dans ce pays. Vous avez trouvé les mots justes pour me redonner confiance en mes convictions. J'apprécie, vraiment.

Brittle tira une longue bouffée sur sa cigarette. Il planta son regard dans les yeux vert émeraude de Jane. Elle lui rappelait Maggie, une femme qu'il avait connue et qui aurait pu devenir une parfaite épouse. Mais chaque époque évolue dans un contexte, et celui dans lequel avait évolué Ray Brittle n'était pas en harmonie avec l'espoir du bonheur conjugal. Il l'avait bêtement perdue. Jane Hobblehorn, malgré sa jeunesse, portait les stigmates d'une vie cruelle. Son visage était fin, ses lèvres pulpeuses et de fins sillons presque invisibles formaient de charmantes pattes-d'oie aux angles de ses yeux remarquables. Son regard, bien que transperçant à qui voulait bien lui servir de cible, était empreint de mélancolie. Brittle avait toujours eu un faible pour les esquintés de la vie.

— Ça vous dit d'aller prendre l'air avant de dormir ? demanda-t-il.

— Volontiers.

Ils se levèrent et sortirent de la grange sous le regard amusé de Bowens. Le petit flirt dissimulé auquel il venait d'assister lui rappela sa première rencontre avec

Calie. Il avait quelques années de moins. Elle était jeune et belle tandis qu'il était déjà vieux et usé. Un seul regard avait suffi à lui faire comprendre qu'elle serait la femme qui changerait sa vie, celle qui enterrerait le passé comme on jette de vieilles chaussettes trouées. Un brin de nostalgie lui enserra la gorge. Mais Bowens n'était pas du genre à s'apitoyer. Non. Il était plus enclin à la fatalité, à prendre les choses comme elles venaient ; car si elles venaient, c'était forcément pour une raison. Mystiques peut-être, mais existantes quand même.

Il fit lentement pivoter son cou en direction de Dwight, toujours perdu dans sa méditation. L'adjoint n'avait rien vu du spectacle amusant dont Bowens s'était régalé. *Qu'il continue à marmonner ses conneries*, se dit-il. *Après tout, si ça lui plaît.*

Dehors, la température avait encore chuté. La neige tombait avec régularité. Jane et Ray posèrent les fesses contre une barricade, face à la vallée d'où s'élevait un silence presque religieux. Seuls un ou deux cris d'animaux égarés troublaient gentiment leur quiétude sentimentale.

Autour de la ferme, des bois à perte de vue. Un hululement déchira le silence délicieux de la nuit.

— J'ai côtoyé beaucoup d'hommes dans ma vie, dit Jane.

— Je m'en doute...

Elle lui lança un regard furibond.

— Je veux dire... je m'en doute, tenta-t-il de se reprendre, compte tenu de vos fonctions en politique.

Le visage de Jane s'apaisa. Gentil le gars, mais maladroit. Elle apprécia malgré tout sa tentative de rattraper le lapsus.

— Je disais donc que j'ai rencontré pas mal d'hommes. De toutes sortes. De sales types pour la plupart, égocentriques, bouffés par le pouvoir. Mais je décèle en vous une différence que je n'arrive pas encore à définir.

— Je suis ravi de sortir de l'ordinaire comparé aux meutes que vous fréquentez.

— Vous pouvez l'être.

Jane bascula et colla son corps contre celui de Brittle.

Leurs visages n'étaient séparés que de quelques centimètres. Jane savait son regard puissant et n'hésita pas à s'en servir avec une adresse malicieuse. Le cœur de Brittle tambourinait dans sa poitrine. Pour la première fois depuis des années, le corps d'une femme frôlait le sien, provoquant de savoureuses sensations restées en sommeil. Il avait envie de l'embrasser. Il faillit le faire au moment même où les seins de Jane frôlèrent son torse. Elle posa les mains sur la barricade, enfermant le shérif dans son étreinte. Elle plaqua son bassin contre celui de Ray et fit glisser sa cuisse contre celle de son prisonnier, pour enfin poser sa botte contre le dernier barreau de la barrière en bois.

Ses yeux ressemblaient à deux billes fluorescentes n'existant qu'à travers la nuit.

De ses mains moites et tremblantes, Ray serra délicatement la taille de la jeune femme. Jane sentit la chaleur de ses paumes à travers le tissu. Elle frissonna.

Elle approcha son visage, lentement, et entrouvrit légèrement la bouche. Les émanations de son parfum étaient ensorcelantes. Ivre de bonheur, Ray se laissa porter par ses instincts. Jane déposa un baiser timide sur la bouche de Brittle. Elle sentit l'étreinte autour de sa taille se resserrer. Ray était peu démonstratif mais ses pulsions étaient palpables. Brittle la fixait et se demandait pourquoi. Pourquoi lui ? Et surtout pourquoi elle ? Il n'était qu'un ancien vacher reconverti en shérif. Son quotidien, c'était traquer les voleurs et faire la morale aux ivrognes. Rien de plus. Il avait bien quelques exploits de guerre derrière lui mais rien qui méritait un cadeau si étonnant.

Ray prit le visage de Jane entre ses mains et le ramena jusqu'à lui. Ils échangèrent un baiser interminable et langoureux. Autour d'eux, plus rien n'avait de légitimité. Comme si la grange venait de disparaître, emmenant dans son sillon ses compagnons de voyage et tout ce qui avait poussé à leur rencontre.

Les flocons tombaient en silence. Malgré le froid, leurs deux corps étaient brûlants de désir. Ray dégrafa un à un les boutons du manteau de Jane. Puis continua en déboutonnant ceux de sa chemise. Un flocon égaré vint se perdre entre les seins de Jane et fondit aussitôt. La dentelle de son corset était noire et mettait en valeur sa poitrine lisse et bronzée. Ray déposa un baiser dans le décolleté. Jane laissa sa tête tomber en arrière, se laissant dévorer avec un plaisir démoniaque.

D'un geste brutal animé par l'excitation, elle ouvrit sa chemise en grand, se débarrassant d'un barrage trop encombrant. Elle passa les mains derrière son dos, le souffle haletant, et dégrafa son corset. Ray souleva la dentelle et plongea son visage entre les magnifiques collines qui s'offraient à lui sous la lueur pâle de la lune. Il palpait tendrement ses seins, les embrassait. Jane se laissa porter par ses baisers. Sa respiration se faisait rauque, pressante ; elle gémit.

De ses doigts fins, elle tentait de détacher le ceinturon de Brittle lorsqu'un hurlement lacéra la nuit. Jane et Ray se figèrent. Un second cri agonisant se répercuta dans l'écho de la vallée.

— C'est Stabler... dit-elle, encore essoufflée.

— Qu'est-ce qui se passe, bordel ?

Jane se rhabilla en vitesse tandis que Ray se frayait un chemin dans la neige au pas de course en direction de la grange. Il fit exploser la porte d'un coup de pied et se saisit de sa carabine.

— Bowens, debout !

Le pisteur, à demi endormi, sursauta. Dwight sortit de sa transe, se précipitant déjà sur son ceinturon. Talisker se redressa d'un bond, cherchant ses repères dans un monde encore souffrant.

— Qu'est-ce qui se passe ? demanda Bowens.

— Stabler a des problèmes. Bougez-vous !

Bowens se tira de sa couche, ignorant les douleurs articulaires qui en d'autres circonstances l'auraient contraint à respecter un ordre de mouvements précis.

Brittle sortit de la grange, suivi de son adjoint. Bowens ne tarda pas à leur emboîter le pas. Jane Hobblehorn fouilla prestement dans les fontes de sa jument et en extirpa une petite sacoche médicale avant de suivre Brittle et ses hommes.

L'escouade contourna le corral et prit la direction des bois, d'où émanaient d'autres cris plus aigus.

— Stab' ! hurla Bowens. Stab', t'es où ?

En guise de réponse, ils n'eurent que l'écho d'un gémissement.

— Par là ! dit Brittle en pointant du doigt une petite arche naturelle qui ouvrait sur l'intérieur de la forêt.

Dwight, plus jeune et plus agile, ouvrit la marche.

Chacun de ses pas était un bond. Très vite, il distança ses amis.

Arme à la main, Bowens tentait de suivre, formant d'épais nuages de fumée par la bouche. Son cœur battait la chamade, ses pas étaient incertains et son endurance mise à rude épreuve. Brittle tendit une main vers Jane, la sommant de se hâter. Mais elle avait pris du retard en revenant dans la grange.

— Filez ! ordonna-t-elle. Ne m'attendez pas, je vous rejoins.

Brittle obtempéra et parvint à rattraper Bowens sans difficulté.

— Stabler ! Où êtes-vous ?

— I... Ici !!!

Dwight passa l'arche naturelle et s'engouffra dans les ténèbres.

— Ici ! répéta Stabler dont la voix se faisait plus proche.

Brittle et Bowens pénétrèrent à leur tour dans le bois.

— Par ici ! hurla Dwight.

Brittle fit un signe de tête à l'intention de Bowens pour lui indiquer la direction. Ils parvinrent enfin à discerner la silhouette accroupie de Dwight. Son fusil était posé dans la mousse, sur le sol.

Bowens et Brittle arrivèrent aux côtés du jeune adjoint.

Couché sur des amas de feuilles et d'épines, Stabler gémissait, le visage tordu de douleur. Une branche parsemée de clous était plantée dans sa cuisse. Le sang ruisselait sur sa jambe comme un geyser volcanique.

— Bon Dieu, c'est quoi ce merdier ? lança Bowens.

— C'est... un piège... balbutia Stabler.

Bowens jeta sa carabine et se précipita vers son ami.

— Ne bouge surtout pas, dit-il. Laisse-moi regarder.

Stabler écarta ses mains de la plaie. Trois clous étaient enfoncés jusqu'à la tête dans sa chair. L'un d'entre eux avait touché l'artère.

— Bon, c'est pas très joli, dit Bowens. Mais on va te sortir de là.

— Bougez-vous putain ! Ça fait un mal de chien.

Jane Hobblehorn fit son apparition, éreintée.

— Qu'est-ce que vous avez dans votre trousse ? demanda Bowens.

— Du matériel de désinfection.

— Bien, préparez des compresses et un garrot.

— J'ai des compresses mais où je vais trouver de quoi faire un garrot ?

— Servez-vous de votre corset si vous l'avez encore sur vous.

Le visage de Jane s'obscurcit tandis que celui de Brittle rougit. Dwight plaqua ses deux mains sur la plaie, arrachant un cri de douleur au blessé.

— Enlevez-lui la branche, dit l'adjoint. Je vais tâcher de faire un point de compression.

Bowens acquiesça.

Il saisit la branche en deux points stratégiques.

— T'es prêt ? demanda-t-il à Stabler.

Ce dernier hocha la tête.

— N'hésite pas à gueuler si t'en as envie, parce que ça va faire mal.

— Vas-y bordel, enlève-moi cette saloperie.

Bowens se concentra sous les regards inquiets de Brittle et Jane, qui se sentaient malheureusement impuissants. Puis Bowens donna une impulsion et arracha la branche. Lorsque les clous sortirent de la cuisse de Stabler trois petits jets de sang giclèrent.

Stabler hurla. Ses yeux papillonnèrent et il s'évanouit.

— Donnez-moi les compresses, ordonna Bowens en tendant la main droite.

Jane s'exécuta et posa dans sa main deux morceaux de tissu propre. Bowens les appliqua sur les plaies.

— Continuez à appuyer, dit-il à l'intention de Dwight, qui s'aida de son poids pour alourdir la charge sur la compression. Maintenant, passez-moi votre corset.

Jane Hobblehorn tourna un regard honteux vers Brittle qui, d'une attention compatissante, lui enjoignit d'obéir.

— Allez, magnez-vous ! reprit Bowens.

Jane se retourna, fit glisser ses mains sous sa chemise et, d'un mouvement rapide et précis, parvint à ôter sa lingerie à dentelles sans même devoir quitter sa veste. D'une main, elle referma maladroitement le devant de sa chemise et, de l'autre, tendit le corset à Bowens.

Kenny entoura la cuisse de Stabler et serra de toutes ses forces grâce à l'élastique. Il fit un nœud rapide et demanda à Dwight de trouver un bois rigide et des lianes suffisamment solides pour fabriquer une atèle de fortune. Le jeune adjoint se précipita au cœur de la forêt.

— Il va s'en sortir ? demanda Brittle.

— J'en sais rien, répondit Bowens. Si ça s'était passé il y a quinze ans en arrière, sans doute. Mais Jacob est fiévreux depuis notre départ de Kearney. Cette blessure ne va rien arranger à son état. Il a perdu beaucoup de sang.

— Je vais aller trouver Lowdry et lui demander

d'aller chercher le docteur de Hill City, annonça Jane Hobblehorn.

Sans attendre de réponse, elle quitta la forêt plus vite qu'elle n'y était entrée.

*

Les vêtements tachés de sang, le docteur Masters quitta la grange de Lowdry au milieu de la nuit. Il remonta dans sa carriole grinçante et reprit hâtivement la route du centre-ville.

À l'intérieur, l'ambiance était à la morosité. Après avoir assisté à l'intervention avec désolation, le vieux Lowdry avait regagné ses pénates. Stabler était allongé sur une vieille table en sapin vermoulue que Lowdry avait dégottée dans son écurie. Grâce à deux branches épaisses et de solides lianes fermement attachées, Stabler était parvenu à revenir jusqu'à la ferme de Lowdry, épaulé par Dwight et Bowens. L'excursion avait été chaotique. Jane Hobblehorn était revenue, accompagnée par le médecin. Le toubib avait procédé à une intervention bénigne, puis avait suturé la plaie. Il avait laissé quelques fioles de médicaments pour la fièvre et avait pris congé avant que la route ne soit impraticable. De plus, la fête battait son plein en ville. Il y aurait sûrement du grabuge et quelques ivrognes à soigner.

Jane restait à côté de Brittle, lui-même à quelques mètres du blessé. Tandis qu'elle se demandait comment allait se dérouler la transition entre leur escapade coquine et l'assistance qu'ils avaient portée à Stabler, Brittle pensait déjà aux conséquences néfastes qu'aurait l'incident de leur pisteur sur la suite des événements.

Dwight était dans un coin, en observateur. Talisker, quant à lui, s'était jeté sur l'une de ses sacoches dès le retour de ses amis, en avait extrait un crayon et des feuilles et griffonnait un croquis de la scène typiquement *westernienne* qu'ils étaient tous en train de vivre.

Bowens posa une fesse sur le rebord de la table et tamponna le front de Stabler avec un chiffon.

— Alors vieille carne, t'as pas pu t'empêcher. Il a encore fallu que tu te fasses remarquer.

— On se refait pas, répondit Stabler, la voix chevrotante et fatiguée.

— Bon, alors, qu'est-ce qui s'est passé ?

Stabler déglutit avec difficulté.

— Je... je prenais l'air... Et puis, j'ai entendu comme un hurlement de coyote dans la forêt... J'y... j'y suis allé... Histoire de voir si j'avais pas perdu la main...

Stabler marqua une pause. Parler devenait un effort de chaque instant.

— J'ai marché quelques mètres et... et puis mon pied a dû couper un filin tendu par un chasseur... J'ai entendu un bruit... Un sifflement... Et avant que je me rende compte de ce qui arrivait... j'ai senti comme des milliers de piqûres envenimer ma jambe...

— Tu veux dire que toi, Jacob J. Stabler, tu t'es laissé piéger comme un agneau ?

Bien que l'ambiance ne fût pas tellement propice à la bonne humeur, Bowens émit un petit rire pour dédramatiser la situation.

— Et ouais... balbutia Stabler qui, voulant rire à son tour, fut prit par une quinte de toux aussi grasse qu'éprouvante. Je me suis fait avoir comme un bleu...

— Bon, il n'y a rien de dramatique, le rassura son

ami. L'artère fémorale a été touchée mais le toubib a bien fait son job. Tout est désinfecté. Il n'y a plus qu'à espérer que tu ne fasses pas une septicémie. T'étais déjà malade.

— Il en faudra plus pour me mettre sur le bord de la route...

— Si la fièvre tombe, d'ici deux jours tu devrais pouvoir remonter à cheval.

— C'est trop... c'est trop long, gémit-il. Le Sprinkler... il faut... faut...

— Il faut que tu répares ta carcasse surtout.

— Non, il a raison, intervint Brittle. On ne peut pas se permettre de prendre du retard. On a une gosse qui s'est fait trucider à Wakeeney et un tueur en cavale. On est sur la bonne voie, j'en suis sûr.

Bowens pivota sur la table et fit face au shérif.

— Qu'est-ce que vous préconisez ? demanda-t-il, joignant les mains sur sa bedaine.

— Il faut poursuivre. Je partirai devant. Si vous voulez rester avec lui, je comprendrai. Je prendrai un peu d'avance, c'est tout.

— C'est sûr que je vais pas le laisser ici.

— Je suis d'accord avec ce que dit le shérif, intercéda Dwight. On n'a qu'à faire deux groupes. On a commencé comme ça, pourquoi ne pas continuer ? Je pars avec Ray et miss Hobblehorn, et vous veillez sur nos deux mourants.

— Je suis d'accord, dit Jane.

Brittle interrogea Bowens d'une grimace. Ce dernier fit serpenter son regard vers Stabler, qui déjà s'enfonçait peu à peu dans un sommeil agité.

— D'accord. On n'a qu'à faire comme ça. On vous rejoindra à Wakeeney.

Brittle se tourna vers l'écrivain.

— Et vous, qu'en pensez-vous ?

Absorbé par son dessin, Talisker mit quelques instants avant de sortir de sa transe.

— Euh... Oui, ça me va. D'ici deux jours, je devrais être monté sur ressorts.

— C'est parfait – puis Brittle se tourna vers son adjoint – Dwight, on part à l'aube.

Enfin, il adressa à Jane un visage grignoté par des regrets amers.

— Hem... Je... je suis désolé...

— Ne t'inquiète pas, répondit-elle avec une familiarité qui n'échappa à personne. Je serai prête pour le départ.

18

AVEUX

Leeann enfila une paire de maniques en tissu et sortit du four avec précaution une dinde dorée à souhait, sur le sommet de laquelle s'écoulait un jus appétissant qui imbibait de son fumet les pommes de terre au fond du plat. Installé à la table d'honneur, Ron en salivait déjà. Les odeurs de cuisine embaumaient l'espace comme une douce saveur aux mille promesses.

— À toi de couper la viande, dit Leann en posant le plat sur la table.

Elle lui tendit un couteau aiguisé et une fourchette longue à pics.

— Ça fait longtemps que mes papilles se sont pas agitées comme ça, dit-il.

— Tu n'as pas à te plaindre, Catherine est bonne cuisinière.

Ron ne répondit pas. Il planta la fourchette dans la chair de la dinde et dessina de fines lamelles de viande avec le tranchant de la lame. Leeann avança son assiette, Ron y déposa un morceau de blanc et une cuillerée de pommes de terre. À son tour, il se servit.

Leeann apporta une bouteille de vin français et remplit deux verres à pied.

— Bon appétit, glapit-elle.

— Bon appétit, Leeann.

Ron se délecta. La viande était tendre, bien qu'un peu sèche, et les pommes de terres craquantes avaient absorbé suffisamment de jus pour les attendrir et leur donner un léger goût de châtaigne. Le vin était à température. Il n'avait goûté qu'en très peu de circonstances un vin aussi bon. Un vin qu'il ne pourrait probablement jamais s'offrir. Sa solde d'adjoint, bien que correcte, ne suffisait pas à payer le déplacement d'une caisse de bouteilles entre l'Europe et les États-Unis.

Tout ce qu'il touchait, goûtait, savourait était un cadeau du ciel. Elle était là, sa vie parfaite. Tout ce qu'un homme pouvait désirer se trouvait dans cette pièce. Une pensée fugace lui traversa l'esprit. Il voyait Catherine attablée seule, derrière leur petite table minable, à équeuter deux poignées de haricots qui serviraient à accompagner un morceau de bœuf séché dans l'assiette du dîner. Le ventre rond et les vertiges nauséeux, Catherine devait au même instant se coltiner des livres de bois afin d'approvisionner le feu ou encore repriser les vieilles chaussettes de son mari. Un élan de tristesse, doublé d'un lourd sentiment de culpabilité, écrasa les épaules de Ron Ashton. Tandis qu'il profitait d'un bon repas dans une maison où la réussite brillait à travers tous les objets, en compagnie de la plus douce des hôtesses, sa propre femme lui trouvait les excuses inhérentes à sa profession, le plaignant presque de devoir affronter la rudesse de l'hiver sous des cieux blancs et glacés. *Quel monstre !* se dit-il. Il balaya ces considérations d'un revers de la main.

— Que t'arrive-t-il Ron ?

— Oh, rien. Une mouche qui me tournait autour.

— Une mouche en plein hiver ? Tu es sûr ?

Le repas atteignit son apogée lorsque Leeann déposa une pâtisserie maison sur le dessous-de-plat.

— Je vais exploser, Leeann...

— Tu n'aimes pas ma cuisine ?

— Oh que si ! Justement.

Ils dégustèrent en silence la tarte aux poires caramélisées. Après avoir débarrassé la table, Leeann proposa à son invité de venir s'installer dans le fauteuil double, près de la cheminée. Elle revint avec une autre bouteille.

— Cognac français, s'enorgueillit-elle en levant devant elle la bouteille comme un trophée.

— Tu es sûre que Jim ne va rien dire ?

— Si tu voyais la taille de la cave, tu ne poserais pas la question.

Elle servit deux verres et posa la bouteille sur la petite table. Leeann porta le verre à la verticale.

— À ta santé !

Puis elle fit tournoyer le liquide au fond de sa cavité. Une manie que n'avait jamais remarquée Ron chez Leeann. La seule fois où l'adjoint avait vu un homme user de la même mimique snobinarde était le jour où ils avaient assuré (lui, Brittle et Dwight) la sécurité d'un important homme d'affaires muet à qui on avait coupé la langue. Il s'était interrogé sur l'intérêt d'une telle coutume émanant d'un homme qui ne pouvait plus tellement jouir de sensations gustatives. Pour ne pas paraître ignare, il imita Leeann, car s'il ignorait tout des us et coutumes du grand monde, il savait au moins que le geste servait à chauffer l'alcool afin qu'il déploie ses saveurs de chêne.

Ils avaient déjà pas mal bu. Leeann, comme à son habitude, était souriante et jouait de son air espiègle. À la différence que ses yeux brillaient légèrement, illuminant l'obscurité de la nuit de milliers de scintillements gracieux.

Le moment était venu. La chevauchée parcourue jusqu'à Hanggle allait prendre tout son sens.

— Dis, Leeann, on se connaît depuis combien d'années ?

Leeann pouffa. L'alcool avait eu raison de sa réserve.

— Je ne sais pas... Dix... Douze ans ?

— On a pas mal bavardé tous les deux par le passé.

— On peut pas dire que tu sois un silencieux, répondit-elle, se laissant porter par l'euphorie. Ouais, c'est vrai... On a partagé de belles discussions. Et c'est pas tous les jours que ça arrive avec les hommes de l'Ouest. Tiens, Jim, par exemple...

Voilà qu'elle allait lui sortir le couplet de la femme incomprise. Ron savait qu'elle l'était et qu'elle l'avait toujours été. Mais il souhaitait que la conversation prenne une direction différente pour ne pas être perturbée par d'ivres divagations. Mais que pouvait-il faire de plus, sinon l'écouter ?...

— Jim, tu vois, c'est pas le genre de gars qui cause... Enfin, si, il parle, mais à part les vaches et ses projets gouvernementaux avec les chemins de fer, je peux pas dire qu'il ait l'oreille attentive...

— Pourtant, c'est important dans un couple.

— Oh, si je lui parle de bestiaux, de la gérance du ranch, des problèmes liés au personnel ou encore de ses projets futurs... alors là, il sera intarissable, bien qu'il me serine tout le temps que ce sont des sujets d'hommes...

— Il est un peu... misogyne ton mari, non ?

— Pas qu'un peu... Mais il a bon fond. Il me respecte et je ne manque de rien. Mais pour lui comme pour beaucoup d'autres, tant que j'ai de quoi manger et des toilettes pour m'habiller, je n'ai pas à me plaindre... C'est comme ça...

Ron se lissa les moustaches, gêné. Il voulait lui dire sa façon de penser. Mais comment aurait-il pu aborder le sujet sans la braquer, sans directement s'attaquer à l'attitude stupide et obsolète de son époux ?

— Écoute... on vit à une autre époque. Les mentalités évoluent et je pense qu'en tant que femme... Tu as... tu as la même place que les autres en ce bas monde.

— C'est à lui qu'il faut dire ça.

Ron ne souriait plus. Il but une gorgée de cognac qui le fit grimacer.

— Leeann... euh... si je me foutais de l'impact que pourraient avoir mes paroles, crois-moi, je le ferais... Mais je lui dirai rien. C'est à toi que je parle. Maintenant. Jim n'est pas là. Moi, oui.

Leeann fronça les sourcils et abandonna son sourire éclatant au profit d'une lueur d'amertume qui rembrunit ses yeux.

— Leeann... T'es pas comme les autres... Je veux dire... Tu mérites mieux.

La jeune femme se redressa et laissa délicatement glisser une gorgée de cognac au fond de sa gorge.

— Ce que tu dis est... touchant Ron... Mais je ne vois pas en quoi ces belles attentions pourraient changer le cours des choses. Tu sais, je ne suis pas malheureuse.

— Tu n'es pas malheureuse parce que tu sais pas à quoi ressemble le bonheur.

Aussitôt, il regretta ses paroles. Il se leva d'un bond et tourna autour du fauteuil comme un enfant se cherchant des excuses. Mais des excuses, il n'avait pas envie d'en fournir car, après tout, c'est ce qu'il pensait réellement. Il était un homme bon et s'évertuait à le prouver chaque jour derrière son insigne. Il ne se prenait pas pour un justicier, ni pour un juge. Mais Ron était un fin observateur, muni d'une sensibilité presque féminine. Peut-être était-il un peu trop en avance sur son temps ?

Il avait pratiqué la sauvagerie sous toutes ses formes. Parfois en tant que bourreau, parfois en triste victime. Mais rien n'était plus infâme, ni plus ignoble que la torture psychologique. Elle faisait pourtant partie intégrante de l'espèce humaine. Une sorte d'aura maléfique cachée au tréfonds des personnalités, prête à jaillir à chaque instant. Une entité incontrôlable décimant les prairies de l'esprit, brûlant les âmes comme un feu de forêt.

Ron regardait Leeann. Il pouvait presque voir le spectre de la résignation graviter autour d'elle, comme un effluve familier qu'elle aurait adopté. Il ne le supportait pas. *Jim Hanson est un gars gentil, mon cul !* pensait-il. *Ce type n'est rien d'autre qu'un rustre creux et ignare, incapable d'estimer la valeur de ses trésors.*

Catherine apparut au fond de la pièce, vêtue de sa robe fuchsia raccommodée à maintes reprises. Les cheveux attachés et le regard triste, ses yeux étaient vides, perdus dans la nébulosité de sa vie. Ron lisait sa détresse, pathétique miroir de sa propre lâcheté moraliste. Comment pouvait-il se permettre de juger un homme qui n'était ni pire ni meilleur que lui ? Il était bien mal placé. Et pour le rappeler à l'ordre, pour lui renvoyer le reflet d'une humilité perdue, sa conscience avait pris forme, se manifestant sous la forme indigeste de sa femme. Ron ferma les yeux, irradié par la nausée qu'il s'inspirait lui-même. Lorsqu'il les rouvrit, Catherine avait disparu.

— Ça va Ron ? s'enquit Leeann.

L'adjoint contourna le fauteuil et revint s'asseoir face à elle.

— Écoute Leeann, je viens de braver la neige, le froid et la perspective d'affronter un tueur. J'ai laissé mon équipe poursuivre sans moi, juste pour... pour faire le détour et venir te parler de quelque chose...

Leeann but une gorgée, attentive à chaque mot que Ron prononcerait. Elle craignait de comprendre. Mais elle avait peur aussi. Peur d'entendre la suite, peur de trahir l'amitié qui la liait avec Catherine depuis plus de vingt ans, simplement en écoutant Ron ; peur de voir débarquer son mari et d'affronter sa réaction. Elle sut à ce moment précis que plus rien ne serait comme avant. Qu'il allait lui falloir combattre de redoutables dilemmes.

Elle ne voulait pas de cette conversation. Au fond d'elle-même, elle la refusait. Mais était-elle certaine de bien penser ? Ron était un gentil garçon, doux et attentionné. Il l'avait toujours été. Mais elle se souvint également de récentes conversations échangées avec Catherine. Des discussions plaintives argumentées de faits. Catherine lui avait confié certaines intimités. Ron était différent depuis quelque temps, froid, distant, absorbé par d'autres préoccupations... Il était certes toujours le vaillant et brave garçon qu'elle avait connu, à cela près qu'il avait changé. Elle n'avait pas su trouver les mots adéquats pour qualifier ce qu'elle ressentait, mais la tristesse qui s'emparait de sa voix chaque fois qu'elle parlait de lui était une preuve suffisante pour confirmer sa détresse. Les femmes se comprenant entre elles, il n'y avait rien à rajouter...

— Tu me fais peur, Ron.

— Non, tu... tu ne...tu... tu...

Le bégaiement de Ron le fit entrer dans une rage folle qu'il parvint toutefois à contrôler.

— Tu... dois pas av... avoir peur. Je... Je suis ton a... ami.

— Prends ton temps, Ron, tenta d'apaiser Leeann. Comme tu le dis, nous sommes entre amis. Calme-toi.

Calme-toi. Des mots que détestait Ron Ashton pour les avoir trop entendus. Il perdait ses facultés, son charisme s'effondrait. Qui pouvait bien lui accorder le moindre crédit ? Pas Leeann en tout cas. Plus il s'en persuadait, plus il s'engouffrait dans les ténèbres de son handicap.

— Leeann, je... j'ai des s... sentiments pour t... toi. Des sentiments f... forts...

Les épaules de Leeann s'affaissèrent. Un poids trop lourd venait de s'abattre sur elle comme une poutrelle tombée de dix mètres de haut, chargée de reproches et de culpabilité. Mais quelle culpabilité après tout ? Qu'avait-elle fait, elle ? Avait-elle provoqué cette situation ? Non. Absolument pas. Pourtant, elle ne put se résigner à garder la tête froide.

— Ron, écoute...

— N... non, attends Leeann. Je sais que C... Catherine est ton amie. En m'écoutant, tu n'est p... pas en train de la tr... trahir. Il y a des choses en moi que j'exp... plique pas... Tu es mariée et m... moi aussi. Mais est-ce que nous sommes bien mariés ?

— Ron, je ne crois pas que...

— Que je sois un g... gars convenable...

— Non, j'ai pas dit ça. C'est juste que tu nous mets dans une situation...

— Dans une ré... réalité, Leeann, la coupa-t-il. On a qu'une seule vie... Sauf si tu écoutes Dwight bien sûr. Lui, il est persuadé qu'une vie en engage toujours une suivante. Mais...

Ron s'aperçut que le bégaiement s'était altéré grâce à l'ironie qu'il venait de soulever. Peut-être devait-il aborder le sujet avec plus de légèreté...

— Mais pour ma part, je suis c... convaincu qu'une fois notre passage sur terre abouti, il n'y a rien d'autre, sinon le n... néant. Je veux p... profiter de cette vie, tu comprends ? Même... même si tu m'envoies balader, même si tu... tu m'en veux pour ce que je te dis, je devais l'exprimer.

Leeann décida de ne plus l'interrompre. Ron méritait qu'on l'écoute, il méritait d'exister, d'extérioriser, de confier ses émois. Rien ne justifiait de ne pas l'écouter. Car après tout, il était libre de ses opinions et victime de ses émotions, comme tout un chacun.

Soudain, il lui parut attendrissant. C'était bien la première fois qu'un homme s'adressait à elle en ces termes, dévoilait ses faiblesses, trahissait une forme imbécile de virilité dictée par la gent masculine depuis la nuit des temps. Ron était différent, il n'avait rien en commun avec tous ces messieurs robustes qui avaient croisé sa route. Elle lui devait le respect au nom de leur amitié, au nom de sa grandeur d'âme.

— Tu... tu es une fille gentille, b... belle, douce.

J'ai su lire en toi. Je connais tes r... richesses. Tu n'es pas quelqu'un d'ordinaire. Jim est g... gentil, mais est-ce qu'il est attentionné ? Est-ce qu'il te couvre de fleurs ? Est-ce qu'il se p... promène à ton bras avec fierté ?

Les yeux de Leeann se mirent à briller. Ron s'en aperçut mais ne chercha pas à interpréter les émotions. Non, il devait aller au bout des choses.

— Je suis... je suis peut-être un type qui n'a p... pas d'envergure. Je bégaye, je ne suis ni grand, ni f... fort, ni riche. Mais je suis sûr d'avoir des choses au fond de moi que d'autres n'ont p... pas. Des milliers de choses à offrir... À t'offrir...

Une larme naquit dans le coin de l'œil de Leeann et glissa sur sa joue avant de se perdre en mille éclats sur sa robe.

— Je... je te demande pas de répondre. Je v... voulais juste que tu saches. Si tu représentes la perfection p... pour moi, tu la représentes aussi pour d'autres. C'est juste qu'ils n'en ont peut-être pas c... conscience. Mais il fallait que quelqu'un te le dise.

— Merci Ron, répondit simplement Leeann d'une voix étranglée.

— Je... je peux prendre ta m... main ?

Leeann tenta de percer le regard de Ron, ne serait-ce que pour y lire un millième de vérité. Et cette vérité était bien là. Pas seulement dans son regard mais à travers toute sa personne.

Elle tendit sa main.

Ron la lui prit délicatement, et lui caressa la peau avec son pouce. Elle était si douce, si chaleureuse.

— Ron, je ne peux pas ne pas réagir à ce que tu viens de dire.

Le shérif adjoint acquiesça. Au fond de lui, il espérait qu'elle rebondirait.

— Catherine est mon amie. Nous nous connaissons depuis plus de vingt ans.

La première phrase annonçait la suite. Ron s'y attendait. La déception s'empara de lui, lourde comme une enclume. Même s'il s'y était préparé.

— Tu es mon ami aussi, poursuivit-elle. Je vous adore tous les deux. Ce que tu viens de dire est le témoignage d'une incroyable générosité. Je suis touchée et... émue.

Ron lui caressait toujours la paume de la main, désespérant déjà de devoir la lâcher à court terme.

— Et par cette amitié qui nous unit, toi et moi, je suis tenue de te donner des réponses. Je t'apprécie énormément, mais... Mais tu es marié avec mon amie. J'ai ma vie moi aussi. Peut-être n'est-elle pas suffisamment brillante pour toi... Mais pour moi, elle l'est. J'aime mon mari.

Silencieux, Ron tentait de surmonter l'insupportable douleur de centaines de pieux lui transperçant les entrailles.

— Je suis heureuse et triste à la fois, Ron. Heureuse d'avoir su provoquer des émotions aussi intenses chez toi, qui me renvoient le reflet d'une femme dont j'ignorais l'existence. Et je suis triste parce que c'est à moi que tu viens d'avouer cet amour et non à ta femme.

Ron baissa la tête.

— Je... je suis pas fier, dit-il à voix basse. Crois-moi. Mais ce genre de choses, ça se contrôle pas... Ça se vit. Ça se subit.

Leeann observait Ron qui, tête baissée, ne lâchait pas sa main. Il la porta jusqu'à ses lèvres et y déposa un baiser avant de la lui rendre avec délicatesse. Elle se leva du fauteuil, fit quelques pas dans la maison et s'immobilisa devant la fenêtre. Elle écarta les rideaux. Dehors, la neige tournoyait, portée par des vents violents.

— Ron, tu devines les conséquences de cette conversation, dit-elle.

— Oui... je les connais, répondit-il avec amertume.

— Tu devrais aller dormir maintenant. Demain matin, tu trouveras de quoi manger devant la porte de ta chambre. Je te laisserai une fonte de nourriture pour ton voyage.

Ron se leva, prit lentement la direction des escaliers, puis s'arrêta au moment où il posa la main sur le pommeau de la rampe. Il se retourna. Il voulait lui exprimer sa désolation, son inavouable cruauté égoïste. Mais il se ravisa. Les mots qu'il allait prononcer n'auraient désormais plus aucun impact, si ce n'est creuser davantage la tombe qui venait d'enterrer leur amitié. Il grimpa les escaliers avec lassitude. Leeann n'entendit que le cliquetis de la clé s'agiter dans la serrure de la porte.

19

SUR LE SENTIER DE LA GUERRE

Ray Brittle but une gorgée d'eau et secoua son chapeau enneigé. Les flocons étaient plus gras, plus lourds. Jane partagea sa gourde. Son visage était rouge et de petites gerçures commençaient à apparaître autour de ses lèvres. Elle fouilla dans l'une des sacoches accrochées sur le dos de sa jument. Elle sortit un sac qu'elle déplia, dévoilant un bloc de beurre. Elle fit glisser son index à la surface, en décollant une fine couche, et se massa les lèvres pour les graisser.

Dwight vérifiait l'état des sabots de son cheval. Malgré la nuit passée à se reposer, les bêtes étaient fatiguées, usées de parcourir les pistes enneigées.

— On est encore loin de Wakeeney ? demanda-t-il.

— Je dirais à dix miles, peut-être douze, répondit le shérif.

Ils avaient quitté la grange de Lowdry avant le lever du jour. Ils avaient passé la matinée en selle, ne s'octroyant qu'une seule pause. Midi était passé et aucun d'entre eux n'avait vraiment faim. Ils avaient décidé d'un commun accord de grignoter pendant le trajet. Wakeeney n'était pas tellement loin de Hill City mais la météo n'étant pas favorable, il leur faudrait presque compter le double de temps. S'ils voulaient arriver en ville avant la nuit, il leur fallait avancer.

— Stabler n'aurait jamais tenu, commenta miss Hobblehorn.

— Il y a peu de chances, en effet, admit Brittle.

— Comment comptes-tu procéder quand on arrivera ?

— Je sais pas encore. Nous serons épuisés, mais il faudra déjà poser les bonnes questions aux bonnes personnes. Et quelles que soient les réponses, nous attendrons l'arrivée de Bowens et des autres.

— Tu n'as pas peur de perdre la trace du Sprinkler ?

— Si le temps nous a ralentis jusqu'à présent, il n'y a pas de raison qu'il n'en soit pas de même pour lui. C'est pas avec toute cette neige que nous aurons une chance de relever des traces. Nous ne devons compter que sur nos investigations et nos déductions.

— Et un peu de chance aussi, non ?

Brittle opina.

— Une putain de chance même.

— Ray, je sais que les bêtes sont fatiguées mais nous devrions reprendre la route, intervint Dwight.

Ray resta silencieux. Il pensait à la sottise de cette expédition. Dire qu'il ne s'agissait que d'une vaste fumisterie eût été un doux euphémisme. Tout ça pour garnir un peu plus les fouilles d'un politicard avide de pouvoir et d'admiration. En y repensant bien, Brittle savait au fond de lui que cette opération avait viré à la mission suicide dès lors que les autorités gouvernementales s'en étaient mêlées. La traque se serait déroulée au printemps, la donne aurait été différente. Mais parcourir les plaines en plein cœur de l'hiver était une folie. Une folie douce ayant pour seule vocation la réussite d'un candidat aux futures élections. Quel gâchis...

Brittle tourna son regard acier vers les émeraudes de Jane. Les yeux du shérif étaient sertis de rides, juste là pour accentuer la fatigue et son manque de détermination. Jane lut à travers lui comme on devine les courbes secrètes de mots vaporeux cachés derrière une page blanche.

— Il a raison, Ray. Nous devrions repartir.

Le shérif hocha la tête.

Il puisa dans ses dernières forces pour remonter en selle. Les trois cavaliers se remirent en marche, chapeaux vissés sur le crâne et manteaux boutonnés jusqu'à l'encolure.

20

LE CALME AVANT LA TEMPÊTE

— Très honnêtement, je vous dis pas de conneries, lança le vieux Lowdry.

— On vous croit, le rassura Bowens.

Stabler s'était réveillé en milieu de matinée. La fièvre était toujours là, moins virulente. Bowens était parvenu à lui faire manger quelques biscuits secs et boire beaucoup d'eau.

Talisker était plongé dans son récit. Depuis le petit matin, il griffonnait ses paragraphes comme une poule picore son grain tant qu'elle en trouve. L'inspiration était là.

— Ça va ? On vous dérange pas ? lui demanda Bowens.

Talisker leva la tête.

— Pas du tout. Je ne m'étais pas trompé. À vous deux, vous êtes une source inépuisable. D'ailleurs, j'ai décidé de changer le titre de mon ouvrage. J'ai pensé à « *Chroniques du Far West* ». Ça sonne mieux quand-même, et puis d'une certaine façon, nous restons dans une logique de journalisme d'investigation.

Les chroniques, ça parle aux gens, ça. C'est mieux qu'un récit édulcoré, vous ne trouvez pas ?

— Si vous le dites.

— Tout le monde est capable de s'asseoir derrière un bureau et inventer des histoires. Mais qui peut réellement se vanter de les vivre à l'instant T ? Notre cavalcade est une expérience unique. Une révélation ! Quand les lecteurs liront mon bouquin, ils seront presque immergés au cœur d'un spectacle vivant !

— Je vois que vous allez mieux, monsieur Talisker.

— Mieux que jamais. Je ne sens pratiquement plus la douleur. Au contraire, je me sens pousser des ailes. Tout ça, grâce à vous. Vous savez quoi, j'en toucherai un mot à Orlan Briggs. Quand il sera élu Président des États-Unis, il ne vous oubliera pas.

Il ponctua son appréciation d'un clin d'œil complice.

Bowens arqua les sourcils.

— Grand bien nous fasse, marmonna-t-il dans sa moustache.

Lowdry écarta un buisson de foin et sortit de sa cachette un fût de gnole maison. Il versa l'eau-de-vie dans quatre verres aussi sales qu'ébréchés.

— Bon, on va pas se laisser abattre, dit-il.

Bowens porta le verre à ses narines. Rien qu'aux émanations, il crut que ses poils de nez allaient brûler. Il repoussa ardemment le verre à une distance raisonnable en pinçant les lèvres et en fermant un œil.

— Vous le buvez ce truc ?

— Tous les jours, répondit Lowdry. Vous voyez, ça conserve.

— C'est une question de point de vue. Moi, si j'étais mineur, je m'en servirais pour fabriquer de la dynamite.

— Allez, à la vôtre !

Lowdry fit cul sec sans sourciller.

Bowens, suffisamment poli pour ne pas vexer leur hôte, porta lentement le verre à ses lèvres qu'il trempa avec prudence. Il eut l'impression de se rincer le gosier avec de l'acide. Il parvint à avaler une gorgée, puis reposa le verre sur la table où Stabler était étendu.

— Je le garde pour tout à l'heure, bredouilla-t-il, la salive au bord des commissures.

Lowdry sourit.

— Je crois que monsieur Stabler passera son tour, poursuivit Bowens. Quant à monsieur Talisker, eh bien je laisse à son appréciation le soin d'accepter de trinquer avec vous.

— Ben alors, m'sieur Talisker, vous venez boire un coup ? lança Lowdry.

L'écrivain déposa son carnet à terre, puis se releva. Il ne boitait pratiquement plus. Il saisit son verre, interrogea Bowens du regard qui, en guise de réponse, lui rendit son clin d'œil. Talisker esquissa un petit sourire arrogant, rictus hautain issu de la fabrication de son ego. Le genre de sourire qui vous érige au rang des hommes, des vrais.

Il avala le contenu de son verre d'une traite sous le regard médusé de Bowens.

À peine eut-il dégluti que son visage vira au rouge écarlate. Il régurgita un petit filet de bile avant de se précipiter à l'extérieur.

— Y doit aimer que l'alcool sans alcool celui-là, commenta Lowdry tandis que des borborygmes englués de l'écrivain endeuillaient le calme de la campagne.

Bowens souleva la couverture sous laquelle était

allongé Stabler. Il vérifia la blessure. Elle semblait propre.

— Vous devriez être plus vigilant, monsieur Lowdry. Des gens se servent de vos bois pour braconner.

— J'y comprends rien, répondit le concerné. Tout ce que vous voyez autour de la ferme m'appartient. Et ces bois sont ceinturés de fils barbelés. Si des braconniers viennent poser leurs pièges dans ma propriété, ils sont fortiches. Parce que je sais pas si vous avez fait la connaissance de Suzy, mais il faut des couilles de taureau pour oser s'aventurer au-delà de son territoire. Suzy, c'est mon berger allemand.

— J'avais compris. Je voyais mal votre femme mordre les mollets d'indésirables et pisser le long des clôtures pour marquer son territoire.

— Ma femme ne mord pas, par contre je serais pas aussi affirmatif quant à la seconde partie de votre phrase. Vous savez, ici, c'est la campagne, on pisse là où on se trouve.

— Dans ce cas, prévenez-moi au cas où.

Stabler essayait de se redresser ; Bowens l'aida.

— Eh ben vieux, tu t'énerves ?

— À rester couché, j'ai un mal de dos de tous les diables, grommela Stabler.

— Bon, ben les gars, je vous laisse, dit Lowdry. J'ai du travail. À plus tard.

Le fermier enfourna son fût de gnôle au fond de sa grotte, et le couvrit de paille avant de se retourner.

— Ah, au fait, j'ai proposé d'échanger la mule de monsieur Talisker contre un cheval. C'est pas un pur-sang arabe, mais il court encore. Sur ce...

Puis il quitta la grange.

De l'intérieur, Bowens et Stabler entendirent les conseils de Lowdry à l'adresse de Talisker.

— Allez mon gars, te formalise pas, même si tu digères pas, c'est toujours meilleur qu'un coup de pied au cul.

Stabler parvint à rire, freiné par une petite quinte de toux sèche.

— Bon, et maintenant, dit Bowens. Qu'est-ce qu'on va faire de toi ?

— Tu me laisses une journée et on remonte en selle.

— Stab', t'as plus vingt ans.

— J'en ai pas non plus quatre-vingts.

— Non, mais t'as une fièvre de cheval et une patte en sale état.

— T'inquiète pas pour ça. Aide-moi plutôt à m'asseoir sur le rebord.

Bowens l'aida à pivoter sur lui-même dans une rotation à quarante-cinq degrés. Stabler grimaça lorsque sa jambe pendit dans le vide.

— Faut continuer Bow'. Il y a des enjeux importants.

— Si je suis là, c'est juste parce que tu me l'as demandé.

— T'auras pas à le regretter, je t'assure.

Talisker entra dans la grange en titubant, mains sur le ventre et courbé comme la branche d'un bonsaï. Il partit se terrer au fond de sa couche sans dire un mot.

— À part dormir et dessiner, qu'est-ce qu'il sait faire ? gronda Stabler qui, finalement, commençait à s'habituer à la présence de l'écrivain.

Ils restèrent silencieux un long moment, profitant du silence. Un craquement par-ci par-là dans le bois de la toiture, une bise fraîche envahissant la grange et sifflant comme un loriot ; rien qui ne puisse entacher la rareté de ces instants trop précieux.

— Tu penses à Calie parfois ?

— Tout le temps.

— Tu m'en veux de t'avoir traîné loin de ta famille ?

— Pose pas ce genre de question si tu veux pas que la réponse me contrarie.

— Elle est belle comme un cœur ta petite Léonore... Moi aussi, j'aurais bien aimé avoir une fille.

— Ça s'est fait comme ça...

Stabler sourit. Une lueur de nostalgie pointa son museau dans son vieux cœur usé.

— Tu sais pourquoi j'ai jamais eu de gosse ? poursuivit-il.

— Non.

— Pour plusieurs raisons, en fait. La première, c'est que j'ai passé ma vie à cheval à traverser tous les États du pays à faire la guerre à de pauvres bougres qui mouraient par conviction. La seconde, je la dois au Sprinkler.

Bowens lui décocha un regard en coin.

— Si j'avais eu une petite fille, j'aurais eu la trouille toute ma vie. La trouille de la trouver inerte au bord d'une mare, sa petite robe retroussée, son petit corps souillé et son cœur éteint. Ça, j'aurais jamais pu y survivre...

Il s'interrompit, la gorge serrée.

— Tu vois pourquoi je veux retrouver ce fumier, Bow' ? Pour qu'il n'ait pas à imposer ça à d'autres familles. Ma vie à moi, elle est faite. Je peux même dire que plus les jours passent, plus je vois arriver l'océan.

— L'océan ?

— Ouais, c'est une image parlante. Tu sais, quand le progrès a commencé sa route grâce aux rails du chemin de fer, des milliers de gens ont fui vers l'ouest. Toujours l'ouest, jusqu'à ce qu'ils trouvent une parcelle de terrain encore vierge de toute progression économique. Mais ils se faisaient rattraper chaque fois. Alors ils repartaient. Jusqu'au jour où ils arrivaient au bout du monde, près d'une crique avec devant eux l'océan à perte de vue. La limite qu'ils ne pourraient plus franchir. Nos vies, c'est du pareil au même, Bow'. On avance dans l'âge, on fuit la maladie, les douleurs et les cheveux blancs... Et puis un beau jour, on arrive à la crique comme les autres. Le point de non-retour. Et là, t'as pas deux alternatives... T'en as qu'une seule. Plonger pour ne plus remonter. Et pas question de trouver un bateau qui te portera secours... Parce que là où on va, vers l'autre destination, y a personne pour te sauver. Tu te retrouves juste devant le constat de ta vie. Un triste bilan que tu dois accepter. Et si tu l'acceptes pas, c'est tant pis pour toi.

Bowens baissa la tête.

— Tu sais, Stab', rien ne dit qu'on trouvera le Sprinkler.

— Je sais. Mais je peux pas partir sans avoir essayé. Et si jamais je le trouve, Brittle et ses sbires pourront aller se faire foutre. Pas question de leur laisser la part belle.

— Qu'est-ce que tu racontes ? On est là que pour les accompagner, leur ouvrir la voie. Pas pour faire justice nous-même.

— Ouais, ben ça, on en reparlera.

21

WAKEENEY

Hunter sortit de chez le barbier. Sa peau était lisse et brillante, et sa moustache parfaitement taillée.

Il sortit sa montre à gousset de la petite poche de son gilet. Bientôt sept heures et demie. L'heure de son rendez-vous. Il se dirigea à pas lents jusqu'au saloon devant lequel deux chevaux mastiquaient la neige de leurs abreuvoirs. Il entra.

Il balaya la salle du regard et compta rapidement l'effectif nocturne du boui-boui nauséabond. Quatre personnes. Les hommes étaient rudes mais l'hiver les effrayait. À une autre époque, les liens du malt n'auraient jamais connu une telle anarchie, pensa-t-il. Il avança, fit signe au barman et s'installa à une table placée près de la cheminée crépitante. Il commanda une bouteille de bourbon.

Il jeta un nouveau coup d'œil sur sa montre. Son rendez-vous n'était pas des plus ponctuels. S'il avait une chose en horreur, c'était bien le manque de courtoisie. Le barman déposa la bouteille et un verre propre, ce qui devait être rare dans ce genre d'endroit. Hunter se servit un verre qu'il but aussitôt. Puis le remplit de nouveau.

Les portes battantes du saloon s'agitèrent et un homme au manteau en crin apparut. Plutôt grand et bien bâti, il semblait venir des pays nordiques. Ses cheveux étaient d'un blond poussin et sa peau plus pâle que l'eau de la rivière. Hunter le laissa chercher sa présence. Enfin, le regard de l'homme se figea sur lui. Il approcha.

— Vous êtes Hunter ?

— Comment l'avez-vous déduit ?

— Il n'y a qu'à regarder le tableau. Deux poivrots au bar, un pauvre type aux mains noires et usées jusqu'à la corne dans un coin, et un autre bedonnant qui lit le canard de cette ville perdue. Vous en auriez déduit quoi, vous ?

— Asseyez-vous, l'invita Hunter, amusé.

L'homme s'exécuta et lui tendit la main.

— Jack Bellerive, se présenta-t-il.

— Hunter, répondit le chasseur de primes en lui serrant fermement la main. On vous a jamais dit que vous ressembliez à Peter Maston ?

— Non, mais c'est tout comme. Un agent de la Pinkerton lui aussi.

— Cela fait combien de temps que vous travaillez pour l'agence ?

— Depuis le début de la guerre. J'ai été enrôlé pour espionner un camp sudiste à Andersonville.

— Est-ce que le grand patron est au courant de notre petit arrangement ?

— Il le sera dès que vous aurez mis la main sur le Sprinkler.

— Nos échanges de courriers ont été prolifiques pour les deux parties.

— N'oublions surtout pas les clauses de notre contrat, monsieur Hunter. Celles-là mêmes qui nous lient l'un à l'autre.

— N'ayez crainte, je n'ai qu'une parole. Je vous donne le Sprinkler et je garde la récompense. Ainsi, vous pourrez vous pavaner aux côtés de ce cher vieil Allan, tandis que je m'offrirai une retraite bien méritée en Europe.

Hunter fit signe au barman d'apporter un deuxième verre, qu'il apporta immédiatement.

— Quelles informations avez-vous pour moi ? poursuivit Hunter.

— La gamine que les autorités locales ont retrouvée s'appelle Trixie Carver. Elle habitait dans une ferme isolée, à l'est de la ville. Ils l'ont trouvé la tête plongée dans une rivière et le corps sur la rive.

— Ça ressemble au mode opératoire de notre homme.

— Ça y ressemble, en effet. Mais à une variante près.

— Ah oui ? Et laquelle ?

— La fillette n'a pas été violée.

— Comment est-elle morte ?

— Battue à mort.

— Pas de trace de coup de couteau ? De strangulation ?

— Non, juste des os brisés qui ont causé une hémorragie interne. La pauvre gamine a dû souffrir le martyre.

Hunter bourra sa belle pipe en ivoire. Il l'alluma et tira quelques bouffées.

— Une idée de la direction qu'aurait prise l'assassin ?

— Pas vraiment, mais le shérif suppose qu'il a filé vers Ransom. C'est la seule piste encore exploitable à cheval.

— Je vois. Notre gugusse veut rejoindre le Mexique, mais ça, c'est pas une nouveauté. Je dirais même que ça me déçoit.

— Ah, et pour quelle raison ?

— Le Sprinkler est malin. Ça fait plus de douze ans qu'il terrorise les familles du continent sans avoir été inquiété une seule fois. Pourquoi à votre avis ?

Bellerive engloutit son verre d'une traite et manqua de le briser en le reposant.

— Dites-moi pourquoi.

— Parce qu'il est toujours allé à contre-courant des idées les plus logiques, répliqua Hunter en mâchouillant la cheminée de sa pipe. Il va là où on ne l'attend pas. Et tout le monde s'attend justement à le voir se diriger vers le Mexique. Vous pensez bien qu'avec le progrès et le télégraphe, toute l'Amérique est au courant au moment même où je vous parle. Il prend des risques inconsidérés. Ça ne lui ressemble pas.

— Je vous l'ai dit, rien n'indique qu'il s'agisse du Sprinkler. J'aurais même tendance à croire que celui qui a buté la gamine n'est qu'un ivrogne qu'a pas pu sortir l'escargot de sa coquille. Un pauvre frustré qui a perdu la tête.

— Je partage votre opinion. Mais dans le doute, je préfère exploiter toutes les pistes.

Les portes battantes firent des virevoltes, sortant les deux hommes de leur conversation. Un homme frigorifié avec une étoile sur la poitrine entra, accompagné de son adjoint et d'une jolie brune aux jambes délicates.

Bellerive remarqua l'attention qu'Hunter leur portait.

— Vous les connaissez ?

— Pas intimement, répondit Hunter, qui ne cessait de fixer le shérif et sa bande d'un regard malicieux.

Plusieurs poteaux dispersés à travers la salle soutenaient le plafond au-dessus duquel étaient réparties les chambres. Hunter se décala légèrement sur le côté afin d'entrer dans l'ombre de l'un des piliers, et se cacher du shérif et de sa troupe.

— Pourquoi vous planquez-vous ? interrogea Bellerive. Vous les connaissez ou vous les connaissez pas ?

— Disons qu'on s'est déjà croisés. Mais je ne souhaite pas me rappeler à leur souvenir.

— Ah... Ne me dites pas que vous êtes recherché par ce shérif ?... Ou qu'il est là pour vous ? !

— Non, rassurez-vous, je n'ai aucun problème avec la loi.

Bellerive se resservit un verre de bourbon. Il présenta la bouteille à Hunter qui déclina. Décidément, ce chasseur de primes était trop énigmatique. Tant pis. Bellerive se cala dans le fond de sa chaise et, comme Hunter, se mit à observer la monotone agitation de ce rade minable.

Avec le crépitement du feu et les résonances des pas cognant le plancher des chambres au-dessus de leurs têtes, il était impossible à Hunter et Bellerive d'entendre clairement les échanges entre Brittle et ses amis. Ils se contenteraient donc de suivre l'action de leurs places, et accompagner leurs mouvements dès que la fine équipe aurait quitté le saloon.

Miss Hobblehorn entra en discussion avec le barman, certainement pour négocier deux chambres pour la nuit, tandis que Brittle et son adjoint, déjà assis, s'apprêtaient peut-être à dîner ou au moins boire un verre pour réchauffer leurs carcasses de vautours surgelés. Jane hocha la tête pour remercier le patron. Elle avait sans doute obtenu satisfaction quant à la réservation des chambres. Quoi que se satisfaire d'une piaule dans un trou à rats comme celui-ci ne relevait pas d'ambitions royales. Sans doute étaient-ils tous épuisés...

Brittle, l'adjoint et la jolie brune se firent servir trois assiettes fumantes. Saucisses, haricots, lard. Un plat léger qui attiserait leur insomnie plus qu'il n'accompagnerait leur sommeil. Bellerive et Hunter restèrent silencieux à les observer, vidant les dernières gouttes de bourbon.

Un souffle violent glissa dans l'établissement, dispersant sur sa trajectoire ses particules de neige qui rebondirent comme de petites billes avant de s'éteindre sur le bois tiède du plancher.

Quatre hommes venaient d'entrer.

Hunter plissa les yeux.

Les gaillards étaient emmaillotés dans de longs cache-poussière élimés, saupoudrés de neige aux épaules. Ils portaient de larges chapeaux décolorés et des insignes rutilants brillaient sur leurs poitrines.

Autour de la bande à Brittle, la petite clientèle du saloon se figea. Des têtes tournèrent et certains regards devinrent inquiets. Les quatre hommes s'entassèrent vers la table de Brittle, dans son dos.

Bellerive se pencha vers Hunter et, sans lâcher du regard la meute qui venait de faire irruption, il lui murmura à l'oreille :

— C'est quoi ce bazar ?

Hunter tira une longue bouffée sur sa pipe, fit s'évaporer la fumée par ses narines et argua d'un léger rictus.

— Je sais pas encore, dit-il. Mais la suite promet d'être intéressante.

22

HANGGLE
12 HEURES PLUS TÔT

Ron s'était levé tôt, espérant ne pas croiser Leeann. Bien que l'excuse fût idiote, car Leeann était vaillante et travailleuse. Elle s'était d'ailleurs certainement levée avant lui, ne serait-ce que pour préparer à manger aux gars du corral. L'adjoint était descendu dans la pièce à vivre et n'avait croisé personne. Il n'avait trouvé qu'une sacoche remplie de vivres, déposée devant la porte de la maison.

Il avait grignoté un morceau de pain rassis, une pomme, et descendu un verre de lait de chèvre. Il s'était ensuite rendu jusqu'à l'écurie et avait sellé son cheval. À proximité de l'étable, le bâtiment des ouvriers. Il les entendait rire et le tintement de leurs couverts faisait écho jusqu'à l'extérieur. Leeann était sans doute avec eux et partageait leur bonne humeur collective. Pensait-elle au moins à lui ? À leur conversation de la veille ? Cela ne faisait aucun doute, d'où son absence matinale.

Ron se hissa sur la selle ; et des éperons donna une petite impulsion dans les flancs de sa jument. Il sortit de la propriété Hanson, laissant derrière lui une amitié piétinée, un secret trop lourd et tous les espoirs qu'il avait caressés durant ses insomnies...

*

Lorsqu'il arriva à Norton, il s'arrêta devant la malle-poste. Il entra dans l'établissement et rédigea un télégramme qu'il confia au préposé.

— Où dois-je le faire parvenir, monsieur ?

— Kearney, comté de Buffalo au Nebraska. À l'attention de madame Catherine Ashton.

— Je fais le nécessaire.

Ron sortit de l'établissement, ajusta son chapeau, boutonna son manteau jusqu'au menton et grimpa sur sa monture. Il partit au pas, observant l'éveil de la ville. Les chutes de neige s'étaient calmées pendant la nuit mais un ciel tourmaline venant du nord grondait sa menace, se rapprochant toujours plus près.

Poussé par la culpabilité, il avait écrit à sa femme tout l'amour qu'il avait pour elle, le manque qu'il éprouvait et sa joie de les retrouver, elle et le bébé dès l'affaire enterrée. La veille au soir, Ron avait eu des paroles non dénuées de gravité. Des paroles qui pourraient avoir de sérieuses conséquences quant à l'avenir de quatre personnes. Peut-être devrait-il plus tard affronter les effets de ses actes mais, sur l'instant, il ne voulait pas y penser. Jamais il n'avait été aussi sincère que lorsqu'il avait rédigé ces quelques lignes à l'intention de Catherine. Son histoire d'amour illusoire venait de prendre fin. Elle avait animé tant de nuits, tant d'instants de solitude... Il pouvait enfin tourner la page. Concevoir son avenir tout en conservant son passé... Quelle aubaine.

Il passa devant le bureau du *Norton Paper*, poursuivit la cadence jusqu'au General store et se trouva enfin à la sortie de la ville. Quand, soudain, un sifflet aigu lui fit dresser les oreilles.

— Shérif !

Ron freina sa monture et se retourna sur sa selle. À cinquante mètres derrière lui, un cavalier à la silhouette familière. C'était Don, celui qui l'avait accueilli à son arrivée au ranch Hanson. Le jeune étalon arrogant qui veillait à la sécurité rapprochée de Leeann.

Don avança lentement jusqu'à lui. Lorsqu'il s'arrêta à ses côtés, Ron resta silencieux.

— Madame Hanson m'a demandé de vous rattraper pour vous donner une information, récita Don sans conviction.

— Je vous écoute, répondit l'adjoint du même ton monocorde.

— Madame Hanson a dit que vous aviez parlé de Wakeeney.

— En effet, c'est là que je dois me rendre.

— Ce matin, madame Hanson est venue manger avec nous, comme tous les matins. On rigolait bien quand tout à coup elle s'est absentée...

— Absentée ?

— Pas dans le sens *elle a foutu le camp*, non, elle était bien là, mais en même temps plus avec nous.

Ron se lissa les moustaches énergiquement. Le récit de Don, en plus de le retarder, l'exaspérait profondément.

— Je dois être à Wakeeney avant la nuit, dit-il. Alors si vous voulez bien me dire où vous voulez en venir...

Don se racla la gorge.

— Pendant plus de cinq minutes, elle nous écoutait plus. Elle était comme perdue dans ses pensées. J'ai demandé à madame Hanson si quelque chose n'allait pas. Elle m'a demandé confirmation au sujet des autorités de Wakeeney, justement. Elle voulait savoir qui était le shérif de la ville. En fait, elle le savait mais elle voulait être sûre.

— Arrêtez de tourner autour du pot. Est-ce que c'est important ?

— J'en sais rien. Mais je pense que si madame Hanson m'a envoyé vous le dire, c'est que ça doit l'être. Il y a quand même une petite distance entre Hanggle et Norton.

— Écoutez Don, s'agaça Ron, j'ai une journée de cheval sous la neige à parcourir. Je dois retrouver sur place le shérif Brittle, son adjoint et une équipe d'enquêteurs. Alors dites-moi ce que vous a dit Leeann. Qui est le shérif de Wakeeney ?

Don faillit faire demi-tour. Il n'aimait pas qu'on lui parle comme à un abruti ou qu'on le réprimande comme un gosse de huit ans. Mais il avait en face de lui un représentant de la loi. Même si celui-ci n'avait pas autorité sur la juridiction, il n'en restait pas moins un danger potentiel ; surtout si le shérif adjoint décidait d'aller fouiller dans le passé du jeune vacher. Il préféra suivre les consignes.

— Le shérif de Wakeeney s'appelle Floyd Andrews.

Ron écarquilla les yeux si largement que Don crut qu'ils allaient sortir de leurs orbites et rouler dans la neige.

— Floyd Andrews est shérif ? répéta-t-il en serrant les dents.

— Ouais. Il travaille avec son frère Boss et deux autres gars qui s'appellent...

— Will Banyon et Kane Willis, l'interrompit Ron, certain de sa déduction pour les savoir indécollables les uns des autres, et ce, depuis toujours.

— Vous les connaissez aussi ?

Le shérif donna un coup de talons à sa jument pour fuir Norton et tenter d'arriver avant que Brittle et Floyd ne se rencontrent.

— Attendez ! hurla Don.

Ron fit volte-face. Son cheval se cabra puis retomba en appui sur ses fers.

— Qu'est-ce qu'il y a ? Vous avez autre chose à me dire ? Si c'est le cas, magnez-vous.

Don l'observa lui et son épaisse moustache vaniteuse. Ce salopard ne méritait certainement pas l'attention que lui portait sa patronne. Peut-être se trouvait-il devant un dilemme ne relevant que de son jugement propre...

Don leva une main en l'air.

— Bonne chance, shérif.

Ron secoua la tête et repartit au galop.

Don le regarda s'éloigner jusqu'à ce que la brume l'encercle et le fasse disparaître. Dès que l'adjoint fut hors de portée, Don sortit de sa poche une enveloppe sur laquelle était écrit le nom de Ron Ashton. L'écriture était penchée, raffinée ; c'était celle de Leeann Hanson. Une lettre qu'elle avait précipitamment écrite et donnée à Don avant de l'envoyer à la rencontre du shérif adjoint.

Devait-il l'ouvrir, histoire de vérifier s'il avait eu raison de ne pas la donner à ce prétentieux d'Ashton ? Que contenait-elle ? Étaient-ce les mots d'une femme perturbée par la conversation de la veille que Don avait vilement espionnée d'une oreille attentive, caché derrière le volet en bois de la maison ? Cette lettre contenait-elle des regrets ? Leeann avait-elle réenvisagé la proposition du shérif adjoint ? Si tel était le cas, ce minus n'en saurait jamais rien.

Don déchira l'enveloppe par le milieu, puis recommença, jusqu'à ce que les confessions de sa belle patronne ne deviennent confettis.

23

DU SANG DANS LA NEIGE

Lorsque Brittle et ses compagnons franchirent l'entrée de Wakeeney, il n'était pas loin de huit heures du soir. La ville, plongée dans la pénombre, n'avait rien à envier aux quartiers délabrés de Lincoln. Les volets étaient clos, les gens en sommeil et la neige s'était emparée des rues, lui donnant l'aspect d'un immense lac gelée. La ville etait comme montée sur pilotis.

Une lueur blafarde s'échappait de fenestrons sur la droite, issue de ce qui ressemblait plus ou moins à un saloon. Brittle noua les sangles de son cheval autour de la rambarde en bois pourri, près de l'entrée de l'établissement. Dwight et Jane échangèrent un regard et suivirent l'exemple. Ils pourraient enfin descendre de ces selles qu'ils maudissaient tous.

— Nous allons passer la nuit ici, indiqua Brittle. Il n'y a personne et nous sommes épuisés. On va manger un morceau et dormir.

— J'espère qu'il y aura quelques chambres de libres, dit Dwight en tapotant son chapeau pour en faire tomber la pellicule neigeuse.

— Entrons, je verrai ça avec le patron, poursuivit

Jane qui, déjà, voyait se profiler les vapeurs ondulantes d'un bain chaud.

Ils entrèrent dans le saloon. Brittle remarqua qu'il était aussi désert que les couloirs d'une mine abandonnée. Jane partit à la rencontre du patron et lui demanda si des chambres étaient disponibles. Il lui répondit par l'affirmative et lui demanda si elle et ses amis souhaitaient dîner. Le barman repartit en cuisine et Jane s'installa à la table où Brittle et Dwight venaient d'élire domicile.

— Drôle d'endroit, commenta Jane, s'efforçant à admettre que, même si l'établissement était sale et vétuste, elle dormirait enfin dans un lit. Peut-être même aurait-elle le loisir de se laver après le dîner.

— Dès demain matin, nous nous rendrons au bureau du shérif, dit Brittle. Dwight, tu tâcheras de récolter un maximum d'informations auprès des habitants et des commerçants. Il faut tout prendre. Même les ragots. Toi, Jane, tu m'accompagneras si jamais on tombait sur un homme de loi récalcitrant. Tu as toujours ton ordre de mission sur toi ?

— Oui, j'ai aussi conservé le télégramme que Dollory nous a fait parvenir de Lincoln.

— Parfait.

Jane aimait les gens directifs. Avec eux, au moins, elle savait où elle allait. Lorsque Brittle ôta son chapeau, elle remarqua que seules ses tempes étaient grisonnantes. Ce qui accentuait davantage son charme, comparé à son adjoint qu'elle estimait un tantinet trop... vert. Certes, Dwight était beau garçon mais, pour que la beauté fasse corps avec le charme, il lui manquait encore quelques rides sur le front et plus d'assurance. Dwight vivait dans l'ombre de Brittle, tout comme

Ron Ashton. Tout le monde commençait sa vie sous l'égide d'un mentor. Un passage indispensable pour qui voulait bien apprendre de ceux qui connaissaient, suivre les conseils sages et avisés des vieux singes jusqu'à en devenir un soi-même. Jane était plus jeune que Brittle. Elle devait même flirter avec l'âge du jeune adjoint. Mais indéniablement, elle était attirée par les hommes mûrs. Elle s'était tout d'abord encanaillée avec les idées politiques d'Angus Dollory mais il s'agissait là d'une admiration professionnelle, liée aux convictions personnelles de l'individu. Ray Brittle, c'était différent. Il véhiculait des idées modernes, traitait l'humain avec respect et surtout, il n'était pas misogyne. Bien au contraire. Il avait su déceler chez elle son potentiel, faisant abstraction de sa condition de femme sans pour autant l'oublier. Attentionné, franc, intellectuellement habile, Brittle était le parfait modèle de l'homme de demain.

Avec un peu de chance et si le shérif était disposé à ne pas s'endormir trop tôt, peut-être pourrait-elle le rejoindre dans sa chambre après le bain. Pour l'heure, même si Jane le dévorait du regard, Brittle lui, ne faisait cas de rien.

Le patron déposa trois assiettes fumantes et leur apporta ensuite une bouteille de vin entamée et des verres à la propreté toute relative.

Dwight dévora la saucisse en trois coups de fourchette, qu'il fit descendre avec deux rasades de mauvais vin. Il faillit s'étouffer.

— J'espère que tu digères moins vite que t'avales ta bouffe, sinon tu risques de le sentir passer quand t'iras au water, le taquina le shérif.

— Désolé, mais j'avais les crocs.

Un grincement de portes mal huilées, et une rafale glaciale. Quelques poignées de neige s'infiltrant dans leurs encolures. Des pas sourds alourdis par le tintement d'éperons. Des ombres qui se faufilent sur la table couvrant le visage de Jane.

Brittle cessa de mastiquer. Dwight reposa sa fourchette sur le côté de son assiette sans éprouver une quelconque sympathie pour ceux qui venaient d'entrer et s'étaient positionnés derrière le shérif. Brittle interpréta parfaitement l'inquiétude de Dwight. Le sourire de Jane fondit aussitôt que le regard de Brittle s'obscurcit.

— Ray Brittle, ça, pour une surprise !

Le shérif ne broncha pas. Il fit un très léger mouvement de la main à l'intention de Dwight. Il ne fallait pas que la situation dégénère même s'il savait au fond de lui qu'une animosité palpable venait de s'inviter à leur table. Jane allait parler quand Brittle fronça les sourcils pour la sommer de se taire. Une attitude certes cavalière, mais l'heure n'était pas au ménagement des susceptibilités.

— C'est *shérif Brittle*, corrigea ce dernier.

— Shérif, hein ?

Brittle reprit la mastication. Il avait une sainte horreur des gens qui ne lui parlaient pas en face. Bien souvent, ce genre d'individus était classé en deux catégories : les timides et les lâches. Celui-là ne semblait pas plus timide qu'un chanteur de rue.

Les quatre hommes contournèrent la table, encerclant Brittle et ses amis. Le chef se plaça face à lui, derrière la chaise de Jane. Il posa ses deux grosses paluches calleuses sur le dossier et prit appui.

Brittle leva rapidement les yeux, le temps pour lui de remarquer l'étoile poinçonnée sur le cache-poussière du colosse, puis fixa de nouveau son attention sur son assiette.

— Je voudrais pas être malpoli, reprit l'homme, mais généralement, y a qu'un shérif dans une ville. Et le shérif à Wakeeney, c'est moi. Vous ne m'en voudrez donc pas si je vous appelle Ray Brittle...

Sous les regards sévères des trois adjoints, la clientèle curieuse cessa de contempler la scène, se contentant de plonger les yeux dans leurs verres ou leurs journaux. La crainte que soulevaient ces individus était de notoriété publique. Il n'y avait aucun doute là-dessus.

— Monsieur Brittle, est-ce que vous me remettez ?

Le concerné ne répondit pas, plongeant sa fourchette au fond de sa bouche.

— Allons, faites un effort. Regardez-moi et dites-moi si mon visage ne vous évoque rien.

Un cliquetis métallique, discret mais pas trop, fit tendre l'oreille de Brittle. L'un des adjoints venait de dresser le chien de son revolver. Intimidation.

Brittle se tamponna les lèvres avec sa serviette, puis déposa couverts et morceau de tissu dans son assiette. Il posa les mains sur la table et plongea son regard dans celui du shérif de Wakeeney.

L'individu était de taille impressionnante et charpenté comme un bûcheron. Une épaisse moustache poivre et sel, ainsi qu'une barbe de trois jours dissimulaient le bas de son visage taillé à la hache.

— Navré, mais non, répondit Brittle. Je ne vous connais pas.

— Vous savez, lorsque les gens bien élevés font

halte à Wakeeney, il est d'usage qu'ils viennent se présenter à notre bureau.

— Nous venons d'arriver et ne sommes que de passage. D'ailleurs, nous avions prévu de passer vous voir demain matin. Nous sommes mandatés par...

— Peu importe, le coupa le colosse. Je suppose que, dans la ville où vous officiez, vous avez des règles... Ben ici, c'est pareil. Donc je repose ma question. Mon visage vous rappelle rien ?

— Vous cherchez quoi ? intervint Dwight. On est dans le même camp, bordel. On est juste là pour un échange d'informations et...

Une main lourde s'abattit violemment sur son épaule. La justice était visiblement différente d'un comté à l'autre. Dwight interrogea Brittle du regard qui le somma d'obtempérer.

Brittle fit semblant de chercher, puis :

— Et moi je vous renvoie la même réponse : non, je vous connais pas.

— Eh ben, vous avez la mémoire courte, dit le colosse en effectuant quelques pas détendus dans le dos de Jane, passablement inquiète. Contrairement à ce qu'on pense, l'âge n'engendre pas des sages mais des vieillards. Vous avez la cervelle qui vous joue des tours.

— C'est possible.

— Dans ce cas, permettez-moi de remettre un peu d'ordre dans votre petite cervelle et, en même temps, vous donner un petit cours d'histoire.

Paralysée d'effroi, Jane dévisageait Brittle. Elle cherchait à comprendre. Mais Ray ne semblait pas enclin à lui donner la moindre indication.

— Chancelorsville, État de Virginie, mars 1863, est-ce que ça vous évoque quelque chose ?

— Comment oublier ? J'ai combattu sur le champ de bataille.

— Oui, ça je le sais que trop. Combien avez-vous tué de soldats, monsieur Brittle ?

— Vous voulez dire ce jour-là, ou pendant le conflit ? Parce qu'honnêtement, vous m'en demandez beaucoup.

— Ne soyez pas modeste. Je ne parle que de la bataille de Chancelorsville.

Brittle ne cilla pas. Il faisait totalement abstraction de ses deux compagnons terrifiés. Sans doute un moyen de les préserver.

— Dix-huit... répondit-il. Le premier jour.

— Eh ben dites donc, je demandais pas tant de précisions.

— Vous vouliez une réponse. Alors je vous en donne une.

Le colosse tira une chaise de la table voisine. Il l'enjamba et s'assit, les bras posés sur le dossier.

— Dans ce cas, permettez-moi d'être encore plus précis, dit-il en piochant un morceau de lard dans l'assiette de Jane.

Elle serra le poing. Sa main la démangeait lourdement. Ce type d'incivilité méritait la gifle du siècle. Mais elle parvint à se contenir. Pour le bien de tous. Car il n'y avait aucun doute sur les intentions de ce porc, il jouait la provocation et souhaitait que l'un d'entre eux franchisse la ligne rouge. Et dès la limite franchie, l'odeur de rance et d'alcool frelaté ferait place à des arômes de poudre.

— 7 mars 1863. Deux brancardiers sudistes passent les lignes pour récupérer leurs soldats blessés. L'un d'entre eux ne retournera jamais dans son campement.

Il sera tué d'un coup de baïonnette dans le dos. Vous vous souvenez qui tenait cette baïonnette, monsieur Brittle ?

D'un regard en coin, Dwight supplia Brittle de répondre, d'assurer sa défense. Car s'il y avait un homme sur terre incapable d'une telle lâcheté, c'était bien son shérif de patron.

— Vous faites sans doute allusion à ce petit connard qui a profité de la situation pour poignarder un de nos soldats agonisants...

— Vous avez tué mon frère ! gronda le colosse en se redressant, faisant valdinguer la chaise derrière lui.

— C'était un acte de guerre, shérif, ça n'avait rien de personnel, se défendit Brittle.

— Rien de personnel, vous dites ? Pour moi, ça l'est.

— À vous écouter, j'en déduis que vous êtes Floyd Andrews...

— Enfin, nous y voilà, répondit le colosse, arguant de son plus beau sourire jauni par le tabac. Vous voyez, quand vous voulez, vous vous rappelez...

— En d'autres circonstances, je n'aurais pas trouvé. Mais une anecdote qui ne date pas d'hier m'a mis la puce à l'oreille.

— Je suis curieux de l'entendre.

— Je me souviens avoir rossé une bande de jeunes trous du cul il y a de ça une quinzaine d'années. Cinq lourdauds qui s'en prenaient à un type seul et sans défense.

— Le passé, c'est le passé, monsieur Brittle. Comme vous le dites, ceci n'est qu'une erreur de jeunesse et je peux vous dire qu'on a bien compris la leçon grâce à vous.

— J'en doute, si j'en juge par les adjoints qui vous entourent.

Brittle tourna le visage sur sa gauche et observa l'un des adjoints. Un rouquin.

— Si mes souvenirs sont bons, je dirais que celui-là, c'est Boss Andrews, votre frère – puis il tourna la tête à l'opposé, en direction de l'homme collé derrière Dwight. Lui, c'est Kane Willis. Et le courageux qui me souffle son haleine vineuse dans le cou n'est autre que Will Banyon. Je me trompe ?

Floyd Andrews écarta les bras et arbora la moue du gars impressionné.

— Ma parole, c'est plus un cerveau que vous avez, c'est un coffre-fort !

— Pour en revenir à votre frère, Joe Andrews, la petite histoire ne s'est pas totalement déroulée comme vous l'avez racontée.

— Peu importe. Vous êtes un assassin, Brittle.

— Encore une fois, nous étions en guerre. Si votre frère s'était contenté de faire son travail avec professionnalisme, tout en respectant les trêves déontologiques en lien avec la mémoire des morts, rien de tout cela ne serait arrivé. Permettez-moi, à mon tour, de corriger un segment de votre histoire. Je n'ai jamais abattu votre frère dans le dos.

— C'est un peu tard pour inventer des bobards, monsieur le tueur.

— Pensez ce que vous voulez. Toujours est-il que j'étais moi-même blessé. J'étais à terre quand Joe a poignardé l'un de mes compagnons. J'ai voulu réagir mais n'en avais pas la force. Et si je n'avais pas eu la chance de me trouver à côté d'un fusil armé d'une baïonnette, j'aurais certainement subi le même sort.

— Qu'est-ce qu'il raconte, Floyd ? intervint Boss.

— L'écoute pas, c'est des conneries.

— Joe s'est jeté sur moi. J'ai juste eu le temps de dresser le fusil à la verticale. Votre frère s'est empalé dessus. Fin de l'histoire. Pas très glorieux, j'en conviens, mais ça s'est passé comme ça.

— Floyd, c'est pas la version que tu nous as donnée, insista Boss.

— Évidemment, répondit le colosse. Il cherche un moyen de se justifier.

Brittle secoua la tête, anéanti par tant de mauvaise foi. Puis, en tournant les yeux en direction de la cheminée du saloon, il aperçut, caché dans l'ombre d'un pilier, un visage familier. Il plissa les yeux pour mieux le reconnaître. Que faisait-il ici celui-là ? Il avait déjà vu ce faciès peu commun d'où sortait une pipe en bois et ivoire. Soudain, il se souvint. C'était à Kearney, quelques jours plus tôt, alors qu'ils préparaient la traque du Sprinkler. Le type était froid, distant, mais ne les lâchait pas du regard. Une tête qu'on n'oublie pas. Une sale gueule comme on aime en fracasser. Était-il de mèche ? Peut-être un informateur ou pire, le fameux gugusse qui s'en était pris à Bowens et Stabler à Blue Rock...

Brittle préféra ne pas surcharger son esprit de détails aléatoires. Pour l'heure, seul le malentendu qui l'opposait à Floyd Andrews était important.

— Shérif Andrews, quels que soient les griefs que vous avez contre moi, ils ne concernent que nous. Mon adjoint ici présent et la demoiselle assise en face de moi n'ont rien à voir dans tout ça. Ils m'accompagnent pour une mission conférée par le cabinet d'Angus Dollory.

Andrews se gratta le menton. Une petite neige de pellicules et de peaux mortes dégoulina sur son manteau.

— C'est quoi cette mission ?

— Nous traquons un assassin multirécidiviste, doublé d'un violeur d'enfants. Il semblerait que ses traces mènent à Wakeeney, puisqu'une fillette a été trouvée morte en dehors de la ville.

— Et après, en quoi ça vous concerne ?

— Nous sommes sous le sceau d'un mandat national. Nous avons carte blanche pour retrouver la trace de ce fumier par-delà des frontières d'États. Nous souhaitons solliciter votre aide et votre soutien dans cette affaire.

Andrews fit un tortillon avec la pointe de sa moustache. Il interrogea ses adjoints d'un mouvement du menton. Comme il fallait s'y attendre, aucun d'entre eux ne prit position, aucun n'osa intervenir au risque de déchaîner la colère de leur supérieur.

— Un mandat national, hein ?

— Si vous ne me croyez pas, miss Hobblehorn ici présente possède une attestation signée en bonne et due forme, directement notifiée de Lincoln.

Andrews opina légèrement sans pour autant donner l'air de devenir plus coopératif.

— Et qu'est-ce que vous voulez savoir ?

La question posée par le shérif soulagea brièvement les acteurs de ce théâtre revanchard et vaniteux.

— Nous souhaitons savoir quand et où a eu lieu le meurtre ? Ainsi que le nom de la victime. Nous voudrions également inspecter la scène de crime si vous le permettez.

Andrews, en apparence apaisé, usa de nouveau les lattes du plancher, plongé dans une pseudo-réflexion qu'il était difficile de lui accorder. Il fit signe à son adjoint de repositionner le chien de son revolver et de laisser sa main retourner au fond de sa poche.

— En tant que représentant de la loi, je suis tenu de porter assistance à mes homologues, quelles que soient leurs origines et leurs motivations. Vous n'avez qu'à vous présenter demain matin à mon bureau. Nous verrons ce que nous pouvons mettre en commun.

Jane souffla une longue expiration. Elle était enfin soulagée. Dwight put se remettre à piocher dans son assiette les haricots qui commençaient à refroidir. Le barman, qui jusque-là était resté silencieux mais attentif, se vit rasséréné par la tournure d'une discussion qui avait mal débuté.

— Je vous remercie, dit Brittle, délesté d'une crainte venimeuse qui aurait pu faire dégénérer la situation et les dévier de leur objectif.

— Mais avant d'arriver à demain, il va s'écouler toute une nuit, reprit Andrews.

Le cœur de Brittle se remit à battre intensément. Dwight et Jane Hobblehorn avaient peur de comprendre.

— Où voulez-vous en venir ? demanda Brittle.

Andrews laissa s'écouler d'interminables secondes avant de répondre, jouissant pleinement d'un instant malsain qu'il aimait à instaurer par petites touches.

— Oublions nos étoiles, monsieur Brittle, juste l'espace d'un court instant.

— Je ne vous suis pas.

— Même si la loi nous oblige à collaborer sur le meurtre de la gamine, nous restons en compte vous et moi.

— Je ne saisis toujours pas.

— Il me sera très difficile de coopérer avec vous si

avant toute chose, nous ne réglons pas le litige qui nous oppose.

— Écoutez, Andrews...

— Je vous propose de régler ça d'homme à homme. Juste vous et moi. À l'ancienne.

Brittle cogna du poing sur la table, titillant la nervosité des adjoints qui, sur le coup de la frappe, plaquèrent par instinct leurs mains sur les étuis de leurs colts. Dwight cessa de mâcher, faisant lentement glisser sa main le long du rebord de la table sous lequel dormait sagement son Colt Walker.

— Mais nom d'un chien, Andrews ! Vous remettez ça ! Vous n'allez quand même pas faire obstruction à la loi pour une affaire qui remonte à votre dernier bain !

Le colosse posa les poings sur la table et plongea son regard bovin dans celui de Brittle.

— Vous avez une leçon de retard, monsieur Brittle. Laissons de côté cette histoire de meurtre pour l'instant. Nous allons vous et moi sortir de cette cabane à poivrots, et échanger nos rancœurs comme au bon vieux temps.

Jane écarquilla les yeux et chercha du secours dans le regard de Dwight. Mais à nouveau, la main puissante de Kane Willis s'était abattue sur son épaule. Sa tentative pour se rapprocher de son arme était relativement compromise.

— Je n'ai pas l'intention de me battre en duel avec vous, prévint Brittle.

— Qui vous a parlé de duel ? Les duels, c'est juste dans les bouquins... Non, moi je vous parle d'une conversation à poings nus. Il est évident que la donne est différente aujourd'hui. J'ai quelques années de plus et une poignée de kilos supplémentaires répartis dans les muscles. Je ne suis plus l'avorton que vous vous vantez d'avoir rossé il y a de ça quinze ans. Qu'en dites-vous ?

Brittle lança un regard de travers à son adjoint. Un regard empli d'invectives. Dwight fit non de la tête. Il ne pouvait pas laisser son patron et ami se faire démonter par cette bande d'ivrognes gangrénés par la rancune. Pourtant, il devrait faire profil bas.

Le regard suivant, Brittle l'adressa à Jane. Ses yeux étaient plus doux, plus confiants. Elle put y lire toute la consternation qu'il éprouvait à l'avoir emmenée sur des sentiers si tortueux. Jane comprit toute la mesure de l'affrontement qui se profilait. Il ne s'agissait pas d'une revanche mais d'un conflit bestial à la virilité absurde. Une guerre des couilles. À qui aurait la plus grosse. Andrews s'était fait humilier quinze ans plus tôt et il ne l'avait jamais digéré. La mort de Joe Andrews n'était finalement qu'un prétexte. Par deux fois, Brittle avait eu raison de la famille Andrews. Cette revanche, Floyd l'attendait depuis toujours. Et à observer les étoiles qui étincelaient dans ses yeux, il savourait, bien qu'un peu prématurément, chaque seconde de cette victoire facile.

Quant à Brittle, que devait-il faire ? Fuir la bagarre et poursuivre sa route sans rien avoir obtenu de Wakeeney ? Ou bien devait-il s'affranchir d'une dette de sang qui, de toute manière, le poursuivrait jusqu'à sa mort ?...

Brittle jeta un nouveau coup d'œil en direction de l'homme à la pipe d'ivoire, qui se délectait de cette joute verbale servie par des hommes à l'orgueil plus puissant que la raison.

— Très bien, finit-il par dire en se levant. Réglons ça une bonne fois pour toutes.

— Non ! lança Jane, immédiatement retenue par la main de Dwight qui lui compressait les phalanges.

Elle le dévisagea, le priant d'intervenir. Dwight secoua lentement la tête. Cette histoire devait se régler entre eux. S'ils intervenaient, ils ne feraient qu'engorger davantage le cul-de-sac dans lequel ils étaient tous acculés.

— À la bonne heure ! jubila Andrews. Que le spectacle commence. Sortons d'ici.

— Une dernière chose, dit Brittle. On est bien d'accord, on va régler ça tous les deux. Pas d'entourloupes.

— Ce serait mal me connaître, monsieur Brittle.

— Vous me garantissez que vos hommes n'interviendront pas ?

— Monsieur Brittle, j'ai une étoile sur la poitrine, vous semblez l'oublier.

— Jusque-là, elle ne vous empêche pas tellement d'agir en dépit des lois.

— Me prendriez-vous pour un menteur, monsieur Brittle ?

Le shérif ne répondit pas.

— Rassurez-vous, mes hommes ne lèveront pas le petit doigt.

— Je veux également la promesse que, quoi qu'il advienne, vous respecterez votre parole et que vous nous laisserez avoir accès à vos informations et aux détails de votre enquête.

Andrews leva la main droite et cracha un mollard plus vert que la diarrhée d'un nouveau-né.

— Juré !

Brittle sortit le premier, suivi par Andrews et ses hommes.

Dwight jeta dans son assiette fourchette et couteau, et se précipita vers l'extérieur. Jane enfila son manteau à la hâte et suivit le mouvement. Hunter et Bellerive se contentèrent de déplacer leurs chaises près de la fenêtre. Inutile de se geler les arpions pour assister à ce pugilat. Une animation puérile mais qui, au moins, aurait le mérite de ramener à la vie cette ville fantôme.

Les toits étaient d'un blanc nacré et les rues pavées de taches brunes et boueuses. Andrews fit quelques pas, écrasant la neige sous le poids de ses jambes sûres et puissantes. Sourire vissé sous la moustache, il absorbait chaque particule de vents nauséabonds et malveillants. Il était chez lui, il était le chef et il allait encore le prouver. Les habitants de Wakeeney, pour la plupart, étaient soit des mineurs, soit des charpentiers sans histoire. Rappeler à leur souvenir quelques bases fondamentales ne leur ferait pas de mal. Andrews et son équipe veillaient à la sécurité de la ville, ils en étaient les garants. Mais ils n'avaient que peu d'occasions de le prouver. Trois ou quatre beignes échangées remettraient les pendules à l'heure. Personne n'oserait plus discuter l'autorité de Floyd Andrews. C'était indéniable. Et de par des faits anecdotiques naissaient souvent les légendes et les réputations. Floyd voulait que la sienne entre dans l'histoire de Wakeeney.

Boss baissa le canon de sa carabine et se posta à côté des portes battantes du saloon, abrité par l'avancée du toit. Will Banyon descendit une marche et s'assit sur les escaliers. Il craqua une allumette et alluma son cigarillo. Kane Willis prit un peu de distance et s'appuya contre un poteau, à dix mètres derrière Floyd. Comme ça, juste au cas où la situation tournerait à l'avantage de la concurrence.

Dwight saisit délicatement le poignet de Jane et l'attira du côté opposé, loin des hommes en place. Suivant la même logique que Kane Willis, il se positionna à quelques pas de Brittle, attentif à obtenir un angle de tir dégagé.

— Comment procède-t-on ? demanda Brittle en élevant la voix, surpassant les sifflets macabres des vents agités.

— Comme je vous l'ai dit, monsieur Brittle. À l'ancienne. Soit vous frappez le premier, soit je m'en charge.

— Je suis dans votre ville, à vous l'honneur.

Andrews apprécia la politesse et la manifesta d'une courbette ridicule, plus à l'intention de son auditoire qu'à celle de son adversaire. Il avança de quelques pas en faisant crisser la neige sous ses bottes râpées.

Il offrit à Brittle un sourire plein d'empathie, puis lui décocha un direct dans la mâchoire. Le coup claqua dans la nuit et se répercuta entre les ruelles. Jane porta les mains à sa bouche. Brittle perdit l'équilibre et s'effondra dos dans la neige. Son chapeau roula sur quelques centimètres avant de s'embourber dans une flaque huileuse.

Le colosse n'y était pas allé de main morte. Brittle passa sa langue sur ses gencives et un goût de fer inonda ses papilles. Il cracha une petite gerbe de sang, souillant la neige d'une tache pourpre. Encore sonné, il se redressa avec un manque certain d'habileté. Il parvint à s'agenouiller et s'aida de ses poings pour se relever.

La silhouette vacillante, il fit un effort surhumain pour rester droit, les yeux rivés sur son adversaire.

Derrière ses carreaux, Hunter observait, formant de petits nuages ronds avec la fumée de sa pipe.

Jane agrippa la main de Dwight et lui serra les phalanges de toutes ses forces, lui griffant la peau avec ses ongles si joliment manucurés. L'adjoint n'en menait pas large non plus. Malgré les enseignements que le Docteur Walland lui avait inculqués, il avait toutes les peines du monde à maîtriser ses impulsions.

Floyd avança encore, prêt à donner un nouvel assaut. Parvenu dans le périmètre de Brittle, il leva son bras et le rabattit violemment ; Brittle réussit à esquiver l'attaque par un mouvement latéral. Mais Floyd avait un atout que Ray n'avait plus : la jeunesse. Ayant manqué sa cible, Andrews s'écarta aussitôt pour ne pas avoir à subir une contre-attaque, et s'aida d'une rotation du bassin pour enchaîner avec un coup de coude bien orienté. La frappe atteignit Brittle à la pommette. Le shérif fit demi-tour sur lui-même avant de tomber sur les genoux.

— Dwight, faites quelque chose, je vous en prie, chuchota Jane d'une voix étranglée.

— Ray sait ce qu'il fait, répondit l'adjoint. Faites-lui confiance.

Brittle se passa le bout des doigts sur la joue. Sa pommette était ouverte et dégoulinait d'un liquide ocre. Il avait oublié la douleur comme on néglige ses acquis. C'était comme si un marteau lui pilonnait le faciès à cadence régulière. La douleur diffuse lui irradiait toutes les terminaisons nerveuses du visage.

Floyd était debout, derrière lui, à attendre qu'il se relève.

— Monsieur Brittle, si vous tombez chaque fois que vous recevez une chiquenaude, on risque de se coucher aux aurores. Pensez un peu aux gens qui nous regardent.

Floyd avait raison. Dès les premiers gémissements, des lumières s'étaient allumées dans les chaumières et quelques visages curieux s'épanchaient déjà aux fenêtres.

Brittle n'avait peut-être plus la condition mais il lui restait la ruse. Dans une tentative mal assurée, il déploya force et énergie pour balayer les jambes de Floyd d'un coup de pied circulaire. Le colosse tomba lourdement dans la neige, en soulevant un nuage terne qui retomba en pluie fine. Il se releva d'un bond.

— C'est pas très régulier, ça, se plaignit-il.

— Ce qui n'est pas régulier, c'est qu'un shérif en provoque un autre juste pour une histoire d'orgueil.

— Oubliez cette étoile deux secondes, bordel ! Grâce à moi, vous revivez les plus belles années de votre jeunesse. Profitez-en, que diable !

Une fois debout, Brittle se jeta sur Floyd. Ils s'écroulèrent tous les deux dans un trou rempli de boue. Jane Hobblehorn fit instinctivement glisser sa main le long de sa cuisse sur laquelle était plaqué son fourreau. Elle caressa l'étui de son revolver et fit sauter l'attache au sommet. Dwight passa derrière elle, lui prit la main qu'il ramena sur son ventre. Il l'enveloppa tout entière, planquant son torse contre son dos, comme un amant enserrant sa promise. La posture était certes déplacée, mais au moins aurait-elle l'avantage de paralyser la fougue de la jeune femme.

Floyd se retrouva sur le dos ; Brittle profita de l'aubaine pour le chevaucher et l'inonder de coups démesurément incontrôlés. Le premier impact brisa la cloison nasale de Floyd, le second lui déchaussa une dent, le suivant lui fit exploser l'arcade sourcilière. La vision de Floyd s'obstruait peu à peu ; il ne percevait qu'une ombre mouvante derrière un rideau de sang. Et la douleur... la douleur lancinante qui s'estompait progressivement au profit d'une anesthésie enivrante. Floyd n'avait pas eu de chance. Ils seraient tombés tous les deux ne serait-ce qu'à vingt pouces de la cavité, il aurait pu expulser son adversaire sur le côté et prendre le dessus.

Mais Brittle avait su se faufiler dans la brèche.

Soudain, Floyd envoya une main au hasard et referma les doigts autour du cou de Brittle. Il développa une puissance animale qui lui permit de tenir son adversaire à distance. Brittle manquait d'air. Il usa de ses dernières forces pour tenter de desserrer l'étreinte qui le privait d'oxygène. Floyd était redoutable. Plus Brittle cherchait à se dégager, plus Floyd Andrews serrait fort. La gorge de Brittle sifflait comme la cascabelle d'un serpent à sonnettes.

Jane parvint à se dégager de Dwight et sauta du perron. Elle ne fit pas deux pas qu'un cliquetis la stoppa sur-le-champ. Kane Willis la braquait de sa carabine. Il lui fit signe d'oublier ce qu'elle envisageait de faire d'un hochement de tête, accompagné d'un claquement de la langue. Dwight descendit les marches, attrapa le bras de Jane et la força à remonter sur le perron.

— Ne faites pas ça, miss. Vous risqueriez de faire abattre Ray.

— Ils ne le feront pas, riposta-t-elle. C'est un homme de loi. Vous connaissez les sanctions destinées aux meurtriers de représentants de l'ordre ?

— Je suis pas sûr qu'en l'état des choses, cela ait une grande importance pour ces malades. Allez, restez tranquille.

Jane dut obtempérer.

Brittle joignit les mains en l'air et les rabattit sur sa proie comme un marteau frappant l'enclume. Le nez de Floyd émit un nouveau craquement et une petite éclaboussure de sang jaillit de ses narines. Il ne manifesta aucune réaction. La pression qu'il exerçait sur les jugulaires de Brittle était intacte. Floyd réussit à faire basculer son ennemi sur le côté. Il profita de sa faiblesse pour lui crocheter les cheveux et lui plonger le visage dans la flaque de boue. Brittle se débattait inutilement. Floyd était trop fort et bien trop en colère pour se rendre compte lui-même qu'il était en train de le noyer.

Boss Andrews se décolla du mur, descendit les marches du perron et s'arrêta à deux mètres de son frère aîné. Il ne prit pas le risque de s'aventurer au-delà du périmètre de sécurité de son fou furieux de frangin.

— Floyd, je crois que c'est bon, dit-il.

L'autre n'entendit pas.

— Floyd, t'es en train de le tuer. Arrête. Il a eu sa correction, c'est fini.

Floyd lâcha les cheveux de Brittle et plongea une dernière fois son visage dans l'eau crasseuse.

— Je sais quand m'arrêter, gronda-t-il en fixant son frère avec arrogance. Je suis le seul qui soit en mesure d'estimer quand et comment.

— Je sais, Floyd. Il a eu son compte. On va pouvoir retourner à nos affaires. N'oublie pas que, demain, nous devons travailler avec eux. Ce serait dommage qu'il soit trop abîmé.

Floyd considéra les paroles de son cadet comme les plus sages qu'il ait dites depuis sa naissance. Il se releva et se frotta le visage du revers de sa manche.

— L'enculé, il m'a fracassé le pif.

Brittle s'extirpa de la flaque et eut toutes les peines du monde à retrouver son souffle. Une fois les images de son esprit remises d'aplomb, il s'aida de ses bras pour se lever.

Floyd se tourna vers lui :

— J'étais prêt à oublier ces putains d'étoiles, grommela-t-il. Mais elles sont là, accrochées sur nos poitrines. Vous avez de la chance, une chance de cocu...

Brittle cracha un nouveau jet de sang dans la neige.

— Dans... dans ce cas, pourquoi... s'arrêter en si bon chemin ?

Brittle se rua sur Floyd et lui enfonça la tête au creux de l'estomac. Comme un coup de bélier trop puissant pour être réfréné. Floyd décolla du sol et partit s'écraser un mètre plus loin, creusant une traînée teintée de rouge dans le manteau de neige maculée.

— Salopard...

Brittle arriva sur lui comme poussé par des vents divins et lui décocha un coup de pied dans les molaires. La tête de Floyd pivota, arrosant la neige d'un jet de sang en arc de cercle. Le colosse mordit la poussière. Son visage frappa le sol avec violence, porté par l'inertie de la frappe. Brittle profita de cette seconde de somnolence pour lui asséner le coup fatal. Il leva une jambe et sauta genou en avant. La rotule de Brittle écrasa la tempe de Floyd qui, cette fois, ne put réprimer un hurlement.

Kane Willis chargea son arme et positionna la mire de son canon sur Brittle. Boss leva la main à son intention. Le combat était censé être loyal. Aucun d'entre eux ne devait intervenir.

Boss Andrews était certainement le dernier des parasites, mais Dwight décela chez lui, à l'instant T, comme une sorte de sagesse imperceptible. Boss se tourna vers Will Banyon et lui fit comprendre que la consigne était aussi valable pour lui.

Brittle s'écroula à côté de Floyd. Leurs visages étaient à peine à dix centimètres l'un de l'autre. Leurs regards se croisèrent le temps d'un dialogue silencieux. Puis :

— C'est bon, vous avez eu ce que vous vouliez ? balbutia Brittle.

Floyd ne répondit pas. Il ne savait plus différencier son front de sa mâchoire tant elles étaient ankylosées.

Brittle se leva et partit en direction de ses compagnons en boitant.

Boss leva la mire de son canon sur Brittle.

— N'avancez pas.

Brittle le considéra avec pitié un court instant, puis reprit sa marche.

Derrière lui, Floyd se releva laborieusement. Son visage n'était plus qu'un désordre d'organes sanguinolents.

Jane allait partir à sa rencontre quand Brittle leva le bras, comme pour installer un mur à ne surtout pas franchir.

La main tremblante, Floyd dégaina son arme. Il la porta face à lui, le geste maladroit et tremblant.

— Arrête-toi, fumier !

Brittle stoppa sans se retourner.

— Tu crois que tu vas te tirer comme ça ? dit Floyd,

gêné par la dent qui s'était placée en travers de son palais.

— Je ne veux pas aller plus loin, répondit Brittle qui lui tournait toujours le dos. La récréation est terminée. On s'est mis sur la gueule, comme tu le voulais. Maintenant, j'ai décidé qu'on en avait fini.

— C'est moi qui dicte les règles... Pas toi !

Les épaules de Brittle s'affaissèrent. Dieu que la bêtise est intemporelle !

Brittle poursuivit droit devant lui. Jane descendit les marches pour le rejoindre, plus méfiante qu'elle ne l'avait été jusqu'à présent. Dwight se fia à son jugement et, à son tour, déverrouilla la sécurité de son holster. Il garda une main sur la crosse, espérant bénéficier de précieux millièmes de seconde en cas d'urgence.

— Brittle, retourne-toi ! ordonna Floyd en armant le chien de son revolver.

Brittle marqua un temps d'arrêt, puis avança encore et toujours.

— Je vais t'en coller une entre les omoplates si t'obéis pas ! Je le jure devant Dieu.

Cette fois, Brittle n'écoutait plus. Son objectif était désormais ancré dans les bras de Jane. Il voulait terminer son repas et aller se fondre dans les draps mités de l'hôtel.

Le doigt de Floyd compressa la détente. La détonation fit écho dans toute la ville. Boss et les deux autres adjoints sursautèrent, plus surpris que le public qui suivait le match avec intérêt.

La balle percuta Brittle en plein milieu du dos, creusant un trou plus ample à la poitrine lorsque le projectile lui déchiqueta le torse. Floyd écarquilla les yeux, prenant conscience de toute la mesure de son acte.

Il balbutia des mots inaudibles, jugé par les regards effarés de ses complices tétanisés...

Jane hurla le nom de Ray.

La gorge inondée de sang, Brittle gargouilla un borborygme caverneux avant de tomber à genoux. Il chercha du secours à travers le regard de Jane Hobblehorn. Il ne vit qu'une ombre ondulante qui hurlait d'incompréhensibles lamentations. La vision de Brittle devint plus floue, puis ce fut le noir total. Il s'effondra face contre terre, faisant claquer sa carcasse dans la boue suintante, le visage enfoncé dans la vase.

Jane sauta du perron et chuta dans la neige. Elle rampa jusqu'à Brittle et voulut le retourner sur lui-même, trouver la force de lui rendre la vie. Mais il était trop tard. Seul Dwight en avait conscience. Une larme discrète perla sur sa joue, suivit les courbes de son visage et tomba en éclats sur le plancher en bois du perron.

Boss porta une main sur la bouche, horrifié. Kane et Will échangèrent des regards imbéciles. Floyd, quant à lui, avait du mal à réaliser. Brittle allait se relever. C'était indéniable. C'était un dur, un héros de guerre, un cow-boy au sens large du terme. C'était pas une petite balle de rien du tout qui aurait eu raison d'un homme comme lui.

Les regards de la ville se braquèrent sur Floyd qui, désarçonné, en laissa échapper son revolver. Il pivota, fit un tour sur lui-même et encaissa tout le poids des accusations dissipées par la foule. Floyd Andrews, le shérif de Wakeeney, avait provoqué un autre shérif et l'avait froidement abattu d'une balle dans le dos. La légende après laquelle il courait tant, il venait de l'obtenir. Une légende déchue, digne de ce nom, portée par un lâche.

De rage, Dwight dégaina son arme et mit en joue le shérif.

— Espèce de fumier ! hurla-t-il.

Immédiatement, les calibres de Boss et des deux adjoints parlèrent à l'unisson. Floyd venait de commettre une grave erreur mais il était des leurs. Il était hors de question qu'un freluquet se fasse justice lui-même.

— Pose ça ! avertit Boss Andrews.

Dwight serra les dents. Les larmes coulaient en abondance et son cœur réclamait justice. Il ne voulait pas entendre les sommations. Jane tourna la tête dans sa direction.

— Dwight, ne faites pas ça !

Mais le jeune adjoint ne parvenait toujours pas à assimiler les informations perpétrées de l'extérieur.

— Elle a raison, poursuivit Boss. Remets ce flingue dans son fourreau. Fais-le... tout de suite.

— Dwight, je vous en prie, supplia miss Hobblehorn.

Kane avança vers Dwight et lui colla le canon de sa carabine contre l'arrière du crâne.

— Ne nous oblige pas, garçon... Je t'assure, j'ai pas envie de faire ça, mais si tu m'y obliges, j'hésiterai pas une seconde. Je te dis la stricte vérité.

— C'était un accident, appuya Boss. Un regrettable accident. N'en provoque pas un autre pour l'amour de Dieu.

— Un accident... répéta Dwight qui ne cessait de scier sa rage entre les dents. Bande de salauds... Bande d'enculés...

Jane se redressa d'un bond et accourut jusqu'à l'adjoint. À son tour, elle se jeta sur lui par-derrière et l'enlaça de toutes ses forces. Leurs larmes étaient communes comme celles d'un seul homme.

— Dwight, s'il vous plaît... Ne faites pas ça... Stop, il faut en rester là.

Floyd tournoyait toujours sur lui-même, cherchant un repère dans le néant.

— Écoute-moi Dwight, reprit Boss Andrews. Mes amis vont aller chercher Floyd et le ramener à l'office. Toi, tu vas simplement baisser le bras. Tu entends ?

Dwight ne pouvait se résigner à répondre par l'affirmative. La main de Jane glissa lentement sur son bras et, lorsque sa peau toucha celle de l'adjoint, une onde presque magnétique le ramena à Wakeeney, en lieu et place de leur drame personnel. Il expulsa un nouveau sanglot et déjà, sa main était plaquée contre sa cuisse, maintenue par celle de Jane.

— C'est bien, murmura-t-elle. Reste avec moi. Maintenant, ça va aller. Ça ne pourra qu'aller.

Boss fit un signe du menton à ses amis. Kane et Will accoururent vers Floyd, l'empoignèrent sous les aisselles et le traînèrent jusqu'au bureau sans regarder derrière eux. Boss expulsa un souffle de soulagement.

— Dwight, c'était un accident, répéta-t-il. Nous allons nous occuper de Floyd, je te le promets. Retourne au saloon avec la dame. Allez vous coucher. Et dès demain matin, vous reprendrez la route, tranquillement. Nous, on va gérer le reste. Ça te va ?

Dwight fut incapable de prononcer le moindre mot.

Boss partit à reculons, à pas prudents, sans baisser le canon de sa carabine.

— C'est bien, Dwight, dit-il. (Puis il s'adressa à la population à voix haute :) C'était un accident, tout le monde l'a vu. Retournez chez vous. Le bureau du shérif va gérer cette affaire, vous m'avez compris ?

Quelques volets frappèrent contre les encadrements.

Hunter, qui n'avait rien manqué du spectacle, retomba sur sa chaise. Il adressa à Bellerive un regard vide.

— Vos investigations commencent mal, monsieur Hunter, commenta l'agent de la Pinkerton.

— On peut dire ça, oui.

— C'est étrange.

— Quoi donc ?

— Eh bien, vous me semblez troublé. C'est bizarre qu'un gars comme vous soit aussi réceptif aux émotions générales.

Hunter tira sur sa pipe. Elle était éteinte. Il la posa sur la table.

— Monsieur Bellerive, je suis un chasseur de primes. Je gagne ma vie en débusquant les malfrats. Ray Brittle n'avait rien d'un malfrat. Nous autres, *les pervers sanglants*, comme vous aimez à nous qualifier, ne sommes pas des monstres de foire. Nous savons aussi reconnaître les hommes de valeur. Et la mort d'un homme ne m'a jamais réjoui.

Bellerive ne réagit pas, se contentant de lever la main pour que le barman apporte une nouvelle bouteille de bourbon.

— Mais les états d'âme ne font peut-être pas partie intégrante des fiches métier d'Allan Pinkerton lorsqu'il recrute ses agents...

Bellerive ignora le sarcasme et se versa un verre à ras bord. Hunter quitta son chapeau et découvrit son crâne dégarni. Il rangea sa pipe dans son étoffe, puis se leva.

— Je reprendrai contact avec vous, monsieur Bellerive, dit-il avant de disparaître au sommet des escaliers.

*

Kane et Will aidèrent Floyd à disparaître derrière la porte de l'office. Sur les soixante mètres qui les séparaient du bureau, Boss les avait regardés s'éloigner, titubant comme des ivrognes poussant la chansonnette, bras dessus bras dessous.

Boss baissa son arme et partit rejoindre son équipe. Du perron du saloon, les spectateurs encore hagards entendirent le cliquetis de la serrure. Les courageux frères Andrews s'étaient enfermés dans leur tanière. Il leur faudrait désormais trouver la parade, parvenir à justifier un acte aussi cruel qu'inutile. S'ils ne trouvaient pas rapidement une solution, ils étaient bons pour la prison d'État, voire la pendaison. Et de par leur statut de représentants de la loi, la sanction serait exemplaire.

Malgré son embonpoint marqué et son visage de bon vivant entretenu par la bonne bouffe, le barman du saloon était un ancien de Gettysburg. Il avait assisté à des exécutions, passages à tabac, actes de guerre humiliants, vols de trésor... Mais jamais encore il n'avait collaboré au lynchage d'un shérif. Car pour lui, c'était le mot : collaboré. Après tout, lui, tout comme le reste de la ville, était resté sur le seuil de son établissement, voyeur passif de l'acte le plus lâche et le plus odieux qu'il ait jamais vu. Il aurait pu aller chercher sa carabine Spencer, paralyser les échauffourées, apaiser les esprits par la menace. Mais il n'avait rien fait du tout.

Son fusil était enchaîné dans un râtelier dans les limbes abyssaux de la cave. Depuis le 3 juillet 1863, jamais il n'avait retouché à sa carabine. Il s'était juré de l'abandonner au passé ; mais il l'avait conservée. Sur l'instant, il pensa que, s'il l'avait cachée dans la cave au lieu de la détruire, c'était pour une raison inconsciente. Cette carabine n'avait fait feu que sur peu d'hommes, pourtant elle avait, semble-t-il, un destin. Une voie tracée pour une destinée précise. Peut-être aurait-elle pu éviter à un shérif de se faire abattre devant un auditoire aussi lâche qu'impuissant... Il était trop tard pour les regrets. Le barman baissa les yeux, contempla toute la miséricorde de sa vie à travers les lattes du plancher, puis s'engouffra dans son saloon, la tête enfoncée entre les épaules.

Les rues devinrent inoccupées. Bientôt, des enquêteurs viendraient poser des questions. Les habitants devraient décrire ce qu'ils avaient vu. Et aucun d'entre eux n'aurait le courage de répondre les yeux dans les yeux, la poitrine bombée et le menton haut. Non, personne.

Jane avançait lentement vers le corps de Brittle. Le sol s'était métamorphosé en paysage lunaire avec ses reliefs et ses sombres cavités empourprées. Ses pas s'enfoncèrent dans la neige lorsqu'elle s'immobilisa à un mètre de Brittle. Son corps inanimé baignait dans une flaque brune aux reflets de sang. Les flocons commençaient déjà à couvrir sa dépouille d'un linceul pur. Progressivement, l'impact qui lui creusait le dos disparut. Bras écartés, paumes tournées vers le ciel et visage enfoncé dans l'eau, il n'était plus qu'un détail dans la triste histoire de Wakeeney.

La ville s'endormait. Ne restaient plus que les larmes du ciel saupoudrant leurs âmes impures.

Dwight rejoignit Jane et lui passa un bras autour des épaules. D'un geste délicat, il l'invita à le suivre. Elle ne parvenait pas à dégager son regard du cadavre gisant.

— Excusez-moi.

La voix semblait venir d'outre-tombe.

Un homme en tenue sombre approcha. Vêtu d'un costume, crâne chauve et barbe blanche autour du menton, il avança timidement, faisant tourner son chapeau entre les mains.

Dwight et Jane lui firent face.

— Pardonnez-moi de vous cueillir en cet instant tragique.

— Qui êtes-vous ? demanda Dwight.

— Oh, je m'appelle Jarod Smatis, je tiens le magasin de pompes funèbres à l'angle de Main Street.

Encore un charognard, se dit Dwight. L'adjoint avait toujours éprouvé une étrange aversion à l'encontre de ces gens-là. Il n'avait jamais su pourquoi. Peut-être était-ce à cause de la représentation mortifère que véhiculait le croquemort ? Après tout, il en fallait. Au moins une profession qui ne connaîtrait jamais la crise.

— Dwight Robson, voici Jane Hobblehorn.

— Nous venons tous d'assister à quelque chose de... d'éprouvant.

— Je vous le confirme.

— Rassurez-vous, je ne suis pas là pour vous présenter mes prestations. Je souhaitais juste vous proposer de disposer le corps de votre ami dans l'arrière-salle de mon magasin. Vous pourrez ainsi le faire rapatrier chez lui quand vous voudrez.

Dwight essuya une larme séchée qui lui collait les cils.

— C'est gentil, merci.

— Je vous en prie. Je pense que vous devrez prendre des dispositions pour la suite. Sachez que vous disposez du temps qu'il vous faudra.

Dwight révisa son premier jugement. Smatis semblait sincère et rien ne laissait présager qu'il profiterait de la situation pour sortir le catalogue de ses plus beaux ornements fleuris.

— Très bien, dit Dwight. Vous avez un chariot ? On le ramène jusque dans votre magasin ?

Smatis offrit un sourire discret et désolé.

— Rentrez au chaud. Madame grelotte et vous êtes épuisés. Je me charge du reste.

— Ça m'ennuie, je...

— Ne vous inquiétez pas, l'interrompit Smatis, j'ai l'habitude. Vous n'aurez qu'à passer demain matin. Ensemble, nous verrons si vous souhaitez que j'avertisse le comté d'où est originaire votre ami. Pour le rapatriement, je me débrouillerai avec un homologue.

Dwight hocha timidement la tête. Il demanda l'approbation de Jane qui lui répondit par un sourire sans joie.

— Merci monsieur Smatis, dit Dwight en lui serrant la main. Nous passerons demain.

— Allez vous reposer, la nuit sera difficile.

Smatis tourna les talons et s'éloigna d'un pas solennel.

24

SILENCE

Il était plus de minuit lorsque Ron franchit les portes de Wakeeney au galop. Il tira frénétiquement sur les rênes. Les pattes arrière de son cheval glissèrent sur la neige ; le cavalier dut faire pression sur les flancs pour ne pas chuter de sa monture.

La ville était déserte.

La neige avait repris ses assauts floconneux. Des pattes de chat tombaient en cascade. Le paysage changeait à vue d'œil. Plus rien n'avait de couleur, tout était d'une blancheur terne.

Ron attacha son cheval à la rambarde devant le saloon. À première vue, il n'y avait qu'un seul établissement de ce type. À en croire le panneau riveté sur la façade, la résidence faisait aussi hôtel. Les camarades de Ron pouvaient difficilement se trouver ailleurs.

Il fit quelques pas. Les traces de sang qui avaient empourpré le sol quelques heures plus tôt avaient disparu sous la neige.

Une fine lueur transperçait les lattes du panneau qui obstruait l'entrée. Il glissa les yeux au travers. Le saloon était fermé, pourtant quelqu'un faisait taper quelque chose à l'intérieur. Un bruit sourd et timide. Ron cogna plusieurs fois contre le panneau.

— Je suis le shérif adjoint Ashton, faites-moi entrer je vous prie.

Aucune réponse.

Ron décida de longer le perron jusqu'à la fenêtre. Le givre et la buée avaient déposé une pellicule opaque sur les carreaux. Ron essuya l'un d'entre eux et forma un cercle avec ses mains, à travers lequel il enfonça son visage. Pas de chance, une paire de rideaux rouges mités étaient tirés. L'adjoint retourna au point de départ et tambourina encore plus fort contre le bois.

— S'il vous plaît, ouvrez !

Soudain, il entendit un faible mouvement. Peut-être des pas. Le bruit semblait partir du fond et se rapprocher. Enfin, deux mains charnues soulevèrent le panneau et le visage rond d'un homme apparut à contre-jour.

— Vous faites partie de l'équipe de Kearney ? demanda le gros bonhomme.

— Oui, est-ce qu'ils sont là ?

Le barman jeta un œil derrière lui.

— On peut dire ça, oui.

Il ouvrit le champ à Ron, qui entra.

Dans un coin de la pièce, il vit son ami, attablé, le regard vide et les idées plongées dans une bouteille de whisky. Dwight faisait taper son verre sur la table, inlassablement. Trop absorbé par ses pensées, il ne remarqua même pas la présence de son compagnon.

— Qu'est-ce qui lui arrive ? demanda Ron.

— Il est soûl, répondit le barman en repositionnant le panneau dans les encoches de la porte.

— Il boit jamais.

— Ben il a changé d'avis.

— Où sont ses compagnons de voyage ?

Le barman s'immobilisa à côté de l'adjoint, poings sur les hanches.

— La dame occupe la chambre numéro quatre. Quant au reste, demandez-lui vous-même.

Le triste patron souffla dans les lampes à pétrole, ne laissant que celle qui éclairait le coin sombre où Dwight écrasait sa mélancolie sous sa bouteille.

— Je vais me coucher, dit le barman. Le bar est à vous.

Puis il grimpa les dix-sept marches menant aux chambres, empoignant la rampe comme le ferait un vieillard usé.

Ron avança lentement. Ses éperons tintaient et ses talons claquaient sur le plancher. Dwight ne leva pas les yeux de son verre. Ron s'immobilisa devant lui. Toujours pas de réaction. Il tira donc une chaise, faisant grincer les pieds sur le bois ancien. Toujours rien. Dwight faisait tournoyer une goutte perdue au fond de son verre. Ron s'assit et posa son chapeau sur la table.

Enfin, Dwight leva les pupilles dans sa direction. Des yeux meurtris, voilés par l'opalescence d'un mourant.

— Dwight...

L'autre ne réagit pas.

— Dwight... Qu'est-ce qui se passe ?

— Salut Ron, répondit-il.

Dwight avait chargé la dose. Sa voix était rauque et son élocution laborieuse.

— Dwight, il faut que tu me parles...

Ron avait un étrange pressentiment. Il avait passé le voyage entre Hangle et Wakeeney à user de tous les scénarios possibles quant aux retrouvailles entre

Brittle et Floyd Andrews. Il était persuadé que quelque chose clochait, mais résistait à entrevoir la vérité.

— Ray... Il...

— Oui, continue Dwight. Où est Ray ?

La bouche de Dwight se déforma. Submergé par l'émotion, la gorge serrée, il lâcha enfin d'une voix presque imperceptible :

— Ils l'ont tué !

Ron s'attendait à ce que la présence de leur équipe sur le territoire de Floyd Andrews ne provoque pas que des réjouissances. Mais ses appréhensions avaient pris une tournure plus dramatique encore. Ray Brittle ne pouvait pas être mort. C'était absurde.

— Qu'est-ce que tu racontes ?...

— Floyd Andrews... Lui et sa bande... Ils sont venus chercher Ray... Ici, au saloon.

Dwight laissa s'installer un silence, puis :

— Il demandait rien, tu sais... On devait juste manger, boire un coup et aller nous coucher... Rien de plus...

Le cœur de Ron se mit à frapper sa poitrine comme sur un tambour. À son tour, il fut pris d'une inénarrable tristesse. Un sentiment de chagrin mélangé à une infâme injustice. Ce n'était pas ce soir qu'il oublierait son bégaiement.

— Dis-moi co... comment ça s'est passé.

Dwight se versa un autre verre de whisky qu'il but d'une traite. Il renifla, abandonna la discrétion de ses larmes pour s'ouvrir à la colère. Il lui expliqua toute l'histoire depuis le début. Leur arrivée à Wakeeney, la réservation des chambres, les repas chauds qu'on leur avait servis. Puis l'irruption de Floyd et de sa bande, la provocation, l'évocation de vieux souvenirs aigres, un défi... Ensuite tout s'était terminé dans la rue. Ce qui n'aurait dû être qu'un règlement de comptes à coups de poing s'était transformé en une vile exécution. Brittle avait été abattu d'une balle dans le dos. Il avait humilié Floyd devant la ville tout entière, et ce fumier ne l'avait pas digéré.

Ron plongea son visage entre ses mains. C'était comme s'il venait de prendre un coup de sabot dans le menton. Comment les choses avaient-elles pu déraper de la sorte ?

Il se souvint de cette fameuse nuit où, plus jeune, Floyd et ses frères lui étaient tombés dessus. Ils l'avaient molesté, humilié, dépouillé de sa dignité... Et puis Brittle était arrivé, son ombre se mouvant à travers les tonneaux de la ruelle, portant avec lui les noirs desseins d'un ange justicier. Brittle les avait cognés l'un après l'autre. Pourtant, les roquets lui étaient revenus dessus comme des félins affamés. Mais Brittle avait tenu bon. Il avait distribué les coups de poing comme on arrose l'ennemi avec une mitrailleuse. Ensuite, les malfrats étaient repartis la queue entre les jambes, couinant comme des chiens blessés. Brittle avait maté la meute.

Tout ça s'était passé il y avait plus de quinze ans. Floyd devait avoir quoi ?... Vingt, vingt-deux ans à l'époque ? Quinze années de rancune à ressasser sa vengeance. Mais d'où sortait-il ce type ? De quoi était-il fait ?

Ron se leva d'un bond, renversa la table avec exacerbation, projetant ce qu'il restait de whisky sur le sol ; Dwight eut un réflexe de recul, il parvint même à sauver son verre de la casse.

— Qu'est-ce qui te prend ? demanda Dwight, subitement arraché à sa léthargie.

Ron ne répondit pas. Il fila droit vers la sortie, le talon claquant et les poings serrés. Il arracha le panneau de l'encadrement et se précipita à l'extérieur.

Lorsque Dwight le rejoignit sur le perron, Ron s'était déjà emparé de sa carabine qui dormait sur les flancs de sa jument. Ses pas avaient creusé de profonds cratères, appuyés par le poids de la colère. Il se dirigeait vers le bureau du shérif. Dwight comprit ses intentions et dessoûla aussitôt.

— Ron ! Fais pas ça ! Reviens !

Ses paroles s'évaporèrent instantanément comme si le vent les avait balayées d'un souffle mystique. Il partit à sa poursuite.

*

La porte du bureau explosa contre le chambranle.

Kane Willis était affalé sur une chaise, doigts croisés sur le ventre et pieds posés sur l'angle de la table. Lorsque Ron déboula dans le bureau, Kane se réveilla en sursaut. Ron chargea son levier de sous-garde et appuya sur la détente. Le crâne de Kane Willis explosa, faisant gicler du sang et des morceaux de cervelle contre le mur derrière lui. Le corps inerte fit basculer la chaise à l'arrière qui s'effondra sur le sol.

Dwight pénétra à son tour dans l'office, revolver à la main, lorsque Will Banyon surgit du petit couloir, fusil en joue et prêt à riposter. Dwight tira le premier. La balle atteignit le cou de Banyon qui porta une main à la gorge. Il tenta de viser son adversaire, mais Ron pivota et tira à son tour. La déflagration lui boucha une oreille. La balle arracha à Banyon un morceau de hanche. Déséquilibré, il tomba sur le côté, ouvrant la voie aux frères Andrews qui, cachés dans une cellule, chargeaient leurs armes. Ron avança d'un pas et acheva Will Banyon d'une décharge dans la poitrine.

Boss et Floyd ouvrirent le feu. Des flammes démoniaques surgies de l'enfer. Une balle toucha Dwight à l'épaule. Il fit une rotation douloureuse avant de perdre l'équilibre. Il se rattrapa in extremis en prenant appui contre le guéridon de l'entrée.

Ron riposta mais la balle se perdit dans le matelas d'un lit de cellule, derrière les frères Andrews. Boss s'agenouilla et appuya sur la détente. La balle perfora la cuisse de Ron. Il posa un genou à terre, essayant de maintenir son axe de tir. Une autre balle transperça sa clavicule. Cette fois, Ron lâcha son fusil et s'écroula sur le plancher.

Les deux adjoints à terre, la manœuvre serait désormais plus facile pour les frères Andrews. Floyd visa la tête de Ron tandis que Boss ajustait la mire de son revolver sur la poitrine de Dwight.

Une déflagration fit trembler l'office.

Une balle creusa un cratère dans l'œil de Boss, dispersant des morceaux de crâne sur les vêtements de son frère. En panique, Floyd émit un hurlement ridicule, époussetant sa chemise comme un hystérique. Des morceaux de cervelle et d'os se répandaient sur le plancher. Le revolver de Boss tourna autour de son index et tomba sur le sol maculé de sang. Son corps s'écroula comme un château de sable happé par la marée.

— Non ! hurla Floyd.

Dwight et Ron pivotèrent la tête vers l'entrée.

De la fumée noire sortait du canon du revolver de Jane Hobblehorn. Elle était figée sur le seuil de la porte. Sa main tremblait mais son visage semblait plus déterminé que jamais.

À genoux, Floyd releva les yeux vers la brune dont les cheveux détachés cascadaient sur ses épaules délicates. Il s'était fait avoir. Ils s'étaient tous fait avoir. Floyd avait joué et la partie était maintenant terminée. Il avait lancé les dés du hasard, comptant sur la force du nombre. Sa tour d'ivoire venait d'être ébranlée, prête à s'écrouler, désormais privée de ses fondations.

Floyd dévisagea tour à tour le trio. Une main posée sur l'épaule, Dwight contenait l'hémorragie qui lui maculait la chemise. Ron gesticulait sur le sol comme un cafard sur le dos ne parvenant pas à se remettre sur ses pattes. Main tendue et mire ajustée, Jane Hobblehorn braquait son arme sur le pathétique shérif Andrews.

Comment avait-il fait pour ne pas savoir se défendre contre une femme et deux hommes blessés ?...

Floyd jeta son arme à terre et leva les mains. La soumission, plus qu'humiliante, était aussi un terrible affront à son autorité. Accompagné de ses frères et de ses amis, jamais Floyd ne s'était retrouvé en position de faiblesse. Sauf à l'occasion de sa première rencontre avec Ray Brittle quinze ans plus tôt. Il s'était occupé de son cas pourtant. Mais il n'avait pas été assez vigilant pour envisager que d'autres aussi pouvaient évoluer en meute.

Ron parvint à prendre appui et se redresser. Il saisit son arme, marcha jusqu'à Floyd et s'immobilisa devant lui. Sans se retourner, il donna ses consignes :

— Rentrez à l'hôtel et faites vos bagages. On reprend la route.

Dwight échangea avec Jane un regard inexpressif.

— Il neige, Ron, dit-il. Reprendre la piste maintenant serait une folie.

— Je suis d'accord avec lui, enchérit Jane.

Ron ne répondit pas. Il releva sa carabine et pointa le viseur devant lui. La tête de Floyd Andrews était à portée de tir.

Dwight fronça les sourcils.

— Ne faites pas ça, Ron, lança Jane en replaçant son revolver dans son fourreau.

Ron n'écoutait pas. Ses pensées bouillonnaient. Colère, vengeance et sagesse se disputaient le terrain argileux de la raison. Ron ne se sentait pas nerveux. Il était même plutôt serein. Il savait que, s'il parlait, il ne bégayerait pas. Peut-être même qu'il ne bégayerait plus.

— Ouvre la bouche, dit-il à l'intention de Floyd.

Le shérif secoua la tête, incapable de prononcer le moindre mot.

— Ouvre, je te dis.

— Ron ! S'il vous plaît, tenta de nouveau Jane dont les yeux s'inondaient de larmes.

— Ron, fais pas le con, intervint Dwight à son tour.

Floyd persévérait dans sa danse faciale. Un filet de bave se décrocha de ses lèvres et glissa jusqu'à se répandre sur le plancher. D'infâmes gouttes de sueur poussiéreuses ruisselaient sur ses pommettes. Ron était capable de les sentir. Elles avaient l'odeur de la peur.

— Ouvre, répéta-t-il en armant le levier de sa carabine.

— Non, balbutia Floyd. Non... Pas comme ça... Pitié...

Ron ouvrit les yeux en grand.

— T'as dit quoi ?

— P... P... Pitié... implora Floyd.

— Mais tu bégayes ! Alors le bègue, tu voulais dire quelque chose ?

Dwight se releva et rejoignit Jane. De son bras blessé, il lui saisit la main. Leurs doigts se crochetèrent comme ceux de deux amoureux. Toute la tension de la pièce trouva refuge à travers l'énergie déployée dans cet enlacement insolite.

— Viens, lui murmura Dwight au creux de l'oreille. Partons.

— On ne peut pas le laisser faire ça.

— Il ne nous entend pas.

Jane retira sa main de celle de Dwight et avança lentement vers Ron. Elle hésita à poser sa main sur son épaule. Elle craignait sa réaction, déclencher un réflexe qui pourrait avoir de sérieuses répercussions.

— Ron, écoutez-moi. Abattre cet homme ne nous apporterait que des ennuis. Pour l'instant, la situation est encore sous contrôle. Il y a des témoins oculaires dehors. Mais si vous tuez ce type de sang-froid, vous risquez gros.

— Ouvre la bouche bordel ! s'énerva Ron, faisant comme s'il n'avait rien entendu des recommandations de Jane Hobblehorn.

Floyd entrouvrit la bouche d'un petit centimètre.

Ron donna une impulsion et le canon de sa carabine frappa les dents du shérif, lui en fracassant deux. Floyd plissa les yeux de douleur.

Pour Ron, Jane était inexistante. Elle rebroussa chemin à reculons, pas à pas pour ne pas effrayer Ron. Elle était de nouveau à la hauteur de Dwight.

— Ouvre plus grand, gronda Ron.

Une larme perla dans le coin de l'œil de Floyd. Il ouvrit la bouche en grand. La résignation l'avait emporté sur l'espoir. Ron glissa le canon de son fusil dans la bouche d'Andrews.

Floyd plongea son regard embué dans celui de son bourreau. Dernière tentative afin d'obtenir sa clémence. Jane réprimanda Dwight de ses yeux émeraude. Il détourna le regard.

— C'est pas la peine de me regarder comme ça, Jane. Tous les hommes ont un destin programmé dans les veines.

Elle baissa la tête. Une larme glissa le long de ses cils, qui se laissa porter par la gravité avant de mourir absorbée par le bois du plancher.

Ron fixait tristement le visage de sa victime. Ces derniers jours, il avait ingéré plus d'émotions que durant sa vie tout entière. Il avait abandonné l'amour de sa femme pour le cœur d'une autre qui ne voulait pas de lui, il s'était fait braquer par un chasseur de primes avide de victoire, il était sur les traces d'un redoutable assassin qui avait plus d'expérience qu'eux tous réunis, et il venait de perdre son mentor et ami, froidement abattu pour une guerre d'ego.

S'il avait été à la hauteur quinze ans plus tôt, s'il avait osé s'opposer à Floyd et sa bande, jamais Ray Brittle ne serait intervenu et, ce soir, il serait encore en vie.

Floyd se laissa porter par les eaux tragiques de la mélancolie. Il pleurait comme un enfant désespéré qui vient de casser son jouet et qui sait pertinemment que personne ne pourra le lui remplacer.

Ron faisait tourner sa carabine sur elle-même, limant les dents du shérif par son canon octogonal.

Une odeur étrange vint titiller les narines du jeune adjoint. Une odeur putride, nauséabonde. Sous le shérif agenouillé, une flaque informe s'était constituée sur le plancher. Le pantalon de Floyd était trempé de pisse et de merde.

Ron sourit.

Puis il fit glisser le canon vers l'extérieur, l'extrayant de la bouche édentée du shérif déchu. Floyd écarquilla les yeux, observant le canon qui s'éloignait de sa bouche. Le filet de bave qui reliait ses lèvres à la carabine s'étendit, puis se brisa. Andrews explosa en sanglots et cogna poings et tête contre le sol.

Ron esquissa un sourire vainqueur. Il tourna les talons et sortit du bureau en boitant, passant devant ses amis sans même les regarder.

25

DÉVIATION

Talisker s'était levé tôt et une migraine épouvantable lui tambourinait les tempes. Il avait préféré taire ce détail pour ne pas à devoir subir les railleries de ses camarades. Il s'était rendu en ville, avait pris un café au saloon, et se baladait maintenant dans les rues de Hill City. Les festivités de la veille avaient laissé de nombreux stigmates. Des luminions et petits drapeaux multicolores étaient éparpillés dans les rues ; les commerçants nettoyaient leurs devantures imbibées d'alcool ; la ville avait repris le cours de ses activités.

Talisker se présenta au *H. S. Buggle*, le bureau journalistique local. Il fit la connaissance du patron et de son employé, espérant que ceux-ci le reconnaîtraient. Mais personne n'avait entendu parler de Norman Talisker. Son nom n'évoqua ni le journaliste reconnu qu'il pensait être, ni le célèbre écrivain qu'il était persuadé d'être devenu.

Il expliqua à Romuald Buggle l'objet de son passage à Hill City et vantait ses talents d'auteur. Il mit en avant la dangerosité qu'un journaliste d'investigation doit affronter lors des phases de documentation.

Le pays était encore sauvage et la poudre parlait parfois plus vite que la plume. Il justifia sa blessure à la jambe par une histoire abracadabrante, selon laquelle il aurait été confronté à une rixe au rocher de Blue Rock. Il aurait pris un coup de couteau alors qu'il tentait de défendre *LE* Kenny Bowens, aux prises avec un redoutable malfrat. Buggle opinait chaque fois que Talisker achevait une phrase. Le propriétaire du journal était quelqu'un de poli et, même si les aventures de l'écrivain ne l'intéressaient guère plus que la rubrique publicitaire de son canard, il donnait l'impression d'être attentif et simulait de temps à autre l'admiration. Un subtil mélange d'émotions contrôlées qui n'avaient d'autre but que de regonfler l'estime que Talisker désespérait de s'approprier.

Après avoir longuement extrapolé sur ses exploits fictifs, Talisker s'intéressa à l'actualité du jour et demanda des nouvelles de Kearney. Buggle lui répondit qu'il n'avait pas accès aux informations de toutes les villes, mais que des faits d'armes perpétrés à proximité de Kenado, à l'ouest de Dorrance, accaparaient les fils télégraphiques et inondaient les bureaux de la malle-poste.

— Paraîtrait qu'un type se serait fait dessouder de façon plutôt... sauvage, dit Buggle en ajustant sa visière de journaliste.

— Ah bon ? Règlement de comptes ?

— Pas d'après les collègues. Non, ce serait plutôt un crime, voyez ?

— Nous sommes en Amérique, relativisa l'écrivain avec consternation.

— Ouais mais là, c'est du lourd. Du très lourd. Du style Lavinia Fisher[1].

— En effet.

— On dit même qu'il pourrait s'agir de Prescott Soulless...

Talisker abandonna l'intérêt personnel qu'il essayait de vendre. Le nom de Soulless lui traversa le cerveau comme une flèche lancée à vive allure. Il se souvint avoir entendu Dwight Robson évoquer ce nom lors de la première nuit qu'ils avaient passée dans la grange de Lowdry. L'adjoint semblait vouer une obsession sans borne au tueur en série. Peut-être y avait-il finalement un filon à exploiter...

— Prescott Soulless, dites-vous ?

— C'est qu'une supposition, répondit le journaliste. Mais qui qu'il soit, il y est pas allé de main morte. D'après ce que j'ai cru comprendre, un bonhomme aurait été retrouvé accroché à un grappin de boucher, suspendu à cinq mètres de hauteur. L'assassin lui aurait ouvert la panse de gauche à droite puis aurait immédiatement suturé la plaie, une intervention juste assez grossière pour laisser les boyaux du pauvre type se déverser petit à petit sur le plancher. Et vous savez ce que le marshal a trouvé dans les immondices ?

— Non. Quoi ?

— Sa langue. Non content de l'avoir vidé de ses tripes, l'assassin lui aurait au préalable coupé la langue qu'il lui aurait enfouie dans le bide. Si ça, c'est pas tordu...

---

1. Lavinia Fisher a été la première femme tueuse en série aux États-Unis. Mariée à John Fisher, ils furent exécutés à la prison de Charleston le 18 février 1820.

Talisker émit un rot inaudible, à deux doigts de régurgiter.

Il remercia le patron du *H. C. Buggle* et retrouva la liesse urbaine. Il marcha longuement sous les avancées des toits des commerçants, faisant abstraction du mouvement de la ville. Plongé dans ses pensées les plus calculatrices, il décida de mettre à profit son apprentissage de terrain.

Il grimpa sur sa monture et fila en direction de la sortie de Hill City, droit chez Lowdry.

*

— Non, mais vous réalisez l'aubaine ? lança Talisker avec euphorie.

Bowens haussa les épaules.

Sur les caprices de Stabler, il s'était engagé à préparer les montures pour un départ imminent. Ils étaient à une journée de Wakeeney et, malgré son état fébrile et une température qui ne baissait pas, Stabler avait insisté pour qu'ils reprennent la route ensemble pour rejoindre Brittle. Bowens avait essayé de l'en dissuader, mais l'un comme l'autre savaient que tenter de convaincre les deux bourricots qu'ils étaient était peine perdue.

— Monsieur Bowens, je suis sérieux, poursuivit Talisker. Nous avons peut-être à portée de main le dénommé Prescott Soulless, le tueur en série qui terrorise le pays depuis des mois...

— On n'a pas été engagés pour ça, répondit Bowens qui laçait la sangle sous le ventre de sa jument.

— Mettez de côté une minute les engagements de votre mission et écoutez-moi. Un homme vient de se faire trucider à deux pas de Dorrance. Et il y a de fortes chances pour qu'il s'agisse de Prescott Soulless. Monsieur Robson n'arrête pas de nous rebattre les oreilles avec ça. La voilà, l'occasion !

Bowens se redressa, enfila sa carabine dans le fourreau latéral de sa selle et contourna la bête pour l'attacher à un pilier.

— On m'a missionné pour pister un autre assassin. Le Sprinkler est tout aussi dangereux. Je suis pas là pour décider de la direction que doit prendre notre mission.

Talisker suivit Bowens, passant sous les rênes qui pendaient sous le filet de la jument.

— Attendez, Bowens !

Le pisteur s'immobilisa et, pour obtenir la paix, se vit contraint d'obtempérer. Il posa les mains sur les hanches, ouvert à la discussion.

Talisker positionna ses deux mains entre eux.

— Regardez, dit-il, à droite nous avons le Sprinkler (il agita ses doigts), de l'autre, Prescott Soulless. Partons sur une théorie qui, à mon sens, n'est pas plus ridicule qu'une autre.

Il approcha ses mains l'une de l'autre, jusqu'à les superposer.

— Et si au final les deux assassins recherchés ne faisaient qu'un ? Que le Sprinkler ne soit autre que Prescott Soulless...

Talisker ouvrit de grands yeux vainqueurs, assortis d'un large sourire idiot.

— Ah, ah !!! Qu'est-ce que vous dites de ça, hein ?

Bowens remarqua un morceau de viande séchée collé à l'incisive du redoutable spécialiste ès crimes qui se tenait face à lui.

— J’en dis que c’est pas nouveau. Robson a eu l’idée avant vous.

— Ce qui veut dire que nos théories ne sont pas si idiotes !

— Moi, je pense qu’on doit se contenter de faire ce pourquoi on nous paye. C’est-à-dire retrouver la trace du Sprinkler. À partir de là, on s’évitera bien des ennuis.

Puis Bowens lui tourna le dos pour vérifier l’état des sabots de son cheval.

Talisker le contourna et s’accroupit devant lui, se tordant le cou pour obtenir la grâce d’un regard.

— Voyez plus loin, monsieur Bowens. Le récit que je suis en train de préparer vous fera entrer dans l’histoire. Laissez-moi faire de vous une légende.

Bowens lâcha la patte de la jument.

— Qu’est-ce que vous entendez par là ?

— C’est pourtant simple, non ? Imaginez que, dans toutes les écoles d’Amérique, les institutions imposent certains ouvrages basés sur les faits historiques qui font de notre pays le plus illustre au monde. Et que, dans ces livres, un chapitre complet soit dédié aux exploits de Kenny Bowens, l’homme qui a arrêté le plus grand tueur de tous les temps... Un chapitre signé Norman Talisker. Vous rendez-vous compte de l’héritage que vous laisseriez aux générations futures ? Hein ?

Bowens laissa échapper un petit rire et secoua la tête.

— Cher monsieur Talisker, vous faites partie de ces rêveurs qui nourrissent des espoirs impossibles.

Le sourire de Talisker se métamorphosa en une grimace tombante.

— Rassurez-vous, il en faut des comme vous, reprit Bowens. Sinon notre monde serait bien triste.

— Je suis très sérieux, monsieur Bowens, se vexa l'écrivain. Et monsieur Stabler connaîtra les mêmes honneurs, je peux vous le garantir.

— Monsieur Talisker, regardez-moi. Chaque matin quand je me réveille, ma vieille carcasse grince comme une pute de saloon, j'ai le ventre qui gonfle au fil des ans, rendant grâce au dieu bière, je dors pas plus de cinq heures d'affilée, mes intestins crient leur colère et me collent une chiasse jaune tous les quinze jours, et je suis incapable de courir plus de vingt mètres sans vomir mes tripes... Quant à mon compagnon, l'incontournable Jacob J. Stabler, vous pouvez lui attribuer les mêmes qualités, sauf qu'en plus, lui, il est vilain. On n'est pas les légendes que vous aimeriez qu'on soit. Je suis désolé.

Talisker était indubitablement déçu. Plus qu'humilié, il se sentait volé de toute forme de reconnaissance. Les personnes normalement constituées manifestaient toujours un engouement particulier pour les personnages publics. Norman estimait faire partie de ceux-là. Et une offre comme celle-ci ne se refusait pas ! Décidément, il ne comprenait plus rien aux caprices de la notoriété.

— De toute façon, il est hors de question de dévier de notre trajectoire.

Stabler venait d'intervenir. Son teint était pâle et la sueur traçait de fines rayures sur les reliefs de son visage amaigri. Talisker n'osa pas répondre. Autant Bowens était sociable, autant Stabler savait se montrer diablement antipathique. Du moins, jamais il n'avait exprimé la moindre sympathie à l'égard de Talisker. Une barrière invisible s'était installée entre eux.

— Vous devriez préparer votre monture, monsieur Talisker, poursuivit Stabler. On n'attend plus que vous.

Le journaliste détourna le visage pour trouver du soutien à travers le regard de Bowens. Mais celui-ci ne lui offrit qu'un haussement d'épaules en signe de résignation. Talisker tourna les talons et s'éloigna en traînant les pieds, comme un petit garçon capricieux qui n'a pas obtenu ce qu'il voulait.

Bowens approcha de Stabler qui, assis sur sa table, buvait de l'eau à grandes gorgées.

— T'es sûr que tu veux partir maintenant ?

— Ouais... On a déjà pris deux jours de retard. Brittle et les autres doivent nous attendre à Wakeeney.

— Ta fièvre est remontée, Stab'. C'est pas prudent.

— T'inquiète pas, le vieux est pas canné encore. J'ai de la ressource. Allez, aide-moi à me lever. Faut qu'on passe d'abord en ville, j'ai une course à faire.

Bowens préféra ne pas insister. C'était inutile.

26

CHANGEMENT DE CAP

La route fut longue et douloureuse pour Jacob Stabler. Emmitouflé dans son manteau et un poncho en laine, son état était passé de tremblements craintifs en sueurs froides. La piste enneigée les avait considérablement retardés. Les chevaux s'étaient fatigués rapidement et les vivres n'avaient pas été suffisants pour lui donner un regain d'énergie.

Bowens l'avait observé tout au long de leur périple. Il s'était interrogé sur de nombreuses questions. Tout d'abord, celles liées à l'état de son ami. Stabler était plus affaibli qu'il ne voulait le paraître. C'était un gaillard robuste, mais moins qu'il avait pu l'être par le passé. Si la fièvre ne retombait pas rapidement, Stabler allait au-devant de graves complications. Bowens aurait aimé lui faire entendre raison, lui dire qu'il était inutile de combattre le temps comme on repousse l'ennemi derrière les lignes. Mais Stabler était têtu et lui brûler les oreilles avec de ridicules divagations l'aurait plongé dans une rage folle. Il était meurtri par l'arthrose, ne voyait pas à plus de cinq mètres et était affaibli par une fièvre de cheval. Sa présence dans l'équipe était non seulement dangereuse pour lui, mais plus encore pour leur mission. Au fil des jours, son obsession pour le Sprinkler devenait un fardeau trop lourd.

Mais que lui dire ? Qu'il était vieux ? Usé ? Malade ? Qu'il entravait l'évolution de l'enquête ? Non, impossible. Il avait trop misé sur cette dernière victoire. Bowens la lui devait. Du moins, il servait de filet de sécurité. Et si jamais l'état de son ami venait à se détériorer davantage, alors il prendrait la décision appropriée.

En regardant vieillir les autres, on ne se voit pas vieillir soi-même. Bowens en avait bien conscience. Lui aussi souffrait de maux multiples. Mais les principaux tourments qu'il éprouvait étaient d'ordre psychologique. Il avait su à un moment de sa vie lever la main et dire stop aux nébuleuses, aux destinations aléatoires vouées aux aventuriers. Il avait rencontré Calie, s'était marié, et était devenu père d'une petite fille. Il s'était installé dans sa modeste fermette et vivait simplement, entouré des siens. Il était heureux. Bien plus qu'il ne l'avait été lors de ses cavalcades de jeunesse. Il avait pris conscience de toute l'étendue de ses richesses depuis qu'il avait quitté Kearney. Sa femme lui manquait cruellement. Ses attentions, ses rires, ses larmes, son visage juvénile, sa fougue... Et Léonore, sa fille, sa plus belle réussite. Plus blonde que les blés avant le fauchage, plus jolie que tous les anges du ciel dont on parlait dans la Bible, plus malicieuse qu'un chaton qui guette le morceau de laine avant d'attaquer sa pelote.

Maintenant qu'il était à distance, loin de tout repère qu'il avait conçu au cours de sa vie, il éprouvait de la nostalgie. Une tristesse liée au manque, une mélancolie qui n'existe qu'à travers les chansons...

Bowens avait hâte de rentrer, se jeter dans les bras de sa femme, embrasser sa fillette, les serrer pour ne plus les lâcher.

Mais une famille a des besoins. À soixante-six ans, Bowens n'était plus enclin à réaliser des travaux de force. Certes, il donnait un coup de main de temps à autre au vieux Josephson ou à Bob Wright, mais ceux-ci ne lui demandaient rien de plus que ne le permettaient ses capacités. Dix dollars par semaine offerts par l'équipe de campagne d'Angus Dollory ; une belle somme d'argent qui lui permettrait de subvenir aux besoins de sa famille avec aisance sans se tuer à la tâche. Calie l'avait choisi lui, il ne voulait pas la décevoir. Dès son retour à Kearney, il lui achèterait une belle robe et des jouets pour Léonore.

Norman Talisker était resté silencieux la plupart du temps. Pendant les courtes pauses que l'équipe s'était octroyées, Talisker avait pris des notes et griffonné plusieurs croquis. Il tissait peu à peu le canevas de son ouvrage. Il était néanmoins déçu par l'attitude de ses compagnons de route. Il avait tant espéré d'eux. Mais le voyage n'était pas encore terminé. D'autres péripéties les attendaient encore. Et peut-être le temps lui donnerait-il raison ? Si sa théorie se révélait fondée, si le Sprinkler et Prescott Soulless ne faisaient qu'un, un nouvel horizon s'ouvrirait alors sur la créativité. Talisker pourrait asseoir sa réputation une bonne fois pour toutes. Il restait persuadé que ce voyage serait unique. Qu'il serait la concrétisation d'une vie. Il regretta même de ne pas avoir engagé un photographe pour immortaliser toute l'étendue de leur courage.

À la nuit tombée, le panneau indiquant Wakeeney se dessina sur une motte de neige. Ils étaient enfin arrivés. La journée avait été rude et Stabler avait vraiment besoin de repos et de soins. Ils étaient épuisés, affamés, frigorifiés.

Ils allaient pouvoir retrouver leurs amis, partager un instant chaleureux autour d'une belle assiette fumante, et se laisser enivrer par l'alcool et la perspective d'un lit douillet. Oh oui, la balade n'était pas encore terminée mais l'interlude serait un puissant moteur à leur détermination commune.

Mais sur cet instant d'euphorie prémédité, aucun d'entre eux n'avait la moindre idée de ce qui les attendait.

27

BUREAU DE LINCOLN
PERMANENCE D'ANGUS DOLLORY

Assis dans un confortable canapé en velours, Bob Stillman agitait frénétiquement la jambe droite. Son talon claquait sur le plancher huilé du couloir, irritant son assistante qui se tenait devant lui, assise derrière son bureau en chêne.

Cela faisait plus de dix minutes qu'il attendait. Il avait fait prévenir Angus Dollory, mais Monseigneur ne daignait pas se manifester. Il devait encore jouer à la petite abeille venue butiner la fleur Fiona Bolder. Que pouvait-elle lui trouver à ce hibou décati ? Il était vieux, moche, imbu de sa personne et avait une haleine de coyote après avoir mangé ses propres selles ; non, Bob Stillman ne voyait vraiment pas ce que la fille du richissime Bolder lui trouvait. Elle était jeune, plutôt jolie, et la fortune colossale de son père lui reviendrait tôt ou tard. Où était l'intérêt pour elle dans cette affaire, sinon devenir un jour première dame ?... Mais ça, Bob Stillman n'y croyait plus. Dollory avait beau se déclarer comme candidat populaire, il n'était qu'un politicard véreux, comme d'autres avant lui. L'Amérique n'avait rien à gagner à le faire élire gouverneur, et encore moins Président.

Et lui dans cette affaire, pourquoi avait-il accepté de devenir le conseiller de campagne de ce sale type ? Il avait pourtant un beau palmarès à son actif. Plusieurs fois décoré, il aurait pu envisager un poste haut placé dans la compagnie des chemins de fer. Peut-être aurait-il pu lui-même faire la cour à Fiona Bolder... Bob Stillman était encore jeune et avait gardé de beaux restes malgré la guerre, même si une petite cicatrice serpentait entre son genou droit et l'aine. Mais il lui fut impossible de refuser la proposition du candidat Dollory. Celui-ci s'était servi de ses états de services pour renforcer une équipe façonnée par des héros de guerre et des industriels réputés. La rémunération de chef de campagne était plus que raisonnable, et les promesses de faire de Stillman son collaborateur le plus gradé dès qu'il serait élu gouverneur, étaient celles qui avaient scellé la décision de l'ancien militaire.

La porte s'ouvrit enfin. La lumière orangée du bureau forma un rectangle éblouissant sur le parquet. Une silhouette massive se hissa sur le sol, gonflant à chaque seconde comme un ange de la mort venu toucher du doigt une âme au crépuscule de sa vie.

Angus Dollory apparut enfin sur le seuil. Comparé à l'ombre qu'il projetait sur le plancher, il semblait à présent ridicule. Aussi ridicule que l'amourette fictive qu'il entretenait avec la fille d'un riche industriel. Cette pensée amusa Stillman, récompensant ainsi sa patience.

Dollory déposa un baiser sur la main de Fiona. Elle surjoua la timidité, appuyant ses airs de midinette par un mouvement de la main lui permettant de s'aérer les esprits grâce à son éventail.

Elle descendit les escaliers, accompagnée par le sourire bienveillant de Dollory. Dès qu'elle eut disparu de son champ de vision, le visage de Dollory abandonna sa bonne humeur feinte. Il se dirigea droit sur Stillman, poings fermés et sourcils broussailleux rapprochés.

— Que se passe-t-il Stillman ? aboya Dollory. Encore de bonnes nouvelles ?

— Je le crains, monsieur.

— Eh bien, parlez, bon Dieu !

— Pourrions-nous discuter de cela en privé ? insista Stillman en jetant un œil vers sa collaboratrice, avec l'espoir que sa susceptibilité ne serait pas malmenée.

Elle leva un sourcil, dévisagea Stillman d'un regard perçant et retourna à l'écriture de son tableau de comptes.

Dollory prit le bras de Stillman et l'entraîna faire quelques pas avec lui dans le couloir.

— Je vous écoute, dit-il en baissant la voix.

— Nous venons de recevoir deux nouvelles, venues respectivement de nos agents en place, reprit Stillman. La première, celle de miss Hobblehorn, est plutôt macabre. Le shérif Brittle aurait été abattu à Wakeeney hier soir.

Dollory s'immobilisa et lui fit face.

— Que dites-vous ?

— Ray Brittle est mort, monsieur.

— Comment est-ce arrivé ?

— Une rixe aurait éclaté au saloon avec le shérif de Wakeeney, Floyd Andrews, et ses adjoints.

— Je ne connais pas cet Andrews. Que s'est-il passé ?

— Visiblement, une vieille affaire entre eux qui aurait dégénéré.

Dollory se mordit les lèvres, pensif.

— Bon, après tout, ce genre de choses arrive fréquemment dans l'Ouest, tenta-t-il de se réconforter. Nous avons perdu un homme, et après ?... Ce ne sera peut-être pas le dernier.

— C'est plus compliqué que ça.

— Arrêtez de vouloir me préserver sans cesse, Stillman. Si je vous ai engagé, c'est parce que vous me sembliez être un homme direct. Ne me faites pas regretter ma décision.

Pauvre con, pensa Stillman. *Si tu m'as engagé, c'était pour la notoriété que mes décorations t'apporteraient.*

— Quand Brittle a été tué, Ron Ashton, l'un de ses adjoints, a perdu la raison. Aidé par son homologue, ils auraient fait une descente punitive dans le bureau d'Andrews et les auraient massacrés.

— Bordel de merde ! pesta Dollory qui fit un tour sur lui-même, comme si cette symbolique pouvait changer les choses. Ce genre d'affaire va nous porter la poisse. Je ne donne pas deux jours pour que la Pinkerton mette son nez dans nos affaires. Et si tel est le cas, c'en est fini de nous.

— Miss Hobblehorn faisait également partie de l'escouade.

Dollory se liquéfia.

— Quoi ?

— Elle aurait, malgré elle, participé à l'exécution.

— Ils les ont tous tués ?

— Non, Andrews a survécu. Miss Hobblehorn aurait visiblement convoqué le marshal Blemont, venu de l'Arkansas. Elle souhaite que l'affaire soit jugée en toute légalité.

— Alors ça, c'est hors de question, répliqua Dollory en agitant l'index comme un fou furieux. Pour voir rappliquer un juge qui mettra en cause notre opération ? Vous vous rendez compte, Stillman ? Qui d'autre est au courant pour l'instant ?

— Toutes les personnes dont je vous ai parlé.

— Jane Hobblehorn vient de faire une belle connerie. Elle aurait pu demander notre avis cette connasse avant de prendre une décision pareille.

— Elle a fait son travail, monsieur. C'est juste que nous n'avions pas prévu ce genre d'incident.

— J'en ai rien à foutre. Elle aurait dû nous avertir nous, avant de rameuter tous les charognards des États voisins. Non, mais quelle conne !

Angus Dollory faisait les cent pas, tournant autour de Stillman comme une boule de billard. Puis enfin, il parvint à se calmer.

— Vous m'aviez parlé d'une deuxième nouvelle, poursuivit-il.

— Oui, le second agent, celui dont j'ignore le nom. (Stillman était heureux d'avoir placé la remarque à l'intention de Dollory. Une deuxième personne dont seul Dollory connaissait l'identité donnait régulièrement des nouvelles. Stillman ignorait de qui il s'agissait et les cachotteries avaient le don de l'agacer.) Nous savons que l'équipe s'est scindée en deux et qu'elles devraient s'être retrouvées au moment où je vous parle.

— Brillantissime ! hurla le candidat, à la limite de l'hystérie.

— Que souhaitez-vous que l'on fasse, monsieur ?

Dollory revint brusquement sur Stillman comme s'il allait le gifler pour son incompétence.

— Ce qu'on va faire est simple, très simple. Notre opération reposait sur la traque d'un fugitif recherché dans tous les États. Il faut reconnaître que nos hommes ont lamentablement échoué. Il faut enrayer la gangrène qui ronge petit à petit la crédibilité de ce cabinet.

— Comment comptez-vous le justifier ?

— C'est très facile. Pour ma part, nos hommes ont failli à leur devoir. Désormais, il ne faut plus que leurs noms soient associés au mien. C'est bien compris ?

— Je pense que c'est un peu tard pour cela, monsieur. Pendant la campagne, vous n'avez cessé d'évoquer leurs noms et leurs exploits.

— Vous rédigerez une contre-information. Vous n'aurez qu'à dire qu'au moment où nous nous sommes rendu compte que ces types avaient commencé à faire n'importe quoi, j'ai pris la décision de rompre le contrat qui nous unissait. Et faites en sorte que cette information destinée aux journaux paraisse comme étant la plus transparente possible. Il faut convaincre nos électeurs que mon intégrité m'a poussé à prendre cette décision difficile. Avec un peu de chance, on pourra même en tirer avantage et gratter quelques voix supplémentaires. Ne jamais mentir au public, Stillman, non, jamais.

Et tu fais quoi, espèce de branquignole ? eut envie de rétorquer Stillman. Au lieu de cela, il se contenta de répondre :

— Bien, monsieur. Et pour miss Hobblehorn, que fait-on ?

Dollory, qui venait de retrouver sa légendaire consistance, approcha de Stillman et posa ses deux lourdes mains poilues sur ses épaules.

— Jane Hobblehorn a tiré dans le tas. En ce qui me concerne, elle fait partie du lot. Donc, même traitement que pour les autres.

— Bien. Et que fait-on au sujet du marshal Blemont et l'arrivée probable du juge à Wakeeney ?

Dollory resserra son étreinte autour des épaules de son collaborateur.

— Ça, j'en fais mon affaire. Quelques télégrammes et le tour sera joué Nous allons tâcher de retourner la situation à notre avantage. Tant pis pour l'opération Sprinkler. Nous formerons une nouvelle équipe.

— Et si l'ancienne équipe refuse d'être désavouée ?

Dollory arbora un rictus machiavélique que ne lui connaissait pas Stillman.

— Dans ce cas, nous mettrons en place le plan B.

Stillman fronça les sourcils. Il sentit la sueur lui couler le long des aisselles, dessinant d'invisibles traces sous ses vêtements.

— Monsieur, nous ne pouvons pas faire ça, c'est immoral.

— Ce qui vient d'arriver est immoral. Mais rassurez-vous, je vous épargnerai de mettre à exécution ce plan B. J'ai une autre idée là-dessus.

28

SUR LA ROUTE DE KENADO

Stabler cracha une gerbe de sang dans un bassin en ferraille rouillée, jeté au pied du lit. Depuis la veille, ses poumons refluaient une bile rosée et sa gorge ressassait une écume au goût de métal. Sa respiration obstruée par des glaires acides lui occasionnait d'incessants ronflements. Il posa une main glacée sur son front brûlant.

Pour lui, l'aventure semblait bel et bien compromise.

Il balaya cette idée d'un revers malhabile de la main. Il avait trop engagé d'illusions dans cette traque. Il était le maillon indispensable à la réussite de l'opération. Du moins, c'est ce qu'il pensait. Plusieurs années d'enquêtes obsessionnelles l'avaient conduit à l'aboutissement, le bout du chemin qu'il n'osait plus entrevoir. Il avait fait des promesses et la fin des engagements n'était plus qu'une question de jours. Les moyens qu'il avait déployés, de par leurs aspects immoraux et parfois sordides, avaient été nécessaires, voire essentiels. Mais qui lui en tiendrait rigueur après tout ? Certainement pas les familles des victimes du

Sprinkler, et encore moins Angus Dollory qui avait tout misé sur cet objectif commun.

Lorsqu'ils étaient arrivés la veille au soir, Bowens et Talisker avaient formé une table ronde avec l'équipe de Brittle. Stabler était trop mal en point pour participer au débat ; ce qui ne l'empêcha pas de saisir l'essentiel de la conversation alors qu'il confiait ses vêtements au tenancier du saloon pour qu'il les fasse nettoyer. Puis il était allé se coucher.

Il avait bien compris que Ray Brittle était mort. Mais les détails lui avaient échappé. Ses amis étaient désespérés, choqués, mais toujours déterminés à en découdre avec le tueur d'enfants. C'était bien ça le principal.

Des hommes, il en tombe tous les jours. Tous les soldats savent ça. Brittle s'était éteint au combat mais la lutte devait continuer. D'autres trouveraient probablement la mort aussi. Mais l'enjeu avait imposé ses règles. Tout comme les autres, Stabler était soumis à ce cruel règlement. À la différence qu'il en avait accepté les termes.

Il ne souhaitait finalement qu'une seule chose. Vivre assez longtemps pour justifier les actes qu'on lui reprocherait plus tard ; quand enfin la dépouille du Sprinkler serait jetée en pâture aux charognards.

Il entendit des bruits de bottes frapper le plancher du couloir. Il se redressa avec difficulté.

Après avoir toqué deux coups brefs, Bowens entra dans la chambre.

— Alors le vieux, t'es pas mort ? lança-t-il avec une triste mine.

— Salut Bow', entre.

Bowens referma la porte derrière lui et crocheta le dossier d'une chaise dans un angle de la pièce qu'il approcha du lit. Il s'assit.

— Quelle heure il est ? demanda Stabler.

— C'est l'aube. Le soleil n'est pas encore levé.

— Chouette, je vais prendre un bain et courir vingt miles avant de partir... Histoire d'entretenir ma forme.

Bowens glissa un regard dans le récipient en fer. Il remarqua que le bassin était maculé de taches mousseuses ocre.

— T'as plus grand-chose à entretenir, commenta-t-il.

— Tu rigoles ! Je pète le feu, ironisa Stabler en essuyant sa fièvre du poignet.

— Jacob, il faut maintenant te rendre à l'évidence. Tu peux pas continuer.

— Bien sûr que si ! pesta son compagnon. Je suis juste un peu bancal, c'est tout. Donne-moi une journée et demain...

— Et demain tu seras mort, l'interrompit Bowens. Tu m'as déjà dit ça hier et avant-hier. Cette fois, je veux plus entendre ces conneries. Ta place est dans un sanatorium.

— Pour une petite fièvre de rien du tout ? Tu plaisantes, j'espère.

— C'est pas de la blague, Jacob. T'as une blessure qui s'est infectée, à rajouter à un début de pneumonie.

— Pneumo... ? T'es toubib, toi maintenant ?

— Tu tiens pas debout, tu peines à respirer et tu craches tes boyaux dans ta cuvette à merde. Stab', tu es malade et c'est du sérieux. Si tu remontes à cheval, tu passeras pas la journée.

— Ouais, ben ça concerne que moi.

— Ne crois pas ça.

— Et qu'est-ce que tu comptes faire ? Me ligoter ?

— J'irai même jusqu'à te casser la gueule s'il le faut.

Stabler fronça les sourcils, incertain de l'humour tout relatif de son camarade. Il connaissait parfaitement le caractère de Bowens et savait lorsqu'il fallait rire ou non de ses plaisanteries. Visiblement, celle-là n'en était pas une.

Puis Stabler sourit et se laissa retomber sur les draps.

— Un sanatorium, tu dis ? reprit-il, la respiration sifflante. C'est peut-être pas une mauvaise idée après tout.

— Il y en a des très bien à ce qu'il paraît.

— Kansas City ?...

— De quoi, Kansas City ?

— Ben, un sanatorium, il y en a bien un à Kansas City, non ?

— Comment je le saurais ?

Stabler abandonna le blanc ivoire du plafond pour le visage trouble de Bowens.

— T'es bien allé à Kansas City il y a quelques années, non ?

— Désolé mon vieux mais non, tu confonds.

— Mais si ! C'était juste avant ta rencontre avec Calie. Rappelle-toi, le vieux du Général store qui truandait ses clients en permanence. Tu te souviens pas de lui ? C'est un incontournable là-bas...

Bowens fit claquer ses paumes sur ses genoux, gêné de devoir à nouveau contredire son compagnon.

— Jacob, j'ai jamais mis les pieds de ma vie à Kansas City.

— Mais qu'est-ce que tu rac...

Une quinte de toux l'interrompit. Il porta le poing à la bouche et une goutte de sang coula entre ses doigts.

Le lamentable spectacle qui se jouait désola Bowens.

— Ta fièvre te fait délirer. Tu le vois bien, j'invente rien.

— Mais bordel, arrête de m'emmerder avec ça ! s'emporta Stabler. Je suis certain de ce que j'avance. Tu te rappelles pas, c'est tout !

— OK, Stab'. Je dois avoir un trou de mémoire. En attendant, repose-toi et...

— Me prends pas pour un vieillard sénile ! Et me parle pas comme à un dégénéré.

— T'énerve pas, je dis juste que j'ai peut-être oublié.

— Des clous, oui ! Tu as pitié de moi, c'est ça que je comprends.

— Enlève-toi cette idée de la tête. J'ai pas pitié de toi. Je veux simplement que tu guérisses.

Stabler allait mordre une nouvelle fois, mais se ravisa. Après tout, Bowens voulait le préserver. C'est ce que ferait tout ami digne de ce nom. Stabler remonta le temps, se projetant neuf ans plus tôt, en plein cœur de Kansas City. Il se voyait dans la diligence chargée de voyageurs prête à quitter la ville. Il apercevait Bowens traverser la rue, vêtu d'une chemise neuve, son vieux chapeau écru sur la tête, et le nez habillé d'une moustache encore brune et fine. Bowens était plus mince, plus jeune. La diligence s'éloignait lentement et la forme humaine qui lui inspirait celle de son ami devenait trouble, au point de douter qu'il s'agissait bien de lui...

La fébrilité laissait peu de place aux souvenirs encore valables. Stabler pensait se rappeler Kenny Bowens, mais ce n'était peut-être qu'un mirage dû à la fièvre. Rien de plus.

Stabler devait se rendre à l'évidence une bonne fois pour toutes. Il devenait fou. Il délirait. Et ce genre de vision extravagante n'était pas de bon augure. Pire, elle pourrait même tous les conduire à leur perte. Lui et les autres... Jane Hobblehorn, Ashton, Robson, Bowens, et ce petit trou du cul de Talisker...

Les yeux vitreux de Stabler roulèrent vers le plafond.

— Oh, Bow', comment j'ai pu en arriver là ?

Bowens lui saisit le poignet et le serra. Il était brûlant.

— Ne te reproche rien. Ton initiative était courageuse. Mais il faut parfois savoir entendre les cérémonies plaintives de sa carcasse.

Stabler se permit un rire silencieux.

— On dit que l'espérance de vie grandit chaque année... Atteindre les soixante ans dans le contexte de nos garces de vies, c'est déjà pas si mal... Même si j'avais envisagé un peu plus...

— Ne sors pas les violons Jacob, j'ai horreur des sérénades *nécromantiques*...

— Tu penses sincèrement que je reverrai ta jolie Léonore un jour ?...

— J'espère bien. Je t'ai choisi comme tuteur, alors me fais pas défaut.

Stabler fut secoué par une nouvelle quinte. Bowens resserra son étreinte autour de son poignet, témoignage immortel de leur amitié et ses serments.

— Jacob, j'ai pris l'initiative de faire venir le toubib. Il devrait plus tarder.

Stabler acquiesça, la mort dans l'âme.

— Vous allez où maintenant ? demanda-t-il avec fébrilité.

— Kenado, une bourgade perdue à côté de Dorrance.

— Finalement, vous suivez les indications de notre ami Talisker...

— C'est une décision commune.

— Et le Sprinkler ?... Il est passé par là ou pas ?

— La fillette qui a été trouvée à Wakeeney est morte depuis plusieurs jours. On sait pas si c'est réellement le Sprinkler qui l'a tuée, mais si c'est le cas, il est pas impossible que l'assassin ait emprunté la piste de Dorrance. Il faut s'attendre à tout avec lui.

— Et vous faites confiance aux tuyaux du journaliste ?

— Disons que, pour le moment, ils sont les seuls que nous ayons... Quitte à poursuivre un fantôme, autant que nous le fassions là où il a laissé des traces.

Stabler s'était calmé. Sa respiration se voulait plus rassurante.

— Bonne chance, chuchota-t-il avant de sombrer.

Bowens se releva en silence et laissa son ami entre les mains d'un sommeil qu'il espérait salvateur. Rien n'était moins sûr, mais au moins, il serait parvenu à le convaincre d'embrasser les voies de la sagesse.

Il quitta la chambre à pas de loup.

*

Jane Hobblehorn ajusta son chapeau. Ses yeux étaient gonflés par une nuit de chagrin. Perchée au sommet de sa selle texane, elle observait l'est. Là où le soleil est toujours au rendez-vous.

Bowens sortit du saloon. À quelques mètres de la jument de Jane, Dwight, Ron et Norman Talisker attendaient sur leurs montures. Bowens ferma les boutons de son manteau et grimpa sur la selle, soulevant sous ses pas de lourdes gerbes de neige grasse.

— Vous êtes prêt, monsieur Bowens ? demanda Jane d'une voix autoritaire.

— C'est quand vous voulez.

La jeune femme éperonna sa monture et creusa le sillon de leur prochain cap. Les autres cavaliers se lancèrent sur ses traces à bride abattue, direction Kenado.

29

KENADO

Hunter craqua une allumette, alluma sa pipe et se mit à sourire comme un gosse espiègle lorsqu'il aperçut enfin les silhouettes de cinq cavaliers passer les portes de la ville.

Hunter avait toujours eu pour habitude d'avoir un coup d'avance sur ses concurrents. Ruse, réflexion, logique, tant de vertus pour dresser le profil d'un homme insaisissable. Il les avait suivis depuis Kearney sans jamais perdre leurs traces. La tragédie de Wakeeney bien que dramatique, avait indiqué une issue nouvelle. Une porte que lui seul pouvait forcer.

Bellerive lui avait parlé des événements de Kenado. Qui mieux qu'un agent de la Pinkerton pouvait obtenir les informations sans délai... Hunter avait noté les éventuelles similitudes entre les crimes passés du Sprinkler et le meurtre perpétré à proximité de Dorrance deux jours plus tôt. Bien qu'il ne fût pas tout à fait convaincu que la signature soit identique, Hunter ne devait négliger aucune piste. Il procédait toujours ainsi. Tout d'abord éliminer les informations erronées en vérifiant l'exactitude des faits le plus rapidement possible. Ensuite, rassembler notes et réflexions pour s'immiscer dans l'esprit du tueur, s'emparer de son âme pour mieux lire au travers. Et enfin, clôturer le dossier en jouant de finesse et de rapidité.

Hunter avait stoppé la carrière de dizaines d'assassins potentiels avant même qu'ils ne soient reconnus comme tels et passent à la postérité des grands noms de l'histoire. Hunter arrachait la mauvaise herbe avant qu'elle ne se développe.

Tous les secrets des mondes utopistes trouvaient naissance à l'aune de ces sacrements.

La distance entre Kenado et Wakeeney devait avoisiner les soixante-quinze miles. Bowens et son équipe avaient dû faire le trajet en deux fois. Même s'ils étaient partis à l'aube, ils s'étaient certainement arrêtés pour faire reposer les chevaux avant de reprendre la route pendant la nuit. Hunter glissa deux doigts dans la petite poche de son gilet et sortit sa montre à gousset. Elle affichait quatre heures vingt. Le soleil filtrerait ses premiers rayons d'ici trois bonnes heures. Le temps pour Hunter d'interroger le shérif et les quelques témoins qui voudraient bien lui dévoiler ce qu'ils avaient vu ou entendu.

Il tapota sa pipe sur le rebord de la fenêtre. Ses yeux suivaient les pas harassés des chevaux. L'un d'entre eux, celui de Dwight Robson, semblait à bout de souffle. Une fumée grise se dissipant des naseaux accompagnait un râle d'agonie. La monture ne verrait pas le jour, c'était une certitude. Les autres n'avaient pas l'air plus gaillards. L'équipée dormirait au saloon quelques heures avant de reprendre ses investigations.

Hunter sourit et s'enfonça dans le matelas de son lit, bras derrière la nuque et chevilles croisées. Puis il ferma les paupières.

*

Quelques heures plus tard, alors que le soleil se lovait lamentablement entre les nuages gris de saison, Bowens retrouva Jane Hobblehorn au bar du saloon. Les cheveux hirsutes et les yeux cernés de violet, elle dégustait un café brûlant. Bowens s'installa près d'elle.

— Comment a été la nuit ? demanda-t-il.

— Effroyable.

— Il va pourtant falloir affronter la journée.

— Je serai de taille, si c'est ça qui vous inquiète.

Bowens chipa un morceau de pain dans l'assiette de la jeune femme et l'enfourna dans sa bouche.

— Miss, je sais que votre détermination vaut bien celle de cent hommes. Mais je dois vous rappeler que colère ne fait jamais bon ménage avec travail soigné. Vous saisissez ?

— Plus que vous ne l'imaginez.

— Ce qui s'est passé à Wakeeney est dramatique. Ça nous a tous retournés. Mais ne perdez pas de vue notre objectif. La colère que vous ruminez pourrait vous coûter la vie.

— Vous pensez que je ne le sais pas ?

— Je vous mets en garde, c'est tout.

Jane reposa son bol sur la table.

— Merci Bowens, j'apprécie.

Bowens opina en silence. Le tenancier lui apporta une tasse et versa une rasade de café. Bowens le gratifia d'un hochement de tête et le maître des lieux poursuivit sa tournée dans la salle.

— Est-ce que vous avez averti Angus Dollory de ce qui s'était passé ? s'enquit Bowens en portant la tasse fumante à ses lèvres.

— Évidemment. Je lui ai envoyé un télégramme de Wakeeney.

— Vous ne pensez pas que votre patron va revenir sur sa décision ?

Jane Hobblehorn esquissa un sourire. Le premier depuis la dramatique journée où Ray Brittle avait été abattu.

— Ce serait mal le connaître, répondit-elle. Je ne l'ai jamais vu fléchir devant l'adversité. Il a de l'argent, beaucoup d'argent. Et vous comme moi, savons pertinemment que, dans ce pays, quand les caisses sont pleines, vous pouvez tout vous permettre. Non, Angus ne reviendra pas sur sa décision. La traque qu'il finance représente le premier point de son programme. Voyez déjà les titres. (Jane écarta les bras devant elle et crocheta les doigts, encadrant un article imaginaire :) « *Angus Dollory, prétendant à l'investiture de gouverneur de l'État du Nebraska, vient de mettre un terme à la carrière de Prescott Soulless, redoutable tueur d'enfants qu'on nommait autrefois le Sprinkler* »... (Elle laissa retomber ses mains sur la table.) Encore faut-il que Prescott Soulless soit bien le Sprinkler.

Elle secoua la tête, désabusée.

Bowens la regardait avec tendresse. Certaines de ses expressions lui rappelaient Calie. Cette colère ne se manifestant qu'au travers d'un froncement de sourcils, cette sensibilité scintillant aux coins de ses yeux humides, cette détermination combattant la douceur de sa féminité... Jane Hobblehorn avait tout d'une honnête femme, avec sa force admirative et ses faiblesses attendrissantes.

— Et vous, que pensez-vous de tout ça ? poursuivit Bowens.

— Vous voulez parler d'Angus ou de la mission ?

— Des deux.

— De toute manière, les deux entités sont intimement liées. Pour être sincère, je ne sais plus quoi penser.

Elle fit glisser la dernière goutte de café au fond de sa gorge, reposa la tasse sur la table et la repoussa.

— Je me doutais que cette chasse à l'homme ne serait pas une sinécure, avoua-t-elle. Mais je ne pensais pas que cette histoire aller dégénérer de la sorte... Je veux dire...

— Je sais ce que vous voulez dire.

Jane se retint pour ne pas éclater en sanglots. Ses yeux s'embuèrent et elle résista de toutes ses forces pour ne pas craquer devant Bowens.

— Un homme a été tué... Ray... Je savais que les risques étaient considérables, mais je n'ai jamais pensé que nous perdrions quelqu'un de cette manière. Je veux dire de façon si brutale...

Bowens hésita, puis posa sa main calleuse sur celle de la jeune femme. Jane releva la tête et son regard plongea dans celui du pisteur. Son geste n'avait rien d'entreprenant ni de déplacé. À travers leurs peaux qui se croisaient, elle ressentait toute la bienveillance et la sincérité d'un homme qui aurait pu être son père. La chaleur qui émanait de ce contact n'était pas seulement physique, elle était aussi douce que la caresse d'un rayon de soleil un jour de deuil.

— Ce qui vous a choquée, c'est que notre shérif a

perdu la vie à cause d'un élément étranger à notre environnement, dit Bowens. Jamais notre route n'aurait dû croiser celle de Floyd Andrews. Si Ray avait péri pendant une fusillade nous opposant au Sprinkler, vous l'auriez vécu différemment. Quand un homme de mon âge meurt en se serrant la poitrine, on dit qu'il a fait son temps, que c'est triste mais que c'est le schéma de la vie. Quand un gamin nous quitte après une longue maladie, on comprend pas. Nos émotions sont différentes. Nous en voulons à Dieu et à la vie. Dans votre cas, c'est un peu la même chose. Le destin nous a joué un mauvais tour.

Jane hocha discrètement la tête.

— Ne le prenez surtout pas mal, hésita-t-elle, mais on dirait que la mort d'un homme ne vous atteint pas. Vous êtes un pessimiste...

— Un fataliste, tout simplement. Je dis pas que ça me fait rien de voir quelqu'un mourir. Mais vous savez, c'est comme quand vous prenez une balle pour la cinquième fois. Vous savez que vous allez passer un sale quart d'heure, mais vous êtes habitué ; vous êtes déjà préparé à l'idée de la douleur. Quand vous aurez mon âge et que la vie vous aura querellée quelques centaines de fois, vous prendrez une certaine distance avec les événements.

— C'est... c'est effrayant ce que vous dites.

— Ce n'est qu'un constat. Et de ma vie, j'ai jamais croisé quelqu'un qui a dérogé à cette règle. Mais rassurez-vous, le temps fera son travail et vous ne vous en rendrez même pas compte.

Malgré les fins ruisseaux qui lui coulaient le long des joues, Jane parvint à rendre à Bowens un sourire tendre. Elle posa son autre main sur celle du pisteur.

— Je vous avais mal jugé, monsieur Bowens. J'ai toujours cru que les baroudeurs n'avaient pas le temps de penser à autre chose qu'à leur survie, faisant abstraction de sensibilité et de spiritualité. Je me suis trompée. Vous êtes un homme bon et un fin observateur.

Les moustaches de Bowens lui rehaussèrent les joues. Ses yeux plissés et espiègles étaient restés jeunes et taquins. Même lorsque la peau se flétrit, lorsque le soleil d'une vie rejoint lascivement l'ouest, l'âme reste intacte et perdure.

— Les autres vont pas tarder à descendre, dit Bowens. On va pouvoir se rendre au bureau du shérif et demander à examiner le corps.

— Vous avez raison, répondit Jane avec énergie. Il nous faut gagner honorablement nos dix dollars hebdomadaires.

*

Le shérif Tappert tendit une cacahuète à sa Pione violette. L'oiseau piqua du bec et enfourna aussitôt l'arachide. Tappert passa son index à travers la grille et caressa son plumage, un sourire d'enfant greffé aux lèvres. On frappa deux coups puissants à la porte.

— Entrez, lança le shérif en abandonnant l'oiseau à sa triste détention.

La porte s'ouvrit et une gerbe de neige s'engouffra dans le bureau. Bowens entra le premier, le chapeau déjà recouvert de neige. Suivaient Jane, Dwight et Ron.

— Bonjour shérif, dit le pisteur. Je m'appelle Kenny Bowens, et voici miss Hobblehorn, Dwight Robson et Ron Ashton.

— Ah oui, l'équipe de Ray Brittle, répondit Tappert, les mains posées sur les hanches. Entrez donc et refermez la porte si vous ne voulez pas attraper la mort.

En bon dernier de file, Ron s'exécuta.

— Je vous pensais plus nombreux, poursuivit le shérif. Où est donc l'écrivain ?

— Il termine sa nuit, intervint Jane. Comment avez-vous eu vent de notre arrivée ?

— Un télégramme reçu de Lincoln, signé de Bob Stillman.

— Parfait, nous permettez-vous de voir le corps de l'individu que vous avez retrouvé pendu ?

Tappert fronça les sourcils.

— J'avoue ne pas comprendre...

Bowens et Jane échangèrent un regard ahuri. Dwight et Ron eurent le même réflexe.

Jane Hobblehorn approcha de quelques pas.

— Comment ça ? demanda-t-elle. Vous dites avoir reçu un télégramme provenant de la permanence d'Angus Dollory...

— En effet.

— Pardonnez-moi mais à mon tour, je ne comprends pas...

— Vous êtes bien l'équipe de Ray Brittle ? reprit Tappert en les désignant machinalement de la main.

— Évidemment.

— Pourtant, d'après ce que je sais, votre mission s'est soldée par un échec, s'étonna le shérif.

De nouveaux regards échangés. Une incompréhension commune.

Bowens quitta son chapeau, se lissa le peu de cheveux qu'il lui restait et enchaîna trois pas à son tour.

— Shérif, nous sommes missionnés par Angus

Dollory pour mettre la main sur un assassin qui pourrait bien être celui qui a éventré votre victime.

Tappert posa une fesse sur son bureau et joignit les mains entre ses jambes.

— Oui, je sais en quoi consistait votre mission.

— Consistait ? répéta Jane en appuyant sur la terminaison.

— Le télégramme que j'ai reçu m'informait que vous alliez certainement passer à mon bureau d'un jour à l'autre et me remettre les informations que vous aviez récoltées durant votre enquête.

— Il n'a jamais été question de remettre quoi que ce soit à quiconque, s'enflamma la jeune femme. Nous pourchassons un individu dangereux et, si nous sommes là, c'est parce que sa piste nous a menés tout droit jusqu'à Kenado.

Tappert plongea les yeux sur le plancher et se frotta le menton, passablement ennuyé.

— Écoutez madame, reprit-il, je suis navré mais le télégramme était formel. La mission est terminée. Elle est désormais l'affaire des polices locales.

L'esprit de Jane tourbillonna. Elle chercha du secours dans les yeux de Bowens.

— C'est quoi ce bordel ? gronda Ron Ashton. On se fout de nous, là !

— Pas le moins du monde, dit Tappert. Tenez, lisez vous-même.

Le shérif leva son fessier de son bureau, contourna la table et sortit la missive de l'un des tiroirs qu'il tendit à Bowens.

Ennuyé d'être considéré comme le meneur de l'équipe, Bowens demanda l'approbation de Jane d'un hochement de tête. Elle lui intima de lire le télégramme à voix haute.

— Hem... « *Permanence d'Angus Dollory, Lincoln, 4 novembre 1866. À l'attention du shérif de Kenado. Avons mandaté pisteurs pour arrestation du meurtrier d'enfants, stop. Échec total de la mission, stop. Équipe désavouée, stop. Merci de poursuivre les investigations en lien avec les bureaux des États voisins, stop. Signé Bob Stillman.* »

Jane pâlit d'un seul coup. Le visage de Ron vira au rouge. Dwight crut que ses jambes ne le porteraient pas une minute de plus.

Bowens replia le télégramme et le rendit au shérif.

— Bon, voilà un travail qui ne nous est plus dévolu, constata le pisteur avec une pointe d'amertume dans la voix.

— Non, mais je rêve ! s'insurgea Jane. Nous n'avons pas été avertis. Ce doit être une erreur !

— Navré de vous contredire, mais le télégramme provient bien du bureau de Lincoln, réfuta Tappert en remettant le papier dans son tiroir. Je me doute des raisons qui ont conduit à une telle décision, mais vous n'avez plus autorité sur l'affaire. Vous devez simplement établir un rapport sur votre chasse à l'homme.

— C'est hors de question !

Le petit monde de Jane Hobblehorn venait de s'écrouler en l'espace d'une lecture ingrate. Comment Angus Dollory avait-il pu prendre une telle décision ? Certes, elle l'avait informé des événements passés, mais une réponse directe à la malle-poste de Wakeeney aurait été préférable.

Que leur reprochait-il ? Brittle et son équipe avaient bravé le froid, la neige et le danger pour mettre un terme à la carrière d'un assassin, pas pour assouvir les ambitions politiciennes d'un rond-de-cuir. Et elle dans tout ça, n'était-elle pas la femme de confiance du candidat populaire encensé par la presse internationale ? N'avait-elle pas couru les mêmes risques que ses camarades ? Ne méritait-elle pas un minimum de considération après tous les sacrifices qu'elle lui avait voués ?

Il devait y avoir une autre explication, il y en avait forcément une.

L'esprit de Dwight fut pris dans un cyclone d'images intemporelles. Il revit la scène durant laquelle une balle perforait le dos de Ray Brittle, son patron, son ami. Dwight se laissa glisser contre le mur et, une fois assis, dissimula sa tête entre ses mains.

Malgré son jeune âge, Ron était certainement le plus affaibli par la nouvelle. Du haut de ses vingt-six ans, il avait repoussé toutes les limites d'une vie. Il avait quitté son foyer, avait été pris en otage dans un rocher, traversé des déserts de neige, s'était fourvoyé auprès de la femme qu'il aimait secrètement, et avait vu ses camarades tomber pour ne jamais se relever.

Bowens quant à lui resta silencieux. La politique n'était pas son domaine de prédilection. Les décisions prises d'en haut restaient bien évasives pour un homme comme lui. On avait fait appel à lui, il avait accepté. Quoi qu'il se passe, il serait payé pour le travail fourni. L'orgueil était un lointain souvenir et organiser une mutinerie pour une simple histoire d'ego n'était plus de son âge. Non, il accepterait les ordres en bon soldat. Le retour à la vie de famille n'était plus une chimère inaccessible. Il était en vie et bien portant, c'était bien là l'essentiel. Il retournerait à

Wakeeney chercher Stabler et ensemble, ils rentreraient au pays. Son compagnon ne prendrait pas la nouvelle avec autant de souplesse, mais il devrait se faire à l'idée.

Le shérif Tappert, bien qu'étant un homme anobli par l'expérience, ne dissimulait pas son effarement devant la situation. Lentement, il contourna le bureau et se rapprocha de la cage de son oiseau de compagnie, située à deux mètres de l'armoire à fusils.

— C'est vous qui allez reprendre l'affaire ? demanda Jane qui avait déployé d'indiscutables efforts pour recouvrer un semblant de sérénité.

— Disons que la traque du Sprinkler est devenue une affaire d'État, répondit calmement Tappert qui glissait graduellement vers le râtelier. Tous les shérifs doivent organiser des milices et affréter les équipes pour cette chasse à l'homme. Et c'est sans compter sur les chasseurs de primes.

— Les chasseurs de primes ? répéta Ron Ashton. Mais votre opération va terrifier la nation, vous vous en rendez compte ? Vous savez pertinemment que parmi les chasseurs de primes s'épanouissent d'ignobles vermines prêtes à tout pour quelques billets ! C'est la porte ouverte à toute sorte de problèmes supplémentaires ! Vous en avez conscience ?

— Je ne rédige pas la loi, monsieur, je l'applique ; rien de plus.

Jane saisit le bras de Bowens et le fit pivoter face à elle.

— Bowens, on ne peut pas laisser faire les choses. La nouvelle va se répandre comme une traînée de poudre, et qui sait ce que les ragots colportent sur nous désormais ?

— Pour rebondir sur votre première affirmation, reprit calmement le shérif, un chasseur de primes s'est déjà présenté à mon bureau, pas plus tard que ce matin, aux aurores. Un dur à cuire comme on n'en fait plus. Je sais de quoi je parle, Hunter est sans doute celui qui a coûté le plus d'argent à l'État en termes de récompenses.

— Vous avez dit Hunter ? intervint Ron. (Puis il s'adressa à Bowens :) Hunter est le fumier qui nous a coincés à Blue Rock, vous vous souvenez ?

Bowens se souvenait parfaitement. Il opina avec lassitude.

— Et pour reprendre sur la seconde partie de votre réflexion, poursuivit Tappert, vous ne pourrez jamais empêcher les ragots d'accabler votre honneur, miss.

Jane posa les mains sur les hanches et avança encore de trois pas. La main de Tappert serpentait sournoisement vers l'armoire à fusils. Le cadenas était ouvert. Une aubaine plus que providentielle. Puis il reprit :

— Lorsque vous êtes arrivés, je pensais que vous étiez au fait de toutes les informations récentes, notamment celle de votre inculpation.

Cette fois, l'agressivité émanant du dernier terme employé par le shérif piqua Bowens aux tripes.

— De quoi vous parlez ?

Tappert se redressa lentement. Son épaule reposait maintenant contre la vitre du râtelier.

— J'ai reçu une seconde missive peu de temps après la première. Vous comprendrez que je ne suis pas tenu de vous la faire lire. Ensemble, vous êtes accusés d'avoir provoqué un carnage sanglant à Wakeeney.

Le sol se déroba sous les jambes de Ron. Le jeune adjoint encaissa le poids de la culpabilité de plein fouet. L'accusation commune lui était dévolue.

— Vous plaisantez, j'espère ! hurla-t-il. Le shérif Floyd Andrews a abattu Ray Brittle d'une balle dans le dos, c'était de la légitime défense !

Reniflant les affres de la violence monter en puissance, Tappert établit un rapide état des lieux. Visiblement, les concernés n'étaient au courant de rien. Ni de l'achèvement de la mission, ni de l'accusation qui pesait sur leurs épaules. Le second télégramme qu'il avait reçu avait fait mention de la visite du groupe de pisteurs et de leur collaboration sur les informations relatives à la mission, ainsi que de leur coopération quant à leur arrestation. Ils devraient tous passer devant le tribunal et répondre de leurs actes. Apparemment, aucun d'entre eux n'était avisé de la décision les impliquant et, de surcroît, personne n'aurait l'intention d'obtempérer aux injonctions.

Tappert dressa la main gauche devant lui comme s'il installait un mur de confiance. Sa main droite ouvrit le râtelier avec douceur, ce qui n'empêcha pas le regard de ses opposants de s'appesantir sur ses gestes.

— Madame, messieurs, je pense que nous sommes tous victimes d'une terrible incompréhension. Je ne vous en blâme pas. Vous passez au peigne fin toutes les pistes du Nebraska et du Kansas depuis de nombreux jours. Vous êtes épuisés et n'aviez aucun moyen de communication. Ce qui est chose normale lorsqu'on arpente les sentiers jour et nuit. Je suis sincèrement désolé de vous avoir appris moi-même la nouvelle. En vous voyant débarquer, je pensais vraiment que vous étiez venus pour me fournir les informations et vous rendre de bon gré.

— Vous avez déjà rencontré quelqu'un qui se rendait sourire aux lèvres ? gronda Dwight qui commençait sérieusement à enrager.

— Écoutez shérif... dit Bowens en faisant un pas et, à son tour, dressant les mains devant lui comme pour calmer les tensions.

— N'avancez pas, monsieur ! l'interrompit Tappert dont la main droite avait déjà crocheté la crosse d'une Winchester. (Puis il s'adressa à l'ensemble de l'équipée :) Vous êtes en état d'arrestation, et je vais vous demander de garder votre calme et de bien vouloir coopérer.

Tappert semblait être un homme averti. Les stries de son visage en disaient long sur son parcours. La cinquantaine bien pesée, l'homme étoilé n'était pas du genre à se défiler. Mais il demeurait malgré tout un homme qui, comme tout autre, réagissait à l'instinct de survie, caché derrière ses peurs viscérales.

— Vous n'êtes pas encore condamnés, poursuivit-il, histoire de gagner du temps et de raffermir sa poigne autour de la carabine. Vous serez honnêtement entendus et jugés, et s'il s'avère que vous étiez dans votre droit à Wakeeney, vous serez relaxés. Rien n'est encore figé.

— Arrêtez vos conneries, maugréa Jane. Gardez votre baratin pour les abrutis. Et par pitié, lâchez ce fusil, nous n'allons pas nous envoler.

Tappert profita du semblant de soumission qu'offrait la jolie brune pour bloquer l'arme contre lui. Il enclencha le chargeur d'un mouvement souple et discret.

— Je ne vous connais pas, répliqua-t-il. Je ne sais pas à qui j'ai affaire, donc vous comprendrez que je sois obligé de me protéger. Mais je tiens à vous rassurer. Je ne ferai pas usage de mon arme si vous coopérez.

Bowens secoua la tête. Terminé les chimères, fini les promesses d'une belle sortie de scène, adieu aux dollars promis pour la traque du Sprinkler. Ils étaient tombés dans un beau piège. Bowens jeta son chapeau à terre ; Tappert faillit sursauter.

Dwight leva les mains. Il était inutile de résister et de provoquer de nouvelles effusions de sang. Ils auraient l'occasion de se défendre. Ils devaient tous s'en tenir là.

Jane leva les mains à son tour, totalement anéantie. Elle se sentait comme passée à la presse. Dès que l'affaire aurait éclaté au grand jour, elle aurait deux mots à dire à ce pourri de Dollory. Ce fumier lui avait pris son avenir, ses ambitions, et venait de réduire à néant ses convictions.

Bowens gardait les mains crochetées autour de sa ceinture, le regard perçant comme la pointe d'une flèche aiguisée.

— Monsieur, je vous demande de lever les mains, répéta Tappert (puis son regard fuit sur la gauche, là où se tenait précisément Ron Ashton, le canon de son fusil toujours soutenu par sa main droite). Vous aussi, monsieur, laissez tomber votre arme et levez les mains bien en vue.

La réticence des deux hommes réveilla l'anxiété de Jane.

— Bowens, faites ce qu'il dit, le somma-t-elle.

Bowens ne bougea pas d'un iota, pas plus que le jeune adjoint.

— Bowens, ne faites pas l'imbécile, reprit-elle. Nous sommes déjà bien assez dans la merde, n'en rajoutez pas.

(Elle tourna la tête vers Ron.) Vous aussi, Ron. Posez ce fusil et obéissez.

La mire de Tappert se dirigea lentement vers Bowens. Le canon était pointé droit sur son abdomen. Le doigt calé sur la détente et le canon soutenu par la main gauche, le shérif était prêt à ouvrir le feu.

— Messieurs, je vous lance une dernière sommation, dit-il. Prouvez donc votre innocence et évitez de vous enfoncer davantage. Si vous provoquez un fait d'armes, vous risquez la pendaison et, cette fois, ce sera pour de bon. Mais personne n'a envie de ça, n'est-ce pas ?

Aucune réponse. Juste l'écho de la bise sifflant à travers les sous-pentes.

— Bowens ! gronda Jane.

Dwight adressa un regard à son ami.

— Ron, joue pas au con. Obéis, on n'a pas besoin de ça. Tout va rentrer dans l'ordre, je te le garantis.

— Conneries ! riposta le jeune adjoint entre les dents. Tu sais pertinemment que je suis responsable de ce qui s'est passé.

— J'ai pas dit ça.

— Mais c'est le cas. J'ai déconné et vous allez tous payer. Et ça, c'est hors de question.

— Joue pas les héros. La justice sera clémente avec nous.

— Tu te fais des idées, Dwight. Tu ne comprends donc rien ?

— Mais merde ! Comprendre quoi ?

— Dollory vient de nous supprimer de l'équation. Les résultats n'ont pas été ceux qu'il escomptait. Pour lui, nous avons perdu trop de temps. Dès qu'il a donné l'ordre d'arrêter le Sprinkler, il s'attendait à ce qu'on lui livre le lendemain. C'est la grande différence entre les théoriciens et les hommes de terrain. Ces types n'y connaissent rien. Seuls le pouvoir et le statut social comptent. En plus d'un échec, nous lui apportons un scandale.

— Dis pas de conneries, nous témoignerons tous.

— Tu pourras bien apporter au juge tous les témoignages que tu voudras, Dollory en fabriquera par centaines. On va servir d'exemples. Nous sommes désormais une tache noire sur sa profession de foi. Et les taches, on les efface.

Dwight ne répondit rien. Habitué à la fougue de son compagnon, jamais il ne l'aurait cru capable de dresser un constat aussi réaliste de la situation. Ron n'avait peut-être pas tort. Peut-être seraient-ils tous jetés en pâture à l'avantage d'un bulletin de vote ?... Après tout, Dollory ne connaissait aucun d'entre eux, si ce n'est Jane Hobblehorn. Comment allait-il justifier l'échec de la mission ? Dirait-il que l'équipée de Brittle avait perdu l'esprit ? Qu'elle s'était investie d'une mission individualiste reposant sur les rivalités du passé ? Qu'il en avait pris conscience à temps et avait fait le nécessaire pour enrayer l'épidémie avant qu'elle n'affecte le pays tout entier ? Jouerait-il de la crédulité des électeurs pour affirmer sa position de chef de guerre ? Leur laisserait-il croire en un avenir meilleur purifié de toute ignominie humaine ? Possible.

Bowens entendait les vagues supplications de la jeune femme qui les accompagnait, mais ne les écoutait pas. Il était en colère. Meurtri par les conséquences que provoquerait son absence auprès de Léonore et Calie. Et que penserait sa fille ? Quelle image garderait-elle de son père, lui qui avait offert sa jeunesse à la concrétisation d'une Amérique meilleure ? Non. Bowens était un soldat de la paix, pas une vermine dont on ternirait la réputation. Pas à soixante-six ans.

— Shérif Tappert, dit-il, je sais que vous vous trouvez dans une situation délicate. Mais je dois être aussi honnête avec vous que je le suis envers moi-même. Il est hors de question que je me rende.

Jane crut s'effondrer. Elle s'écarta de lui, écarquilla les yeux et manqua de trébucher sur une latte du plancher mal clouée.

— Bowens, vous avez perdu la tête !

— Votre amie a raison, reprit Tappert. Vous dites reconnaître la difficulté de ma position. Dans ce cas, prouvez-le. Montrez-moi que vous n'êtes pas l'homme qu'ils disent.

— Sauf votre respect, je vous dois rien, shérif, répliqua Bowens sur un ton monocorde. Je sais qui je suis, ce que j'ai fait et pas fait. Je laisserai personne me salir, au nom de ma petite fille qui m'attend auprès de sa maman.

— Justement, pensez à elles, monsieur Bowens. Ne faites rien de regrettable. Moi aussi, j'ai entendu parler de vous et ai eu vent de vos exploits passés. Votre histoire servira votre cause au tribunal, je peux vous l'assurer.

Bowens sourit.

— Shérif, comment vous réagiriez si, après avoir parcouru des centaines de miles à la recherche d'un assassin, après avoir défié la mort chaque jour sous une tempête de neige pour servir une noble cause, on vous mettait aux arrêts sans même chercher à connaître les motivations qui ont poussé au drame une situation qui vous a échappé ? Que ressentiriez-vous si vous aviez consacré votre vie à la traque d'odieux individus, si vous aviez esquivé les balles ennemies sur les champs de bataille pour lever l'étendard de la liberté, et que du jour au lendemain on vous traitait comme le dernier des enculés de cette terre. Hein ? Pouvez-vous répondre à ces questions, monsieur Tappert ?

Plus que palpable, la tension était à son comble. Il suffisait d'un geste malheureux, d'un éternuement, d'un mouvement imperceptible pour que la situation dégénère et se transforme en guerre à huis clos.

— Monsieur Bowens, j'entends ce que vous dites.

— Justement, non. Je crois pas que vous compreniez.

Tappert prit une grande inspiration et tenta de contrôler les pulsations de son cœur pour mieux les maîtriser.

— Monsieur Bowens, nous ne jouons plus. Si vous n'obtempérez pas dans la seconde, je vais être contraint d'ouvrir le feu.

— Il a raison, Bowens, s'affola Jane. Restons calmes, tous ensemble.

À la surprise de tous, notamment à celle du shérif, Dwight baissa lentement les mains. La soumission était terminée pour lui aussi. Ron lui décocha un regard en coin. Non pas qu'il était fier d'avoir convaincu son ami, mais rassuré quant à la vision qu'il avait su répandre sur les choses.

Tappert fit un pas en arrière et resserra l'étreinte autour de la Winchester.

— Écoutez-moi, dit-il en tentant désespérément de garder contenance. Si je tire, l'un d'entre vous va tomber. Le coup de feu va alerter mes adjoints qui se trouvent au saloon en cet instant même, à boire leur café du matin. Ils vont déferler sur vous comme une charge de bisons. Et vous n'aurez aucune chance de vous en sortir.

Une boule se forma dans la gorge de Jane. Elle avait perdu le contrôle de la situation. Elle ne savait plus qui, du shérif ou de Bowens, aurait le plus de chance de convaincre l'autre.

— Bowens... murmura-t-elle dans un étranglement.

Bowens restait stoïque, imperturbable.

— Shérif, vous semblez être un homme de dialogue, dit-il. J'entends la menace que vous proférez. Mais dans un souci d'exactitude, je voudrais aussi avancer ma théorie. Vous permettez ?

Tappert hocha la tête.

— Merci. D'après ma vision des choses, vous allez me tirer dessus. Non seulement parce que je suis celui qui vous tient tête, mais aussi parce que je suis le plus vieux et donc le plus dangereux. Car vous savez pertinemment que, si l'occasion se présente, j'hésiterai pas une seule seconde pour sauver ma peau. Ce qui inclut le fait que je vais riposter et que vous risquez d'être tué.

Tappert était attentif. Il était même surpris par le respect inconscient qu'il vouait à Bowens. Le pisteur poursuivit :

— Même si vous tirez le premier et que je tombe sous vos balles, vous serez le second à embrasser le plancher car l'un des deux jeunes hommes placés derrière moi ouvrira le feu. Vos adjoints sont au saloon. Le temps qu'ils mettront à traverser la rue sera suffisant à mes camarades pour se positionner en situation de défense. Vos hommes seront à découvert et aussitôt abattus. Les survivants n'auront plus qu'à prendre la tangente.

Tappert ne dit rien.

— Alors shérif, que pensez-vous de ma théorie ? Elle vous semble assez réaliste ?

— Elle l'est, répondit Tappert en opinant.

Bowens le gratifia d'un sourire sincère.

— Shérif, entre nous, combien avez-vous d'adjoints ? Ne mentez pas.

Tappert analysa tous les visages en face de lui. Ils étaient affligés mais déterminés.

— Je n'ai pas d'adjoint, avoua sobrement le shérif.

— Les comptes sont donc vite faits.

Un silence de mort s'abattit dans la nébuleuse de leurs angoisses.

Soudain, la porte s'ouvrit en grand et Talisker apparut.

— Dites, vous auriez pu me préven...

L'écrivain perdit de sa fougue et faillit se pisser dessus. Personne n'avait levé un sourcil.

— Que... qu'est-ce qui se passe ? bredouilla-t-il.

— Monsieur Talisker, je vous présente le shérif Tappert, dit Bowens.

— Euh... Enchanté... balbutia Talisker.

— De même, répondit le shérif sans bouger d'un millimètre.

Jane observait la scène comme si elle-même n'était plus concernée. Elle était subjuguée par le revirement de situation.

— Monsieur Talisker, reprit Bowens, allez seller les chevaux et pointez-vous ici. Je vous donne dix minutes.

Le journaliste ne chercha pas à discuter.

— B... Bien.

Puis il sortit en fermant délicatement la porte.

— Bon, nous revoilà au calme, poursuivit le pisteur. Voilà ce qu'on va faire, shérif. Dès que monsieur

Talisker sera de retour, on sortira tous de votre bureau. Et bien sûr, vous n'aurez pas oublié de ranger votre fusil dans son râtelier. Nous grimperons sur nos montures et quitterons la ville. Vous êtes d'accord sur le principe ?

— Je suis d'accord, fléchit Tappert.

— Parfait. Nous allons donc attendre tranquillement. Je vous invite dès à présent à déposer votre arme.

Tappert opina. Lentement, il fit basculer la crosse de sa Winchester vers le bas et la positionna à la verticale avant de la ranger dans l'armoire. Puis, il referma la petite porte et cliqua le cadenas sur la serrure.

Trois minutes s'écoulèrent sans que personne ne dise un mot, sans que personne n'esquisse un mouvement. Puis Bowens tourna la tête vers Jane.

— Je pense que vous pouvez baisser les bras, dit-il, sourire aux lèvres.

Confuse, Jane s'exécuta.

— Monsieur Bowens, vous savez que, dès que vous aurez quitté ce bureau, je préviendrai les autorités, dit Tappert. Une autre chasse à l'homme va alors s'engager... contre vous et votre équipe.

— C'est possible.

— Pourquoi ? Pourquoi faire ça ? Vous serez arrêtés tôt ou tard et ce que vous venez de faire jouera en votre défaveur...

— Pour une question de principe. Si ma petite fille doit apprendre que son papa est pourchassé par la justice, je veux qu'elle l'apprenne de ma bouche. Qu'elle connaisse la vérité et qu'elle comprenne le combat que je mène. C'est aussi simple que ça.

— Oui, je comprends, mais ça n'arrangera en rien votre sort.

— Je sais. Mais au moins, elle connaîtra la vérité. Et jamais elle sera désarçonnée par les ragots et les diffamations. Tout ce que j'avance ne repose que sur les nuances, j'en ai bien conscience. Mais elles sont importantes pour moi. Vous comprenez ?

Tappert acquiesça.

Deux coups secs et discrets retentirent à la porte.

— Notre carrosse est arrivé, dit Bowens. Disons-nous au revoir, shérif.

— Au revoir, répondit tristement Tappert.

Ron s'engagea le premier à l'extérieur, suivi de Dwight. Jane regarda Bowens, comme formulant une demande de permission accordée à l'avance. Il lui décocha un sourire et la jeune femme sortit à son tour.

— Une dernière chose, dit Tappert. La piste relevée par Hunter dans la traque de l'homme qui pourrait être celui que vous recherchez redescend vers le sud-est, en direction de Black Wolf.

Bowens remercia le shérif d'un hochement de tête.

Le pisteur se baissa, ramassa son chapeau, recula jusqu'à la porte et tourna le dos au shérif.

— Bonne chance !

Bowens s'arrêta dans sa course. Il détourna légèrement la tête.

— Merci, répondit-il avant de sortir.

30

BLACK WOLF

Hunter avait visé juste. Le cheval de Dwight Robson n'avait pas passé la nuit. Il partageait désormais la monture de son compagnon Ashton. Les cinq cavaliers évoluaient lentement afin de ne pas épuiser les chevaux. Ils avaient pratiquement parcouru dix miles sans dire un mot.

Jane observait Bowens d'un regard différent. Les yeux figés sur l'horizon et la tête engoncée dans le col de son manteau de laine, il semblait absorbé par une quête mystique qui échappait encore à la jeune femme. L'homme vieillissant qu'elle estimait dépassé par une époque en pleine mutation avait finalement conservé ses instincts les plus élémentaires. Lorsqu'ils avaient affronté le shérif Tappert, elle avait cru que Bowens obéirait sagement, courbant l'échine pour ne pas réveiller des souvenirs tumultueux. Au contraire, il s'était montré supérieur, détaché, en phase avec sa psychologie de chasseur. C'était comme si, derrière le masque du sexagénaire bedonnant, chauve et courbé, derrière cette enveloppe élimée, se cachait le fringant pisteur qui avait combattu pour l'Union, celui qui s'était exposé aux balles ennemies au nom d'une conviction profonde, quitte à perdre la vie...

Elle donna deux coups secs sur les rênes et sa jument rejoignit la monture de Bowens.

— Monsieur Bowens, je dois vous féliciter pour votre bravoure.

Le pisteur grommela un borborygme signifiant qu'il n'avait que faire des compliments. Par politesse, il hocha gentiment la tête.

— Mais je dois aussi vous dire que votre comportement nous a mis dans un sacré pétrin.

— Si vous le voyez comme ça...

— Comment pourrais-je le voir autrement ? Toutes les polices vont se trouver sur nos talons avant la fin de la journée. Nous serons arrêtés et condamnés. Si nous ne nous faisons pas tuer avant, évidemment.

— Laissez la police venir à nous.

— Ça n'a pas l'air de vous inquiéter plus que ça. Où sont passés vos beaux discours sur le déchirement familial ? Que sont devenues les valeurs qui vous rattachent à votre petite fille et votre femme ?

— Mes états d'âme sont présents et toujours aussi sincères.

— Dans ce cas, il va falloir m'expliquer comment vous comptez superposer vos convictions et le macabre destin qui nous attend.

Bowens lança un regard circulaire autour de lui. Les étendues diaphanes donnaient aux plaines une hégémonie se muant en une triste réjouissance. La neige ne cessait de tomber et l'accalmie n'était pas pour sitôt.

— Avant que je sorte de son bureau, le shérif Tappert m'a confié qu'Hunter, le chasseur de primes, se dirigeait droit sur Black Wolf.

— Ah ! Il vous a dit ça ! Ça nous fait une belle jambe, à tous. Et c'est pour ça que au lieu de rejoindre Lincoln afin de nous défendre contre les accusations qui nous accablent, nous suivons la piste opposée, là où nous laissons toutes les chances aux autorités de nous abattre en toute légalité ?

Bowens accorda un sourire forcé à la jeune femme.

— Miss, si le shérif nous a donné cette indication, c'est parce qu'il sait que nous ne méritons pas ce qui nous arrive.

— Vous l'avez entendu comme moi, vociféra la jeune femme. Nous n'avons plus de légitimité, plus de mission à accomplir. À quoi bon nous diriger dans la gueule du loup ?

— Tappert savait très bien qu'en me donnant cette information, je déciderais de me rendre directement à Black Wolf.

— Mais c'est un piège stupide qu'il vous a tendu ! Vous en avez conscience ?

— Non, c'est pas un piège, miss. D'après les pistes relevées par Hunter, l'homme que nous pourchassons se dirige vers Black Wolf. Dire s'il s'agit de Prescott Soulless ou de votre Sprinkler, là est toute la question. Toujours est-il que Tappert vient de nous donner l'occasion de nous racheter.

— Développez, Bowens, je ne comprends pas.

— C'est pourtant simple. Si on parvient à arrêter le fugitif, même avec l'interdiction qui nous est assignée, on a une infime chance de faire revenir Angus Dollory sur sa décision. Devant la presse et les électeurs, jamais il ne pourra faire condamner ceux qui auront ramené la tête d'un assassin. Tappert le savait et il nous a apporté une aide précieuse.

Jane baissa les yeux, et contempla le sol blanc et bosselé qui se laissait balayer par les petites bourrasques. La théorie de Bowens se tenait. Ils avaient finalement trouvé en Tappert un allié inattendu.

— C'est notre dernière chance, n'est-ce pas ?

— C'est la dernière, répondit Bowens.

— Oui, la seule issue pour nous de nous faire disculper et, pour vous, de retrouver votre famille.

— Vous savez, miss, j'ai passé ma vie à réparer les erreurs des autres. Alors une fois de plus ou de moins...

Vingt mètres derrière, Talisker grelottait. Il ne sut si c'était le froid glacial de l'hiver qui approchait ou la peur de voir sa vie lui filer entre les doigts. Dwight lui avait établi un exposé rapide de la situation et le journaliste tranquille qu'il était jadis baignait dans la même mélasse que ses compagnons. Les conséquences seraient désastreuses pour lui. Son nom serait sali, jamais il ne pourrait espérer le respect de ses congénères et sa carrière d'écrivain était déjà morte et enterrée. Pour l'heure, seule comptait sa survie. Quitte à patauger dans la médiocrité pour le reste de son existence, il préférerait nager en bonne santé.

Il regrettait la condescendance qu'il avait infligée à Booner, son patron du *Minden Epitaph*. S'il pouvait remonter le temps, il est certain qu'il n'aurait jamais quitté Minden et se serait tué à la tâche pour que son travail, si modeste soit-il, lui permette d'envisager ses vieux jours avec prospérité.

Il se demandait dans quelle direction ils chevauchaient. En fait, il ne voulait plus tellement le savoir. Tant pis pour les prix littéraires et qu'importe la notoriété ; retrouver son bureau de Minden devenait son souhait le plus doux, le plus réaliste mais aussi le plus lointain...

Ron fixait l'horizon. Le ciel se confondait avec la terre. Même couleur, mêmes ondes brumeuses, même néant...

Il plissa les yeux et assena à Dwight un léger coup de coude dans le ventre.

— Regarde.

Dwight passa son visage par-dessus l'épaule de Ron.

Au loin se dessinèrent des ombres inquiétantes, fantomatiques et ondulantes qui se dissipaient comme un mirage.

— Qu'est-ce que c'est ?

— J'en sais rien.

Ron donna un petit coup de talons dans les flancs de son cheval et parvint au niveau de Bowens.

— Regardez, Bowens, dit Ron en pointant l'horizon du doigt.

Le pisteur plissa à son tour les yeux. Il n'aperçut qu'une ombre hachée, zébrée par les rafales de neige.

— Qu'est-ce que c'est ? s'enquit Jane Hobblehorn.

— On dirait une diligence, répondit Bowens.

— Sous cette tempête ?

L'ombre devint plus visible et, déjà, le crissement des essieux leur parvenait aux oreilles.

— Si on nous pose des questions, dites que vous faites partie des éclaireurs de la compagnie des Chemins de fer, conseilla Bowens. Mieux vaut rester discret pour le moment.

En guise de diligence, un chariot bringuebalant reposant sur deux paires de roues voilées et tiré par deux mulets fatigués s'arrêta près d'eux dans un grincement assourdissant. Une bâche percée recouvrait l'armature de la charrette. Aux places du conducteur, un vieil homme et sa femme.

— Bonjour messieurs dame, salua le conducteur de la carriole.

Bowens pinça le bord humide et enneigé de son chapeau.

— Vous avez bien du courage, poursuivit le vieillard.

— Je peux vous retourner le compliment, répondit Bowens. Où allez-vous comme ça ?

— Mon épouse et moi-même nous rendons à Dorrance. L'Ouest est trop cruel pour des gens de nos âges.

— Vous avez quitté le pays ?

— Oui, il a fallu prendre une décision. Nous venons de Kanopolis Lake.

— Une sacrée route que vous faites.

— C'est le climat qui nous a poussés vers le nord, intervint la vieille dame. Nous possédions une petite ferme, mais l'hiver a fait crever le peu de bêtes que nous avions. Mon mari n'est plus assez costaud. Nous avons préféré vendre nos biens et nous installer à la ville. Nous n'avons pas beaucoup d'argent, mais pour le temps qu'il nous reste...

— Et puis il y a trop de dangers dans les campagnes de nos jours, reprit le vieil homme. Pas plus tard qu'hier, le shérif de Kanopolis nous a sommés d'être prudents. Paraîtrait qu'un assassin rôde dans la région en ce moment.

Bowens tourna la tête et jeta un regard entendu à Jane Hobblehorn.

— Vous dites à Kanopolis ?

— Aux environs, disons. Mais pour dire la vérité,

on n'a pas tellement envie de savoir. Et vous, où vous rendez-vous ?

Bowens toussa dans sa main.

— Nous faisons route vers Wichita. Nous travaillons pour la compagnie des Chemins de fer.

Le visage du vieux se referma.

— Ah, les Chemins de fer... Une grande entreprise pour un pays encore plus grand...

— Vous n'avez pas l'air d'adhérer à l'avancée du progrès, ironisa Bowens.

— Oh non, le Chemin de fer reste une symbolique pour les rêveurs avides de liberté. C'est sûr que le progrès facilitera la vie de tout un chacun. Dommage que cette liberté coûte tant à celles des hommes.

Bowens posa les mains sur le pommeau de sa selle et se redressa le dos. Il l'entendit craquer.

— Vous n'avez pas quitté Kanopolis Lake juste par envie, n'est-ce pas ?

Le vieux échangea un regard avec sa femme. Après tout, à quoi bon garder la confidentialité devant ces hommes et femme qu'ils ne reverraient certainement jamais. Et puis, pour le vieux couple s'ouvrait là l'occasion de livrer leurs états d'âme encore chauds.

— Pour vous dire la vérité, monsieur, reprit-il, l'une des raisons qui nous a poussés à quitter notre foyer trouve justification à travers un papier signé par les politiciens. Une proposition d'achat de notre ferme.

— Ah, et j'imagine que cette proposition était bien en deçà de sa valeur...

— En effet. Mais que voulez-vous, si nous avions résisté, une autre injonction nous serait parvenue et nous aurait imposé de quitter nos terres au nom de l'utilité publique. Le résultat aurait été le même et nous n'aurions pas touché un sou. Alors on s'est dit que le mieux serait de profiter des quelques dollars que nous offrait la compagnie pour accompagner nos vieux jours.

Bowens opina.

Le vieil homme retrouva enfin le sourire.

— Mais bon, on est encore là et en bonne santé, c'est ce qu'il faut se dire. Messieurs dame, nous n'allons pas vous retarder davantage et vous souhaiter bonne route.

— Bon courage pour la suite, dit Bowens.

Le chariot grinça à nouveau et peina à creuser ses sillons dans la neige.

Bowens resta silencieux quelques instants jusqu'à ce que Jane lui glisse à l'oreille :

— Avez-vous entendu ce qu'il a dit ?

— Je l'ai même très bien assimilé.

Bowens tira les rênes sur la gauche et fit galoper son cheval pour rattraper la carriole. Il s'interposa sur la route et contraignit le vieux couple à s'arrêter.

— Pardonnez-moi, s'excusa Bowens. Tout à l'heure, vous avez parlé d'un assassin rôdant vers Kanopolis. Savez-vous de qui il s'agit ?

— Pas vraiment, répondit l'homme. La dernière fois que j'ai entendu parler de lui, il gravitait autour de Black Wolf. Si vous prenez cette direction, soyez prudents. Il y a une petite chapelle sept miles avant Black Wolf. Je serais vous, je demanderais l'hospitalité pour la nuit. Le révérend Murdock se fera un plaisir de vous accueillir. C'est un homme bon qui a su trouver la foi grâce à l'isolement. Nous avons passé la nuit dernière dans ses murs ; un homme charmant.

— Merci, dit Bowens en pinçant de nouveau la lame de son chapeau avant de retourner vers ses compagnons de route.

La monture de Bowens s'insinua dans le cercle formé par les chevaux des autres cavaliers.

— Il y a une chapelle à quelques miles de Black Wolf. On a encore de la route. Et vu les kilos de neige qui nous tombent sur la gueule depuis notre départ de Kenado, je suggère de passer la nuit sur place. Nos montures sont épuisées. Et puis une chapelle sera le parfait endroit pour nous faire oublier. Qu'est-ce que vous en pensez ?

— Nous allons perdre du terrain, objecta Ron.

— Pas sûr, répliqua Bowens. Notre assassin tournerait visiblement dans cette zone. Nous mettre en danger pour courir après un fantôme serait inutile.

— Vous proposez donc de passer la nuit dans cette chapelle et repartir demain matin ? demanda l'adjoint.

— Oui. On devrait arriver d'ici peu. Ce qui nous permettra de ne pas nous exposer aux risques d'une nouvelle nuit à la belle étoile.

Dwight coula un regard hébété vers Jane.

— Et vous, qu'en pensez-vous, miss ?

Jane n'avait plus la force de décider. Surtout pas pour nourrir les intérêts d'un traître qui les avait conduits vers une tragique destinée.

— Je me plierai aux propositions de monsieur Bowens, finit-elle par déclarer.

Bowens releva le menton, animé par une adrénaline en sommeil depuis des lustres.

— Alors ? Tout le monde est d'accord ?

Chacun opina en signe de résignation. Même Talisker qui n'était présent que physiologiquement, se rangea à l'avis général. Son arrogance et sa prétention étaient restées à Wakeeney.

— Parfait, alors en route.

31

LA CROISÉE DES DESTINS

En milieu d'après-midi, alors que le ciel déclinait sévèrement vers l'obscurité, Bowens et son équipe firent une pause. Ils burent, mangèrent un morceau et arrachèrent du sol les rares touffes d'herbe brûlées par la neige pour nourrir les chevaux.

Ils reprirent la route et évoluèrent sur encore trois miles avant de se figer devant la présence fantomatique d'un mât.

Au croisement de deux pistes camouflées de neige, un poteau télégraphique trônait au milieu de nulle part. Ses fils étaient arrachés et batifolaient langoureusement avec les vents glacés.

Bowens descendit de cheval, suivi par les hommes. Jane resta en selle, agrippa le pommeau pour ne pas tomber et porta la main à sa bouche.

Sur le poteau en bois pourri était ligoté un homme nu. Une corde lui enserrait le cou et serpentait en zigzag autour de son corps jusqu'aux chevilles. De multiples lacérations dévolues aux assauts d'un fouet jalonnaient la peau cadavérique du pauvre bougre. Il devait approcher les soixante ans. Ses cheveux épars et blancs étaient ébouriffés et voletaient sur les vents ascendants. Une incision partant du thorax jusqu'au pubis dévoilait ses entrailles givrées maintenues par des sutures grossières. Au pied du poteau, une flaque de sang plus vaste que le contenu d'un abreuvoir teintait la neige de pourpre. Les yeux sans teint et révulsés de l'homme tendaient vers le haut. Sa bouche violette entrouverte laissait présager que cette pauvre âme avait été tuée vingt-quatre heures plus tôt, tout au plus. Le temps au sang de se figer dans l'abdomen et au cadavre de revêtir une rigidité récente.

Bowens leva les yeux vers le ciel. Les charognards n'avaient pas encore attaqué leur proie. Mais à la vue de deux vautours planant en cercle au-dessus de leurs têtes, Bowens comprit que ce n'était plus qu'une question de temps.

— C'est écœurant, s'étrangla Jane Hobblehorn dont l'envie de régurgiter montait à chaque seconde.

— Vous avez là l'œuvre de notre homme, commenta Bowens.

— Le Sprinkler ? s'éveilla enfin Talisker.

— Non, c'est pas le Sprinkler, répondit Dwight Robson. Ceci est l'œuvre de Prescott Soulless, le tueur en série.

— Tout juste, monsieur Robson, dit Bowens.

Ses compagnons de route furent pris d'un frisson paralysant. Prescott Soulless, l'abominable tueur en série qui éventrait ses victimes. Ils étaient si près du but que rien que de penser qu'une proche confrontation était possible, ils étaient prêts à rebrousser chemin. Tous, sauf Bowens.

Ce qui n'échappa à personne. Bowens était le seul à ne manifester aucune émotion, si ce n'est une jouissance palpable dissimulée derrière ses moustaches drues et givrées.

Talisker avança.

— Monsieur Bowens, nous devons nous rendre à l'évidence. Cette mission nous a totalement échappé. Nous devrions faire machine arrière et nous rendre aux autorités.

Bowens tourna sur lui-même, posa les mains autour de son ceinturon et plongea son regard glacé dans celui de l'écrivain. Bowens n'avait plus envie de discuter. Toute la sympathie qu'il avait dispensée jusque-là s'était envolée.

— Monsieur Talisker, où est donc passé votre goût pour l'aventure ? Où se sont cachées vos envolées lyriques sur le courage des hommes de terrain ? Dans quel tiroir de votre bureau imaginaire avez-vous abandonné l'écriture de votre trépidant roman ? Vous pouvez me le dire ?

— Bowens, malgré tout le respect que je vous dois, vous déconnez. Tout le monde sera d'accord avec moi. Poursuivre notre route dans cette direction, c'est courir au suicide.

— Dans ce cas, restez en arrière et affûtez vos crayons, parce que je crois que vous allez avoir des choses à raconter. C'est ce que vous vouliez, non ?

— Pas dans ces conditions. Je suis journaliste, comme vous l'avez dit. Je ne suis ni aventurier, ni pistolero. Par contre, mon bon sens me dit de ne pas continuer. Et je pense ne pas être le seul.

— Peut-être que vous auriez dû rester dans votre bureau de Minden, monsieur Talisker.

— Peut-être, oui, avoua l'écrivain en rougissant.

— Eh bien, c'est trop tard, mon vieux. Maintenant,

vous êtes avec nous, perdu au milieu des plaines hostiles du Kansas. Vous êtes libre de faire demi-tour, mais je vous donne pas quatre heures avant de vous perdre et mourir de froid.

Talisker ne répondit pas, terrifié par les propos du sinistre pisteur.

— À vous de voir, conclut Bowens en lui tournant le dos.

Ron enjamba les amas de neige et se positionna au centre des attentions.

— Il a raison, dit-il en pointant du doigt le dos de Bowens. Nous sommes près du but. Notre salut est à portée de main. Si on coince ce fumier, on n'aura plus qu'à aller à Lincoln et déposer la tête de Prescott Soulless sur le bureau de Dollory.

Il chercha un signe de solidarité dans les yeux de ses amis.

— Vous faites ce que vous voulez, moi je reste avec Bowens.

Il remonta en selle, chargea sa Winchester et la laissa glisser dans son fourreau.

Les mains posées sur les hanches, Jane menait un combat psychologique intérieur. Elle était le moteur de cette troupe mais le charbon commençait à manquer. Bowens avait pris la relève ; et plus le temps passait, plus sa jauge se remplissait. Devait-elle faire confiance en sa légende, bien qu'elle fût lointaine et dépassée par des années d'histoire ? Ou devait-elle rejoindre « le bon sens » de Norman Talisker et abdiquer ?...

Bowens restait silencieux, attentif à la décision de la jeune femme.

Dwight remonta en selle, derrière Ron. Après tout, Prescott Soulless était sa proie à lui. Il traquait le tueur depuis longtemps. Il ne pouvait pas reculer. C'était impensable. La résignation de l'adjoint donna la majorité à la proposition de Bowens.

Jane baissa la tête. Que pouvait-elle attendre de différent ?

L'équipée emprunta la piste sud-est, laissant derrière elle le corps meurtri d'un homme en pâture aux vautours.

32

LINCOLN
SEAN HIGHLAND'S TAVERN

Les mains au fond des poches, Bob Stillman arpentait les rues de Lincoln. Le soleil déclinant donnait à la ville l'éclat des photographies de Timothy O'Sullivan. Stillman s'arrêta devant la boutique du barbier et contempla son visage avec écœurement dans le reflet de la vitrine. Les traits tirés et le teint livide, il n'avait plus rien du soldat qui avait redoré le blason d'Angus Dollory par ses états de service. Non. Il n'était plus qu'un larbin misérable au service d'une ordure de premier rang.

Le plan B. Le fameux plan B.

Stillman n'en revenait toujours pas. « *Ce qui vient d'arriver est immoral. Mais rassurez-vous, je vous épargnerai de mettre à exécution ce plan B. J'ai une autre idée là-dessus* » avait dit Dollory d'un air condescendant. Ce connard l'avait pourtant choisi pour ses actes passés, ses médailles, les reconnaissances honorifiques échues aux héros de guerre. Certes, Dollory payait bien. Mais le politicien faisait partie de ces types qui, dès qu'ils tiennent les cordons de la bourse, deviennent des tortionnaires psychologiques et les autres ne sont plus rien ; juste de lamentables sous-fifres tout juste bons à récurer les sols et cirer leurs pompes.

Stillman sortit un cigare de sa veste et le colla entre ses lèvres. Il craqua une allumette et pompa sur le tube jusqu'à ce qu'une fumée grise agrémentée d'une odeur infâme ne se disperse autour de lui.

Qu'es-tu devenu ? se demanda-t-il à lui-même.

Les relations n'avaient pas toujours été simples avec Dollory, mais jamais Stillman n'aurait pensé voir dégouliner un jour sur la peau du politicien une mélasse nauséabonde à l'odeur de sang.

Le plan B.

Stillman le connaissait, le plan B. Un plan qui n'aurait jamais dû être évoqué et encore moins mis en application. Visiblement, Stillman n'était plus l'homme de la situation, relégué au rang des bureaucrates incapables et ignorants. Il était sur la touche, tout simplement.

Pourtant, il éprouvait une certaine fierté. Certes, il n'avait pas osé s'opposer aux idées de son patron mais il s'était autorisé à les critiquer. Ce qui le rassura. Il n'était finalement peut-être pas aussi minable et pathétique que ça.

Il fit quelques pas dans la neige, puis entra dans la Sean Highlands Tavern, un bar irlandais de la quatrième rue.

Le lieu était enfumé jusqu'au plafond. Des rires et des chansons animaient la fin d'après-midi des ouvriers immigrés. L'endroit idéal pour se fondre dans la populace, lier des amitiés sincères et durables, participer à des bagarres amicales, boire l'intégralité de son salaire pour ne jamais dessoûler.

Il avança jusqu'au bar et commanda une pinte de bière. Sous ses cheveux roux et son sourire figé, Sean lui posa le verre sur le bois vermoulu. Stillman écrasa son cigare dans un cendrier, puis se dirigea vers le fond de la taverne où les filles dansaient, les hommes riaient, où l'obscurité masquait les visages les plus noirs.

Il trouva celui qu'il cherchait. L'atmosphère était vaporeuse mais il aurait reconnu ce visage anguleux à trois cents pieds. Bronach Hagan. Le type était très grand, il devait approcher des deux mètres. Maigre, affublé d'un long cache-poussière vert crasseux, cheveux longs et châtains, barbe taillée blanchissant aux extrémités, il avait sur les genoux une belle rouquine du pays. Il était seul, sans ses sbires.

Hagan leva le regard dans sa direction, et le fixa de longs instants. Puis il glissa quelques mots à l'oreille de la belle Irlandaise, qui s'en alla. Hagan sourit à Stillman. Une invitation non pas à partager ses genoux, mais au moins sa table.

Stillman se dirigea jusqu'à lui.

— Monsieur Stillman ! Êtes-vous venu m'offrir un whisky ?

— Avec les récompenses que vous amassez, vous pourriez vous payer un bar tout entier.

— C'est pas faux, répondit Hagan. Asseyez-vous donc.

Stillman posa son verre vide sur la petite table et prit place sur un tabouret matelassé.

— Dans mon pays, reprit Hagan, nous avons pour tradition de faire goûter nos malts aux néophytes. Laissez-moi vous offrir un bon whisky irlandais.

— Je préférerais un Jack Daniel's.

— Un Jack quoi ? Qu'est-ce que c'est que ce truc ?

— Un bourbon américain.

— Le bourbon américain, ça n'existe pas, voyons ! Je veux dire, le vrai. D'où sort donc votre piquette ?

— D'une distillerie de Lynchburg, dans le Tennessee.

— Ah, et depuis quand elle existe, cette distillerie ?

— Elle a été fondée cette année, par monsieur Jack Daniel.

Hagan partit dans un rire hilare. Il passa une main dans sa chevelure épaisse et leva le bras pour commander une tournée.

— Monsieur Stillman, je vous pensais plus fin connaisseur. Un homme de votre qualité, allons ! Le tord-boyaux dont vous faites l'apologie ne connaîtra jamais le succès. Je ne donne pas un an avant que votre distillerie ne ferme ses portes.

— Si vous le dites.

— C'est du bon sens, monsieur Stillman, juste du bon sens, dit Hagan en se tapotant le crâne du bout des doigts.

— Vous lisez l'avenir, monsieur Hagan ?

— Que je sois mort et enterré dans l'année si je ne dis pas la vérité.

Sean apporta une bouteille de Old Bushmills et posa deux verres propres sur la tablette.

— Ça, c'est du vrai whisky, se vanta Hagan en désignant l'étiquette de l'index. Une production sortie des distilleries de Bushmills, comté d'Antrim en Irlande du Nord. Le plus vieux whisky du monde, cher monsieur.

Hagan servit deux verres et en présenta un à Stillman qui le saisit du bout des doigts.

— Santé ! dit Hagan en levant haut son verre.

Stillman se contenta de tremper les lèvres tandis qu'Hagan but le breuvage cul sec avant de reposer fermement le verre sur la table.

— Bon ! Je ne pense pas que vous ayez quitté les

salons rutilants de la permanence de monsieur Dollory juste pour fréquenter les égouts pestilentiels chers à mes compatriotes, lança-t-il.

Stillman sourit. Il n'aimait pas les gens qui jouaient de familiarité comme arme de supériorité.

— Je suis au courant du plan B, dit-il.

Hagan hocha la tête.

— C'est bien, se contenta de répondre Hagan avant de se resservir une rasade de whisky.

— Je connais les projets que Dollory vous réserve.

— Ma vie n'a donc aucun secret pour vous. La belle affaire !

— La proposition de Dollory ne vous paraît-elle pas... comment dire... un peu radicale ?

— Oh, vous savez, moi, je ne suis qu'un ouvrier, tout comme mes amis qui s'amusent autour de nous.

— Eux se salissent les mains dans les mines ou construisent les voies ferrées. Ils ne vendent pas la mort.

Hagan se renfrogna. Il posa délicatement son verre sur la table.

— Chacun son art, monsieur Stillman. Sans vouloir vous paraître grossier, je vais devoir vous abandonner. J'ai un train à prendre.

Stillman ne termina pas son verre. Il le renversa sur le sol, provoquant Hagan du regard. Puis il se leva.

— Je ne vous laisserai pas faire.

Hagan ne répondit pas. Il regarda Stillman disparaître à travers la fumée avant de quitter l'établissement.

Hagan baissa les yeux sur la petite tache qui maculait les pieds de la petite table.

— Si c'est pas du gâchis...

33

CHURCH

Les nuages noirs décimaient peu à peu le ciel du jour. La neige était d'une blancheur vierge sur la plaine inexplorée. Les flocons obstruaient leur vision. Pourtant, Dwight crut voir à l'horizon se dessiner la silhouette d'un minuscule bâtiment.

— Bowens ! héla-t-il.

Le pisteur se retourna. La neige lui entrait dans les yeux, si bien qu'il distinguait à peine l'adjoint.

— Là-bas ! Regardez !

Bowens suivit la direction que l'index de Dwight désignait. Il parvenait à discerner une ombre surélevée.

Les cinq cavaliers gardèrent la cadence jusqu'à arriver au pied d'une bâtisse en pierres. Bowens descendit, accompagné de Jane. Il posa une main sur l'architecture du bâtiment, leva les yeux et vit une cloche se balancer, suspendue sous une arche en briques.

— Je crois que nous avons trouvé notre chapelle, dit-il.

Dwight et Ron descendirent de cheval, saisirent les rênes des montures de Bowens et miss Hobblehorn pour leur trouver un abri. Talisker les imita.

Collée à la chapelle, une minuscule écurie en pierres massives, protégée par une grille en métal. Ron tira sur l'un des barreaux et la porte s'ouvrit dans un grincement. Il fit entrer les chevaux.

Bowens approcha de la porte et tambourina plusieurs fois. Pas de réponse. Il recommença sans plus de succès.

— Entrons, dit-il.

— Et s'il n'y a personne ? s'enquit Jane.

— On aura plus de place.

Bowens ouvrit la lourde porte et laissa Jane entrer en premier.

La chapelle était magnifique. Deux allées de bancs parfaitement alignées accompagnaient le chemin pavé qui donnait sur l'autel. Les bibles étaient soigneusement rangées dans des poches cousues derrière les dossiers. Quelques statues et peintures ornaient les murs et les vitraux multicolores dispensaient une lumière artificielle. Ils étaient superbes.

Bowens ôta son chapeau qu'il secoua contre sa cuisse. Il tapa ses talons l'un contre l'autre et s'engagea dans la petite allée. Jane posa son chapeau et son manteau sur une chaise, puis suivit Bowens.

— Et s'il était là ? s'inquiéta Jane.

— Prescott Soulless ?

— Ou le Sprinkler...

— Si le Sprinkler était là, vous n'auriez pas grand-chose à craindre. Il ne s'en prend qu'aux enfants.

La porte s'ouvrit et le vent envahit l'espace d'une bourrasque de neige. Dwight, Ron et Talisker entrèrent et se débarrassèrent des selles, des armes et des sacoches prélevées sur les montures.

— Il y a une petite écurie à l'arrière de la chapelle, indiqua Ron. Les chevaux pourront se reposer.

Bowens acquiesça.

— Y a personne ? demanda Dwight.

— Ça a pas l'air, répondit Bowens. Dans ce cas, je propose qu'on sorte ce qu'il nous reste de nourriture et de partager en frères. On va se faire un bon gueuleton et on ira se coucher. Profitez-en parce que c'est la première fois qu'on se repose si tôt. Et c'est peut-être la dernière.

Peu après, les membres de l'équipée s'étaient déshabillés, ne gardant que leurs sous-vêtements. Ils avaient déposé leurs habits dans une pièce voisine et les faisaient sécher sur des chaises et une table. Vêtus d'accoutrements allant du rose au gris, tous avaient abandonné leur pudeur sur les pistes du Kansas. Jane Hobblehorn ne dérogea pas à la règle. Elle n'avait gardé que ses sous-vêtements et une étoffe couvrant sa poitrine.

Ils mangeaient, installés sur un tapis derrière l'autel.

Une fois repus, les hommes partagèrent la fumée d'une pipe ou d'une cigarette, sauf Norman Talisker qui s'était dégoûté de tout au cours de leur voyage. Jane participa activement à la détente du groupe. Elle fumait la pipe de Bowens qu'elle lui rendait de temps à autre.

Ensemble, ils trouvèrent même la force de blaguer, de rire de leurs mésaventures et incitèrent Talisker à prendre des notes pour rapporter les faits les plus ridicules dans son prochain roman. Le journaliste se prit au jeu et oublia l'espace d'une soirée toute l'étendue de leur misère. Il griffonna quelques croquis représentant

Stabler, Bowens, miss Hobblehorn et les deux adjoints, et rirent de leurs cruelles ressemblances.

Sans s'en rendre compte, ils s'endormirent progressivement sur le tapis, têtes posées sur l'épaule du voisin et filet de bave glissant sur leurs cheveux. Jane se laissa happer la dernière par le sommeil, le visage enfoncé dans la bedaine de Bowens.

*

La porte cogna contre le mur et la lumière jaillit comme par miracle sur leurs faciès endormis. Bowens dégaina le premier et mit en joue deux silhouettes à contre-jour.

— Ne tirez pas, supplia une voix.

Jane se réveilla en sursaut et constata que sa tête était coincée dans l'entrejambe de Bowens. Avec une rapidité honteuse, elle se redressa immédiatement.

Dwight et Ron étaient déjà armés, prêts à tirer. Talisker partit se cacher derrière les colonnes basses de l'autel.

— Ne tirez pas, je vous en conjure.

— Qui êtes-vous ? demanda Bowens.

Les silhouettes devinrent plus nettes. Derrière elles, le jour aveuglant. Ils avaient dormi d'une traite sur leurs deux oreilles. Bowens se releva et approcha lentement, couvert par les armes des adjoints.

— Aidez-moi, je vous prie, dit la voix.

La noirceur des ombres disparut et un rayon qui traversa l'un des vitraux vint illuminer le visage de l'homme. Il soutenait un type blessé dont le visage était camouflé par son chapeau large. Bowens espérait que ce qu'il voyait n'était pas réel.

L'homme portait une collerette blanche.

— Je suis le révérend Murdock, aidez-moi s'il vous plaît. Cet homme est lourd.

Le pasteur n'avait pas d'âge, peut-être cinquante-six ou cinquante-sept ans, au vu de son crâne chauve et des cheveux blancs plantés en couronne qui lui donnaient des airs de savant fou. Il semblait épuisé par le poids de l'homme blessé.

Bowens approcha encore et baissa son arme.

Lorsque le pasteur fit un pas de plus, la lumière du vitrail se posa sur le blessé et son chapeau vola sur le sol.

La crainte de Bowens était fondée.

L'homme que le pasteur soutenait à bout de bras n'était autre que son ami Stabler.

34

LINCOLN
ENTREPÔT DE TEXTILE
PHILEAS BROWNING

Stillman longeait l'entrepôt, emmitouflé dans le manteau ténébreux de la nuit. Pas de lune projetant sa lumière blafarde, pas de flamme crépitant dans le bocal d'un réverbère. Non, juste la nuit et ses démons.

L'entrepôt de Phileas Browning faisait partie des entreprises florissantes de la ville. Browning employait plus de quarante ouvriers et bénéficiait d'une surveillance accrue de la police qui déployait ses hommes par patrouilles de quatre tout au long de la nuit.

Autant dire que le site était bien gardé.

Pourtant, Stillman jouait de ruse et de souplesse afin d'esquiver les vigies. Une patrouille était déjà passée un quart d'heure plus tôt ; il s'était alors caché derrière un mur de caisses. Une autre patrouille n'allait pas tarder à se manifester. Stillman devrait faire vite s'il voulait contourner l'entrepôt et se faufiler au-dessus des barricades en bois pour rejoindre le camp des ouvriers.

Habillé de noir, il parvint à se fondre dans l'obscurité.

Il crapahuta sur la haute barrière en bois et sauta de l'autre côté. Il atterrit dans un immense campement composé de tentes éparpillées sur un vaste terrain.

La disposition de ces abris de fortune lui rappela ses gardes de nuit à marcher entre les tentes militaires, attendant le lever du jour et les premiers tirs ennemis.

Les immigrants étaient arrivés d'Europe par l'est du pays, partagés en communautés. Les ouvriers avaient gardé leurs instincts ethniques, scindant le campement en congrégations. Irlandais, Allemands, Français, Néerlandais, Écossais... Certains groupes s'étaient même formés par religions. Ne restait plus qu'à Stillman de trouver les tentes abritant les ouvriers irlandais.

Il entendait des rires, des discussions et des notes de musique échappées de banjos, de guitares ou d'harmonica. Il serpenta entre les toiles et reconnut au loin les paroles de *The Rising of the Moon*, une ballade irlandaise écrite un an plus tôt par John Keegan Casey.

Il suivit la mélodie jusqu'à ce qu'elle se fasse moins sourde. Enfin, il vit un trio interpréter la chanson autour d'un feu, bouteilles de whisky en main, devant un parterre de huit ou neuf personnes.

Il y était. Il avait trouvé l'emplacement des Irlandais. Il passa une main dans son dos, souleva son pull et fit glisser la lame d'un couteau qu'il ramena devant lui.

Hagan était ici, dans ce camp. Et ne devrait jamais plus en ressortir.

Bronach Hagan était une sorte d'assassin sous contrat. Il travaillait pour personne et pour tout le monde. Il acceptait les missions lorsque celles-ci lui permettaient de financer ses caisses de whisky en abondance, les filles de joie, les voyages en Irlande et la rétribution de ses hommes. Hagan avait débarqué par bateau à New York quelques années plus tôt, espérant faire fortune en travaillant sur les docks. Il n'avait trouvé que déconvenues et misère sociale. Il s'était par la suite improvisé assassin de luxe, travaillant pour les hommes les plus influents de la côte Est. Puis il avait formé une petite armée composée de dizaines d'Irlandais de souche. Hagan et sa bande. Quarante-sept brutes armées cupides et sans âme. Depuis qu'Hagan avait formé ses troupes, bon nombre d'entre eux étaient morts, et d'autres les avaient remplacés.

Dollory s'était encanaillé avec Hagan lors de son entrée en politique. Même s'il n'avait jamais eu directement recours à ses compétences, le politicien l'avait toujours gardé à portée de main. Juste au cas où. Une assurance qui lui coûtait la bagatelle de sept mille dollars par an. En bon chef de campagne, Stillman connaissait les relations qu'entretenaient Hagan et Dollory. Bien sûr, Dollory avait déjà évoqué le nom d'Hagan si les affaires se passaient mal. Mais c'était toujours sur le ton de la plaisanterie, entre deux verres de cognac. Dollory était un sale type, Stillman le savait. Mais jamais il ne l'aurait pensé capable d'engager une bande de tueurs pour défendre les intérêts d'une campagne électorale.

Après sa conversation avec Hagan plus tôt dans la soirée au Sean's Highlands Tavern, Stillman avait pris la décision de démissionner. Un acte qu'il notifierait dès le lendemain à son vénéré patron. Il avait ensuite hésité entre dénoncer les projets de Dollory auprès des autorités ou contacter la presse. Mais Dollory était puissant et tenait la ville sous son joug. Il manipulait la presse et les policiers lui mangeaient dans la main. Avec l'engouement que suscitait le programme de Dollory auprès des électeurs, Stillman se serait rapidement mis à dos la population. Non, il y avait un autre moyen d'agir. Plus radical. Une façon d'enrayer la vermine une bonne fois pour toutes.

Lorsqu'il s'apprêtait à remplir un contrat, Hagan élisait domicile au cœur de communautés irlandaises lorsqu'il en trouvait. Elles lui rappelaient le pays et les choses qui avaient encore un sens à ses yeux. Stillman était certain qu'il le trouverait parmi ses congénères.

Stillman glissa derrière une tente et s'accroupit. Ce n'était pas le meilleur endroit pour observer les mouvements d'un point de vue général, mais suffisamment discret pour tendre une embuscade.

L'un des chanteurs du trio semblait être le meneur de la communauté. Il choisissait les chansons, donnait le ton, décidait quand ils devaient boire et parler. Pour obtenir des informations, c'est à lui que Stillman devrait s'adresser.

Durant plus d'une heure, Stillman attendit derrière la tente, les fesses dans la boue et les sens en éveil. Lorsque enfin le chef de clan décida d'aller soulager sa vessie au fond du campement, Stillman se redressa. Le type n'était pas tellement grand mais il était trapu. Son visage pâle et ses taches de rousseur ne faisaient aucun doute sur ses origines.

L'Irlandais passa devant Stillman sans le voir et poursuivit sa route.

Il s'arrêta près de la barrière massive et commença à uriner en entonnant un air celtique. Il tanguait légèrement. Stillman se dit qu'il serait plus facile de le neutraliser. Avec une légèreté féline, Stillman se plaça derrière l'Irlandais, lui enserra la gorge de son bras gauche et lui plaça la lame de son couteau sous le pénis.

L'Irlandais leva les bras en signe de soumission. Il continuait à pisser.

— Bouge pas, lui intima Stillman en murmurant.

— Qui êtes-vous ?

— T'occupe pas de ça. Où est Hagan ?

— Quoi ?

— T'as très bien entendu. Dis-moi où il est et je te promets que tu pourras encore te servir de ton asticot.

— Mais que...

Stillman resserra l'étreinte autour de son cou et la lame commença à caresser les testicules de l'Irlandais. Il ne pissait plus.

— Je ne le répéterai pas.

— Il... Il est pas là...

— Me raconte pas de bobards. Je sais qu'il traîne avec les siens.

— Non, je vous jure... Il est parti.

— C'est ça...

— Il... Il a pris le train...

Un vent d'effroi fit frissonner Stillman. Si l'Irlandais disait vrai, il était trop tard pour stopper le massacre. Il avait manqué Hagan. Et ce pourri filait droit sur Dorrance à l'heure qu'il était.

— Dis-moi que tu l'as pas vu et je te coupe les couilles.

— Si, je l'ai vu ! bredouilla l'Irlandais. Il est passé dans la soirée. Il a pris ses affaires et a foutu le camp. Je le jure...

Stillman remonta encore la lame de son couteau. L'Irlandais émit un petit couinement.

Qu'allait-il se passer maintenant ? Même si Stillman prenait le prochain train, peut-être n'arriverait-il pas à temps. Comment prévenir l'équipe de Bowens ? Stillman avait beau chercher, il ne trouva aucune solution. Il lui était impossible de joindre Jane Hobblehorn, leur agent en place. Il y avait aussi ce deuxième agent mystérieux qui, parfois, envoyait un télégramme au bureau de Lincoln. Stillman se demandait pourquoi Dollory avait dépêché deux personnes pour surveiller les activités de l'équipée de Brittle. Qui pouvait bien être cet agent ? Et pourquoi Dollory entretenait-il le mystère autour de cet homme ? Stillman soupçonna que l'agent en question était son propre maître, en place pour servir de cheval de Troie au cas où la situation dégénèrerait. Une théorie paranoïaque en apparence, mais Dollory était capable de tout. Maintenant, Stillman en était convaincu. Une double menace pesait sur le groupe de Bowens. D'ailleurs, Bowens pouvait bien être cet agent mystère. Pourquoi pas, après tout ?

Stillman poussa l'Irlandais qui s'écrasa contre la palissade. Puis il disparut à travers les ombres.

L'Irlandais inspecta le matériel et fut soulagé de constater que tout était bien en place.

*

Stillman pressa le pas en direction du centre-ville. Il avait décidé de tout raconter aux autorités. Il ignorait si le marshal Gavin irait dans son sens. Dollory et Gavin n'étaient pas amis mais se connaissaient bien. Si Gavin était corrompu, tout serait fichu.

Il entra dans le bureau sans même frapper. Gavin sursauta de sa chaise et faillit tomber à la renverse.

— Bon Dieu, Stillman, jura-t-il. J'ai failli avoir une crise cardiaque.

— Dans ce cas, vous devriez fermer la porte de votre bureau, marshal.

Gavin avait de longs cheveux ondulés qui lui tombaient sur les épaules, une moustache aux côtés relevés et un petit bouc pointu à la manière de D'Artagnan.

— Je me suis endormi sur mes affiches de mise à prix. D'habitude, je rentre chez moi. Vous avez de la chance de me trouver ici à cette heure. Qu'est-ce qui vous arrive ?

Stillman approcha du bureau et plaqua ses mains sur le dossier de la chaise en face du marshal.

— Ce que j'ai à vous dire est de la plus haute importance mais, au moment où je vous parle, je ne sais pas si je ne suis pas en train de faire une connerie.

Gavin fronça les sourcils, posa les avant-bras sur son bureau et forma un triangle avec ses mains.

— Vous me faites peur, Stillman.

— Il y a de quoi.

— Je vous écoute.

— D'abord, je dois savoir si vous êtes intime avec Angus Dollory.

— Je vous demande pardon ?

— J'ai besoin de savoir si vous êtes intime avec lui !

Gavin eut l'impression d'avoir été giflé.

— Intime ? Mais... de quelle intimité parlons-nous ?

— D'une intimité acide, corrompue, belliqueuse... Le genre d'intimité qui réunit les hommes cupides et sans morale.

— Si vous voulez savoir si je m'entends bien avec votre patron, ma foi, oui, ça va... Nous ne partageons pas tout à fait les mêmes convictions mais nous n'entretenons pas de mauvaises relations. Que vous arrive-t-il, Bob ?

Stillman se passa une main sur le visage.

— Marshal, ce que je vais vous dire ne doit pas sortir de ce bureau. Pas pour l'instant.

Gavin acquiesça, s'abstenant de faire de l'esprit.

— Angus Dollory s'apprête à faire abattre six personnes, lança Stillman, encore incertain de bien faire.

— Qu'est-ce que vous racontez ?

— L'équipe de Kearney, celle que Dollory a mandatée pour la capture du Sprinkler, va être éliminée.

— Vous voulez parler des pisteurs qui ont fait la une des journaux la semaine dernière ?

— Précisément.

— Mais... Pourquoi ferait-il ça ? Retrouver cet assassin faisait partie de son plan de campagne !

— Jusqu'à ce que les choses déraillent. Par ambition politique, Dollory a mis en place un projet complexe et préparé. Il fréquente la fille de Peter Bolder depuis plusieurs mois en vue d'un mariage. Il compte profiter de sa dot pour créer une caisse noire destinée à financer les projets annexes à sa campagne. Le genre de projet scabreux qui ferait tache sur un livre de comptes. Vous me suivez ?

— Jusque-là, oui, répondit Gavin, toujours interrogatif.

— Cet argent servira à remplacer celui de la campagne officielle, car celui-ci va servir à payer une bande de mercenaires désignés pour effacer les erreurs de parcours. Pour Dollory, l'équipe de Ray Brittle n'a pas rempli sa mission et, de plus, un événement inattendu vient de déclencher une tornade.

Stillman marqua un silence.

— Et puis ?... s'enquit Gavin.

Toujours un silence.

— Bob, si vous n'allez pas au bout de vos explications, je ne vais pas pouvoir faire grand-chose.

Stillman était toujours suspicieux quant à l'intégrité

du marshal. Mais il en avait déjà trop dit. Il devait aller au fond des choses.

— Ray Brittle a été abattu par le shérif de Wakeeney.

— Merde !

— Et les membres de l'équipe n'ont rien trouvé de mieux que de se faire justice eux-mêmes. La situation a dégénéré et il y a eu d'autres morts. Si l'affaire éclate au grand jour...

— ... Dollory risque d'être entendu en justice et perdra toute crédibilité face aux électeurs, le coupa Gavin.

— C'est tout à fait ça.

— Et donc, j'imagine que votre patron a assez de pouvoir pour convaincre les juges de fermer les yeux...

— À condition qu'il n'y ait pas de témoins.

— Je vois, dit Gavin en s'enfonçant dans sa chaise.

— Je ne sais pas où se trouve le reste de l'équipe, mais parmi eux se trouve une taupe qui renseigne Dollory. Et les assassins sont en route. Si vous ne faites rien, des innocents vont mourir.

Le marshal semblait sonné. Il réfléchit quelques instants puis redressa le visage.

— Et vous dans tout ça ? reprit-il. Vous n'étiez au courant de rien ?

— Évidemment que j'étais au courant, vociféra Stillman. Mais j'ignore qui est la taupe et jamais je n'aurais pensé que Dollory ordonnerait ce massacre !

Gavin acquiesça.

— Vous savez que, si cette affaire éclate, vous risquez d'être éclaboussé.

— Bien sûr que je le sais, répondit Stillman, les mains plaquées sur les hanches. J'assumerai totalement ce qui me sera reproché. Mais vous devez faire quelque chose, et vite.

Gavin opina une nouvelle fois, partagé dans ses sentiments.

— OK, dit-il enfin en se levant de sa chaise. Je vous suis.

Le marshal prit son ceinturon et le boucla autour de sa taille. Il sortit son arme de son fourreau et vérifia qu'elle était chargée.

— Allons-y, dit Gavin, cette histoire ne va pas se régler facilement.

Stillman le gratifia d'un hochement de tête et prit la direction de la porte. Ils seraient en sous-effectifs si toutefois les événements devaient dégénérer. Dollory était bien entouré et son service de sécurité ne les laisserait peut-être pas entrer à l'intérieur de la permanence. Non, il leur fallait plus d'hommes. Gavin avait des adjoints, trois au souvenir de Stillman. Il était impératif qu'au moins deux d'entre eux se joignent à l'escouade tandis qu'un autre enverrait un télégramme au juge Betsaby.

Stillman se retourna et son visage se retrouva face au canon du pistolet de Gavin. Le marshal appuya sur la détente. Le crâne de Stillman explosa, tapissant les murs de sang et de morceaux de cervelle. Son corps s'écroula sur le sol comme une poupée de chiffon.

Gavin souffla sur le bout de son canon et les volutes de fumée cessèrent bientôt. Il enfourna son colt dans son holster.

— Vous auriez dû rester sur votre première impression, monsieur Stillman.

35

LE DERNIER JOUR

Au petit matin, après avoir avalé un copieux petit déjeuner, Jane sortit faire une balade autour de la chapelle. Les étendues restaient vastes et cotonneuses. Aucun point de repère sinon une barrière de sapins à la cime enneigée, perdue dans la brume à plusieurs centaines de mètres.

Elle s'enivra des particules de glace qui lui chatouillaient les narines. C'était la première fois depuis leur départ de Kearney qu'elle était en phase avec elle-même, qu'elle prenait le temps de vivre l'instant présent. Les enseignements de Dwight portaient leurs fruits. Au début, l'adjoint lui avait paru étrange avec ses élucubrations spirituelles. Puis, à force de creuser dans le sable des tourments, elle avait repensé à leurs conversations, à leurs échanges hors de tout contexte cartésien. Pour l'instant, elle était seule, dehors, se laissant caresser par la douceur des flocons. Elle sentait son cœur battre sous sa poitrine, ses sens étaient en éveil. Elle était vivante.

Elle se surprit à sourire.

Un crissement de bottes dans la neige vint perturber sa méditation.

C'était Bowens.

Beaucoup moins enclin à se libérer de ses obscurités intestines, il marchait péniblement, toussait le tabac fumé de la veille, et son dos lui faisait un mal de chien.

— Bonjour, monsieur Bowens, dit Jane avec un large sourire.

— 'Jour.

— Vous n'avez pas l'air dans votre assiette, dites-moi.

— J'ai connu mieux.

— C'est l'arrivée de Stabler qui vous déstabilise ? Vous devriez être content, nous n'aurons pas à aller le chercher à Wakeeney.

— Mouais...

Bowens avait l'air tracassé. Jane s'en rendit compte.

— Que vous a dit le révérend ? poursuivit la jeune femme.

Bowens cracha ses glaires matinales dans la neige, formant un petit trou verdâtre.

— Murdock revenait de Leyland, un patelin situé à quelques miles à l'ouest de Black Wolf. Il était parti faire des emplettes. Il a trouvé Stabler sur la route, à moitié mort sur son cheval.

— Une vraie tête de lard, celui-là.

— Ouais, mais son entêtement peut lui coûter la vie. Il est pas beau à voir.

— Pourquoi tient-il tant à cette enquête, d'après vous ?

— Je sais pas trop... Sans doute une affaire d'honneur ou d'orgueil. Ça fait plus de douze ans que Stabler traque le Sprinkler.

— Pourtant notre assassin n'a plus fait parler de lui depuis de nombreuses années avant de réapparaître à Kearney.

Bowens acquiesça.

— Stabler ne vit pas dans le présent. Il a toujours été comme ça. Lorsque nous étions en guerre, pendant les soirées de répit que nous accordait l'ennemi, il remuait sans cesse le passé. Il ne vivait qu'à travers la légende qu'il croyait s'être forgée. Il disait toujours que tout était mieux avant. Il n'a jamais cru au progrès ni à l'adaptation de l'homme sur le continent qu'il avait colonisé. Stabler a tellement essayé de prouver qu'il avait raison...

— Disons que c'est un nostalgique.

— La nostalgie n'a jamais sauvé un homme. Au contraire, elle le tire vers l'arrière. Constamment.

— Monsieur Stabler est robuste, peut-être que vos inquiétudes sont un peu démesurées.

Bowens hoqueta un petit rire agacé.

— Il y a trente ans, je dis pas. Stab' était un dur. Un vrai. Mais de l'eau a coulé sous les ponts et les années ont défilé comme un train qui passe devant vous à toute allure. Nous avons l'âge de devenir raisonnables, miss. Mais Stab' n'a que faire de la raison et ses contraintes immuables. Je vous le dis, Jacob va mourir.

Jane venait de prendre une pichenette sur le nez. Un frisson lui parcourut l'échine.

— Comment pouvez-vous dire ça de votre ami ? Pour l'instant, il est là. Mal en point, certes, mais bien vivant.

— Miss, je suis pas un optimiste. Je vois les choses telles qu'elles sont sans me voiler la face, c'est tout. Stabler a une blessure à la jambe qui s'est infectée.

La septicémie le gagne à chaque minute qui passe. Et il n'est plus assez jeune pour combattre le mal qui le ronge.

Jane regarda Bowens comme elle n'avait jamais observé personne. Le visage du pisteur avait perdu de son engouement. Ses yeux brillaient et elle comprit qu'il luttait pour ne pas pleurer. Quelle était l'origine de son chagrin ? La crainte de perdre un ami fidèle, ou bien le fait que Bowens se voyait flétrir comme une fleur à l'automne d'une vie ?...

Elle lui posa une main sur l'épaule et le laissa seul. Il pourrait ainsi se laisser aller à la mélancolie. Craquer pour revenir plus fort. Exorciser sa peine afin de rendre à son âme une énergie vierge et libérée.

*

Le révérend Murdock préparait à manger dans la cure minuscule, dissimulée derrière une porte à peine visible à hauteur de l'autel.

Dwight dégustait un café chaud, assis à la table, tandis que Ron et Talisker jouaient aux cartes, appréciant cet instant divin.

— Voilà, nous aurons de quoi vous nourrir, commenta le révérend en posant un couvercle sur une poêle dans laquelle mijotait un ragoût de mouton.

— Révérend, vous êtes originaire du Kansas ? demanda Dwight en sifflant la dernière goutte de café au fond de sa tasse.

— Non, je viens de loin, répondit Murdock.

— Ça s'entend.

Le révérend leva les yeux vers lui.

— Ça s'entend, dites-vous ?

— Oui, vous avez un léger accent, même si votre anglais frise la perfection.

— Oui, pour tout vous dire, mon père était originaire de Palerme, en Italie. Ma mère est née dans un petit village à côté de Chartres, en France. Mes parents se sont rencontrés à Paris en 1805 et sont partis s'installer à Boulogne-sur-Mer. Un an après, je naissais. Mais en 1810, un raz-de-marée a touché le port où mon père travaillait comme contremaître, et a ruiné la compagnie qui l'employait. Pendant plusieurs années, mon père a eu la chance de trouver du travail dans diverses compagnies. Mais l'argent commençait à manquer. Mes parents ont donc décidé d'immigrer en Amérique. Ils ont débarqué à New York en 1819, j'avais treize ans. Largement assez jeune pour m'adapter à un nouvel environnement et apprendre la langue, mais trop vieux pour oublier mes racines. D'où le léger accent que vous pensez avoir décelé chez moi.

Murdock lui offrit un sourire charitable empli de bienveillance.

— Comment êtes-vous devenu pasteur ?

Cette fois-ci, Murdock éclata de rire.

— Une histoire atypique, je dois l'avouer, répondit-il.

— Nous avons tout le temps, poursuivit Dwight. Je suis de nature assez curieuse.

— Et grand bien vous fasse.

Murdock se servit une tasse de café et remplit celle de Dwight. Il en proposa à Talisker et Ron, qui déclinèrent l'offre, absorbés par leurs cartes à jouer.

Le révérend s'installa face à Dwight.

— En novembre 1841, j'ai embarqué sur le *Créole*, un navire qui mettait le cap sur les Antilles britanniques. J'avais trouvé là un petit travail. Je m'occupais de l'intendance à bord du bateau. Seul problème, nous transportions des esclaves vers un pays où l'abolition avait été prononcée huit ans plus tôt. Le Royaume-Uni refusa de rendre les esclaves. Autant vous dire que les relations entre le Royaume-Uni et les États-Unis étaient plutôt tendues. En pleine tension diplomatique.

— J'ai vaguement entendu parler de ces événements quand j'étais gosse.

— Alors pour éviter de me retrouver au milieu d'un conflit où je n'avais pas ma place, j'ai décidé de changer de voie. Vous n'imaginez pas ce que j'ai pu voir à bord du *Créole*. Humiliations, violences, maladies... J'ai été marqué par ces ignominies. Depuis, je parcours les États, naviguant de chapelle en chapelle, ordonnant des messes destinées à rendre espoir aux plus démunis.

Dwight hocha la tête, manifestement impressionné.

*

En fin d'après-midi, Bowens entra dans la chambre de Stabler. L'odeur était immonde. On aurait dit qu'un rat crevé était planqué sous la commode.

Stabler dormait. Ses râles indiquaient l'état lamentable de ses bronches. Sa respiration était douloureuse et la fièvre à son comble.

Triste spectacle.

Bowens préféra le laisser dormir et, le cas échéant, le laisser s'en aller paisiblement.

Il referma la porte.

*

Lorsqu'il revint dans le chœur de la chapelle, Bowens trouva ses compagnons réunis en ligne devant l'autel, leurs yeux fixant le même horizon. Bowens dirigea le regard dans la même direction. Devant la porte de la chapelle, illuminée par le rayonnement des vitraux, se dressait une silhouette longiligne. Chapeau neuf vissé sur la tête, vêtements noirs impeccables protégés par un long manteau sombre, l'étranger gardait les mains le long de ses cuisses.

Bowens plissa les yeux et le reconnut.

Hunter souriait.

Il avança de quelques pas, jusqu'à rejoindre les petites marches menant à l'autel. Puis il se figea.

— Vous ! dit Ron d'une voix rauque.

Hunter souleva son chapeau du pouce.

— Messieurs dame, bonjour, dit-il.

Talisker observait le chasseur de primes avec crainte. Ce visage sec et émacié lui rappelait de mauvais souvenirs, notamment celui d'une nuit passée dans l'antre d'un rocher, souffrant comme un animal blessé, pris en otage par cet individu. Des gouttes de sueur perlaient le long de ses tempes.

Jane Hobblehorn comprit de qui il s'agissait. Même si elle ne l'avait jamais vu, elle devina que l'homme en face d'eux était le chasseur de primes dont Bowens et Ron avaient parlé.

Hunter n'avait pas spécialement la mine patibulaire, mais son être tout entier inspirait une sorte d'inquiétude malsaine.

Dwight gardait son calme. Même si le personnage traînait derrière lui la réputation d'un golem, il n'était après tout qu'un chasseur de primes. Pas un tueur fou.

Le révérend Murdock regardait ces âmes tourmentées les unes après les autres. Il ignorait tout de leur passé commun.

— Allons, détendons-nous, dit-il en descendant les trois marches qui le séparaient d'Hunter. (Puis il s'adressa à lui :) Bonjour, je suis le révérend Murdock et je vous souhaite la bienvenue dans cette chapelle.

En guise de réponse, Hunter le gratifia d'un rictus cynique.

— Qu'est-ce que vous faites là ? intervint Bowens qui, déjà, avait rejoint ses amis.

— Bonjour, monsieur Bowens, répondit enfin Hunter.

— Répondez à ma question.

— Ce que je fais là ? Eh bien ma foi, la même chose que vous. Je suis à la recherche d'un assassin.

— Oui, ben vous avez mal choisi le lieu. Vous trouverez aucun assassin recherché entre ces murs.

Hunter sourit de nouveau.

— Je n'en suis pas si sûr.

Hunter se mit à arpenter les petites allées entre les bancs, pas après pas. Mains calées derrière le dos, il observait l'état des pierres qui jalonnaient le sol. La chapelle était parfaitement entretenue.

Jane Hobblehorn descendit les marches à son tour.

— Qu'est-ce que vous voulez dire ? demanda-t-elle, sa voix rebondissant en échos entre les voûtes.

Hunter continua de marcher sous les regards médusés du révérend Murdock et de l'équipe de Bowens.

— Commençons par le début, se lança Hunter dont la voix lointaine laissait planer comme un sermon comminatoire. Alors que ma mère me portait encore dans son ventre et pour lui éviter la rudesse climatique de l'Alaska, mon père décida de s'installer vers le sud.

Mes parents chargèrent alors dans une carriole le peu de babioles qu'ils possédaient. Puis ils commencèrent à arpenter les pistes vers le sud, toujours plus vers le sud. Jusqu'à ce qu'ils fassent une halte dans une charmante bourgade nommée Paxton, une petite ville qui n'existe plus aujourd'hui. Savez-vous où se trouvait Paxton, miss Hobblehorn ?

La jeune femme prit une douche froide. Comment ce type connaissait son nom ? Comme tout bon chasseur de primes, il était certainement bien renseigné. Mais il semblait connaître tout le monde dans cette petite assemblée. Une connaissance pointilleuse qui faisait froid dans le dos.

— Je vois que vous ne savez pas, poursuivit Hunter. Paxton se trouvait précisément à six miles d'ici, soit à environ trois miles de Black Wolf.

Jane ne voyait pas où le chasseur de primes voulait en venir.

Hunter remonta l'allée centrale lentement, frottant l'avant de sa botte contre les pierres décalées.

— Ce que je veux dire, miss Hobblehorn, c'est que j'ai grandi dans cette région. Je la connais sur le bout des doigts. Elle et ses habitants. Car malgré ce que vous pouvez penser, je ne suis pas un homme sans cœur. Je dirais même que je suis très attaché à mes racines. Un sentimental en quelque sorte. Alors entre deux déplacements, je reviens régulièrement par ici, histoire de revoir les vieux amis et partager un verre avec eux.

Le révérend Murdock recula de quelques pas. Son cœur commençait à tambouriner dans sa poitrine. Cet homme énigmatique dispensait une sorte d'aura maléfique. Qu'allait-il faire ? Ses paroles devaient-elles être interprétées comme une menace ?

— Et savez-vous qui j'ai trouvé lors de la journée d'hier, miss Hobblehorn ?

Jane recula et longea l'un des bancs pour se placer sous la protection de Bowens.

Ron et Dwight échangèrent un regard. Comme un regret amer d'avoir laissé leurs armes dans la cuisine de la cure.

Talisker était de plus en plus pâle. Il crut qu'il allait vaciller.

Le révérend Murdock trouva refuge derrière l'autel de la chapelle, juste au cas où une rafale de balles viendrait se perdre dans leur direction. Il pourrait alors peut-être envisager de se cacher derrière l'abri de pierres qui lui servirait de bouclier.

— Comment pourriez-vous le savoir ? reprit Hunter en finissant le trajet pour se retrouver sur la ligne de départ de sa promenade eucharistique, à quelques pas de l'équipée. J'ai trouvé un vieil ami. Mais j'avoue avoir été surpris par le lieu de notre rencontre. Eh bien me croiriez-vous si je vous disais qu'il était attaché à un poteau, saucissonné comme un porc égorgé, le ventre ouvert et les tripes dégoulinant dans la neige ?

Personne ne manifesta la moindre émotion. Que pouvaient-ils y faire après tout ?

— Oh, je sais que vous voyez de qui je parle, continua Hunter. Mais attention ! Je sais aussi qu'il était déjà dans cet état lorsque vous êtes passés devant sa dépouille. Cependant, il y a juste un détail qui me chiffonne. Vous penserez sans doute que je suis quelqu'un de pointilleux mais si vous connaissiez cet homme comme je le connaissais, je suis persuadé que vous auriez réagi de la même façon.

Le laïus d'Hunter touchait progressivement à sa fin.

Bowens qui était le seul homme armé, glissa lentement la main autour de sa taille, afin que la distance qui séparait ses doigts et son colt diminue graduellement.

— Qu'attendez-vous pour finir votre histoire ? lança Bowens.

Hunter lui décocha un clin d'œil.

— L'homme qui était accroché au poteau télégraphique, c'était le révérend Murdock.

À ce moment précis, un cliquetis métallique résonna dans le silence. Murdock était armé, éloigné de quelques pas et tenait en joue l'assemblée par un fusil à canon scié. La constitution de l'arme n'échappa ni à Hunter, ni à Bowens. Un fusil modifié comme était celui-ci, pouvait toucher plusieurs personnes à la fois d'une seule balle. Non guidés par le canon manquant, les éclats se répartiraient dans un rayon d'un à deux mètres. Tous les protagonistes étant rassemblés au même endroit, il lui serait très facile de faire un carton. Le révérend, si l'on peut l'appeler ainsi, était prévoyant. Il avait discrètement caché son arme sous l'autel, soutenue par deux crochets.

— Je jure devant Dieu que le premier qui tourne un orteil, je lui fais un deuxième trou du cul qui lui sortira par la bouche, aboya le révérend.

Hunter gardait son calme.

— Il est inutile d'être aussi extravagant, réprimanda le chasseur de primes. Vous risqueriez de déclencher un vent de panique.

— Si je vois bouger votre moustache ne serait-ce que d'un demi-millimètre, vous serez le premier sur ma liste.

— Je ne bouge pas, vous voyez... Maintenant, si vous disiez à vos brebis égarées quel est votre véritable nom ? J'ai bien ma petite idée là-dessus mais je préfère que l'aveu vienne de vous. Ce qui serait assez amusant venant d'un homme qui se cache sous une soutane.

— C'est le Sprinkler, lança une voix sèche.

Jane Hobblehorn venait de prendre un risque démesuré. Bowens la regarda comme s'il était à côté d'une suicidaire. Talisker dévisagea la jeune femme puis s'écroula sur le sol, emporté par ses émotions. Ron restait stoïque, ruminant sa hargne entre les dents. Dwight, quant à lui, fit un pas en avant, contraignant le révérend à orienter sa mire sur lui.

— Non, ce n'est pas le Sprinkler, démentit Dwight.

Hunter observait l'adjoint du coin de l'œil, amusé.

— Nous avons en face de nous Prescott Soulless.

36
DÉMASQUÉ

— Très juste, confirma Hunter.

Les yeux de Ron roulèrent vers son ami. Depuis le début de leur aventure, Dwight était convaincu de pouvoir retrouver la trace de Prescott Soulless. Sans le vouloir, il y était parvenu.

Malgré eux, Bowens et les autres avaient suivi les traces d'un assassin à défaut de trouver celui qu'ils cherchaient. Dwight avait eu gain de cause dans sa quête. Il était désormais face à sa cible. Mais Prescott Soulless avait l'avantage. Un avantage à double coup qui pouvait détoner à tout moment et réduire à néant leurs investigations.

— Vous êtes donc ce tueur en série que toutes les polices recherchent sur le territoire, annonça Dwight.

— C'est une question de point de vue, répondit Soulless. D'ailleurs, d'où me vient ce joli sobriquet dont les autorités m'ont affublé ?

— Vous le savez parfaitement. Vous avez fait votre première victime à Prescott, État de l'Arizona. Vous êtes celui que les gens appellent « le sans-âme »...

— Ce qui nous donne Prescott Soulless, s'amusa

l'intéressé. Moi, j'ai plutôt une autre théorie à vous soumettre. Je pense plutôt que, si les autorités m'ont baptisé comme ça, c'est parce qu'elles ignorent qui je suis. On ne trouve pas l'introuvable. Elles n'ont jamais été capables de relever le moindre indice, le plus petit renseignement sur mon compte. Mais l'anonymat compte peu en fin de compte. Ce n'est pas à mon âge que je vais commencer à craindre la colère de mes contemporains.

— Vous êtes européen, Mike Soledge me l'a dit.

Soulless fit mine de réfléchir. Puis :

— Ah oui, sacré Mike. Un vieux camarade.

— Toute cette histoire que vous m'avez racontée ce matin, c'était du pipeau, dit Dwight... Dès que j'ai entendu votre accent à couper au couteau, j'ai eu comme un doute, une intuition. Mais vous portiez la soutane, alors...

— Alors vous vous êtes demandé quel genre d'individu pourrait se substituer à un homme d'Église ?

— Précisément.

— Pour votre information, l'histoire que je vous ai racontée ce matin est authentique. Je m'appelle Ludovic Cubizolle, citoyen français de naissance.

— Vous prenez un risque en nous dévoilant votre identité, intervint Jane Hobblehorn.

Soulless gravitait autour du cercle formé par ses interlocuteurs, et s'arrêta lorsque la jeune femme fut à portée de vue.

— Miss, peu importe que vous sachiez qui je suis ou non. Ce qui compte, ce sont mes intentions. Je ne tiens pas à marquer l'histoire, je veux simplement tenir mon rôle.

— De quel rôle parlez-vous ? intervint Hunter.

— Mais de celui de régulateur, voyons... Je ne supprime pas les gens pour le plaisir.

— Tant mieux. Pendant un moment, j'ai eu peur, ironisa le chasseur de primes.

— Dans la vie, toutes les actions sont les conséquences d'observations minutieuses. Nous vivons dans un pays maudit. Nous avons colonisé et décimé les populations indiennes, réduit les Noirs à l'esclavage, et nous avons investi des territoires qui ne nous appartenaient pas. Et nous continuons. Par définition, le colon est mauvais par nature. C'est une mauvaise herbe qu'il faudrait éradiquer.

— Sur ce point, vous n'avez pas tout à fait tort. Mais pourquoi pensez-vous jouer un rôle important dans cette histoire ? Vous tuez des gens après les avoir torturés. Vous êtes pire que la vermine que vous combattez.

Soulless posa les fesses sur un banc et se servit du dossier de devant pour équilibrer le canon de son fusil. Puis il détourna son attention vers Dwight Robson.

— Tout à l'heure, jeune homme, vous avez parlé de Prescott, en Arizona.

Dwight ne répondit pas.

— J'ai effectivement tué un homme en 1859 aux abords de la ville. Vous savez qui était cet homme ?

L'adjoint ne répondit toujours pas.

— Il s'appelait Marco Straggi, un immigrant italien. Et ce type prenait un malin plaisir à adopter de jeunes enfants. Les gens l'admiraient, l'encensaient, trouvaient que Straggi faisait preuve d'une grande générosité. Mais ce qu'ils ignoraient, c'est que notre brave Italien était à la tête d'un trafic d'esclaves, et revendait ces enfants aux pays d'Europe de l'Est. Il les envoyait par bateau sur l'autre continent et amassait des fortunes. Et vous savez ce que devenaient ces enfants ? Non ? Eh bien, ils servaient de jouets sexuels aux détraqués, ou encore de cobayes pour des expériences scientifiques. Pensez-vous toujours que cet homme ne méritait pas de mourir, monsieur Robson ?

— Que faites-vous des autres ? reprit Hunter. Ceux que vous avez assassinés ?

Ludovic « Prescott Soulless » Cubizolle émit un grognement lascif. Nom de nom, ils ne comprenaient donc rien à rien.

— Je pensais pourtant avoir été clair, répondit-il. Pour les autres, c'était la même chose. Je n'ai puni que ceux qui le méritaient. Vous chiffrer le nombre exact de mes victimes serait un travail fastidieux pour ma pauvre mémoire. Toujours est-il que je n'ai jamais rien fait de gratuit.

— Vous êtes un malade, grinça Dwight.

— Je ne vous obligerai pas à vous justifier de tous vos crimes, monsieur Cubizolle, intervint Hunter, néanmoins, j'aimerais juste connaître les motivations qui vous ont conduit à tuer le révérend Murdock.

— Ça, c'est une bonne question ! jubila Cubizolle en se relevant.

Puis il avança plus près d'Hunter et, d'un mouvement vif du fusil, l'intima de se placer à côté des autres. Hunter obtempéra et se plaça entre Jane et Dwight.

— Voilà, c'est mieux, commenta Cubizolle. Au moins, je vous ai tous dans mon axe de tir. Je vais bien sûr répondre à votre question, mais vous devez savoir que la réponse ne va pas vous satisfaire du tout.

— Sans blague !

— Votre ami, le révérend Murdock, était ce qu'on appelle un problème inopiné.

— Vous reconnaissez donc avoir tué un innocent.

— Personne n'est innocent, monsieur Hunter. Je vous rappelle que notre révérend a largement participé à la révolution texane en 1835 et que bon nombre de soldats mexicains sont tombés sous ses balles. On peut dire qu'il a su trouver la rédemption rapidement. Les voies du Seigneur sont impénétrables, paraît-il.

— Si vous nous expliquiez en quoi le révérend Murdock était un problème inopiné.

— La vraie question est : pourquoi s'est-il retrouvé sur ma route...

Cubizolle fit quelques pas sans baisser la garde.

Bowens tentait toujours d'accéder à la sacoche de son pistolet mais sa bedaine l'en empêchait. Un geste brusque pouvait déclencher un carnage. Jane lui saisit le bras. Il sentait sa main trembler.

— Celui que le pays appelle Sprinkler, poursuivit Cubizolle, est une vermine de la pire espèce, vous ne pourrez pas me contredire sur ce point. Figurez-vous que je suis à sa poursuite moi aussi.

— Vous avez une bien curieuse façon de faire justice.

Jane pria pour que Hunter se taise une bonne fois pour toutes. Plus qu'arrogant, il était dangereux pour leur sécurité à tous.

Cubizolle reprit son récit, ignorant la remarque du chasseur de primes.

— Le Sprinkler a fait sa première victime le 4 avril 1854 à Bozman, dans le Montana. Il y a tout juste douze ans. Puis sept autres les années suivantes. Jusqu'en 1858, pour on ne sait quelle raison, il s'est arrêté. Alors certes, beaucoup ont spéculé sur sa mort.

Pourtant, au regard des rapports croisés entre les juridictions, on a constaté que personne ne correspondait réellement au profil de notre individu. Avait-il décidé d'arrêter ? S'était-il retiré à l'étranger ? Avait-il combattu sous la bannière de l'Union ou de la Confédération ? Personne ne le sait.

Cubizolle fit quelques pas de plus et planta son regard dans ceux de ses vis-à-vis, tour à tour, avec juste ce qu'il fallait de folie dans les yeux pour les conditionner à la peur.

— Et comme par miracle, voilà qu'un nouveau meurtre fait la une des journaux. Le Sprinkler vient de remettre le couvert à Kearney, comté de Buffalo au Nebraska. Le jeune Garrett Butler découvre le corps d'une fillette et le cauchemar recommence, ramené sur les rives de la rivière Platte.

« Un candidat aux dents longues fait alors appel à l'élite. Ray Brittle, Kenny Bowens, Jacob J. Stabler, Jane Hobblehorn, Dwight Robson, Ron Ashton et notre ami Norman Talisker venu immortaliser cet instant de légende qui marquerait l'histoire à jamais. Une période où le nom d'Angus Dollory résonnerait comme un symbole héroïque et patriote. La belle affaire...

« Sauf que, mis à part l'élite, si l'on peut l'appeler ainsi malgré ses protagonistes vieillissants et plus très habiles, d'autres se lancent aussi dans la compétition, en l'occurrence moi-même, votre serviteur. À la différence que je me fous éperdument de l'argent qui est mis en jeu.

Bowens plissa les yeux. Le laïus de Murdock était trop précis pour être sans danger. Non, il y avait autre chose. L'assassin parlait comme un livre. Dommage que Talisker continue à rêver de célébrité, couché les bras en croix sur le parvis de l'autel. Il aurait pu gagner en inspiration.

— Le vice peut-être, grommela Dwight.

Jane ferma les yeux. N'allaient-ils pas la fermer tous ?

— Quoi qu'il en soit, dit Cubizolle, j'ai suivi l'affaire avec autant d'assiduité que vous. Étant un voyageur chevronné, j'ai parcouru les États tout au long de ma garce de vie. J'ai moi-même suivi les pistes du Sprinkler et me suis rendu dans les villes qu'il a fréquentées. J'ai discuté avec les gens, famille et témoins... Et bien entendu, et voici notre point commun, monsieur Hunter, j'ai aussi profité du travail de monsieur Bowens ici présent et de son équipe. Ce qui m'a conduit sur la piste de Black Wolf.

— Si vous en veniez à l'essentiel, objecta Bowens.

— J'y viens, j'y viens, répondit Cubizolle en se grattant l'entrejambe. Pour tout vous dire et je ne saurai que vous complimenter en ce sens, vous aviez vu juste.

— Expliquez-vous, gronda le pisteur qui tentait de se détacher discrètement de l'étreinte de la jeune femme.

Cubizolle se massa les tempes, repositionna convenablement la mire de son canon scié au centre du groupe et arma les chiens en arrière. Jane sursauta et les autres se contentèrent de scruter le double canon.

— C'est pourtant simple, dit-il, le Sprinkler est ici, parmi nous.

37

DUSK

Bowens regarda tour à tour ses compagnons d'infortune et se rendit compte qu'ils avaient tous eu le même réflexe. Cet énergumène venait de semer le doute parmi eux.

— Qu'est-ce que vous racontez ? lança Ron, poings fermés. Ça fait des jours et des nuits qu'on risque notre peau pour abattre cette merde. Et vous osez dire que l'un d'entre nous est le Sprinkler ? Vous répéteriez ça sans votre canon scié ?

Cubizolle rit de bon cœur.

— Ah, fougue de la jeunesse. Tenez, monsieur Ashton, puisque vous me semblez un peu plus excité que les autres, réveillez donc notre écrivain préféré. S'il y a une information qu'il ne doit pas manquer, c'est bien celle-ci.

Ron le dévisagea. Maintenant, l'autre se permettait de lui donner des ordres.

Dwight, plus désireux de connaître la vérité, enjoignit à son ami d'obtempérer d'un regard amical. Ron fermait les poings si fort que ses doigts devinrent rose foncé. Ses ongles lui pénétraient la chair.

Enfin, il s'accroupit, gifla Talisker à trois reprises et l'écrivain recouvra ses esprits.

— Quoi ?... Hein ?...

— Levez-vous, ordonna Ron.

Talisker se laissa porter et se retrouva à la verticale.

— Ce fumier était en train de nous dire que le Sprinkler serait l'un d'entre nous, lui marmonna Ron à l'oreille.

— Quoi ?... Mais... Ce sont des foutaises... bredouilla Talisker qui se sentait déjà visé.

— N'ayez pas peur, monsieur Talisker, reprit Cubizolle, je ne pense pas que vous soyez l'homme que nous cherchons. Il a des qualités que je devine assez mal chez vous. Ne le prenez pas mal.

« Donc, pour répondre enfin à la question de monsieur Hunter, si j'ai abattu le révérend Murdock, c'était pour prendre sa place. Tout simplement. Pour me rapprocher du fameux Sprinkler.

— Et vous vous prenez pour le bras de la justice ? aboya Hunter qui, cette fois, semblait bel et bien en rogne. Aviez-vous besoin de lui ouvrir le ventre et de le laisser se vider ? Aviez-vous besoin de cette mise en scène ?

— Je dois vous dire la vérité, dit Cubizolle. Je reconnais avoir des pulsions. Des émotions que je ne contrôle pas toujours. Pourtant, j'ai passé ma vie à tenter de les faire évoluer. D'où la solution de concentrer toute cette énergie néfaste pour la bonne cause.

— Malade mental !

— Malade oui, mais comme je viens de vous l'expliquer, je pense avoir trouvé la thérapie qui me convient.

— Alors, d'après vous, qui est le Sprinkler ? intervint Bowens à son tour.

— Malheureusement, je n'ai pas encore la réponse. Pour cette raison, nous entamons en ce moment même la phase deux, dite phase d'observation. Nous avons tout le temps et je peux vous garantir que, d'ici demain matin, j'aurai non seulement découvert qui est le Sprinkler, mais je l'aurai aussi tué.

— Avec un esprit comme le vôtre, comment se fait-il que vous ayez ramené Stabler sain et sauf ? poursuivit le pisteur.

— Un coup de chance. Je n'ai absolument aucune idée de comment il a su que vous étiez ici, mais je l'ai trouvé sur ma route. Et Stabler est aussi suspect que vous, monsieur Bowens. Au moins, les crabes sont dans le même panier.

La main du pisteur le chatouillait. S'il était certain d'avoir encore les réflexes d'antan, il aurait dégainé puis abattu ce forcené. Mais il n'était plus aussi sûr de lui.

— Je précise que vous, miss Hobblehorn, êtes aussi suspecte que les autres ! accusa Cubizolle en la désignant théâtralement de l'index.

— Moi ? Mais c'est une plaisanterie !

— Gardez vos airs de duchesse pour votre cour. Maintenant, vous allez tous vous asseoir.

Personne ne réagit.

C'est lorsque Cubizolle agita son fusil que les autres obéirent, Hunter compris. Ils s'assirent devant l'autel en silence.

Cubizolle baissa les yeux sur la bedaine du pisteur.

— Monsieur Bowens, je doute que vous ayez le temps de dégainer avant que j'appuie sur la détente, donc je vous saurai gré de jeter votre ceinturon à mes pieds.

Lentement, Bowens détacha la boucle, fit glisser le ceinturon et le jeta devant Prescott Soulless.

— Très bien. Maintenant, nous allons parlementer. Tranquillement.

Cubizolle partit chercher une chaise sur le côté sans perdre ses prisonniers de vue. Il revint s'asseoir devant eux avec le recul nécessaire pour que le canon de son arme balaye au plus large possible au cas où la situation lui échapperait.

— Commençons par vous, monsieur Hunter.

— J'ai rien à vous dire.

— C'est moi qui parlerai. Bon, j'imagine que vous connaissez bien la réputation de l'agence Pinkerton.

Silence.

— C'est ce qui me semblait. Et je dirai même que vous vous êtes encanaillé avec l'un d'entre eux. Monsieur Jack Bellerive, si je ne fais pas erreur.

Hunter ne répondait toujours pas.

— Il faut que vous sachiez quelque chose, monsieur Hunter. Bellerive est un bon agent. Excellent, même. Mais cet homme est malheureusement victime d'une légère défaillance. Qui n'en a pas, nous direz-vous ? Le problème, c'est que monsieur Bellerive avec qui vous vous êtes fâcheusement associé sur l'affaire du Sprinkler, est une girouette.

Hunter ne cillait pas. Pas la moindre expression de contrariété, pas la plus petite étincelle de colère.

— Je connais votre petit arrangement, poursuivit Cubizolle. Il vous donne des informations secrètes relevant des investigations de l'agence, vous laisse faire le travail et en retire tous les lauriers. Je ne me trompe pas ?...

Hunter ne lui fit grâce que d'un silence méprisant.

— Eh bien, sachez que monsieur Bellerive joue sur tous les tableaux et qu'il n'a jamais eu l'intention de partager quoi que ce soit avec vous, pas même l'argent de la récompense. Comment le saurais-je, êtes-vous en train de vous demander. Eh bien tout simplement parce que je connais personnellement monsieur Bellerive. Nous avons eu l'occasion d'échanger autour d'une bonne bouteille. Il est friand de whisky bon marché, vous l'aviez remarqué, n'est-ce pas ? »

Hunter restait impassible et gardait son calme. Il ne voulait pas lui offrir la jubilation d'avoir touché la corde sensible.

— Donc, pas plus tard qu'hier soir, monsieur Bellerive arrive au saloon de Hays, déjà éméché. Je suis au comptoir et nous sympathisons. Pourquoi se méfierait-il d'un vieil alcoolique qui combat la solitude à grands renforts de vinasse frelatée... Je l'invite donc à partager une bouteille et nous nous installons à une table. Il passe plus d'une heure à me conter ses péripéties quand enfin le sujet tabou pointe son nez. Nous échangeons nos points de vue, il me fait quelques confidences et j'apprends, devinez quoi, que l'agence Pinkerton a ses entrées à la permanence d'Angus Dollory, futur gouverneur de l'État du Nebraska. Et savez-vous ce qu'il m'a appris ce soir-là ?

Aucune réaction de la part d'Hunter.

Les autres avaient les oreilles grandes ouvertes, béats devant l'étrange histoire que le tueur en série leur rapportait.

— Qu'Angus Dollory avait décidé d'éliminer la bande qu'il avait engagée au préalable.

— C'est complètement faux ! hurla Jane, qui avait viré du pâle à l'écarlate.

— Je suis navré, miss, mais votre patron n'est pas l'homme que vous pensiez. Il vous a associés à l'échec cuisant de l'affaire de Wakeeney. Comment faire pour réparer ses erreurs sinon les effacer ?

— Vous mentez !

— J'aimerais, miss, j'aimerais. Quoi qu'il en soit, Dollory aurait mandaté une équipe de mercenaires pour faire le travail. Et savez-vous quel est le scénario de ce magnifique final ?

Cubizolle argua d'un large sourire comme s'il attendait des ohhh et des ahhh émanant de son public improvisé.

— Les mercenaires savent précisément où venir. D'une part parce qu'un agent infiltré se trouve parmi nous – et je ne parle pas de vous, miss – et qu'il a donné toutes les informations au fur et à mesure, et d'autre part parce que la menace que vous représentez doit être enrayée sous vingt-quatre heures.

— Vous pensez qu'on va vous croire ? lança Dwight.

— Croyez-moi ou non mais le fait est que les mercenaires seront bien là, épaulés par la Pinkerton. Eh oui !

— Vous bluffez, dit à son tour Bowens. Quel intérêt aurait la Pinkerton à s'acoquiner avec des mercenaires ?

— C'est pourtant simple. Les mercenaires débarquent et rasent la chapelle. Ils n'ont plus qu'à encaisser le chèque de Dollory et laisser la place aux agents de la Pinkerton pour compter les cadavres. Le lendemain, nous lirons dans les journaux qu'Angus Dollory a déniché le Sprinkler au sein même de son équipe et qu'il a mandaté la Pinkerton pour l'arrêter. Mais l'histoire a mal tourné et s'est terminée en carnage. Tout le monde s'en tire à bon compte. Un succès de plus pour Allan Pinkerton et ses sbires, de l'argent en abondance pour les mercenaires et l'assurance à Dollory d'être élu au premier tour. Que pensez-vous de ça ?

— Je suis désolé mais c'est difficile à gober votre histoire, dit Hunter.

Cubizolle haussa les épaules.

— Nous verrons bien. En attendant, le temps passe et j'ai les crocs, pas vous ? Nous avons sauté le repas de midi et le crépuscule est déjà là. Je vous propose donc de manger un morceau et nous reprendrons notre conversation pendant la digestion. Et n'oubliez pas de déposer vos armes devant l'autel.

Cubizolle se leva et, d'un signe du canon, désigna la cuisine de la cure.

Talisker fut le premier à s'y diriger. Non pas qu'il eût très faim mais il savait écouter, surtout lorsque l'homme en question était armé. Ron lui emboîta le pas, suivi de Dwight. Jane accompagna le mouvement contrainte et forcée. Tous avaient déposé leurs ceinturons au pied de l'autel. Ne restait plus qu'Hunter.

— Allons, ne m'obligez pas à me répéter, sermonna Cubizolle.

Hunter se redressa lentement et, sans lâcher du regard le tueur en série, se dirigea nonchalamment vers les autres.

— J'aimerais voir Stabler, dit Bowens.

— Tout à l'heure, allez, dépêchez-vous.

— Il y a quelque chose que je comprends pas. Qu'est-ce que vous avez à gagner dans cette histoire ?

Nous encore, on nous a fait la promesse d'une rémunération, mais vous ?... Et puis d'après ce que vous dites, une bande d'assassins va débarquer pour raser la chapelle. Vous allez vous aussi vous faire abattre comme le chien que vous êtes.

— Lorsque les mercenaires débarqueront, il y a longtemps que j'aurai...

Un projectile brisa l'un des vitraux, un sifflement fit écho dans la chapelle et la balle perfora l'épaule de Ludovic Cubizolle.

Il hurla de douleur.

Bowens se jeta à terre.

Cubizolle sauta entre deux rangées de bancs et réorienta sa mire en direction du pisteur. Le sang empourprait rapidement sa chemise. Il grimaçait de douleur mais luttait pour ne pas défaillir.

— Que se passe-t-il ? cria une voix dans la cuisine que Bowens reconnut comme étant celle de Dwight.

— Restez à couvert !

Le front de Cubizolle se mit à suinter. La surprise avait été mauvaise.

— Les voilà vos mercenaires, lui cracha Bowens. Vos informations manquaient de précision.

Hunter apparut, caché prudemment derrière le seuil de la porte, revolver en main.

— Lâchez ça ! ordonna Cubizolle, faisant naviguer son fusil d'une proie à l'autre.

— Navré de vous décevoir, répondit Hunter, mais je ne me laisserai pas abattre comme un lapin. Soit vous vous rangez à notre cause, soit l'un de nous vous abat comme un crotale.

Derrière Hunter se dressa la Winchester de Ron, puis celle de Dwight.

— Pour vous, la partie est terminée, dit Bowens. Vous pouvez aller vous faire foutre, vous et vos sermons. À partir de maintenant, on prend les commandes.

— C'est... c'est hors de question, balbutia Cubizolle.

— Libre à vous, poursuivit Bowens. Maintenant, je vais me lever, prendre mon ceinturon et m'habiller décemment. Si vous faites ne serait-ce qu'un mouvement, monsieur Hunter se fera un plaisir de vous coller une balle entre les yeux.

— C'est peu de le dire, renchérit le chasseur de primes.

Bowens rampa dans l'allée jusqu'à atteindre son ceinturon. Il le noua laborieusement autour de sa taille. Il se redressa et se dirigea avec prudence jusqu'à l'entrée de la chapelle. Il fit en sorte de rester à couvert derrière une colonne de pierres. Il jeta un regard en direction d'Hunter qui le couvrait.

Cubizolle avait déjà déposé les armes. Il gémissait. La douleur lui inondait le bras et l'épaule.

Ron se faufila derrière Hunter et se planqua derrière l'autel.

Une fois la défense organisée, Bowens s'éclaircit la gorge et s'adressa aux assaillants.

— Je m'appelle Kenny Bowens. Je suis pas seul. Vous êtes qui ?

Bowens entendit se fondre dans l'obscurité sonore de l'extérieur, comme des rires étouffés.

Enfin, une voix sourde répondit.

— Je m'appelle Bronach Hagan.

38

SIÈGE

Bronach Hagan.

Le chef de bande, sans aucun doute.

Bowens saisit son revolver et tira le chien vers l'arrière, prêt à riposter.

Jane Hobblehorn marcha en canard jusqu'à l'autel. Elle récupéra ses armes et se fondit derrière un pilier pour assurer la couverture ouest de la chapelle.

Le visage de Talisker apparut lentement par-dessus l'épaule d'Hunter.

— Vous feriez mieux de rester dans la cuisine, recommanda le chasseur de primes.

— C'est à dire qu'il y a une fenêtre dans la cuisine... Et... Ils pourraient tirer au travers...

— Restez couché, que voulez-vous que je vous dise !

Cubizolle déchira la manche de son bras gauche, roula le tissu en boule et compressa la plaie de son épaule droite dans un geignement.

Bowens, bien que connaissant la réponse, décida de relancer la conversation avec les assiégeants.

— Qu'est-ce que vous voulez ?

— Simplifier les choses, répondit Hagan.

— Et de quelle manière ?

Un petit silence s'installa. À l'extérieur, il semblait y avoir du mouvement. Les hommes étaient-ils en train de se placer de façon stratégique ? Les encerclaient-ils ? Enfin, Hagan répondit.

— Vous sortez tranquillement et ça nous évitera de mettre le feu à la chapelle.

— Ce serait un blasphème, monsieur Hagan, répliqua Bowens, espérant que sa boutade leur ferait gagner un temps précieux.

— Je suis un athée pur et dur si vous voulez savoir. Et puis vous savez, ça a toujours été la guerre entre catholiques et protestants...

C'était pas gagné.

— Combien vous êtes ?

— Le minimum.

— Vous pouvez être plus précis ?

— À vue de nez, je dirais... quinze.

— C'est tout ?

— J'ai pas emmené tout le monde, je me suis dit que pour déloger cinq pauvres clampins, j'avais pas besoin d'une armée.

— Vous auriez pourtant dû prendre plus de précautions.

Les mots de Bowens n'avaient aucun sens. Évidemment qu'ils n'avaient aucune chance. Surtout si la Pinkerton devait pointer son nez d'ici peu. Ils se battraient alors à un contre six. Mais Bowens préférait que son adversaire pense qu'il avait affaire avec un fou furieux plutôt qu'à un trouillard. Ils seraient plus prudents dans leur offensive.

Bowens se tourna vers ses compagnons.

— Déployez-vous et tâchez de fermer toutes les issues. Si vous ne pouvez pas toutes les boucher, postez-vous aux endroits les plus dangereux et tirez dans le tas.

— Il n'y a guère plus de deux entrées dans une chapelle, trois tout au plus, intervint Hunter.

Ron compta les portes dans sa tête. La veille, il avait fait le tour complet du bâtiment. Il y avait l'entrée principale et une porte latérale donnant sur la cuisine.

— Il n'y a que deux issues, prévint-il. Ce sont les fenêtres et les vitraux qui sont dangereux.

— Très bien alors le plan est simple, dit Bowens. Dès qu'une ombre s'agite derrière une vitre, vous tirez.

— Vous pensez sincèrement avoir une chance, monsieur Bowens ?

Cubizolle riait à présent à gorge déployée. Il s'était fourré dans un beau pétrin, devancé par des esprits plus subtils que le sien. Il se savait condamné. Toute histoire a une fin. La sienne était imminente. Il s'était déjà fait à l'idée. Il savait qu'il méritait amplement le châtiment qui lui serait infligé mais il ne partirait pas sans combattre.

— Bon, alors, vous décidez quoi ? reprit la voix à l'extérieur.

— Il neige à pierre fendre ! cria Bowens. Mettre le feu à une chapelle en pierres me paraît difficile, monsieur Hagan.

— C'est possible. Mais vous êtes encerclés. Vous n'avez aucun moyen de vous échapper. Si on ne brûle pas le bâtiment, on vous canardera à travers les vitraux. On a l'avantage du nombre et de l'obscurité.

— Dans ce cas, je veux bien prendre les paris.

Une balle explosa le bois de la grande porte, faisant voltiger les copeaux jusqu'aux pieds de Bowens.

Personne ne bougea.

Assise derrière son pilier, Jane exorcisait la peur par les larmes. Elle regrettait les réunions politiques arrosées de café, de thé et de petits-fours encore chauds. Elle se revoyait en femme du monde, vêtue des plus belles toilettes qui faisaient tourner les têtes et engageaient les hommes les plus riches à remplir les caisses de campagne. Dollory était un fumier de la pire espèce mais, placée sous sa protection, elle ne craignait rien de plus qu'une langouste avariée ou un mauvais champagne éventé.

Elle était désormais à sa vraie place, celle qu'elle revendiquait lorsqu'elle défendait les intérêts de Dollory. Elle se voulait femme de terrain, elle était servie. Même si la situation lui avait totalement échappé, elle ressentait malgré tout une certaine satisfaction à se trouver du bon côté de la barrière, loin des discours politicards véreux et des pots-de-vin qui n'échappaient à personne. Elle avait peur, bien sûr. Mais elle voulait croire en sa survie car sa bonne étoile, celle qui la suivait depuis le berceau, ne pouvait pas l'abandonner. Pas maintenant. Pas ici. Il lui restait tant à faire. Comme par exemple faire écrouer Angus Dollory, ou encore lui tirer une balle en pleine tête si c'était un mauvais jour.

Talisker risqua un regard au chœur de la chapelle. Il leva l'index comme pour demander la permission de s'exprimer.

— Monsieur Bowens, dit-il timidement, je ne pense pas que parier sur notre réussite soit une bonne idée. N'allez pas les provoquer.

— Rassurez-vous, monsieur Talisker, je ne me fais aucune illusion. Vous devriez faire de même, ça vous aidera à digérer la balle que vous prendrez dans l'estomac quand ces brutes passeront à l'offensive.

L'écrivain se ravisa et disparut aussitôt.

Caché sous l'autel, Ron comptait les balles qui lui restaient. Si l'attaque devait durer, les munitions viendraient à manquer rapidement.

— Quatre... C... Cinq... Six... Se... Sept...

Il ferma les yeux et pesta contre lui-même et son incapacité à contrôler ce fichu bégaiement qui revenait ponctuellement chaque fois que les émotions le submergeaient. Il devait à tout prix retrouver une contenance. Montrer qu'il était l'homme de la situation, tout comme ses compagnons.

Dwight était moins absorbé par le siège qui s'était formé que par son obsession à appréhender Prescott Soulless, l'homme énigmatique à qui il pouvait désormais apposer un nom. Sa mire dévia sur la gauche et se bloqua sur le visage de Cubizolle. Le tueur en série tentait désespérément de réduire l'hémorragie. Dwight avait envie d'appuyer sur la détente, éliminer une bonne fois pour toutes le danger sournois qui les foudroierait à un moment ou un autre. Mais que déclencherait-il alors ? Leur mort prématurée ? La colère de leurs assaillants ? Non, il devait être plus fin que ça. Car même si Cubizolle n'avait d'autre choix que s'unir à eux le temps d'une fusillade, il retournerait fatalement son arme contre l'un d'entre eux. Et ce serait peut-être lui. Mieux valait lui tomber dessus au moment où il s'y attendrait le moins. Une lame aiguisée plantée avec minutie, droit dans le cœur. Une idée qu'il garderait à l'esprit et qu'il mettrait en pratique le moment venu.

Plongé dans ses réflexions, Hunter ne cessait de ruminer sa colère. Jack Bellerive, quel beau salopard ! Comment cet hypocrite était-il parvenu à intégrer les effectifs de la prestigieuse agence Pinkerton ? Ah, il avait bien manigancé son affaire, celui-là. Quoi qu'il arrive, il gagnerait sur tous les fronts. Si par chance Hunter parvenait à s'en sortir, il se rendrait immédiatement à Washington, demanderait une audience à Allan Pinkerton lui-même et dénoncerait les pratiques douteuses que lui et ses hommes exploitaient sans demi-mesure. Il se mettrait en danger, certes, mais jamais il ne pourrait leur pardonner.

Bowens fléchit les jambes et son esprit vagabonda dans les champs de sa petite fermette. Il voyait Léonore gambader sur une branche ciselée lui servant de monture, Calie en train de brosser les fourrures, assise sur la souche du vieux tilleul qu'ils avaient abattu trois ans plus tôt. Les deux femmes de sa vie souriaient, riaient, couraient à sa rencontre alors qu'il rentrait de la chasse. Quel drôle de parcours il avait eu, songea-t-il. Comment aurait-il pu espérer, ne serait-ce que dix ans plus tôt, vivre une vie normale et sédentaire ?... Malgré le passage de la guerre qui avait altéré tout espoir d'avenir, il était revenu gonflé d'ambition, plus jeune qu'auparavant. Il avait dû tout reconstruire comme le pays qu'il avait défendu s'était reconstruit petit à petit. C'était un conquérant invulnérable, immortel. Si seulement Stabler pouvait l'entendre penser du fond de sa chambre agonisante. Sûr qu'il bondirait hors de son lit, enfin persuadé que les légendes ne meurent jamais.

— Bowens ! cria Hagan.

— Ouais !

— Vous savez d'où je viens ?

Le vent soufflait sur les mots, qui se faisaient lointains.

— Si j'en juge par votre nom, je dirais que vous êtes irlandais.

— C'est exact. Et dans mon pays, la tolérance est une religion, tout comme la musique et le whisky. Je vais donc me montrer indulgent et vous laisser le temps de réfléchir à votre mort. Je dois bien ça au grand Kenny Bowens.

Encore un qui entretenait le culte de la personnalité. Bowens se demanda comment il était possible que tant de personnes connaissent son nom ? Effectivement, il s'était distingué lors de grandes batailles, on l'avait souvent sollicité comme pisteur, mais jamais il n'avait fait quoi que ce soit pour ça. Bowens était plutôt du genre discret. Il avait parfois l'impression d'être une bête de foire que l'on admire. L'Amérique a donc tant besoin de héros ? Si tous ces gens le voyaient aujourd'hui, que penseraient-ils de lui ? Soixante-six ans, bedonnant, chauve, plutôt casanier... La légende s'effriterait comme une roche friable...

— Monsieur Hagan, je vois pas où est le choix.

— Il y a plusieurs façons de mourir, monsieur Bowens. Entre nous, je préférerais tous vous fusiller en ligne plutôt que de ramener des cadavres calcinés. Car vous l'aurez compris, les ordres sont stricts. Je ne dois ramener personne vivant.

— Et miss Hobblehorn ? Monsieur Dollory n'aurait-il pas l'indulgence de l'épargner ? Je vous rappelle qu'elle fait partie intégrante de son équipe de campagne.

Le vent s'infiltra à travers le trou que la balle avait

occasionné dans la porte. Un infime sifflement véhiculant le souffle de la mort.

— Je vois que vous êtes perspicace, reprit Hagan. J'ai jamais mentionné le nom de Dollory. Mais puisque vous avez soulevé une question embarrassante, je suis au regret de vous dire que les ordres sont formels. Personne ne doit revenir de Black Wolf.

Recroquevillé dans la cuisine, Talisker écoutait la conversation avec attention. *Personne ne doit revenir de Black Wolf.* Rien que le fait de repasser cette phrase dans sa tête lui donnait la nausée. Lui non plus n'en reviendrait pas. Il pouvait définitivement faire une croix sur son avenir prometteur, ses aspirations et ses projets. Cette nuit mettrait un terme à trente-sept ans d'espoir.

Bowens interrogea Hunter du regard. Malgré leurs différends, le chasseur de primes restait celui qui avait le plus d'expérience. Mais celui-ci ne dit rien. Il n'y avait d'ailleurs rien à ajouter.

— Monsieur Bowens, recommença la voix sourde d'Hagan, je vous laisse quinze minutes pour vous décider. Une fois ce délai écoulé, j'ouvrirai le feu.

Bowens s'éloigna du pilier à reculons et rejoignit l'autel où les autres étaient plus ou moins massés.

— Nous n'avons plus tellement le choix, dit-il.

— Pas vraiment, grogna Hunter.

— Comment comptez-vous nous tirer de là ? s'enquit Jane.

— Je compte pas nous tirer de là, répondit Bowens, fataliste. On va juste essayer de résister et prier pour que la chance soit avec nous.

Jane essuya ses larmes d'un revers de la main. Elle

poussa une longue expiration et vérifia – encore une fois – que ses revolvers étaient bien chargés.

— Restez tous tranquilles, ordonna le pisteur. Je vais voir Stabler.

Sans attendre ni réponse, ni contestation, Bowens disparut dans les ombres de la chapelle.

39

CONFESSIONS

Lorsque Bowens ouvrit la porte, Stabler avait les yeux rivés sur lui. Il s'attendait manifestement à sa visite. Il lui sourit.

— Tu dors pas ?

— Avec le bordel que vous foutez, ça me paraît difficile.

Bowens rangea son arme dans son étui et vint s'asseoir sur le rebord du lit.

Une lampe à pétrole se consumait dans un angle de la pièce. La lumière était blafarde et donnait à la chambre une teinte mortuaire.

Le visage de Stabler était aussi gris qu'un linceul poussiéreux.

— Comment tu te sens ? s'enquit Bowens.

— À ton avis...

Bowens acquiesça. Sa question était idiote.

— On est dans une sacrée merde, Stab'.

— Je sais.

— T'entends ce qui se passe, d'ici ?

— Un peu...

Bowens prit une inspiration. L'état de son ami était

plus qu'inquiétant. Malgré l'optimisme, malgré les promesses imbéciles, Bowens savait que Stabler était condamné, que ce n'était plus qu'une histoire de temps. Quelques heures avec un peu de chance.

Lisant dans le regard de son ami, Stabler brisa le silence.

— Bow'... demain matin... je serai mort...

Bowens ne dit rien.

— Tu le sais aussi... bien que moi. N'est-ce pas ?

Après un court instant, Bowens acquiesça.

— Mais on doit causer tous les deux...

— Il vaudrait mieux te reposer.

— Non...

Stabler eut une quinte de toux atroce. Une gerbe de sang jaillit sur sa main et quelques gouttes se répandirent sur les draps. Bowens le tamponna avec un chiffon crasseux.

— Non... reprit Stabler dans un râle d'agonie. On doit vraiment parler. Toi et moi... Sans personne... C'est le moment idéal, tu crois pas ?

— Sûrement.

— Il faut que je te dise des choses... Des choses graves...

— Si tu veux m'annoncer que tu es l'agent infiltré qui bosse pour Dollory, te fatigue pas, j'avais deviné.

— T'as toujours été un malin, dit Stabler en souriant.

— Pourquoi tu me l'as pas dit ?

— Pour des tas de raisons...

Puis le visage de Stabler dévia et ses yeux fixaient à présent le plafond. Les aveux qu'il s'apprêtait à confesser lui empêchaient de regarder Bowens en face.

— Il y a de ça quelques mois, commença-t-il, j'ai su que Dollory souhaitait axer sa campagne sur la capture du Sprinkler. J'ai beau être sorti du circuit, j'ai toujours su garder mes sources... Dollory voyait là l'occasion de redorer son blason... Et... Et j'ai sauté sur l'occasion...

Bowens restait silencieux. Il savait que ce qu'il allait apprendre lui ferait un mal de chien. Son ami l'avait entraîné dans une aventure suicidaire en connaissance de cause. Il se doutait que les origines de cette idée seraient plus sombres encore que le calvaire qu'ils traversaient ensemble.

— J'ai passé un pacte avec le diable, Bow'.

— C'était quoi, cet arrangement ? demanda le pisteur d'une voix douce.

Stabler prit le temps d'approvisionner ses poumons, puis reprit le fil de ses explications.

— J'ai conforté Dollory dans son idée... Il avait ce projet de promesse électorale, mais sans être certain de pouvoir le mettre en application. Il était même persuadé que le Sprinkler était mort... Alors je... je lui ai affirmé le contraire, persuadé que ce fumier courait toujours...

— Pourtant le Sprinkler n'a pas donné signe de vie depuis au moins huit ans... Comment t'as fait pour le convaincre ?

— J'ai tout misé sur cette différence qui nous sépare de l'animal... L'orgueil...

— L'orgueil ?

— Oui, l'orgueil, ce péché capital qui... qui nous conduit à nous détruire, à nous massacrer...

Une nouvelle quinte de toux déchira les poumons de Stabler. Bowens lui versa un peu d'eau dans un verre et l'aida à boire. Stabler recouvra ses esprits et parvint à calmer ses ardeurs émotionnelles.

— Je... Je me suis dit que si nous provoquions le Sprinkler sur son propre terrain... Alors... Alors il referait surface...

— Le provoquer ? répéta Bowens, qui ne semblait plus saisir les rapports de cause à effet.

— La petite fille que le jeune Garrett Butler a retrouvée le long de la rivière Platte...

— Oui, eh bien...

— C'est pas le Sprinkler qui l'a assassinée...

Le cœur de Bowens frappait si fort dans sa poitrine qu'il pensa qu'elle exploserait dès l'annonce de la prochaine nouvelle.

— T'es en train de me dire que... Qu'avec Dollory, vous vous êtes arrangés pour placer le corps d'une fillette dans l'eau ?

Stabler ferma les yeux, déglutit.

Puis il tourna lentement son visage vers celui de Bowens.

— On n'a déplacé personne... dit-il.

— Qu'est-ce que tu... Qu'est-ce que t'es en train de me dire, Jacob ?...

Le regard vitreux de Stabler restait planté dans celui de Bowens comme une supplication, un espoir de pardon, une chimère de rédemption...

— Stab', me dis pas que vous avez fait tuer une gamine juste pour appâter le Sprinkler ?...

Les râles de Stabler s'intensifiaient.

— Bow', je vais crever cette nuit... On le sait tous les deux... Et cette mort, je la mérite...

Une goutte de sueur perla sur le front de Bowens. Son regard était sombre et rageur.

— Et d'après toi... À cause de quoi je vais crever ?... Hein ?...

Bowens ne pouvait pas répondre, il ne *voulait* pas répondre.

— Je vais mourir à cause d'une blessure à la jambe... Une blessure qui s'est infectée...

— Jacob, t'étais déjà malade avant de te faire transpercer par cette branche, rappelle-toi.

— J'étais pas malade Bow'...

La chambre se mit à tourner autour de Bowens. Il se sentait enivré, gangréné par un alcool mauvais. La décharge qu'il reçut à ce moment précis le paralysa d'effroi.

— Tu... T'étais déjà blessé, n'est-ce pas ? bredouilla-t-il.

Stabler acquiesça lentement.

— La branche qui t'a transpercé la jambe n'était qu'un leurre destiné à couvrir ta première blessure... Pour que je me doute de rien...

Stabler continuait à hocher la tête, un sourire fantomatique dessiné au coin des lèvres comme s'il sentait les vertus apaisantes et divines de la rédemption s'immiscer à travers tout son être.

— Tu as...

Bowens ne trouvait plus ses mots. Il avait peur de leurs intonations et de leurs sens.

— T'as violé et assassiné cette gamine... Juste pour piéger le Sprinkler.

— Il fallait un appât... un appât qui éveillerait l'égocentrisme de notre homme...

— Et Dollory t'a donné carte blanche ?

— Non, Bow'... C'est lui qui m'a suggéré l'idée.

Bowens se leva d'un bond et fit valser sa chaise à travers la pièce. Stabler sursauta et fut pris d'une nouvelle quinte.

Bowens ferma le poing et cogna de toutes ses forces dans l'armoire en sapin qu'il traversa, projetant des éclaboussures de sang sur le bois. Il jeta son chapeau à l'autre bout de la pièce et hurla de rage.

Pour la gloire d'un politicien véreux, il était désormais condamné à mort. Si tout s'était bien passé, si Brittle n'avait pas été tué, si ses adjoints n'avaient pas ouvert le feu sur Floyd Andrews, alors peut-être seraient-ils tous repartis les poches pleines... Mais ce n'était pas le cas. Ils s'étaient tous fait avoir. Bowens compris. Et maintenant, ils allaient tous mourir.

— Bow', l'interpella faiblement Stabler. Bow', arrête, s'il te plaît...

Bowens pivota et fusilla Stabler des yeux.

— Tu me demandes de me calmer alors qu'on va tous se faire trouer la peau pour l'avenir d'un homme politique ???

— Tu sais ce qui te reste à faire... chuchota Stabler.

— Quoi ?

— Prends ton revolver et tire-moi une balle dans la tête.

— Que... Qu'est-ce que tu racontes ?

— Je suis responsable de tout ça, Bow'... Je vous ai tous conduits à la mort...

Bowens se calma presque immédiatement. La tension se dissipa progressivement.

— Non, dit-il. Je tuerai personne.

— Est-ce que je dois croire que tu m'en veux pas ?...

— J'ai pas dit ça.

— Dans ce cas, sors ta pétoire, vise et tire...

— Non, Jacob. Compte pas sur moi pour te tuer.

Bowens faisait les cent pas, tournant autour du lit

comme un vautour survolant le sol à mille mètres d'altitude.

Stabler suivait les déplacements de son ami avec douleur.

— Si t'avais vu son visage, Bow'...

Bowens arrêta de marcher. Dos à Stabler, il restait figé devant le mur.

— Si t'avais vu ses petites jambes toutes frêles... ses bras si fragiles... et sa petite robe bleu turquoise. Tu sais comment je l'ai choisie, Bow' ?

— Tais-toi, Jacob.

— Je l'ai trouvée sur la route... elle s'était enfuie de la ferme où son père la battait... à plus de vingt-cinq miles de chez elle... Elle s'appelait Switty Bohannon.

— Ferme-la, s'il te plaît.

— Je voulais pas faire ce que Dollory m'avait dit. Pis... Je sais pas ce qui m'est passé par la tête... C'est comme... comme si j'avais en face de moi ce salaud de Sprinkler. La gamine a pris son apparence... J'étais devenu fou, obsédé par cette idée... Alors j'ai commencé par la frapper... et puis... elle est tombée par terre. Alors j'ai grimpé sur elle pour... pour... (quinte de toux)... Je lui ai déchiré ses vêtements... J'avais envie de dégueuler, je te jure...

Bowens secouait la tête.

— J'arrivais pas à trouver les motivations du Sprinkler... Quel homme peut bien ressentir la moindre excitation à violer une gamine de cet âge ?...

— Dis plus rien, Jacob, par pitié.

— Tu sais quoi ? poursuivit Stabler, ignorant les supplications de Bowens. J'ai continué... Je voulais y arriver... Et puis... la môme a sorti un canif qui était planqué sur son torse, accroché à une petite ficelle...

Elle... elle m'a poignardé. Un coup de couteau en plein dans la cuisse, pile sur l'artère... J'ai... J'ai gueulé comme une gonzesse... Je lui ai arraché son canif et l'ai jeté à l'eau... J'étais pas plus excité, en fait... Mais en colère... En colère contre cette saloperie qui dévore mes entrailles depuis plus de douze ans, en colère contre ce fumier de Sprinkler... J'avais franchi la ligne, Bow'... Alors j'ai cogné... et cogné encore... comme si son visage apparaissait à la place de celui de la gamine...

Stabler fit une pause. Sa voix chevrotante se muait en une complainte pathétique.

— En l'espace de deux secondes, j'étais devenu lui... Je pensais comme lui... J'ai exactement fait comme lui... C'était comme si j'étais possédé... La gamine a bien essayé de se débattre mais... Et puis ses yeux sont devenus vides... Subitement... Ses bras sont tombés le long de son corps... Je l'entendais respirer même si je venais de détruire sa vie, son innocence...

Bowens se massait le cuir chevelu. Il ne pouvait plus rien dire.

— Alors j'ai fait ce que j'avais à faire. Ça a été long, crois-moi... Quand je me suis relevé, elle bougeait plus... mais son cœur battait encore... Alors je sais pas pourquoi, j'ai serré sa gorge... jusqu'à ce que sa respiration devienne un sifflet tout juste perceptible... Et puis c'était terminé...

— Elle avait visé juste la môme, finit par réagir Bowens. La blessure qu'elle t'a infligée n'était pas sans gravité. Pour pas perdre de temps, tu t'es mal soigné jusqu'à en être malade.

— Ouais... Pourtant, j'ai chevauché avec vous... Aussi longtemps que j'ai pu...

— Mais la douleur devenait insupportable. Alors t'as provoqué l'accident près de la ferme du vieux Lowdry. T'as fabriqué un piège et t'as transpercé ta première blessure en espérant qu'on te porterait secours rapidement. De cette façon, t'étais soigné et lavé de tout soupçon si un indice devait orienter la piste jusqu'à toi.

— J'avais juste oublié un détail... mon âge... Tout s'est précipité après... J'ai été pris de fièvre et j'avais pas prévu de perdre le convoi... Le Sprinkler m'échappait...

— La situation te filant entre les doigts, elle échappait aussi à Dollory. Si les enquêteurs remontaient jusqu'à toi, alors ils remonteraient jusqu'à lui. Voilà pourquoi on se retrouve dans cette situation, Jacob. Dehors, quinze hommes armés comme des Vikings nous attendent, prêts à déferler sur nous comme une tornade d'été.

Stabler toussota. Il n'avait plus la force d'essuyer le sang qui lui coulait entre les commissures.

Bowens fit le tour du lit et s'assit de nouveau sur le matelas.

— Jacob, personne n'en saura jamais rien, t'entends ?

Stabler se mit à rire.

— C'est impossible, Bow'...

— Pourquoi ça ?

— Parce que je suis foutu... Ça t'avancera à rien de cacher la vérité au nom de notre amitié... Au contraire, si par miracle tu pouvais leur parler... Si tu pouvais leur dire ce que tu sais... Alors peut-être que tu t'en sortirais... Mais honnêtement... je sais pas si tu y arriveras.

— Je sais.

— Et tu sais quoi ? Ça n'arrivera pas pour une autre... raison...

Bowens se raidit. Qu'allait-il encore apprendre ?

— Bow', personne ne mérite de survivre à cette nuit...

Le pisteur fronça les sourcils.

— Je sais ce qui m'attend Bow'... Et avec ce que j'ai fait, je suis prêt à accepter ma punition... J'ai mérité ce qui m'arrive... Mais toi, est-ce que t'es prêt à accepter ton sort ?...

— Mon sort ?... J'y suis bien obligé, bougre de con... Mais si tu crois que je vais laisser ces culs-terreux d'Irlandais me...

— Tu mérites de mourir, toi aussi, l'interrompit Stabler.

Bowens se redressa légèrement sans mot dire.

L'atmosphère redevint glaciale. Une tempête invisible et surnaturelle grondait sa colère dans la chambre. Le cœur de Bowens s'emballait comme celui du spectateur devant le final tragique de la mort d'Hamlet.

40

ASSAUT

Jane Hobblehorn s'impatientait du retour de Bowens. Les quinze minutes étaient bientôt écoulées et il n'était toujours pas là pour assurer leur défense. Il y avait bien Hunter, mais personne ne connaissait ni ses aptitudes, ni ses intentions.

Elle fut soulagée lorsqu'elle vit sortir Bowens de l'ombre, le pas traînant.

Elle remarqua l'air grave qu'arborait son visage. C'est comme s'il s'était métamorphosé.

Bowens leva les yeux dans sa direction et, pour éviter un trop long résumé de sa visite, décida de jouer cartes sur table.

— Stabler est mort.

Jane ferma les yeux et son joli minois bascula vers l'avant. La mort d'un des leurs donnait le ton.

Ludovic Cubizolle avait repris des couleurs. Toujours assis sur son banc, il tenait en joue la porte d'entrée au cas où un de ces petits malins d'Irlandais ferait irruption. Dwight maintenait la surveillance. Quoi qu'il arrive, jamais il ne le perdrait de vue.

Soudain, une détonation résonna dans la nuit et un

morceau de bois explosa sur la porte. L'offensive reprenait.

Ron roula à plat ventre et dirigea la mire de sa Winchester vers l'impact. Hunter n'avait pas bougé.

— Monsieur Bowens ? C'est Hagan. Où êtes-vous ?

Bowens resta stoïque à la provocation. Il semblait refuser le combat. Jane lança la jambe et percuta celle du pisteur pour le sortir de sa léthargie.

— Réveillez-vous, Bowens. Il vous parle.

Bowens sortit du puits ténébreux qui renfermait tous ses secrets. Il longea le mur latéral jusqu'à retrouver sa première place, derrière la colonne en pierres.

— Je suis là, Hagan ! cria-t-il.

— Bien. Qu'avez-vous décidé ?

Bowens jeta un regard par-dessus son épaule. D'un simple hochement de tête, il interrogea ses amis sans attendre de réponse. L'avis était unanime.

— On a décidé que vous iriez vous faire foutre !

Jane resserra son étreinte autour des crosses de ses revolvers. La foudre allait frapper d'une seconde à l'autre.

— Très bien, répondit Hagan. C'est noté.

Un bombardement déchira le ciel. Des dizaines de trous se formèrent dans la porte, et les vitraux explosèrent les uns après les autres. Des éclats de bois et de verre se répandirent sur le sol. Les projections étaient comme une pluie de lames affûtées lacérant l'espace. Les fusils rugirent pendant plus d'une minute, entonnant leur cacophonie funeste.

Bowens riposta le premier. Il visa dans le trou que leur premier assaut avait creusé, espérant que sa balle toucherait quelque chose. Un homme ou encore un cheval.

Ron pivota et visa les vitraux au-dessus de lui. Il tirait en rafales, rechargeant comme un forcené.

— Ils ont grimpé sur le toit ! hurla-t-il.

Les balles sifflaient autour de lui, ricochant contre les pierres.

Hunter tirait sur les vitraux latéraux, il distinguait des ombres opalescentes en train de se mouvoir.

Jane rugit et tira au-dessus de Ron, pointant les mêmes cibles.

Cubizolle se dressa au milieu de l'allée centrale et se mit à courir vers la porte. Il hurlait sa démence. Canon bloqué sur son avant-bras, il tira les deux coups successivement, puis rechargea à la hâte.

La grande porte s'ouvrit en grand et claqua contre la colonne derrière laquelle Bowens était caché.

Cubizolle redressa son arme et appuya sur la détente. Un homme apparut dans l'encadrement de la porte. Il semblait immense et monstrueux. La double décharge de Cubizolle le coupa en deux à la taille. Le corps désarticulé du monstre vacilla et s'écrasa sur le parvis.

Cubizolle beugla un cri bestial, emporté par sa folie. Trois nouvelles ombres apparurent sur le seuil, faisant feu droit devant. Une balle percuta la jambe de Cubizolle, qui posa un genou à terre. Des nuages de fumée envahirent la chapelle comme des spectres venus réclamer leurs âmes impures. Quelques balles rebondirent sur la pierre, d'autres se logèrent dans le bois des bancs.

Dwight tirait, armant le levier de sous-garde toutes les secondes. Il parvint à abattre l'un des hommes à découvert et en blessa un second.

Cubizolle réorienta sa mire vers l'entrée et appuya sur la détente. Le dernier des trois venait de disparaître, happé par la nuit comme si un câble l'avait tiré en arrière.

Cubizolle se releva, victorieux de ce duel à ciel ouvert. Il pivota sur lui-même et gratifia Dwight d'un sourire démoniaque.

Les yeux de Dwight croisèrent celui du tueur en série. Malgré la distance qui les séparait, ce qu'il y vit le pétrifia. Comme une promesse maudite remise à plus tard. Il détourna légèrement le canon de sa carabine sur la gauche. Le sourire de Cubizolle s'effaça progressivement. Dwight appuya sur la détente. La première balle arracha la joue de Cubizolle. La seconde lui emporta trois doigts.

Le fusil à canon scié du tueur en série claqua sur la pierre. Sa soutane beige était couverte de sang. Il ne hurlait plus. Il bavait du sang et de la bile.

La troisième balle lui perfora l'abdomen et la quatrième lui fit exploser la bouche, lui éparpillant les dents par la nuque. Le corps de Cubizolle fit une légère rotation et l'assaut de deux fusils supplémentaires postés aux entrées l'emporta sous leurs tirs. Son corps fut expulsé et retomba lourdement dans l'allée centrale.

Ludovic Cubizolle, alias Prescott Soulless, était mort.

L'espace d'une seconde, Dwight ressentit comme une petite exaltation. Qui fut de courte durée. À nouveau, les balles chantaient, le ramenant à la triste réalité. Il descendit les marches qui longeaient l'autel et emprunta l'allée centrale à son tour. Chaque homme qui s'aventurait dans l'encadrement de la porte était sa cible.

— Couchez-vous, bon Dieu ! lui hurla Bowens.

L'un des vitraux sur la gauche de Dwight explosa et une bonbonne d'où s'échappait une mèche enflammée éclata sur un banc. Le feu se propagea à la vitesse d'un couguar en pleine course. Dwight esquiva les flammes qui lui léchaient les bottes.

Soudain, une ombre inquiétante se lova entre les volutes de fumée. La silhouette de Bronach Hagan se dessina au cœur du seuil, imperturbable, comme protégée par une aura maléfique. Un revolver Pepperbox se dressa. Hagan ajusta sa visée et appuya sur la détente. Le canon tournant tourbillonna sur lui-même. Et la décharge fusa comme le tir de cent soldats.

Dwight fut propulsé vers l'arrière et s'écrasa contre l'autel. Son corps glissa brutalement le long du soutien, le maculant d'une trace ocre et granuleuse.

— Dwight ! hurla Ron. Dwight !!!

Le temps que l'adjoint riposte, Hagan avait déjà disparu.

Ron risqua un regard en direction du pied de l'autel. Le corps de Dwight trempait dans une mare qui épaississait au fil des secondes.

— Non ! geignit-il.

Jane visait, tirait, armait, visait, tirait, armait... Ses cris se mélangeaient aux sanglots. Le maquillage de ses yeux formait deux rivières noires le long de ses pommettes, ruisselant comme de fins ruisseaux tourmentés.

Hunter se faufila entre les bancs jusqu'à arriver à la hauteur de Bowens.

— J'ai pas de plan, dit-il. Et vous ?

— Pas mieux.

Une balle ricocha au-dessus de leurs têtes et se perdit dans l'obscurité.

— Je ne vois qu'une solution, Bowens.

— Vous avez de la chance, moi j'en vois pas du tout.

— Il faut sortir, tirer dans le tas et prier pour se frayer un chemin jusqu'aux bois sans trop fléchir sous les assauts.

— Vous êtes optimiste, vous.

— Nous n'avons pas le choix. Je vais prévenir les autres.

La tête repliée entre les bras, Norman Talisker sanglotait, sursautant à chaque impact qui faisait voler une assiette ou une bourriche. Il était paralysé. Même s'il devait courir pour atteindre une cachette miracle, il ne s'en sentait pas la force.

Soudain, une main trapue le saisit par le bras.

— Venez, ordonna Hunter.

— N... Non... Je peux pas...

— Grouillez-vous, bon sang.

Talisker se laissa porter par l'étreinte du chasseur de primes. Ils rejoignirent Jane et Ron, et les entraînèrent dans leur sillon.

Les quatre silhouettes zigzaguaient entre les chaises et les bancs, évitant les bonbonnes explosives qui pleuvaient par dizaines et s'échouaient dans une mer de flammes.

La chapelle s'embrasait rapidement. Les bancs enflammés craquaient et projetaient des braises incandescentes volant comme des graines de pissenlit. Les pierres, léchées par les flammes, se rembrunissaient. La charpente craquait de tous côtés, la toiture n'allait pas tarder à s'effondrer.

Dans sa course effrénée, Ron jeta un dernier regard par-dessus son épaule. Le corps de Dwight était déjà carbonisé. Il ressemblait à un gigantesque morceau de réglisse.

— Allez, on sort ! hurla Hunter qui, déjà, s'était emparé de son second revolver et canardait l'invisible.

Hunter était déjà dehors lorsqu'une balle atteignit Jane à l'épaule. Elle s'effondra dans une complainte stridente. Ron et Talisker l'attrapèrent par le bras et l'entraînèrent à l'extérieur. Bowens contourna le pilier et referma la marche.

Le feu s'était emparé de l'écurie. Dévorés par les flammes, les chevaux hennissaient, se cabraient.

Il était impossible de compter le nombre d'hommes. Le cercle qu'avaient formé les ennemis autour de la chapelle se refermait sur les assiégés. Ils étaient piégés.

Malgré l'obscurité, ils pouvaient discerner une multitude de taches sombres poinçonnant la neige. Le sang avait coulé.

Bowens tira à plusieurs reprises. Un homme se renversa. Son corps heurta la patte de son cheval avant que les sabots de l'animal ne lui écrasent le visage dans la neige.

Perdu au milieu des silhouettes aux longs manteaux, Hagan se hissa dans la clarté des flammes. Il tenait à présent un Pepperbox dans chaque main d'où s'échappaient des canons d'effroyables gerbes de feu.

Bowens fut touché dans le ventre, sur le côté droit. Il vacilla, tenta une riposte, mais une autre balle le faucha à la cuisse. Il s'écroula dans la neige.

Hunter cherchait Hagan. S'il pouvait l'éliminer en premier, c'est tout le régiment qui serait déstabilisé. Puis, plusieurs impacts se dessinèrent sur son beau costume noir. Une petite gerbe de sang jaillit de sa bouche. Il tomba à genoux, le regard vide.

Norman Talisker était couché dans la neige et rampait. Malgré la fureur des flammes, malgré l'odeur de la mort, il trouva la force de serpenter entre les cadavres. S'il parvenait à sortir des angles de tirs, peut-être alors aurait-il une chance de prendre ses jambes à son cou et disparaître du paysage.

Ron parvint à abattre deux hommes avant d'être touché à la poitrine. L'un des sbires d'Hagan, qu'une balle avait désarmé, se jeta sur lui, l'entraînant contre le mur de la chapelle. Il frappa Ron dans le ventre. L'adjoint se plia en deux et laissa échapper sa précieuse Winchester. Il tenta de résister mais l'homme en face de lui était un colosse. Ron sentit ses deux mains l'attraper par le veston et le soulever de terre. Dans un élan de colère, le mastodonte écrasa Ron contre le mur sur lequel était rivé un crochet métallique. Le grappin pénétra dans la nuque de Ron. Avant que le colosse n'ait eut le temps de contempler son œuvre, une décharge lui explosa le crâne et il s'écroula à son tour.

Les yeux de Ron s'embuèrent. Avant que la lumière ne décline définitivement, une vision féerique se dessina dans un décor hypothétique. Une silhouette aux formes galbées dansait jusqu'à lui. La femme tendait une main et l'invitait à sourire. Avant de rendre son dernier souffle, Ron la reconnut. Son ultime pensée venait de prendre forme. Le doux visage de Catherine s'étira à l'infini... Elle lui offrit un sourire radieux avant d'éclipser sa souffrance...

À genoux dans la neige, Jane tourna la tête sur la gauche. Elle apercevait le cadavre de Ron, suspendu contre le mur. Ses muscles furent pris de spasmes. Puis plus rien. Elle éclata en sanglots. Ils avaient perdu la bataille.

Une balle pénétra dans sa gorge, une autre dans sa poitrine et une dernière lui creusa l'estomac. Ses armes glissèrent de ses doigts. Elle tomba à genoux. Puis sa silhouette radieuse s'allongea dans un linceul de neige pour l'éternité.

La vue d'Hunter se troublait. Il luttait pour rester en vie. Mais celle-ci lui échappait. Il vit une forme charpentée marcher à lui. C'était Hagan. Hunter combattait la douleur. Il souleva son revolver ; il semblait peser une tonne. Hagan était maintenant assez proche. Si seulement il pouvait l'atteindre. Juste une balle, une seule.

Hagan dégaina son Pepperbox, arma le chien et braqua le canon sur le chasseur de primes.

— De la part de Jack Bellerive, dit-il avant d'appuyer sur la détente.

Le crâne d'Hunter vola en éclats. Appuyé sur les genoux, son corps partit vers l'arrière et son dos heurta le sol.

Bowens tenta d'ouvrir la grille où les chevaux étaient retenus prisonniers. Il savait qu'il n'y avait aucune chance pour que l'un d'entre eux puisse fuir loin de cette guerre. Mais l'instinct de survie est un sentiment qu'on ne peut réprimer.

Tout le fil de la conversation qu'il avait eue avec Stabler quelques minutes plus tôt se déroula comme la chaîne d'un navire entraînée par une ancre de deux cents kilos.

« Ils étaient dans la chambre. Stabler agonisait tandis que Bowens l'accompagnait dans son dernier souffle.

— Kansas City... avait dit Stabler.

— Oh, tu vas pas recommencer avec ça, Jacob !

— Kansas City, il y onze ans... Tu y étais.

— Arrête tes conneries, tu recommences à divaguer, avait grondé Bowens en levant les mains en l'air, exaspéré.

— Je suis sûr, maintenant... Je t'y ai vu... Et tu sais pourquoi je m'en rappelle ?

— Écoute, Jacob...

— Je m'en rappelle parce que... parce que j'enquêtais sur le meurtre d'une gamine de dix ans, retrouvée dans la Missouri River...

— C'est une obsession, ma parole !

— Le quatrième meurtre du Sprinkler...

Bowens s'était immobilisé.

Stabler avait retenu toute son attention.

— Desmoines, 1856, avait-il poursuivi. Une fillette de neuf ans retrouvée près de Red Rock... La veille, t'étais encore à Knoxville, à quelques miles du lac.

Le regard de Bowens s'était éteint. Il s'était calé au fond de sa chaise et avait posé ses mains sur ses genoux comme un écolier attentif devant son professeur.

— 1857, Bismarck, Dakota du Nord... même trouvaille faite par les autorités près de Lake Sakakawea... T'étais à Garrisson...

— Comment tu peux te souvenir de ça ?

— Parce que j'ai une excellente mémoire... Chaque fois qu'un meurtre a été commis dans un endroit précis, soit je t'y ai croisé, soit on m'a dit qu'on t'avait vu... Et puis il y a un détail important dans cette histoire... Les meurtres ont cessé en 1858... l'année où tu as épousé Calie... La même année où elle est tombée enceinte de Léonore, il y a tout juste huit ans...

Stabler avait marqué une pause, puis :

— Une simple naissance a réussi à rendre la raison à un homme perdu en enfer...

— Jacob, t'es en train de m'accuser de...

— Te fatigue pas, vieux, avait lascivement répondu

Stabler. Garde tes forces pour tout à l'heure, t'en auras besoin... Donne-moi un peu d'eau, plutôt...

Bowens avait resservi un verre et avait aidé son ami à l'ingurgiter. Puis il avait reposé la carafe sur la table de chevet.

Les yeux de Stabler papillonnaient. L'odeur putride qui émanait de son haleine avait envahi la pièce comme la gesse d'une charogne en décomposition.

— Tu te rends compte de... de ce que tu m'as fait faire pour que je te retrouve ?... Jusqu'où je suis allé pour nourrir l'appétit de mes obsessions ?... Et dire que le chien galeux que je cherchais... se trouvait assis juste en face de moi... à ronger l'os de sa miséricorde...

Bowens s'était levé lentement. Il avait contourné le lit, avait ramassé son chapeau et l'avait posé sur son crâne. Il était revenu sur ses pas, puis s'était figé devant le corps agonisant de son vieux compagnon.

Stabler avait les yeux mi-clos. L'odeur de putréfaction s'était dissipée. Les draps ne se soulevaient plus sur son ventre.

Une larme avait perlé au coin de l'œil de Bowens et avait glissé sur sa joue. Il s'était penché, avait fermé les yeux et la bouche de Jacob Stabler. Puis il avait saisi le drap et l'avait remonté suffisamment haut pour lui couvrir le visage.

Il s'était redressé.

— T'as raison, vieux, avait-il dit. Nous avons mérité notre mort.

La grille céda, arrachant les gonds dans son écroulement. Bowens pivota mais la grille l'écrasa de tout son poids. Coincé sous la masse métallique, il gesticulait pour parvenir à sortir de son emprise. Mais les chevaux, aliénés par la douleur, s'évadèrent de leur geôle, piétinant les barreaux ancrés dans la neige. Bowens hurlait.

Crinières en feu, les chevaux défilèrent comme un corso fleuri nocturne. Deux bêtes s'effondrèrent dans la neige tandis que les autres iraient mourir plus loin...

Les tirs avaient cessé.

Progressivement, l'accalmie revint et le souffle du vent l'emporta sur l'agitation des bêtes.

La petite équipe, si minime fût-elle, avait décimé une partie des effectifs de la bande de Hagan. Celui-ci inspecta les alentours et remarqua qu'il en manquait un. Dollory lui avait parlé d'un freluquet du nom de Talisker. Un godelureau aux cheveux clairs, maigre comme un fil de fer barbelé. Peu importe, finit-il par penser. De toute façon, ce pied-tendre n'en réchapperait pas, le froid se chargerait de la besogne.

Le brasier ronflait. Les flammes atteignaient les trois mètres de haut et la fumée éparpillait ses cendres au-dessus de Black Wolf.

— En selle ! cria Hagan.

Les hommes se hissèrent sur leurs montures.

Un gémissement s'insinua dans le silence.

— Patron, y en a encore un, dit l'un des hommes en désignant la grille de l'écurie sous laquelle était écrasé Bowens.

Hagan le considéra quelques instants. Bowens était à peine visible, dissimulé sous son monticule de neige. Il tendait une main vers le ciel et gémissait.

— Pas grave, finit par dire Hagan. Laissons-le faire la paix avec son passé.

— Son passé ? répéta le sbire.

— Kenny Bowens était un soldat. Qui sait combien

de morts lui doit le pays... Lui seul doit faire face à ses démons. Et lui seul sait combien il devra en affronter.

Hagan s'empara du filet de sa monture. Il fit tourner son cheval sur lui-même et grimpa sur la selle. Rênes en main, il jeta un dernier regard au gigantesque incendie avant d'éperonner son destrier. La bande s'éloigna au grand galop, disparaissant derrière les nappes de brume.

Hagan avait pratiquement perdu la moitié de ses effectifs. Ils gisaient là, déjà recouverts d'une fine pellicule grisâtre. Bientôt, la neige aurait tout recouvert et le brasier s'essoufflerait.

Sous la grille, la main de Bowens implorait le Dieu de miséricorde. Ses ongles scintillaient à la lueur de la lune. Ses doigts étaient cerclés de filets sanguinolents. Peu importent les prières et les regrets car, quoi qu'il arrive, la nuit les étoufferait.

À trois cents mètres de là, grelottant sous un chêne, Norman Talisker observait l'anéantissement d'une vie. *Sa* vie. Miroir incandescent d'une existence en berne. Les larmes inondaient son visage. Que resterait-il de tout ça sinon un cauchemar de chaque nuit ?...

Dès qu'il fut calmé, il se ressaisit et s'appuya contre l'écorce de l'arbre pour se relever. Il fit un pas, puis deux... Sans même s'en rendre compte, il venait de s'engager sur les sentiers de l'oubli.

41

WASHINGTON – 1869
BUREAU ÉDITORIAL
GOODMAN & BROTHERS

— Avec mon frère, nous avons fondé cette maison en 1845. Nous avons commencé par la publication de magazines mensuels. Nos premiers romans sont apparus huit ans plus tard. À ce jour et si ma tête ne trahit pas mon âge avancé, je dirais que nous avons publié, en vingt-quatre ans, plus de cent soixante-dix ouvrages.

Earl Goodman usait le tapis par d'agaçants va-et-vient. Cigare greffé dans la main gauche, il s'amusait à faire de petits ronds de fumée avec la bouche. Ce vieux monsieur semblait être un fumeur invétéré, son épaisse moustache jaunie en était la preuve.

Il se cala contre son bureau.

— Fabriquer les livres, c'est mon métier. Et je pense le faire mieux que personne. Encore une fois, je suis honoré de publier votre ouvrage. Car croyez-moi, ce livre sera un succès. Mais je dois vous avouer que, même si nous ne sommes plus qu'à quelques jours de sa sortie, je reste inquiet sur l'accord que nous avons passé vous et moi, jeune homme.

Assis dans un beau fauteuil en cuir en face du vieil éditeur, Norman Talisker ôta ses petites lunettes rondes et les essuya à l'aide d'un minuscule voile de soie.

— Vous pouvez être serein, monsieur Goodman. Nous avons signé un contrat.

Progressivement, le visage de Goodman s'illumina.

— En effet, répondit-il, nous avons signé un contrat. Mais je tiens encore à vous prévenir sur les conséquences qui découleront de cette publication. Vous relatez une histoire très grave. J'ai de mon côté une armée d'avocats. Je ne suis pas inquiet pour la maison d'édition. Mais vous...

— Rassurez-vous, je le fais en connaissance de cause.

Goodman s'empara d'une petite boîte rectangulaire placée à l'angle de son bureau. Il l'ouvrit et tendit son contenu à Talisker. L'écrivain plongea les doigts à l'intérieur et sortit un cigare plus gros qu'une matraque. Goodman s'empressa de le lui allumer.

Talisker tira quelques bouffées, le temps aux feuilles de chauffer.

— J'ai passé ces trois dernières années à écrire ce bouquin, dit-il. Trois ans à ressasser tous ces souvenirs, à passer mes nuits à me cacher dans les placards tellement mes cauchemars semblaient réels. Il m'a fallu ces trente-six mois pour transformer ce traumatisme en thérapie. Ces années de calvaire, je les dois à Angus Dollory. Et il est hors de question pour moi de faire machine arrière.

— Et c'est tout à votre honneur, cher ami. Angus Dollory est le gouverneur du Nebraska depuis plus de deux ans. Imaginez ce que la sortie de ce livre va provoquer. Vous m'avez confié une véritable caisse de dynamite.

— Peu importe ce qui se passera. Je suis sous la protection d'Orlan Briggs. Même s'il n'est pas sorti vainqueur des urnes lors de l'élection présidentielle de l'an dernier, il n'en reste pas moins un pilier politique auquel personne n'osera se frotter. Et puis de l'eau a coulé sous les ponts. Après tout, ce livre n'est qu'un témoignage comme tant d'autres.

— Vous êtes trop modeste, jeune homme. Attendez quelques mois et, ensemble, nous savourerons votre succès.

Talisker acquiesça.

— Savez-vous que, depuis les événements, mon cerveau ne parvient plus à reconnaître la couleur rouge ? poursuivit l'écrivain.

— C'est ce qu'on appelle un symptôme post-traumatique.

— Quand je me coupe le bout de l'index d'un geste malheureux, je ne vois qu'un filet gris couler autour de ma phalange. Je ne parviens plus à discerner la couleur des coquelicots, je n'arrive plus à assortir mes vêtements ; vous pourriez me servir un verre de cognac en me faisant croire que c'est du vin, je vous croirais sur parole...

Goodman tapota le bout de son cigare dans la cuvette de son cendrier sur pied.

— Monsieur Talisker, vous vous êtes caché pendant trois ans en redoutant que les assassins qui vous pourchassaient à l'époque ne vous retrouvent. Il ne s'est rien passé. Ils vous ont oublié et sont passés à autre chose. Mais avec ce que les gens vont découvrir, je pense pouvoir vous assurer qu'Angus Dollory sera destitué et devra répondre de ses actes devant la justice. Il ne fait aucun doute qu'il sera envoyé en prison. Il se pourrait même qu'il soit pendu.

Talisker se leva et à son tour et fit quelques pas dans l'immense bureau aux meubles d'Orient. Il pompait sur son cigare, les yeux perdus dans le passé.

— Peu importe ce qui va m'arriver, monsieur Goodman. Avec les années, j'ai appris les vertus de l'humilité. J'étais jadis un être imbu et arrogant. Je pensais que le monde entier déplierait ses tapis rouges sur mon passage. Je me croyais spécial, au-dessus du lot.

Goodman, en plus d'être éditeur, se devait parfois de jouer le rôle de psychologue. D'une oreille attentive, il écoutait les états d'âme des gens de ce monde. C'était comme une seconde nature. Mieux encore, il compatissait avec sincérité.

— Ce qui compte aujourd'hui, poursuivit Talisker, c'est que cet ouvrage me survive. Qu'il fasse justice et donne l'exemple.

— Dieu vous entende, mon garçon.

Goodman raccompagna l'écrivain jusqu'à la porte. Ils échangèrent une poignée de main, se souhaitèrent le meilleur pour chacun d'entre eux, puis se séparèrent.

*

Comme chaque année, l'hiver venait de vaincre l'automne. La ville étouffait sous la neige. Il émanait des bâtiments comme une promesse d'avenir. Un jour, les grands du pays auraient leur propre statue. En son temps, Abraham Lincoln avait marqué l'histoire. Les générations futures verraient alors s'ériger le souvenir de cet homme, immortalisé dans son armure de marbre. Talisker en était persuadé.

Il laissa passer une carriole puis traversa Lenning Street, mains calées au fond des poches et col relevé. Il croisait les gens, les observait. Lenning Street était une rue dédiée à la bourgeoisie. Qu'ils étaient chics tous ces hommes, emmitouflés dans leurs manteaux en vigogne et coiffés de chapeaux hauts de forme, qu'elles étaient radieuses ces femmes, étouffées par leurs corsage en mousseline brodée et leurs redingotes.

Talisker revenait de loin.

Il était loin le temps où il dormait dans les bois, pansait ses blessures et n'imaginait pas le lendemain.

La chevauchée traumatique avait laissé son empreinte indélébile. Mais il vivait désormais à Washington, au cœur d'une population civilisée. Le pays était en pleine reconstruction et il y soufflait un vent de prospérité.

Talisker prit une grande inspiration. Puis sourit.

Il marcha encore sur vingt mètres et entra dans un café. Un ancien bar irlandais planté entre un barbier et un marchand de belles toilettes. L'atmosphère avait tout gardé de son âme originelle. Le lieu était enfumé et sentait la sueur. Les ouvriers riaient autour d'une bière, d'autres dégustaient thés et cafés assortis de viennoiseries.

Chaque fois qu'il passait la porte de ce café, Talisker revivait certaines scènes de sa vie grâce aux odeurs que dégageait l'espace. Elles lui permettaient de ne pas oublier. De ne pas abandonner le passé au passé.

Il commanda un café qui lui fut servi immédiatement. Il emporta la tasse et sa soucoupe dans le fond où s'étiraient l'obscurité et la discrétion. Il retira son manteau, déposa son chapeau sur la table et s'installa.

Le brouhaha le sécurisait.

Son livre allait sortir dans trois jours. Il l'avait appelé *Massacre pour un bulletin*. Son éditeur n'avait pas trouvé ce titre convaincant, mais Talisker avait tenu à le garder. Il y contait la semaine hivernale de 1866. Il avait préservé les noms, les lieux et les situations.

La veille, Talisker s'était rendu à l'agence Pinkerton et avait déballé son histoire, accompagné de son avocat. Le faire plus tôt aurait été du suicide. Il avait rédigé un papier qu'il allait envoyer dans la journée au *Caligraph*, le plus grand quotidien de Washington. Il allait également expédier des copies à tous les journaux réputés situés dans les États voisins, notamment le bureau de Lincoln, sans oublier bien sûr, le *Minden Epitaph*, dirigé à présent par Ramon Gomes, le jeune stagiaire qu'il avait côtoyé lorsqu'il était encore employé par le journal. Bonner, l'ancien patron, était décédé l'année précédente, emporté par une pneumonie.

La police allait débarquer chez Dollory et engagerait les perquisitions tandis que les organismes de presse se feraient une joie de garnir leurs feuilles de chou par le scandale.

Talisker serait convoqué au tribunal et devrait affronter Dollory et son armée d'avocats. Mais il était prêt. Il était même serein. À la sortie du tribunal, il serait enfin libre, dépossédé de ce lourd fardeau qui avait brisé sa vie.

Il vivrait alors sur les rentes que lui rapporterait le livre et emménagerait dans la maison qu'il avait fait construire à Billings, dans le Montana.

Une ombre s'étira sur la table, délogeant Talisker de ses pensées. Un homme plutôt grand se présenta à lui et lui tendit la main.

— Monsieur Talisker ? Je suis de l'agence Pinkerton, dit l'homme en affichant sa carte sur laquelle dominait un œil ouvert, avec écrit tout autour en caractères courbés *Pinkerton's National Detective Agency*.

En dessous des cils, était indiquée la mention *We never sleep*.

Talisker se leva et lui serra la main.

— Enchanté, voulez-vous prendre un café ?

— Non merci, monsieur Talisker. Je suis simplement venu vous présenter la personne qui va prendre la suite des investigations.

— Très bien, répondit l'écrivain. Où est-il ?

— Il est installé à une table dans la seconde salle du café. Êtes-vous toujours en possession des documents que vous avez fournis à l'agence et des copies que vous souhaitez adresser aux journaux ?

— Oui, bien sûr. Ils sont dans ma chambre d'hôtel.

— Parfait. Dans ce cas, une équipe de la Pinkerton attend dehors. Elle vous accompagnera lorsque vous rentrerez. Ces documents sont extrêmement importants, ils doivent être aussi bien protégés que vous.

— Le professionnalisme de l'agence me rassure. Merci, monsieur.

L'homme hocha la tête.

— Si vous voulez bien me suivre, nous allons retrouver notre agent.

Talisker attrapa son manteau qu'il plia sur son avant-bras, puis son chapeau.

Ils traversèrent la grande salle. L'homme de la Pinkerton écarta un rideau qui ouvrait sur la seconde pièce.

Elle était vide. Ou presque.

Seule une table était occupée. Un homme de dos sirotait une pinte de bière.

— Il est seul ? s'inquiéta Talisker.

— Avec moi ça fait deux, répondit l'homme.

— Vous ?... Mais cela me semble un peu léger comme protection, monsieur... Monsieur ?

— Je me nomme Jack Bellerive, se présenta l'homme de la Pinkerton.

Talisker écarquilla les yeux.

Bellerive le poussa jusqu'au dossier contre lequel l'homme à l'imperméable vert avalait sa bière.

Lorsque Talisker se trouva près de lui, l'homme se retourna.

— Bonjour monsieur Talisker, je m'appelle Bronach Hagan.

Remerciements

Je tiens à remercier David Lecomte, mon éditeur, qui a cru en cette histoire avant tout le monde. Merci pour sa sympathie, ses conseils, sa bienveillance et son travail.

Merci également à Michaël Moslonka pour sa rapidité, son travail et sa disponibilité.

Enfin, un grand merci à tous ceux qui ont fait du western un genre à part entière.

Dédicaces

Comme à mon habitude, je remercie du fond du cœur celle qui partage ma vie, Isabelle, pour ses premières lectures et ses encouragements perpétuels, et je lui dédie cet ouvrage.

Je dédicace aussi ce livre à ma famille dans son intégralité, pour avoir toujours partagé avec moi cette passion du western et du cinéma.